ADRIANA POPESCU

Der Sommer, als wir träumen lernten

ADRIANA POPESCU

Der Sommer, als wir träumen lernten

cbt

TRIGGERWARNUNG
Dieses Buch enthält potenziell triggernde Inhalte. Deswegen findet ihr auf Seite 444 einen Hinweis. Dieser enthält Spoiler für die gesamte Geschichte.

MIX
Papier | Fördert gute Waldnutzung
FSC® C014496

Penguin Random House Verlagsgruppe FSC® N001967

1. Auflage 2024
Erstmals als cbt Taschenbuch März 2024

Umschlagkonzeption: Kathrin Schüler, Berlin
unter Verwendung eines Fotos von © Shutterstock
(Zerbor; Claire Slingerland)
MP · Herstellung: UK
Satz: KCFG – Medienagentur, Neuss
Druck: GGP Media GmbH, Pößneck
ISBN 978-3-570-31536-1
Printed in Germany

www.cbj-verlag.de

Für alle, die einen Sommer brauchen,
in dem sie träumen lernen.

Kapitel 1

Jannis

Samstag

Mein Zimmer sieht so verwüstet aus, wie ich mich fühlen sollte. Die Scherben der Nachttischlampe liegen verteilt auf dem flauschigen Teppich, den meine Eltern sicher nachher staubsaugen werden. Oder sie schmeißen einfach alles weg. Das Ladegerät für mein Handy stopfe ich in meinen Rucksack. Meine Fingerknöchel sind ganz weiß, weil ich den Träger des Rucksacks so fest umklammert halte, und ich versuche, tief zu atmen, um mich nicht schon wieder aufzuregen, aber ein Blick auf die Uhr lässt meine Sicherung durchbrennen, und ich greife nach dem nächstbesten Gegenstand – eine tragbare Musikbox – und schleudere sie mit voller Wucht von mir.

Ein Klirren lässt mich überrascht aufsehen.

Ich habe das Fenster getroffen.

Meine Zimmertür fliegt auf, die gehetzten Gesichter meiner Eltern tauchen im Rahmen auf, ihre Blicke huschen einmal quer durch das Zimmer, nehmen die komplette Zerstörung meiner Einrichtung wahr, bevor sie auf der zersplitterten Fensterscheibe landen.

»Jannis.«

Mein Name ist schon lange synonym für einen Vorwurf.

»Sorry.«

Dabei klinge ich wenig überzeugend – weil es mir egal ist. Es ist nur eine weitere Scheibe, die zu Bruch geht. Angesichts der Summe an Dingen, die unterwegs bereits kaputtgegangen sind, ist das quasi nichts.

Mama bleibt an der Tür, nur Papa wagt sich in mein Zimmer und steigt über den kaputten Bürostuhl, den ich gestern Nacht zerstört habe.

»Hast du alles gepackt?«

Demonstrativ zeige ich auf meinen Rucksack, in den ich die Dinge gestopft habe, die ich mitnehmen will. »*Ta-dah.*«

»Hast du dich an die Packliste gehalten?«

Die Packliste.

Kurz sehe ich mich auf dem Schlachtfeld um, das mein letzter Ausbruch hinterlassen hat, und bleibe bei den kleinen Papierschnipseln hängen, die, verteilt wie Konfetti nach einer Party, auf dem Boden liegen.

»Klar.«

Ehrlich gesagt, habe ich keine Ahnung, was auf dieser Scheißpackliste steht. Wie immer, wenn ich so austicke, bleibt vieles in einer Art dichtem Nebel zurück.

Papa legt den Kopf schief, Zweifel deutlich in seinem Blick, aber er wird mir nicht widersprechen. Zu groß ist die Angst davor, dass ein falsches Wort dabei ist, bei dem ich wieder die Kontrolle verliere.

»Dann können wir los?« Mama kann es gar nicht schnell genug gehen, mich in den Flieger nach Schweden zu setzen. Fast muss ich lachen, wenn ich die Hoffnung in ihren Augen sehe, wenn sie von diesem beschissenen Kanutrip quatschen. Dabei machen sie das alles nur, damit sie kein schlechtes Gewissen mehr haben müssen. Alternativ wartet die nächste Einrichtung auf mich. Ein Heim, eine Anstalt, eine Zwischenlösung, bis ich achtzehn bin und sie die Schlösser an unserer Wohnungstür austauschen lassen werden, wetten?

Ein Blick in meinen spärlich gefüllten Rucksack, in den ich nur unsinnige Dinge gepackt habe, weil ich in meiner Wut einfach die Konzentration verliere.

»Ich bin so weit.«

Die Musikbox hätte ich mal lieber eingepackt, aber jetzt liegt sie irgendwo in unserem Garten, knapp neben dem Gasgrill, den wir nie benutzen, weil meine Eltern die Gasflasche weggegeben haben, aus Angst, ich könnte uns alle damit in die Luft jagen.

Mit dem geschulterten Rucksack steige ich über das Chaos meines Zimmers und trete in den Flur. Mama umarmt mich sofort, beweist allen damit, dass sie keine Angst vor mir hat, und alleine das ist einen Applaus wert. Vielleicht lege auch ich deswegen die Arme um sie und sie drückt zurück. Fester, als ich erwartet habe, aber es kommt nicht bei mir an. Nichts kommt mehr bei mir an.

»Pass auf dich auf, Jannis. Mach keine Dummheiten, hörst du?« Sie flüstert die Worte an mein Ohr, ihre Stimme so brüchig wie das Versprechen, das ich ihr gleich geben werde.

»Versprochen.« Mehr kriege ich nicht über die Lippen, bevor wir uns voneinander lösen. Irgendwie nehme ich ihnen das alles nicht mal wahnsinnig übel. Man gewöhnt sich an alles, oder?

»Wo ist Max?« Mein suchender Blick wandert zum Zimmer meines dreizehnjährigen Bruders, das ganz hinten im Flur liegt.

Die Stille dauert zu lange und wird unangenehm, also sehe ich zu Mama, die aber nur den Ball an Papa weitergibt, der mit dem Autoschlüssel in der Hand wartet.

»Er ist bei einem Freund.«

»Ich kann mich also nicht verabschieden?«

Komisch, *das* trifft mich irgendwie. Auf jeden Fall mehr, als der Plan, mich den Sommer über nach Schweden zu schicken. Aber nur kurz, bis auch das von dem großen schwarzen Loch in meinem Inneren verschluckt wird.

»Wir hielten es für besser, wenn er nicht hier ist.«

»Okay, cool.« Dann gibt es echt keinen Grund mehr, noch länger hier rumzuhängen. »Bis dann.«

Damit gehe ich an Mama vorbei, lasse auch Papa stehen und reiße die Haustür auf, wo mich ein heißer Sommertag und eine weitere »letzte Chance« erwartet.

Kapitel 2

Grete

Samstag

»Du verstehst das doch, oder?«

Jetzt ist es ohnehin zu spät, um noch mal eine Erklärung für all das zu erbitten. Immerhin habe ich in den letzten Wochen auch keine bekommen. Sie sieht mich an, und ich erkenne die Ähnlichkeit, die uns immer wieder bescheinigt wird. Tatsächlich habe ich Mamas Augen und ihre Nase, aber ihr Blick ist so anders als meiner. Ernst sieht sie mich an, aber auch merkwürdig distanziert, weil sie mich nicht mehr so gut kennt.

»Grete, das wird dir guttun.«

Dann dreht sie sich zu Michael um, der in einigem Abstand hinter ihr steht und wartet. Er wollte uns noch etwas Zeit geben, damit wir uns anständig verabschieden können.

Als Mama wieder zu mir sieht, ist da noch mehr Abstand in ihrem Blick. »Das wird uns allen guttun.«

Sie berührt meine Schulter, aber nur kurz und unsicher. Ein ungutes Gefühl macht sich in meinem Magen breit. Abgestellt werden, in der Hoffnung, ich würde nicht merken, wie erleichtert sie ist. Weil ich eben auch immer eine Erinnerung bin an Dinge, die sie vergessen möchte.

»Aber vor allem euch wird das guttun oder?«

»Grete, bitte. Wir haben da doch schon drüber gesprochen.«

Mit verschränkten Armen feuere ich einen wütenden Blick in ihre Richtung und lege eine Frage nach. »Und wenn ich da oben einen Asthmaanfall bekomme und sterbe?«

Mama sieht schlagartig müde aus, als sie den Kopf schüttelt. »Du hast kein Asthma, Grete.«

»Das weißt du nicht!«

»Doktor Hansmann hat dich auf Herz und Nieren untersucht und du bist kerngesund.«

»Wenn ich doch so völlig gesund bin, wieso schickst du mich dann in ein Therapie-Camp?«

Auf diese Frage hat sie keine Antwort, sie sieht mich nur an, und ich wünschte, ich könnte ihre Gedanken lesen.

Michael kommt langsam näher, bis er direkt neben Mama zum Stehen kommt und einen Arm um ihre Schultern legt. Er ist viel zu jung für sie. Er trägt coole Klamotten und kennt sich mit Musik aus, hat sogar ein Netflix-Konto, mit dem er *Stranger Things* schaut. Mama weiß nicht mal, was *Stranger Things* ist.

Michael räuspert sich, seine blauen Augen täuschen so was wie Mitgefühl vor, während sein Lächeln das Gegenteil behauptet, froh über die Tatsache, mich endlich für eine kleine Weile loszuwerden.

»Du musst los. Dein Flug geht gleich.«

»Wir holen dich wieder ab, wenn du zurückkommst.«

Zwei Wochen. In der Einöde, weit weg von Mama, Michael, Papa, meinem Zimmer und ohne Freunde. Freunde, die ich in den letzten Jahren ohnehin alle verloren habe.

»Ich schreib euch 'ne Postkarte.«

Ohne auf eine Umarmung zu warten, drehe ich mich weg und gehe auf die Frau im mausgrauen Pullover zu, die geduldig auf mich gewartet hat und deren Job es ist, dafür zu sorgen, dass ich heil und am Stück in Schweden ankomme. Vielleicht werden sie mir auf der anderen Seite der Kontrolle auch eine Fußfessel anlegen, keine Ahnung. Es war nämlich weder meine Idee noch mein Plan.

»Wie fühlst du dich?« Die mausgraue Frau stellt die Frage vorsichtig in die Stille hinein, als wir nebeneinander zur Sicherheitskontrolle gehen, ohne dass ich mich noch mal umdrehe.

»Spitzenmäßig.«

Denn wenn ich eine Sache kann, dann lügen.

Kapitel 3

Leo

SAMSTAG

Der Rauch füllt meine Lungen, und ich schließe die Augen, halte ihn so lange fest in meinem Brustkorb, bis ich nicht mehr kann, und puste ihn dann in den Himmel über meinem Kopf.

Es hieß, ich könne keine Zigaretten mitnehmen, und wenn ich der Broschüre Glauben schenken darf, wird mir auch mein Handy abgenommen werden. Lächerlich. Das dürfen die gar nicht, dann können sie mich ja gleich in den Knast schicken.

Wieder genehmige ich mir einen Zug, greife nach meinem Smartphone in der Hosentasche und ziehe es heraus. Mitgenommen sieht es aus, das Display ist an der oberen rechten Ecke gesplittert, weil es mir wohl einmal zu oft runtergefallen ist. Schon lange wollte ich es reparieren lassen, aber der Akku von meinem Ersatzhandy ist am Arsch und hält vielleicht gerade mal zwei Stunden am Stück.

Mein Herz hämmert heftig in meiner Brust, und ich öffne eine Spiele-App, für die ich mir erst vorhin neues Guthaben gekauft habe. Vielleicht gewinne ich den Jackpot und kann mich mit der Kohle einfach absetzen. Irgendwohin, wo mich meine Eltern nicht nerven und mir ständig auf die Finger schauen.

»Leo?«

Obwohl meine Klamotten sowieso nach Nikotin riechen, schnippe ich die Kippe über das Geländer des Balkons und wedele mit der Hand die letzten Rauchfetzen weg, bevor ich hineingehe und meine Mutter im Wohnzimmer finde.

»Ja?«

Sie weiß, dass ich geraucht habe, sagt aber nichts, weil es nichts bringt und nur zum nächsten Streit führt.

»Hast du gepackt? Papa kommt gleich und fährt dich dann zum Flughafen.«

Für nichts haben wir Geld, das behaupten sie immer, wenn ich sie um ein bisschen Kohle anpumpe, aber mich in ein Flugzeug nach Schweden zu setzen, dafür finden sich mal eben ein paar Hundert Euro.

»Habe ich.«

»Auch alles, was auf der Packliste stand?«

»Klar.«

Regenjacke, festes Schuhwerk, Schlafsack, dies, das. Einiges davon musste ich mir neu kaufen. Oder habe es zumindest behauptet, denn die Kohle habe ich in andere Dinge investiert. Aber davon müssen meine Eltern erst mal nichts wissen, die machen sich ja ohnehin schon riesige Sorgen, dass ich eines Tages tot unter einer Brücke lande. Dabei bin ich davon unfassbar weit entfernt und habe alles unter Kontrolle.

Das Handy in meiner Hand vibriert und lässt mich wissen, dass die nächste Runde dieses Spiels losgeht, das eine Mischung aus Roulette und Candy Crash ist, und ich mich entscheiden muss, auf welche Farbe oder Form ich meinen Einsatz setzen will.

Mama hingegen will ein Gespräch führen und bestimmt wieder wissen, wie ich mich fühle, wie es in mir aussieht, eben dieses Psychologengequatsche. »Das wird eine sehr aufregende Zeit für dich, Leo, da bin ich mir sicher.«

Mein Nicken soll nicht den Anfang, sondern das Ende des Gesprächs andeuten, denn ich spüre bereits das Kribbeln in meinen Fingerkuppen. Es wird sich ausbreiten, meinen ganzen Körper einnehmen und erst dann verschwinden, wenn ich endlich diesen scheiß Einsatz festgelegt habe.

»Du wirst da andere Leute kennenlernen, die dich vielleicht besser verstehen, als wir das können.«

»Ja, ja, ich weiß schon.«

Damit will ich an ihr vorbei in mein Zimmer, aber sie versperrt mir durch einen Seitschritt die Fluchtmöglichkeit.

»Und wenn es dir anschließend besser geht, dann hat sich das alles gelohnt, du wirst schon sehen.« Dabei klingt sie so, als wolle sie sich selbst davon überzeugen und gar nicht mich. »Danach ist es für uns alle einfacher, denkst du nicht?«

Wenn ich hier noch länger Zeit vergeude, verpasse ich meinen Einsatz und muss bis zur nächsten Runde warten. Mama merkt nicht, wie ich sekündlich nervöser werde und das Handy fester umklammere.

»Ich weiß schon, wird alles super danach.« *Hauptsache, ich kann jetzt dieses scheiß Spiel spielen.*

»Du musst es auch wollen.«

Das hat sie alles in diesen verdammten Selbsthilfebüchern gelesen, die sich auf ihrem Nachtkästchen stapeln und die *ihr* helfen sollen, mit *meinem* Problem umzugehen.

»Ich will es ja, Mama, ich packe mal eben fertig.«

Damit versuche ich, mich endgültig an ihr vorbeizuschieben, aber sie greift nach meinem Arm, gerade als mein Handy wie eine letzte Mahnung aggressiv in meiner Hand vibriert.

»Verdammt noch mal, Mama, ich mache es ja!«

Sie zuckt zusammen, und erst da bemerke ich, wie laut ich geworden bin. Kurz huscht so was wie Angst durch ihren Blick, und ich will mich sofort entschuldigen, aber ich muss meinen Einsatz in dem Spiel setzen und lasse sie einfach stehen, renne in mein Zimmer und schmeiße die Tür hinter mir zu, sehe auf mein Handy und setze in der letzten Sekunde meinen Einsatz von fünfzehn Euro auf ein pinkfarbenes Dreieck.

»Komm schon, komm schon.«

Es gewinnt ein blaues Herz.

Aber beim nächsten Mal … da gewinne ich.

Kapitel 4

Alex

SAMSTAG

»Und wann kommst du wieder?« Jessy sieht mich an, als hätte ich ihr gerade gebeichtet, dass ich ihr vor drei Tagen einen toten Fisch in den Briefkasten geworfen habe.

»Keine Ahnung. Zwei Wochen geht der ganze Scheiß.«

Sie nickt nachdenklich, dabei habe ich ihr schon davon erzählt, als Papa mir das alles vor knapp einem Monat »vorgeschlagen« hat. Zuerst wollten Jessy und ich einen cleveren Plan aushecken, bei dem wir zusammen abhauen und nie mehr zurückkommen. Aber sie hat das nie so ernst gemeint wie ich.

»Krass. Richtig krass.«

»Ich weiß.«

Jessy, die auf der Schaukel neben mir sitzt, schwingt etwas höher, vor und zurück, bis sie schließlich richtig Schwung hat und ich den Luftzug neben mir spüre.

»Sieh es positiv, zumindest darauf konnten sich deine Eltern einigen.« Sie verzieht das Gesicht zu so was wie einem Grinsen, und ich lasse mich zu einem kurzen Lachen hinreißen, bevor auch ich etwas höher schwinge.

Auf dem Spielplatz stehen außer den Schaukeln noch eine

Rutsche und ein Klettergerüst, von dem schon seit Jahren die Farbe abgeblättert ist und das jetzt nur noch grau und verlassen im Sandkasten steht.

»Wird ziemlich öde hier sein ohne dich. Werde dich vermissen.«

Bei ihren Worten zieht sich mein Magen zusammen und mir schießen sofort die Tränen in die Augen. Ich will gar nicht daran denken, wie es ohne meine beste Freundin sein wird. So lange waren wir noch nie voneinander getrennt, und meine größte Sorge ist, dass sie mich vergessen und ersetzen wird. Einfach jemand anderen in der Clique aufnehmen und sich nicht mehr an mich erinnern, wenn ich zurückkomme.

Jessy, die so hoch schaukelt, dass man meinen könnte, sie hebt gleich ab, sieht nicht zu mir, sondern über den hohen Zaun, der unseren Spielplatz vom angrenzenden Basketballplatz trennt. »Lass dir von diesen Psychos nur nichts aufbrummen, okay? Hau denen aufs Maul, wenn sie dir dumm kommen.«

Bei Jessy klingt das so einfach, und auch wenn ich inzwischen selber schon mal in eine Schlägerei verwickelt war, so ist es mir dennoch nie leichtgefallen, Streit anzufangen. Mitmachen, das kann ich. Anfangen? Nicht so meine Stärke.

Am höchsten Punkt ihres Schwungs springt Jessy schließlich ab, segelt kurz wie schwerelos durch die Luft und landet dann sicher in einigen Metern Entfernung auf dem Boden. Ihr Grinsen ist jetzt breit und selbstsicher.

Ich bewundere sie.

Ich wäre so gerne wie sie.

Weil sie sich nie wegschicken lassen würde.

Aber als meine Eltern vor etwa vier Wochen zusammen an

unserem Tisch saßen, als ich zur Tür reinkam, da wusste ich schon, dass es Ärger gibt. Immerhin sitzen sie schon seit Jahren nicht mehr an einem Tisch, es sei denn, ein Anwalt ist anwesend und es geht mal wieder um irgendwelche Unterhaltszahlungen, die nicht getätigt wurden. Dann schieben sie sich die Schuld hin und her – wie sonst nur mich.

Schließlich springe auch ich ab – wenn auch nicht ganz so hoch –, lande in Jessys Nähe und versuche, ihr Grinsen zu imitieren, damit sie nicht sieht, dass ich am liebsten heulen möchte. Denn wenn sie weiß, wie viel Angst ich habe, dann wird sie mich auslachen und mich erst recht ersetzen.

»Mach dir nicht so einen Kopf, Alex.« Sie legt den Arm um meine Schultern und zieht mich etwas zu sich ran. Sie riecht nach Zigaretten und dem süßlichen Parfüm, das wir letzte Woche aus dem Drogeriemarkt geklaut haben.

»Du bist eine von uns, die werden sich an dir die Zähne ausbeißen.«

Sie tätschelt mir die Wange, und ich will ihr glauben. Ich bin eine von ihnen, und in ihrer Nähe denke ich sogar oft, dass ich unbesiegbar bin. Aber ohne sie?

»Nehmt euch doch ein Zimmer!«

Zwei Jungs, etwas älter als wir, kommen vom Basketballplatz auf den Spielplatz rüber. Ihrem Grinsen nach zu urteilen, haben sie uns schon eine Weile beobachtet. Jessy würdigt sie keines Blickes, bleibt voll und ganz bei mir, aber etwas in ihrem Gesichtsausdruck verändert sich, und ich ahne, was das bedeutet.

»Das hier ist ein Spielplatz. Seid ihr dafür ihr nicht ein bisschen zu alt, Mädels?«

Die Jungs kommen weiter auf uns zu, und ich spüre, wie sich

meine Nackenhaare aufstellen, als Jessy sich von mir zu den Jungs dreht. »Wer hat *euch* nach eurer Meinung gefragt?«

Sie lachen, als hätte Jessy den Gag ihres Lebens gemacht, und ich greife nach ihrer Hand, aber es ist schon zu spät.

»Wollt ihr Ärger oder so was?« Jessy schüttelt meine Hand ab und macht energische Schritte auf die Jungs zu, die sich aber nicht im Geringsten eingeschüchtert fühlen.

Ihr erster Fehler.

»Es war nur ’ne Frage, Kleines, entspann dich.«

Doch Jessy hat nicht vor, sich zu entspannen. Sie schlägt dem Kleineren der beiden den Basketball aus der Hand und lässt ihn zwei Mal auf dem Boden aufprallen.

»Wir behalten den Ball und ihr verpisst euch. Was haltet ihr davon?«

»Spinnst du, oder was?«

Ihr zweiter Fehler.

»Verpisst euch einfach.«

Jessy ist über den Punkt hinaus, an dem sie sich noch beruhigen könnte, und ich weiß, was sie von mir erwartet. Mein ganzer Körper will die Flucht antreten, aber das kann ich nicht. Weil Jessy andere Pläne für uns hat.

»Gib den Ball zurück, Psycho.«

Ihr dritter Fehler.

Jessy sieht über die Schulter zu mir, ihr Lächeln harmlos und schön. Dann wirft sie den Ball zurück.

Mit Wucht.

Mitten ins Gesicht des Jungen.

Sofort läuft Blut aus seiner Nase und Jessy stürzt sich auf ihn.

Es geht wieder los.

Kapitel 5

Grete

Sonntag

Sie sehen relativ normal aus.

Keine Ahnung, was ich erwartet habe, aber jetzt bin ich ein bisschen erleichtert, dass niemand wirklich wie ein irrer Psycho wirkt. Also, außer vielleicht Alexandra, die sich aber als Alex vorgestellt hat. Die hat ein ziemliches Veilchen unter dem linken Auge und macht auch sonst nicht den Eindruck, als hätte sie eine entspannte Anreise gehabt. Bock auf uns hat sie auch nicht, aber da sie neben mir das einzige Mädchen in der Gruppe ist, befürchte ich, wir sollen so was wie best friends werden und uns ein Zelt teilen.

Leo, der Typ mit den raspelkurzen Haaren, der ständig an seinen Fingernägeln kaut und nervös wirkt, hat schöne Augen, obwohl er jedem Blickkontakt ausweicht. So blass, wie er aussieht, tippe ich auf Flugangst, die er für den Trip hierher erst mal bezwingen musste.

Jannis, der unsere Truppe komplettiert, versteckt seine Augen hinter dunklen Haaren, die ihm tief in die Stirn fallen, und seine Ausstrahlung ist ganz klar auf Abneigung eingestellt.

Sehr sympathisch.

»Wir freuen uns sehr, dass ihr hier alle heil angekommen seid.«

Die Frau, die mich vom Flughafen ins Camp gebracht hat und uns nun der Reihe nach anlächelt, ist sicher keine dreißig, und hat sich mir als Yvonne vorgestellt. Neben ihr steht ein Mann so groß wie ein Baum, der auf den Namen Ben hört. Der Dritte im Bunde ist ein junger Typ, dunkle Haare, dunkle Augen, das Lächeln ein bisschen bedrohlich und faszinierend zu gleichen Teilen. Tommi, eine Art Betreuer, allerdings keiner von den Psychologen, was ihn mir auf Anhieb sympathischer gemacht hat.

»Wir verstehen, dass ihr sicher aufgeregt seid, endlich hier zu sein, aber auch sehr müde von der Reise.«

Yvonne klingt so verständnisvoll und sieht uns dabei alle der Reihe nach genau an, nickt immer wieder und deutet schließlich auf den kleinen Transporter, der unweit von uns auf dem Parkplatz steht und unsere letzte Chance auf eine Rückkehr in die Zivilisation ist.

»Wir haben die Kanus, die Kochutensilien, ein Notfallpack und alles, was wir noch so brauchen werden, dabei.«

Leo hebt die Hand, was Yvonne in ihren Ausführungen unterbricht.

»Wo können wir unsere Handys laden? Ich habe nur noch acht Prozent Akku.«

Yvonne wechselt einen kurzen Blick mit Ben, der seinen mächtigen Schädel schüttelt, und die letzte Farbe weicht aus Leos Gesicht, als er versteht, was das bedeutet.

»Sorry, Leo, aber hier draußen haben wir keinen Strom.«

»'ne Powerbank tut es auch.« Dabei klingt er fast etwas verzweifelt, während er sein Smartphone verkrampft in der Hand hält.

»Wozu brauchst du ein Handy, hier hast du doch eh keinen Empfang!«

Jannis, der beide Hände in den Hosentaschen vergraben hält, sieht Leo gelangweilt an, aber sein Einwurf ist nicht unberechtigt. Auch ich habe schon versucht, eine Nachricht zu schicken, allerdings ohne Erfolg. Nicht mal einen Balken Empfang habe ich hier draußen, dabei habe ich versprochen, mich daheim zu melden. Jetzt habe ich die perfekte Ausrede, um es nicht zu tun.

»Ich muss was checken.« Leo sieht gequält lächelnd zu Yvonne, als könnte sie ihm nicht nur eine E-Zapfsäule für sein Handy liefern, sondern auch noch die Panik nehmen, die offensichtlich von seinem Körper Besitz ergreift. Ob er merkt, dass er zittert?

»Das tut uns leid, Leo, aber wir nehmen euch heute Abend ohnehin die Telefone ab.«

»*Was?*«

»Das stand doch im Briefing.«

Leo schüttelt den Kopf. »Dachte, das wäre freiwillig.«

Wenn er das wirklich geglaubt hat, haben seine Eltern ihn ganz schön beschissen, denn das mit dem Handy stand ziemlich deutlich auf diesem Zettel mit den wichtigsten Infos. Auch Zigaretten, Alkohol und jegliche Drogen müssen abgegeben werden. Sogar unser Deo dürfen wir nur in Gegenwart der Betreuer benutzen, bevor wir es wieder abgeben. Angeblich können wir aus Deo-Dosen und einem Feuerzeug einen Flammenwerfer basteln. Mama ist mit mir alle Punkte durchgegangen, Michael hat die ganze Zeit nur gelächelt und dumm geschaut.

Tommi macht einen Schritt nach vorne, verlässt seine Position als Beobachter und reicht Leo sein Handy.

»Kannst meines nehmen, wenn du was checken willst. Ich habe hier sogar ganz guten Empfang.«

Aber Leo zögert, sieht etwas unsicher zu seinem Gegenüber und dann auf das dunkle iPhone, das wie eine Einladung zwischen ihnen in Tommis Hand liegt. »Nee, ich muss was mit meinem Account checken.« Leos Stimme bebt etwas, und er sieht sich unsicher um, bemerkt wohl erst jetzt, dass wir ihn alle ansehen. »Gibt nichts zu glotzen, geht um was Persönliches.«

Alex schnaubt fast verächtlich. »Klar. *Only Fans* noch mal updaten.«

Jetzt wandert unsere Aufmerksamkeit zu ihr, wie sie grinsend Leo im Blick behält, der etwas perplex wirkt, so als hätte er sie nicht verstanden oder eben erst wahrgenommen.

»Was?«

»Persönliches in deinem Account checken? Klingt schräg.«

Leos Hände zittern, er sieht sich Hilfe suchend um und findet doch nicht, was er sucht. Ein bisschen tut er mir leid, weil er offensichtlich nicht so recht weiß, auf was er sich hier eingelassen hat. »Das könnt ihr nicht machen. Das ist mein Grundrecht.«

Wieder ist es Alex, die gehässig auf seine Worte reagiert und diesmal schamlos lacht. »Klar, Paragraf eins des deutschen Grundgesetzes. Jeder hat ein Recht auf sein Smartphone und volle Akkus.«

Auch Jannis lässt sich jetzt zu so was wie einem Grinsen hinreißen, aber es wirkt auf keinen Fall freundlich. Von dem Typen werde ich mich erst mal fernhalten.

»Heulst du jetzt?« Alex legt noch mal nach und deutet mit dem Zeigefinger auf Leo, dessen Augen tatsächlich verdächtig schimmern. »Im Ernst, der heult gleich.« Sie sieht zu mir, erwartet eine Reaktion, aber ich stehe nur da.

»Alexandra, es reicht jetzt.« Zu meiner Überraschung ist es nicht Ben, der diese Warnung ausspricht, sondern Yvonne, der ihr überfreundliches Lächeln aus dem Gesicht gewischt wurde. Jetzt sieht sie so streng aus, dass ich mir gar nicht mehr sicher bin, ob sie nicht doch sehr viel älter als dreißig ist.

»Was denn? Ich sage doch nur –«

»Ich habe gesagt: Es reicht.«

Leo wischt sich schnell über die Augen, wobei seine Hände noch immer beben, und ich will etwas sagen, aber ich weiß nicht, was, und so breitet sich eine unangenehme Stille aus, die mich daran erinnert, wo ich bin.

Kein vorbeifahrendes Auto, keine Musik aus einem tragbaren Lautsprecher und auch keine Unterhaltung von fremden Menschen. Nur das Zwitschern der Vögel in den Bäumen, am Rand dieser Lichtung, und das leise Plätschern des Wassers, von dem wir hier fast komplett umgeben sind.

Willkommen in Schweden, Flucht ausgeschlossen.

Ich bin also wirklich hier, bereit für eine Kanutour ohne Handyempfang und unendlich weit weg von daheim und all den Erinnerungen, die dort versteckt an jeder Straßenecke auf mich lauern.

Kapitel 6

Leo

Sonntag

Schnell nehme ich einen Zug und schließe wieder die Augen.

Das hier ist nur ein fieser Albtraum, aus dem ich sicher gleich aufwache. Nur leider hat das schon bei den letzten zwei Versuchen nicht geklappt. Nicht im Flugzeug – wo übrigens Rauchverbot herrscht – und auch nicht auf dem Weg in die Einöde, als die roten Holzhäuser immer weniger und die dazugehörigen Menschen immer seltener wurden. Ich weiß nicht mal mehr, wann wir zum letzten Mal jemanden gesehen haben, der mir nicht mein Handy und die Kippen wegnehmen wollte.

Yvonne, Ben und Tommi haben uns erklärt, wo wir sind, aber mir sagt weder *Bengtsfors* noch *Dalsland* etwas. Könnte von mir aus auch irgendwo in Mittelerde liegen. Hier ist nur scheiß Natur.

Bäume.

Noch mehr Bäume.

Ein Fluss, der sich als ein See tarnt.

Noch mehr Bäume und sonst einfach nichts.

Ein weiterer Zug, tief und direkt in die Lunge geballert.

Hinter mir erklärt Ben den anderen, was in welche wasserfeste Tonne kommt, wer mit wem in welchem Kanu hocken wird und um wie viel Uhr wir morgen aufstehen müssen.

»Noch zwei Minuten.«

Tommi taucht neben mir auf und sieht über das Wasser vor uns, auf dessen Oberfläche die Sonnenstrahlen funkeln. Sicher, hier kann man bestimmt total gut Urlaub machen, wenn man über hundert und Rentner ist. Aber für mich ist das echt nichts.

»Rauche nur schnell die Kippe fertig.«

Dabei ist meine Kippe nur noch ein kleiner glühender Stummel, aber ich kann mich einfach nicht davon trennen.

»Ich glaube, du hast sie schon fertig geraucht.«

Nur noch ein Zug.

Demonstrativ nehme ich die Zigarette zwischen meine Lippen, sehe diesem Tommi genau in die Augen und ziehe so lange an der Kippe, bis sich die Glut zum Filter vorgefressen hat. Mit dem Rauch in den Lungen fühle ich mich etwas besser und lächele ihn an. »Jetzt ist sie fertig.« Dann puste ich ihm den Rauch direkt ins Gesicht, was er hinnimmt, ohne sich zu bewegen. Aber ich kann sehen, dass es ihn nervt, und zwar so richtig. Aber vermutlich darf er nicht ausrasten, weil er ja ein Betreuer ist und als gutes Vorbild vorangehen muss.

»Herzlichen Glückwunsch zur letzten Kippe deines Lebens.« Er streckt mir die Hand entgegen und wartet wohl darauf, dass ich total euphorisch einschlage. »Und jetzt her mit der Schachtel.«

»*Was?*«

»Deine Kippen.«

»Die habe ich vorhin abgegeben.«

Tommi sieht mich unbeirrt an. Der Typ wirkt nicht wie die anderen Sozialarbeiter, Suchtberater und Jugendamtstypen, mit denen ich bisher zu tun hatte. Seine Augen sind zu düster, sein Lächeln zu kühl.

»Ihr dürft mir die nicht abnehmen.«

»Dann ruf die Polizei. Und jetzt her mit den Kippen.« Er zieht eine Augenbraue nach oben. »Oder muss ich eine Leibesvisitation starten?«

Sofort ziehe ich meine Zigarettenschachtel, die ich mir am Flughafen in Deutschland noch schnell gegönnt habe, aus meiner Gesäßtasche und reiche sie ihm. »Ihr seid Sadisten.«

Aber Tommi zuckt nur die Schultern und zieht eine Kippe aus der Schachtel und zündet sie sich in aller Ruhe an. »Ich wurde schon als Schlimmeres bezeichnet.«

Etwas sprachlos sehe ich ihm dabei zu, wie er *meine* Zigarette raucht, aber er lässt sich nicht aus der Ruhe bringen, sondern genießt den Ausblick vor uns.

»Ich wette, du freust dich schon auf die Paddeltour.« Die Ironie in seiner Stimme klingt wie eine Ohrfeige und ich schüttele nur ungläubig den Kopf.

»Solltet ihr Betreuer nicht mit gutem Beispiel vorangehen?«

Tommi gönnt sich noch einen Zug, bevor er die Kippe an der Sohle seiner Schuhe ausdrückt. »Zum Glück bin ich kein klassischer Betreuer.«

»Du rauchst meine Kippen.«

»Korrekt.«

»Und was ist mit mir?«

Tommi mustert mich einen Moment nachdenklich, dann greift er in seine Hosentasche, und ich bete, dass er Mitleid mit mir hat und einsieht, dass ich das nicht einfach so kann. Cold Turkey am ersten Tag, an dem mein Herz ohnehin schon jede Minute bis zum Kehlkopf schlägt.

Doch er reicht mir nur ein quadratisches Kaugummi in einer ziemlich bunten Verpackung. »Hier. Das lenkt ab.«

Das kann nicht sein Ernst sein. Er macht sich über mich lustig. Wütend schnappe ich mir das Kaugummi, hole weit aus und schleudere es im hohen Bogen ins Wasser vor uns, wo es lautlos untergeht.

»*Hey!*«

Jetzt bin ich es, der grinst, was Tommi aber nicht im Geringsten beeindruckt.

»Das ist Umweltverschmutzung.«

»Scheiß ich drauf.«

»Und ich sammele die Tattoo-Bildchen, die in der Packung sind.«

»Tja, Pech gehabt.«

»Allerdings. Das Kaugummi hätte dir nämlich heute durch den Tag geholfen.«

Fuck. Hätte es wirklich. Aber in Kurzschlussmomenten neige ich dazu, nicht besonders lange nachzudenken, bevor ich etwas mache. Und jetzt bereue ich meinen Wurf schon, kann und werde das aber nicht zugeben, und so starre ich Tommi nur wütend an. Immerhin ist das seine Schuld.

Tommi ist echt anders als die Typen, die sonst so bei uns daheim aufgetaucht sind. Er wirkt kein bisschen eingeschüchtert von meiner Aktion, und er lächelt auch nicht gespielt mitfühlend, sondern zuckt wieder nur die Schultern, als würde ihn das alles irgendwie gar nichts angehen.

»Und jetzt komm, sonst verpasst du die Einführung.«

»Ich dachte, das habe ich schon.«

»So viel Glück hast du nicht, also los. Ist auch halb so wild.«

»Wie viele solcher Touren hast du denn schon mitgemacht?«

Tommi grinst breit und selbstsicher. »Das hier ist meine erste.«

»Dein Ernst?«

»Wird sicher unvergesslich.«

»Du weißt also gar nicht, was du machen musst?«

»Und? Du doch auch nicht.«

Bei was für einem Verein haben meine Eltern mich hier denn abgegeben?

Tommi zwinkert mir zu. »Entspann dich, wir paddeln. Kann ja wohl nicht so schwer sein.«

Damit gibt er mir einen leichten Schubs und setzt mich in Bewegung, wobei meine Schritte jetzt schon unsicher sind. Mein Handy ist außer Reichweite, wie auch die der anderen. Unseren Eltern wurde mitgeteilt, dass wir ab jetzt nicht mehr erreichbar sind und nur einer der Betreuer ein Handy hat, auf dem sie anrufen können.

Ich muss also nur rausfinden, wer dieses Handy hat, es klauen und mich auf der Seite mit dem Game einloggen.

Sollte ein Kinderspiel für mich werden.

Kapitel 7

Jannis

Sonntag

Ihr Veilchen ist noch ziemlich frisch, die Färbung kräftig, als wäre ein kompletter Wasserfarbkasten direkt in ihrem Gesicht explodiert. Doch das ist ihr nicht mal im Ansatz peinlich, ganz im Gegenteil, sie trägt dieses blaue Auge voller Stolz spazieren.

Alex ist klein, was gut ist, immerhin muss ich mir mit ihr das Kanu teilen, wie Ben uns mitgeteilt hat. Zwar ist sie nicht so begeistert, in meinem Team gelandet zu sein, aber das nehme ich ihr nicht übel. Sie will genauso wenig hier sein wie die anderen und auch das verstehe ich.

»Wir werden unseren Proviant auf alle Kanus verteilen.« Ben klopft auf eine der Plastiktonnen, in denen unser Essen für die nächsten Tage verpackt werden soll. »Sollten die doch mal versehentlich über Bord gehen, müsst ihr euch keine Sorgen machen, die Teile sind wasserdicht.«

Ben trägt ein Snapback Cap, dazu ein weißes T-Shirt mit der Aufschrift *Dare to be different.* Die kurze Jeans sieht mitgenommen aus und passt zu den Turnschuhen. Alles an ihm schreit *Berufsjugendlicher*, was aber wohl gewollt ist. Er gibt vor, einer von uns zu sein. Yvonne hat ihre Haare zu einem Pferdeschwanz gebunden und trägt ebenfalls eine Mischung aus Freizeit- und Outdoor-Look, nur für den Fall, dass dies hier ein Survivaltrip wird.

»Wichtig ist, dass eure Sachen nicht nass werden.« Ben lässt sich weder von Alex' demonstrativem Desinteresse noch von Leos Zappeligkeit aus der Spur bringen und referiert seelenruhig weiter, erwartet wohl nicht mal wirklich unsere Aufmerksamkeit. »Dafür habt ihr sogenannte Dry Bags.«

Er deutet auf rote Plastiksäcke, die in der Sonne glänzen und die wir mit unserem Kram befüllen sollen. So weit komme ich mit, mir machen eher diese Kanus Sorgen. Gleichgewicht halten, ruhig sitzen und in Synchronität mit Alex paddeln, das klingt nicht gerade nach einer leichten Übung.

»Wir werden das Gewicht so verteilen, dass ihr alle ungefähr das Gleiche an Gepäck transportiert.«

»Ich soll also deren Zeug spazieren fahren?« Alex, die neben mir auf dem Boden sitzt und mit einem Stock Skizzen in die Erde malt, sieht jetzt zum ersten Mal auf und feuert einen genervten Blick in Bens Richtung.

»Jap.«

Sie hat also doch zugehört.

»Sehe ich aber nicht ein. Die haben doch ihr eigenes Boot.« Mit dem Stock deutet sie auf Grete und Leo, die uns wie angespültes Strandgut gegenübersitzen.

»Manche haben mehr Sachen dabei als andere. Wir verteilen es gerecht.«

Aber Alex lässt sich nicht überzeugen und schüttelt entschlossen den Kopf. »Mache ich nicht. Wenn die Übergepäck dabeihaben, sollen sie abspecken.«

Ben atmet einmal tief durch, dann spricht er einfach weiter, teilt weitere Infos, wie das hier ablaufen wird, ohne auf Alex' Widerspruch einzugehen.

Was dazu führt, dass sie sich jetzt zu mir dreht. »Wir schleppen nicht deren Müll mit, verstanden?«

»Wusste nicht, dass du die Kapitänin unseres Kanus bist.«

»Bin ich aber. Hast du ein Problem damit?«

Sie will so dringend tough wirken, dass ihr nicht mal auffällt, wie lächerlich sie dabei klingt.

»Wo ist eigentlich *dein* ganzes Zeug?«

Denn während ich den Schlafsack, das Zelt und einen Rucksack voller Unsinn neben mir liegen habe, hat sie nur eine Tasche dabei, in der kaum all die Dinge Platz finden können, die wir vor der Abreise besorgen sollten.

»Was geht dich das an?«

»Wenn du zu wenig dabeihast, können wir doch locker das Zeug der anderen mitnehmen.«

Alex verzieht das Gesicht, als hätte ich sie aufgefordert, eine Handvoll Dreck zu schlucken. »Ich erkläre dir mal, wie das hier läuft.« Jetzt deutet sie mit dem Stock in ihrer Hand auf mich. »Ich mache die Ansagen, und wenn du keinen Ärger willst, hältst du dich daran. Wir nehmen deren Scheißgepäck nicht mit. Klar?«

Mir gefällt ihr Ton nicht. Mir gefällt auch nicht, dass sie glaubt, so mit uns umspringen zu können, und am allerwenigsten gefällt mir dieser Stock, der sich verdächtig nah vor meinem Gesicht befindet.

Mit einer schnellen Handbewegung entreiße ich ihr den Stock, breche ihn in der Mitte durch und werfe ihn achtlos zur Seite.

Erschrocken sieht sie mich an, bevor sie sich fängt und ihr Grinsen zurückkehrt. »Sieh an, du bist ja doch nicht so ein Schisser, wie ich gedacht habe.«

Sie spaziert auf verdammt dünnem Eis, aber das ahnt sie nicht, und ich atme schnell ruhig ein und aus, versuche alles, was in meinem Inneren kocht, zu kontrollieren, bevor ich ihr ein zweites Veilchen verpassen muss.

»Alex, Jannis, gibt es ein Problem?«

Ben hat seinen Vortrag unterbrochen und sieht uns fragend an. Auch alle anderen beobachten uns und das ist eindeutig zu viel Publikum für meinen Geschmack. Diese ganze Kanutour ist eine dumme Idee, und sie wissen nicht mal, wie dumm es war, mich mitzunehmen.

Kurz denke ich an das Chaos in meinem Zimmer daheim, das ich als Abschiedsgeschenk hinterlassen habe, und schüttele den Kopf und die Erinnerung daran ab.

Max war nicht mal da, als ich gegangen bin. Weil sie Angst haben, ihn und mich zusammen in einem Raum zu lassen. Als könnte ich ihn plötzlich angreifen, seine Gliedmaße abtrennen oder ihm den Kopf abbeißen. Deswegen haben sie ihn die letzten Jahre auf ein Internat geschickt, damit ich ihn ja nicht verletzen kann. Grandioser Plan.

»Jannis?«

Offensichtlich habe ich verpasst, welche Frage mir Ben gerade gestellt hat, und ich zucke nur die Schultern, was er als Antwort durchgehen lässt und nahtlos dort anknüpft, wo er aufgehört hat.

Alex lehnt sich zu mir rüber, ihr Grinsen noch immer breit, aber ihre Augen bleiben – abgesehen vom Veilchen – farblos.

»Ich habe das Gefühl, dieser Trip könnte noch richtig witzig werden.«

»Halt deine Klappe und komm mir nicht in die Quere.«

Ob es zu spät ist, um einen Wechsel zu erbitten? Denn gerade habe ich so gar keine Lust auf Alex und ihr unnötiges Gequatsche. Dann nehme ich lieber diesen hyperaktiven Leo, der nicht mal eine Sekunde still sitzen kann, oder Grete, die lächelnd alles über sich ergehen lässt. Beide wirken gerade verlockender als Alex, die schon den nächsten Stock in der Hand hält und weiter ihre Skizzen in den Boden ritzt.

»Du willst das Team wechseln, oder?« Sie stellt die Frage so leise, dass ich nicht sofort verstehe, mit wem sie spricht. Doch sie meint mich. Sieht mich dabei aber nicht an, sondern starrt auf ihre Zeichnung, eine Art Mini-Comic, der gar nicht übel geworden ist.

»Will ich.« Wenn ich was weiß, dann, wie sehr Lügen wehtun, die sowieso irgendwann als solche auffliegen. Da bin ich lieber ehrlich und ernte ein Nicken.

»Typisch.«

»Für wen?«

»Für alle. Kaum wird es unbequem, haut jeder ab.«

Bevor ich genau erkennen kann, was sie da in den Boden malt, ruiniert sie ihr Gemälde, indem sie es wieder und wieder durchstreicht.

»Ich hau nicht ab, ich will nur in ein anderes Boot.«

»Schisser.« Jetzt leuchten ihre Augen doch ganz kurz auf, als sie mich schließlich ansieht und ich die Herausforderung in ihrem Blick erkenne. »Du willst lieber mit der blonden Schönheit paddeln gehen, was?«

Sie meint Grete, die neben Leo sitzt und nicht gerade den Eindruck erweckt, als würde sie Ben zuhören oder hier sein wollen.

»Ich will nur meine Ruhe.« Das stimmt sogar. Wenn es nach mir ginge, könnten alle anderen einfach die Klappe halten.

»Okay, ich verspreche hoch und heilig, dich nicht zu nerven, wenn du in meinem Boot bleibst.« Das klingt überraschend ehrlich, aber wieder schwingt da diese Herausforderung in ihrer Stimme, als wolle sie mich testen.

Sie hält mir den neuen Stock entgegen.

»Du kannst auch der Kapitän sein, wenn du unbedingt willst.«

Wenn sie wüsste, wie egal mir auch das ist.

Kapitel 8

Grete

MONTAG

»Das hier ist die Einkaufsliste. Haltet euch daran.«

Es ist zu früh für ihre gute Laune, wir hatten gerade mal Kaffee und ein belegtes Brot, das viel zu labbrig für meinen Geschmack war, bevor wir zum Einkaufen aufgebrochen sind. Und die erste Nacht im Zelt war auch kein Spaß.

Ben und Tommi sind bei den beiden anderen geblieben. Yvonne steht neben mir und Leo – der nicht nur sehr unausgeschlafen, sondern auch mies gelaunt scheint – im Supermarkt in Bengtsfors, dem kleinen Städtchen, von dem aus unser Trip starten soll. Direkt am See Lelång gelegen, sieht man gefühlt von überall auf Wasser. Keine Ahnung, ob es dazu schon wissenschaftliche Studien gibt, aber Wasser macht immer irgendwas mit uns Menschen. Eine Art Fernweh stellt sich ein, als wäre hier alles möglich, sogar ein Kanutrip mit den Chaoten.

Weit weg von daheim.

Aber bevor wir in See oder den Fluss stechen können, müssen Leo und ich für den Einkauf des heutigen Tages sorgen.

»Ich warte an der Kasse.« Yvonne lächelt uns aufmunternd

an, dabei könnte man doch meinen, dass wir in unserem Alter schon einige Male erfolgreich alleine einkaufen waren.

»Alles klar.«

Eigentlich bin ich nur froh, von den anderen wegzukommen. Denn weder Alex noch Jannis machen den Eindruck, als hätten sie viel Lust auf uns, diesen Trip oder die Betreuer. Leo, so hibbelig er auch sein mag, ist wenigstens irgendwie auszuhalten. Er spricht bloß nicht so viel, was bei mir immer das Gefühl auslöst, die Stille zwischen uns füllen zu müssen. Jetzt gerade läuft er wie ferngesteuert neben mir her, sieht sich nervös um, als erwarte er, verfolgt zu werden.

»Okay. Ich würde sagen, wir kaufen erst mal das Obst und die frischen Sachen, dann alles andere Zeug und am Schluss die Getränke.«

Aber Leo hört mir gar nicht zu, sieht an mir vorbei in ein Regal, das nichts von dem beherbergt, was auf unserer Liste steht.

»Hallo?« Ich zupfe an seinem T-Shirt, aber Leo hat kein Interesse an einem gemeinsamen Shoppingtrip.

»Ja, kauf du das Zeug von der Liste, ich schau mich mal um.« Damit geht er einfach los, biegt in den erstbesten Gang voller Toastbrot ab und lässt mich einfach so stehen.

»Wir sollen aber zusammen einkaufen!«

»Ja, wir sehen uns an der Kasse.«

Aber ganz so einfach lasse ich mich nicht abschütteln. Mit dem Einkaufswagen folge ich ihm, den Zettel in der Hand, nur bin ich mir echt nicht sicher, wo Leo gerade gedanklich ist, denn er ignoriert mich so gekonnt, dass ich fast selber glaube, mich in Luft aufgelöst zu haben.

Kein schönes Gefühl.

»Du kannst mich doch nicht einfach stehen lassen.« Ich greife nach seinem Arm und halte ihn fest. Kurz blinzelt er, sieht mich überrascht und ertappt an.

»Was ist denn?«

»Auf welchem Planeten bist du eigentlich gerade unterwegs, Leo?«

Doch er versteht nicht, schüttelt den Kopf und meinen Griff ab, geht unbeirrt weiter, verfolgt einen Plan, in den er mich natürlich nicht einweiht, und ich spüre plötzlich diesen vertrauten bitteren Geschmack in meinem Rachen.

Er lässt mich einfach so zurück. Dabei lautet die Aufgabe, wir sollen gemeinsam für das ganze Camp einkaufen.

Unsicher sehe ich mich um, Yvonne wartet irgendwo vorne an den Kassen, von wo aus ein ständiges Piepen zu hören ist, wann immer ein Artikel gescannt wird. Aus den versteckten Boxen über uns an der Decke dringt Dauerbeschallung in Form von Musik, immer wieder unterbrochen durch Ansagen auf Schwedisch, die ich nicht verstehe und wohl irgendwelche Sonderangebote anpreisen. Alleine mit dem Einkaufswagen stehe ich wie ein unnötiges Hindernis mitten im Weg der anderen Kunden, nachdem Leo einfach abgehauen ist.

Eine ältere Dame schiebt meinen Wagen zur Seite und geht dann kopfschüttelnd weiter, und ich bin mir auf einmal nicht mehr sicher, ob ich meine Beine noch spüre.

Wir sollten das zusammen machen.

Er und ich.

Das war der Deal.

Und wir scheitern schon an der ersten Aufgabe?

Nur nicht durchdrehen, Grete, du packst das.

Der Einkaufswagen bietet mir den Halt, den ich brauche, und ich umklammere die Querstange, setze mühsam einen Fuß vor den anderen, höre die vielen Geräusche, die alle Supermärkte auf der ganzen Welt irgendwie gleich klingen lassen. Es riecht nach diesem Reiniger, mit dem man Fußböden sauber macht, und ein bisschen auch nach Käse. In einem der Gänge schreit ein Kind, sicher weil es irgendwas Süßes nicht bekommt. Menschen lachen und unterhalten sich, alles wie immer, alles ganz normal.

Mich droht diese Geräuschkulisse zu verschlucken, während ich langsam weitergehe, nicht mal schaue, was es für Sonderangebote in den Regalen gibt. Ich muss nur zurück zur Kasse, Yvonne wird dort auf mich warten, mit dem Geld und dem Lächeln, das sie bisher nicht ein Mal wirklich abgestellt hat.

Niemand vergisst mich hier. Nichts Schlimmes wird passieren.

Mein Blick huscht über die Menschen um mich herum, ich suche Leo, sein blaues T-Shirt, die raspelkurzen Haare und kaputten Jeans.

Er muss hier irgendwo sein.

Nur finde ich weder sein T-Shirt noch ihn zwischen den anderen Kunden, die zielsicher in die Regale greifen, weil sie genau wissen, wo alles steht. Nur ich bin zwischen Vollkorntoast und Hafermilch verloren.

Im Gang mit den Hygieneartikeln überfällt mich zum ersten Mal der Gedanke, dass auch Yvonne verschwunden sein könnte. Leo ist mit ihr schon längst auf dem Weg zurück zum Camp, und ich wurde hier einfach abgesetzt, zurückgelassen und vergessen.

Etwas drückt auf meine Brust, und zwar so heftig, dass ich nicht mehr tief genug einatmen kann. Meine Lungen füllen sich kaum noch mit Sauerstoff, mein Gehirn verlangt nach mehr, aber als ich versuche, so tief wie möglich einzuatmen, ist da dieser Schmerz, heftiger und stechender als erwartet.

»Leo?« Es klingt so erstickt wie auch meine Atmung. »Leo!«

Aber Leo ist doch eh nicht mehr hier, der ist mit Yvonne unterwegs zu den anderen.

Ohne mich.

»LEO!«

Sein Name, lauter als nötig, bricht aus mir heraus, schubst dabei den Stein von meinem Brustkorb, und meine Lungen füllen sich wieder mit Sauerstoff, während meine Knie ganz wackelig sind und mein Kopf zu platzen droht. Zu viel, alles zu viel, zu laut, zu eng, zu fremd und doch so schrecklich vertraut.

Meine Beine geben nach, meine Hände sind zu schwitzig, um den Griff des Einkaufswagens zu halten, und so kippe ich gegen das Regal und rutsche zu Boden. Ein heftiges Pochen klingt in meinen Ohren, und ich schließe die Augen, hoffe, damit alles ausblenden zu können, aber das Klopfen bleibt.

Schritte kommen näher, verharren schließlich und eine Hand berührt meine Schulter.

»Grete, was ist los?«

Ich reiße die Augen auf und erkenne Leo, der neben mir in die Hocke gegangen ist und mich sorgenvoll ansieht. »Bist du umgekippt?«

Statt zu antworten, schlinge ich meine Arme um ihn und halte ihn so fest, dass er sich nicht so einfach aus meiner Umarmung befreien oder sich in Luft auflösen kann. »Wo warst du?«

Sein Körper ist angespannt, das genaue Gegenteil von meinem Wackelpuddingkörper, der schlaff an seinem hängt.

»Ich habe nur was besorgt.«

»Wir sollten zusammenbleiben.«

Er versteht nicht. Woher auch. Vorsichtig schiebt er mich von sich und betrachtet mein Gesicht. Wehe, er sieht, dass ich geweint habe. Schnell hole ich mir mein Lächeln zurück. »Mir ist schwindelig geworden und dann bin ich wohl umgekippt.«

»Sicher?«

Ich nicke – nur nicht zu schnell – und greife mir viel zu theatralisch an die Stirn. »Habe wohl zu wenig getrunken.«

Aber Leos zusammengezogene Augenbrauen verraten mir, dass er mir auch diese Lüge nicht abkauft.

»Habe ohnehin einen niedrigen Blutdruck.«

Die Ausrede lässt er gelten, wenn auch nicht gänzlich überzeugt. »Also gut, bringen wir dich mal hier raus.« Er steht auf und will mir seine Hand reichen, als eine kleine rot-weiße Schachtel aus seiner Hosentasche auf den Boden fällt.

Eine Zigarettenschachtel.

Leo sieht zu mir, will etwas sagen, als Yvonne in unseren Gang tritt.

»Was ist denn hier los?«

Schnell dreht sich Leo zu ihr, versperrt ihr kurz die Sicht auf mich, und ich schnappe mir die Schachtel und schiebe sie kurzerhand unter mein T-Shirt in den BH, bevor ich mühevoll aufstehe.

Jetzt nur nicht auffliegen.

»Ich bin umgekippt.«

Yvonne schubst Leo aus dem Weg, der erschrocken zu mir,

dann auf den Boden und wieder zu mir sieht, aber ich sehe nur entschuldigend zu Yvonne auf. »Alles ein bisschen viel für meinen Kreislauf.«

»Oh, Grete, das tut mir leid.«

Easy, sie kauft mir die Lüge schon beim ersten Versuch ab.

»Leo, kannst du das Zeug alleine kaufen? Ich bringe Grete hier raus, okay?«

Er nickt nur, nimmt mir den Einkaufszettel ab und sieht uns nach, wie Yvonne mich durch den Eingang nach draußen führt. Zu meinem Glück – oder eher Leos Glück – muss ich deshalb nicht durch die Sicherheitsschleusen, die sicher ein hübsches Piepen von sich gegeben hätten, wenn ich mit den geklauten Zigaretten rausmarschiert wäre.

Als ich einen Blick zurück wage, ist Leo inklusive Einkaufswagen verschwunden.

Kapitel 9

Alex

MONTAG

»Ich will aber das rote Kanu.«

Das teile ich Ben und Jannis natürlich erst mit, als sie schon fast alles verstaut haben.

»Da hast du wohl Pech gehabt, jetzt musst du mit dem grünen hier vorliebnehmen.« Ben wirft mir nur ein kurzes Lächeln über die Schulter zu, als er noch mal das Sicherungsseil festzieht und dann zufrieden auf das fest verschnürte Paket klopft. Schlafsack, Zelt, Isomatte und Jannis' Rucksack haben jetzt vorne im Bug ihren Platz gefunden.

»Und genau so machen wir das dann mit all den anderen Sachen auch. Habt ihr gesehen, wie das läuft?«

Jannis nickt, der Schweiß läuft ihm den Nacken runter und führt dazu, dass sein T-Shirt an seinem Rücken klebt. Von meinem Zuschauerplatz im Schatten am Ufer des Wassers habe ich die beiden dabei beobachtet, wie sie die ganze Arbeit gemacht haben. Zwar hat Ben mich einige Male aufgefordert, ich solle ihnen helfen, aber meine Antwort war immer Schweigen.

Stattdessen habe ich die Aussicht genossen. Ich war schon ewig nicht mehr im Urlaub, am Meer oder im Ausland. Auch wenn mir hier alles zu langweilig ist, fühlt es sich trotzdem ein winziges bisschen wie eine Auszeit an. Die Sonne, die sich auf der fast schon dunkelblauen Wasseroberfläche spiegelt, der wolkenlose Himmel, der warme Wind, der meine nackten Arme und Beine streichelt, und die Stille. Nur ist das hier eben kein Urlaub, sondern eine weitere Abschiebeaktion meiner Eltern.

Unterbrochen werden meine Gedanken an zu Hause von Tommi, der sich neben mir auf den Boden sinken lässt und an den dicken Baumstamm hinter uns lehnt.

»Anstrengend, *hm*?« Er sieht grinsend zu den anderen, dann über das Wasser, das harmlos und ruhig in der Morgensonne liegt, als wäre es zu faul, um auch nur die kleinsten Wellen zu produzieren.

»Schön schattig hast du es hier.«

Klar, er will quatschen. Weil diese Leute doch eh nur rausfinden wollen, wieso wir kaputt sind und wie man uns reparieren kann. Habe ich schon zu oft gehört, Jessy hat mich vor meiner Abreise auch davor gewarnt. Wenn man ihnen zu viel verrät, werden sie eine Diagnose um uns basteln und am Ende landen wir alle in der Klapse.

»Kommt jetzt die Standpauke, weil ich nicht mitgemacht habe, ja?«

»Nein, eher ein Ausdruck meiner Bewunderung dafür, dass du es geschafft hast, dich um die Arbeit zu drücken.«

Kurz warte ich, ob noch ein Nachsatz kommt, der klarmacht, dass er das ironisch meint und mir jetzt eben doch die Leviten liest, aber Tommi sieht einfach nur zu den Kanus vor uns.

»Man kann mich eben nicht zu etwas zwingen, wenn ich nicht will. Ganz einfach.«

»Verstehe.«

Jetzt sieht er wieder zu mir. »Lass mich raten: Der Letzte, der das versucht hat, trägt jetzt auch ein blaues Auge spazieren?« Dabei schweift sein Blick kurz zu der deutlichen Prellung in meinem Gesicht, die ich voller Stolz trage.

»Nee, aber 'ne gebrochene Nase.«

»*Wow.*«

Herausfordernd recke ich das Kinn vor. Halte Tommis Blick. »Sag ja, man kann mich zu nichts zwingen.« *Es sei denn, man heißt Jessy und ist meine beste Freundin, dann ziehe ich mit.*

»Du schlägst also direkt zu, wenn man dir sagt, du sollst Jannis helfen, euer Kanu zu beladen?«

»Kann schon passieren.« Auch wenn ich eigentlich nicht vorhabe, Tommi direkt eine zu verpassen, aber es schadet auch nicht, ihn und die anderen auf Abstand zu halten. Sicher ist sicher.

»Okay, das Risiko gehe ich ein.« Er lehnt sich minimal zu mir rüber, sein Lächeln erinnert mich an das eines Haifischs, kurz bevor er zuschnappt, wenn auch nur mit einem Gaumenbiss.

»Hilf Jannis bitte beim Beladen des Kanus, er wird es nämlich sicher nicht die nächsten Tage immer alleine machen. Je früher du lernst, wie das geht, desto besser.«

Etwas an der Art und Weise, *wie* er es sagt, erinnert mich an Jessy. Sie hat auch diesen leisen Befehlston drauf, der total ruhig und doch extrem einschüchternd wirkt. Aber Tommi ist nicht Jessy. Jessy ist daheim in Deutschland und treibt sich jetzt bestimmt mit den anderen Mädels irgendwo in einem klimatisierten Einkaufszentrum rum. Da sollte ich jetzt auch sein, aber stattdessen hocke ich hier am Ufer eines Fjords und lasse mich von einem Typen wie Tommi rumkommandieren.

So weit kommt es ganz sicher nicht.

»Du hast mir gar nichts zu sagen. Du bist ja nicht mal ein echter Betreuer.«

»Sagt wer?«

»Du bist viel zu jung dafür.« – Tommis Augen behaupten zwar etwas anderes, aber das ignoriere ich.

»Aber älter als du.« Er nickt in Richtung Kanu, ohne unseren Blickkontakt zu unterbrechen. »Wenn Jannis ausfällt, musst du das alleine können.« Kurz zucken seine Mundwinkel zu einem wissenden Lächeln. »Und du willst doch dann nicht etwa auf meine Hilfe angewiesen sein, oder?«

Die Vorstellung, ihn oder sonst jemanden hier wirklich um Hilfe bitten zu müssen, ist mir zuwider. »Ich bin auf niemanden angewiesen, klar?«

Damit stehe ich auf und beende dieses Gespräch, aber Tommi hat noch einen Kommentar für mich, als ich mich aus dem Schatten des Baumes entferne und auf Ben und Jannis zugehe.

»Dachte ich es mir doch.«

Nur nicht darauf eingehen, Alex.

Trotzdem bleibe ich stehen und drehe mich zu Tommi um. »Was soll das heißen?«

Er sieht mich einen kurzen Moment einfach nur an, und ich erkenne etwas in diesem Blick, das mir erschreckend vertraut vorkommt, dann zuckt er die Schultern und lächelt harmlos. »Du siehst nicht wie jemand aus, der um Hilfe bittet.«

»Und das ist schlecht?«

Er schüttelt den Kopf. »Es ist nur sehr ermüdend.«

Sprüche, die ich schon von anderen gehört habe und die mich schrecklich langweilen. Wenn Leute behaupten, zu wissen, was ich fühle oder denke. Aber nie klang es so wie bei Tommi. Obwohl ich mich mit Händen und Füßen dagegen wehren will, ist da etwas an ihm, das mich anzieht wie das Licht die Motten.

Bevor ich weiter darüber nachdenken kann, steht Tommi auf, klopft sich die Erde von der Hose und verschwindet, ohne sich weiter für uns zu interessieren.

»Wie schön, dass du dich uns anschließt, Alexandra.«

Alexandra nennt mich meine Mutter – und jetzt wohl auch Ben – immer, wenn ich Mist gebaut habe. Als sie mich das letzte Mal von der Schule abgeholt hat, war ich sogar *Alexandra Elena*. Wenn mein Mittelname ins Spiel kommt, dann ist Mama richtig sauer. Bisher hat sie mich fünf Mal so genannt, und jedes Mal hat mir Jessy am nächsten Tag dann ganz stolz auf die Schulter geklopft. Wenn die Eltern austicken, haben wir alles richtig gemacht.

Mit verschränkten Armen bleibe ich neben dem Kanu stehen und werfe einen Blick auf Jannis' Arbeit. »Sieht gut aus.«

Jannis schenkt mir ein knappes Lächeln, ist offenbar ebenso überrascht von meinen Worten, wie ich es bin.

»Danke.«

Es ist so leicht, den Leuten das zu sagen, was sie hören wollen, auch dann, wenn ich es nicht mal so meine.

»Und weil du das schon so gut kannst, Jannis, muss ich es ja nicht mehr lernen.«

Mein Argument überzeugt sogar Ben, der langsam nickt. »Okay. Gut. Dann hast du dafür Küchendienst.«

»*Was?*«

»Jeder hier im Camp hat Aufgaben zu erfüllen. Dieser Trip funktioniert nur, wenn ihr euch an die Regeln haltet und wir als Team zusammenarbeiten. Und wenn Jannis für das Beladen der Kanus zuständig ist, dann hast du Küchendienst.«

»Ich kann nur Nudeln kochen. Ohne Soße!«

Ben zuckt die Schultern, als wäre das nicht auch sein Problem.

»Dann werden das sehr eintönige zwei Wochen für alle.«

Kapitel 10

Leo

MONTAG

Sie hat noch immer meine Kippen.

Yvonne parkt den Wagen auf dem Parkplatz oberhalb unseres Spots, wo wir noch eine Nacht verbringen und dann direkt morgen früh aufbrechen wollen. Eine Einführung in die Kunst des Paddelns haben wir noch nicht bekommen, und auch sonst wirkt alles nicht durchgeplant. Klar, wir haben jetzt jede Menge Essen gekauft, Grete hat einen Nervenzusammenbruch mitten im Supermarkt erlitten und für mich die Kippen geklaut – aber ob sich die Betreuer den Start so vorgestellt haben?

Grete hat auf der kompletten Rückfahrt vom Supermarkt nicht aufgehört zu quatschen und uns quasi ihre komplette Lebensgeschichte erzählt. Wenn das so weitergeht, brauche ich mindestens vier Schachteln pro Tag.

»Und auf jeden Fall hat mein Vater schon gesagt, wenn ich das hier gut mache, dann kann ich auch zu ihm ziehen.« Sie hört nicht mal dann auf zu reden, als sie zwei Tüten voller Einkäufe über die Holzstufen in Richtung Ufer schleppt. »Mein Vater wohnt in Berlin, und da könnte ich dann auch mit meiner Ausbildung anfangen, wenn ich will.«

Yvonne nickt. »Wenn du die Schule vorher fertig machst.«

»Ja, klar, aber das wird easy.«

»Ach ja?«

»Sicher. Ich muss nur den verpassten Stoff aufholen und dann kann ich nächstes Jahr meinen Abschluss nachmachen.«

Sie spricht vom verpassten Stoff, als wäre sie krankheitsbedingt ausgefallen oder so, aber ich bin nicht dumm. Wenn sie so clever und nett wäre, wie sie vorgibt, dann wäre sie wohl kaum hier. Das hier ist schließlich kein normales Ferienlager, in dem wir einfach nur ein bisschen die Seele baumeln lassen. Auch wenn meine Eltern versucht haben, es mir genau so zu verkaufen. Sie sprechen von »Entgiftungskur«, weil sie nicht sagen wollen, dass es ein verdammt kalter Entzug ist, egal wie sehr die Sonne vom Himmel scheint und der Ausblick auf den See echt was von Urlaub hat.

Aber wenn ich nicht bald an meine Kippen oder mein Handy komme, werde ich hier noch ausrasten.

»Ich könnte sogar Abi machen, wenn ich will.«

»Ja, sicher.« Es rutscht mir nur so raus, aber die ganze Rückfahrt vom Supermarkt über habe ich ihre Storys stumm über mich ergehen lassen, jetzt kann ich nicht mehr so tun, als würde ich das alles glauben. Sie wirft mir einen Blick über die Schulter zu, eine Augenbraue fragend in die Höhe gezogen.

Grete ist hübsch, keine Frage, aber etwas an ihr fühlt sich unecht an.

»Glaubst du etwa, ich bin zu dumm fürs Abi?«

»Nein. Ich finde nur, du redest zu viel.«

»Ich finde, du redest zu wenig. Und jetzt?«

Bevor ich etwas sagen kann, funkt Yvonne dazwischen.

»Vielleicht lernt ihr ja, euch in der Mitte zu treffen. Immerhin werdet ihr sehr viel Zeit zusammen im Kanu verbringen.«

Ohne Kippen werde ich das niemals aushalten können. So was dürfen die auch nicht von mir verlangen, das ist bestimmt gegen irgendein Menschenrecht.

»Kann man ihr vielleicht eine Stunde am Tag oder so das Quatschen verbieten?«

Yvonne lacht, weil sie meinen Vorschlag für einen Witz hält, aber ich wette, in ein paar Tagen wird sie darüber noch mal nachdenken und zumindest eine stumme Mittagspause einführen.

»Es wäre doch möglich, dass ihr unterwegs ein gemeinsames Gesprächsthema findet.«

Ich sehe Yvonne zweifelnd an, aber Grete nickt begeistert.

»Mit Sicherheit sogar. Ich begeistere mich für so viele Themen.« Dann dreht sie sich zu mir, ihr Lächeln noch immer breit. »Und Leo hat mir bestimmt einiges zu erzählen.«

»Ich denke nicht.«

Nur sieht Grete das anders und legt den Kopf minimal schief, erinnert mich mit einem Blick daran, dass sie etwas hat, das ich unbedingt haben will. »Ich denke schon.«

»Na ja, vielleicht möglich.«

Zu mehr will ich mich nicht hinreißen lassen, aber Grete gibt sich damit nicht zufrieden. »Na ja, vielleicht *höchstwahrscheinlich.*«

Selbst jetzt behält Grete das letzte Wort, geht weiter und verfällt in den nächsten Monolog über ihren Vater und Berlin und ihre Zukunftsplanung. Und ich weiß nicht, für wen sie diese Show eigentlich abzieht. Mich interessiert ohnehin nur, wann sie mir endlich meine Kippen gibt und ich verdammt noch mal aufhören kann, so zu tun, als hätte ich alles unter Kontrolle.

Meine Hände zittern, meine Haut juckt und meine Gedanken kreisen immerzu um zwei Themen: das Handy und diese Kippen. Vielleicht kann ich die Betreuer davon überzeugen, mir mein Handy für ein paar Minuten am Tag zu geben, wenn ich mich gut benehme, mitmache und besten Willen zeige. Meine Mutter behauptet immer, ich hätte so ein schönes Lächeln, und wenn ich muss, werde ich dieses Lächeln und die letzten Reste meines Charmes zusammenkratzen und es in die Waagschale werfen.

Und am besten fange ich direkt damit an.

Mit zwei großen Schritten bin ich neben Grete und reiche ihr meine Hand. »Vorsichtig, hier geht es ziemlich steil bergab, ich nehm dir lieber mal die Tüte ab.«

Grete, die von meinem Angebot in ihren Ausführungen unterbrochen wird, sieht etwas irritiert zu mir und wird von meinem Lächeln empfangen.

»Nicht, dass was passiert.«

Yvonne lächelt zufrieden, was ich allerdings nur aus dem Augenwinkel bemerke, denn meine volle Konzentration liegt auf Grete. Meiner unfreiwilligen Dealerin.

»Okay, danke.«

Sie reicht mir sofort beide Tüten, die erstaunlich schwer sind, und kurz bereue ich meine Entscheidung, wenn ich mir die zahlreichen Stufen so ansehe, die noch vor uns liegen.

»Warst du denn schon mal in Berlin?«

Ihre Frage durchbricht meine Gedanken, und ich nicke etwas abwesend, während ich vorsichtig und voll bepackt einen

Schritt vor den anderen setze. Bedacht darauf, weder die Geduld noch das Gleichgewicht zu verlieren. »Ich bin von da.«

»Oh *wow*! Und wie ist Berlin so?«

Berlin kommt mir gerade unendlich weit weg vor, ich bin mir nicht mal sicher, ob Berlin überhaupt auf dem gleichen Kontinent liegt wie dieses Fleckchen Erde.

»Laut.«

Grete nickt begeistert. »Laut ist genial.«

»Laut ist laut. Berlin ist an manchen Tagen so krass laut, dass du nichts anderes mehr hörst als diese Stadt. Ihren pulsierenden Herzschlag, ihr wütendes Geschrei, ihre ewige Zickerei und nachts hörst du ihr Heulen. Bis du denkst, dass du selbst das alles bist und nicht mehr nur die Stadt.«

Mit jedem Wort gehe ich eine Stufe weiter, konzentriere mich nach wie vor auf den Boden vor meinen Füßen und bin durchgeschwitzt, als ich unten ankomme und bemerke, dass weder Grete noch Yvonne mir gefolgt sind.

Sie stehen noch immer da, wo ich sie zurückgelassen habe.

»Was?«

»Das war …« Grete sucht nach dem treffenden Wort und ich helfe ihr aus.

»Laut?«

Sie schüttelt den Kopf, ihr Blick bleibt direkt auf mir heften. »Schön.«

»Schön ist Berlin auch.« *Wenn es will.*

»Das werde ich dann ja hoffentlich bald selber rausfinden.«

Damit kommt sie die letzten Stufen zu mir runtergesprungen, als würde sie ein Hüpfspiel absolvieren. Direkt vor mir kommt sie zum Stehen und legt mir beide Hände auf die Schultern, ihre großen blauen Augen funkeln, aus der Nähe betrachtet, genauso wie das Wasser hinter uns. Tief und unberechenbar.

»Kommst du mich dann mal besuchen, wenn ich auch in Berlin bin?«

Im Leben nicht. Wenn ich diesen Scheiß hier hinter mich gebracht habe, will ich nie wieder daran erinnert werden. Aber Grete hat meine Kippen und kriegt jetzt auch noch mein Lächeln. »Klar. Total gerne.«

Kapitel 11

Jannis

MONTAG

»Morgen verbringen wir unseren Tag auf dem Svärdlång.«

»Gesundheit.«

Alex ist die Einzige, die über ihren Witz lacht, wir anderen hören Ben weiter zu, als er uns die morgige Route erklärt. Er hat eine Landkarte vor uns auf dem Boden ausgebreitet, wo wir etwas abseits des Ufers im Schatten der hohen Bäume sitzen, und deutet mit einem kleinen Ast auf die Stellen, die wir auf unserem Weg passieren werden. Yvonne, die neben Grete sitzt, sieht uns immer wieder bewusst in die Augen und lächelt dann so, als wollte sie uns motivieren. »Auf unserer Tour wird er der schmalste See sein.«

»Quasi der Loser der Tour, ja?«

Alex kann einfach nicht die Klappe halten, und ich atme tief ein, nehme mir vor, sie auszublenden, als könnte ich sie und ihre Kommentare einfach muten wie einen nervigen Hashtag.

»Durch sein steil abfallendes Steinufer hat er den Namen ›Canyon des Dalslands‹ bekommen. Wir durchqueren ihn komplett und schlagen dann am Ufer unser Lager für die Nacht auf.«

»Wie lange wird das denn dauern?« Leos Frage ist eine angenehm konkrete Abwechslung zu Alex' pseudolustigen Unterbrechungen.

»Ich denke, wir sollten etwa sieben Stunden brauchen. Wir werden um die dreizehn Kilometer zurücklegen.«

»So lange?«

»*Jap.* Natürlich machen wir Pausen, und die Natur ist auf diesem Abschnitt so atemberaubend, dass ihr für das Paddeln reichlich belohnt werdet.«

Bens Gelassenheit imponiert mir – als könnten ihn weder Alex' nervige Zwischenfragen noch das Genörgel über die sieben Stunden aus der Fassung bringen.

»So weit alles klar?«

Ich nicke und kann nur hoffen, dass nicht noch jemand irgendeine saudämliche Frage hat. Aber Alex hebt natürlich die Hand, ihr breites Grinsen verrät jetzt schon, dass es sich nicht um einen konstruktiven Beitrag handeln wird.

»Was, wenn wir kentern?«

»Niemand wird kentern.«

»Aber was, wenn es doch passiert?«

Das ist keine Frage, sondern eine Drohung, wenn nicht gar ein Versprechen, und ich drehe mich zu ihr, gebe mir Mühe, meine Stimme ruhig klingen zu lassen. »Wir werden ganz sicher nicht kentern.«

Kurz hadert sie mit sich, will mir zweifellos gerade einen frechen Spruch reindrücken, aber ich hebe nur die Hand, bringe sie dadurch zum Schweigen, bevor sie überhaupt loslegen kann. »Ich werde unser Gepäck sicher nicht so aufwendig verpacken, nur damit du uns dann baden gehen lässt.«

»Aber was, wenn doch?« Sie provoziert mich absichtlich, das weiß ich natürlich, aber das ändert nichts daran, dass es mich nervt.

»Dann säufst du halt ab.«

Wieder huscht was durch ihre Augen, ein kurzer Schatten, vielleicht Angst, vielleicht auch nur Zweifel. »Drohst du mir etwa, Jannis?«

Bevor ich darauf wahrheitsgemäß antworten kann, setzt Tommi sich in die Lücke zwischen uns und legt mir die Hand auf die Schulter.

»Wir bleiben alle ganz ruhig. Morgen gibt es erst mal die Paddel-Einweisung, und dann sehen wir mal, wie trocken wir bleiben.« Dann dreht er sich zu Alex. »Und wenn du unbedingt Ärger machen willst, dann können wir beide uns ja ein Kanu teilen.«

»Und Jannis alleine den ganzen Kram der anderen transportieren lassen? Das kann ich ihm nicht antun.«

»Wirst du aber, wenn du dich nicht zusammenreißt.« Alex will sofort wieder etwas erwidern, aber Tommi spricht direkt unbeirrt weiter. »Und glaub mir, ich kann viel mehr Ärger machen als du.«

»Ach ja?« Alex' Lachen klingt nicht besonders überzeugend, was sie selbst bemerkt und es schnell verklingen lässt.

»Glaub mir, du willst nicht herausfinden, wie viel mehr.« Damit klopft uns Tommi kurz auf die Schultern, erhebt sich und lässt Alex und mich wieder alleine, beobachtet uns aber vom Baumstumpf hinter uns aus, auf dem er Platz nimmt.

Alex beugt sich zu mir rüber. »Gefährlicher Typ, ne?«

Sie grinst, will sich ihre Unsicherheit nicht anmerken lassen, aber ich durchschaue sie. Diesen Blick kenne ich von Lehrern, Schulfreunden und meinen Eltern. Wenn sie so tun, als hätten sie keine Angst vor mir, als würden sie nicht gleich mit dem nächsten Ausraster rechnen. Alex will unbedingt tough rüberkommen, es würde mich nicht mal wundern, wenn sie sich ihr Veilchen selber verpasst hat, um besonders gefährlich zu wirken.

»Wieso musst du immer rumstressen?«

»Wieso nicht?«

»Weil du dann weniger nerven würdest.«

»Nerve ich dich denn?«

»Unheimlich.«

»Dann wirst du mich wenigstens nicht vergessen, wenn wir wieder zu Hause sind.« Das sagt sie nicht ohne Stolz und lehnt sich ein bisschen zurück, sieht wieder zu Ben, der in der Zwischenzeit über den Küchendienst referiert hat. Verpasst haben wir also schon mal nichts.

»Und dann gibt es noch kleine Geschenke für euch.«

Ben sieht dabei fast etwas aufgeregt zu uns und Yvonne tritt mit einer riesigen blauen Plastiktüte neben ihn.

»Ihr musstet ja euer Handy und die Zigaretten abgeben, das nervt euch, das wissen wir.«

Leo, der auf der anderen Seite von Alex sitzt und dabei so nervös hin- und herrutscht, dass ich annehme, er muss entweder unfassbar dringend pinkeln, oder er vermisst seine Kippen viel mehr, als er zugeben will.

»Wir haben aber etwas als Ersatz, mit dem ihr euch davon ablenken könnt.« Sie greift in die Tüte und zieht einen rotgelben kleinen Karton heraus. »*Ta-dah!*« Yvonne strahlt uns so begeistert an, dass ich mir nicht sicher bin, ob wir nicht vielleicht applaudieren sollten. »Damit könnt ihr euch in den nächsten Tagen beschäftigen.«

»Was ist das?« Grete spricht die Frage aus, die wir uns gerade alle stellen.

»Das ist eine Einwegkamera. Mit der könnt ihr sogar unter Wasser Fotos machen. Siebenundzwanzig Fotos pro Kamera.«

»Dann ist die Speicherkarte voll?«

»Sie haben gar keine und ihr könnt eure Schnappschüsse auch nicht überprüfen oder löschen. Am Ende unserer Reise lassen wir sie entwickeln und ihr habt hoffentlich ein paar schöne Erinnerungen für daheim eingefangen.« Sie wirft Grete eine Kamera zu und fischt dann die nächste aus der Tüte.

»Wie old school.«

Anders als Alex scheint Grete von der Idee tatsächlich begeistert und sieht direkt durch den kleinen eckigen Sucher. »Mein Vater hat früher so Fotos gemacht.«

»Alle haben früher so Fotos gemacht.«

Alex, die inzwischen ihre Kamera ebenfalls erhalten hat, dreht sie etwas unsicher in ihren Händen. »Wäre es nicht leichter, uns einfach unsere Handys wiederzugeben?«

Eine Idee, die vor allem bei Leo Anklang findet. »*Ja!* Dann könnten wir sogar kleine Videos drehen.«

Yvonne wechselt einen Blick mit Ben und schüttelt dann den Kopf, ohne ihr optimistisches Lächeln zu verlieren. »Keine Handys.«

»Und wenn was passiert? Wenn sich jemand verletzt oder so?« Leos panischer Unterton passt zu seiner Nervosität, die mir heute schon die ganze Zeit an ihm aufgefallen ist.

»Wir Betreuer haben natürlich ein Handy für den Notfall, ihr müsst euch also keine Sorgen machen.«

Aber Leos angespannter Gesichtsausdruck verrät uns allen, dass er sich sogar sehr große Sorgen macht. »Wir dürfen eine Scheißeinwegkamera haben, aber keine Handys?«

»So sieht es aus.«

»*Toll.* Richtig toll. Das ist so eine Verarsche hier. Ihr könnt uns doch nicht einfach alles wegnehmen und erwarten, dass wir euch einfach blind vertrauen. Wir kennen euch ja nicht mal!« Seine Stimme ist immer lauter geworden, aber er klingt nicht bedrohlich, sondern eher verzweifelt. »Zu Hause machen sich die Leute Sorgen um uns und ihr haltet uns hier abgeschnitten von der Außenwelt gefangen?«

Es ist Tommi, der Leo schließlich aus der Situation holt, ihn auffordert, ihm zu folgen, und nur einen kurzen Blick mit den anderen Betreuern wechselt. Keine Ahnung, was ich von diesem Tommi halten soll, aber Leo verschwindet mit ihm in Richtung Wald, der uns hier überall umgibt, und Yvonne reicht mir mit einem Lächeln meine Kamera.

»Ihr habt siebenundzwanzig Versuche.«

»Wofür?«

»Für die perfekte Erinnerung.«

Kapitel 12

Grete

MONTAGABEND

»Wir sollten unserem Kanu einen Namen geben.«

Unser Kanu, ein klassischer Zweier-Kanadier, wie Ben uns erklärt hat, strahlt in knalligem Rot in der langsam untergehenden Sonne. An Land sieht das Boot nicht besonders beeindruckend aus, eher ein bisschen wie ein Pinguin. Aber im Wasser soll es trotz seiner Länge leicht zu manövrieren und kippstabil sein. Vor allem Letzteres ist mir sehr wichtig, denn auch wenn ich eine ganz ordentliche Schwimmerin bin, habe ich keine Lust, baden zu gehen. Denn wenn ich mich hier so umsehe, dann ist da ziemlich viel Wasser, das sich immer wieder an scharfkantigen Felsen vorbeischlängelt und zügig durch die Natur fließt.

Leo, der neben mir aufgetaucht ist, kratzt sich am Ellenbogen und folgt meinem Blick auf unser Kanu.

»Wie willst *du* es denn nennen?«

Natürlich weiß ich, dass er nicht hier ist, um Small Talk zu betreiben, dafür ist er viel zu nervös, und sein Blick huscht von mir zum Boot, zum Wasser, zu den anderen und wieder zu mir, als würden wir etwas Verbotenes tun.

»*Marlboro.*«

»Ha. Ha.« Okay. Humor hat Leo schon mal keinen, denn er verzieht nur genervt das Gesicht, dreht sich aber wenigstens endlich zu mir um.

»Aber wenn wir schon beim Thema sind …«, er streckt mir die Hand entgegen und senkt die Stimme zu einem Flüstern, »… meine Kippen bitte.«

»Deine Kippen?«

»Ja. Her damit.«

Wenn er wüsste, wie gehetzt er wirkt, es wäre ihm vermutlich peinlich.

»Hast du sie denn bezahlt?«

Kurz entgleisen ihm die Gesichtszüge und er macht einen kleinen bedrohlichen Schritt auf mich zu.

»Dein scheiß Ernst?«

»Na ja, du redest immer von *deinen* Kippen, dabei habe *ich* sie geklaut.«

»Ja, aber bezahlt hast du auch nicht. Also rück sie raus.«

»Vielleicht, wenn du nett fragst, aber sicher nicht bei dem Ton.«

Leo wird nervöser, steht jetzt dicht vor mir. »Rauchst du?«

»Nein.«

»Dann gib sie her.«

»Nein.«

Damit will ich an ihm vorbei, aber er greift nach meiner Hand. Kurz denke ich, er wird seine Frage mit etwas mehr Charme wiederholen, aber dafür hält er mich viel zu fest.

»Gib mir die scheiß Kippen, Grete.« Er merkt nicht, wie hart er mich gepackt hat und wie wütend er mich ansieht.

»Du tust mir weh.«

Aber das interessiert ihn nicht, ganz im Gegenteil, sein Griff wird noch fester. »Gib mir meine Zigaretten und ich lasse dich los.« Seine Nähe, die Bedrohung in seiner Stimme, der Griff um mein Handgelenk und die Entschlossenheit in seinem Blick machen mir Angst. Er sieht nicht mehr aus wie der Leo, der so empfindsam über seine Stadt gesprochen hat.

»Lass mich los.« Eine geflüsterte Bitte, die ihr Ziel verfehlt.

»Gib mir die Kippen.« Etwas an seinem Ton gefällt mir nicht.

»Ich meine es ernst –«

Bevor er weitersprechen kann, verpasse ich ihm eine schallende Ohrfeige. Sofort lässt er mich los und macht einen Schritt zurück. Langsam sehe ich wieder scharf und erkenne Leo, der sich überrascht die Wange hält, genau dort, wo ich ihn eben heftig getroffen habe. Tränen schießen ihm in die Augen, und ich halte mir die Hände vor den Mund, verstehe, was ich gerade getan habe.

»*Wow.*« Er versucht zu grinsen, aber es gelingt ihm nicht. »Du kannst ja richtig zulangen.«

Meine Ohrfeige hat eine deutlich rötliche Färbung auf seiner Haut hinterlassen, und ich schlucke den Impuls, mich sofort entschuldigen zu wollen, wieder runter. Stattdessen greife ich mir unter das T-Shirt in den BH und ziehe die von ihm so heiß begehrte Packung hervor. Seine Augen leuchten sofort auf.

»Hier hast du deinen Scheiß.« Direkt vor die Füße schleudere ich sie ihm.

»Grete …« Er will noch etwas sagen, aber ich drehe mich um und will zur Flucht ansetzen. Nur komme ich nicht besonders weit, weil ich mit dem Fuß in einer Wurzel hängen bleibe, vornüber auf die Knie falle und leise fluche. »*Oh fuck.*«

Sofort ist Leo bei mir, seine Hand auf meinem Rücken. »Grete?« Er greift nach meinem Arm, will mich zurück auf die Füße ziehen, spult dabei eine Entschuldigung nach der nächsten ab. »Alles okay?«

Meine Sicht ist merkwürdig verhangen – von Tränen und Erinnerungen.

»Du musst doch nicht weinen.«

Vielleicht hat er recht, aber dieser Satz rüttelt an der Tür zu einer anderen Zeit. Wenn er jetzt merkt, dass etwas nicht stimmt, wird er Fragen stellen und mir viel zu nah kommen.

»Komm schon.«

Ich versinke noch tiefer in meinen Erinnerungen, obwohl ich das nicht will. Heftig schubse ich ihn weg, aber er lässt nicht locker, will wieder nach mir greifen, und mein Gehirn schaltet in den Notfallmodus.

Also schnappe ich nach ihm.

So richtig.

Ich beiße ihn in die Hand.

»*Autsch, fuck!*« Sofort lässt er von mir ab, weicht zurück und landet ebenfalls auf allen vieren. »Was soll der Scheiß?«

Zum Glück muss ich nicht antworten, weil sofort die anderen da sind. Nicht nur die Betreuer, auch Alex und Jannis.

Yvonne fackelt nicht lange, ist sofort neben mir, ihren sorgenvollen Blick nehme ich nur sehr verschwommen wahr und spüre, wie meine Unterlippe zu zittern beginnt.

»Ich habe ihn gebissen.«

»Komm, ich helfe dir.« Sie greift vorsichtig nach meiner

Schulter, was ich zulasse, hilft mir zurück auf die Beine. Ben und Tommi kümmern sich um Leo, der ihnen eine leicht blutende Hand hinhält, auf der man sicher meine Zahnabdrücke sieht.

»Was ein Freak.« Es ist Alex' Stimme, die durch all das Chaos zu mir durchdringt und ungewollt den Reset-Knopf in mir auslöst. Tief atme ich ein, schüttele minimal den Kopf und drehe mich lächelnd zu Yvonne.

»Alles okay, ich bin wieder okay.«

Ihr Blick verrät mir, dass sie mir das nicht mal im Ansatz glaubt. »Vielleicht willst du dich kurz hinsetzen?«

Will ich nicht, ich will losrennen, weg aus dieser Situation und weg von den Blicken der anderen. Jannis, der unsicher von Leo zu mir und wieder zurückblickt, Alex, die grinsend kurz davor ist, laut loszulachen, und Tommi, der die Zigarettenschachtel aufhebt.

»Es geht schon wieder. Vermisse nur meine Familie gerade so sehr.«

Was die dümmste Erklärung, eine kleine Lüge und doch die Wahrheit ist, wenn auch nicht die ganze. Und wie nicht anders zu erwarten, nickt Yvonne verständnisvoll. Manchmal muss man nur genau wissen, was am besten wirkt, um eben diesen Blick zu ernten.

»Wenn du darüber reden willst …«

… ist ihre Tür, ihr Ohr, ihr Herz immer offen. Weil es Teil ihres Jobs ist, unsere Geheimnisse zu erfahren, nur um sie dann irgendwo aufzuschreiben. Sie alle sind nichts anderes als Seelendetektive, und ich habe nicht vor, ausgerechnet ihr die Sache leicht zu machen. Manche Geheimnisse gehören eben nur mir alleine.

Als ich wieder zu Leo sehe, führt Ben ihn gerade in Richtung des Lagers zurück, wo sie seine Bisswunde verarzten werden. Auch die anderen folgen ihnen, jetzt, da die Show vorbei ist. Nur Tommi bleibt zurück, die Zigarettenschachtel ist inzwischen in seiner Hosentasche verschwunden, aber ich weiß auch so, dass dieses Thema noch lange nicht beendet ist.

Kapitel 13

Alex

Montagabend

»Das sieht aus, als hätte dich ein Werwolf erwischt.«

Während Jannis schon wieder das Interesse an Leos Bisswunde verloren hat, beuge ich mich jetzt über seine Schulter und beobachte, wie Ben mit geübten Handgriffen die Wunde desinfiziert und ein großes Pflaster aus der Verpackung befreit.

»Halb so wild, da werden nicht mal Narben bleiben. Da habe ich schon Schlimmeres gesehen. Zum Glück hast du eine Tetanusimpfung.«

Ben, der Teenager wie uns also gewohnt ist, bleibt locker. Dann soll er mal erzählen, was auf solchen Touren schon so alles abging.

»Echt? Was denn?«

Aber Ben würdigt mich keines Blickes, bleibt voll und ganz bei Leo, der ziemlich blass aussieht, während er verarztet wird.

»Kippst du jetzt um?«

Leo schüttelt kurz den Kopf, aber ich würde wetten, dass er gleich die Augen verdreht und einfach nach hinten umfällt.

»Warte, ich hole meine Kamera. Den Moment muss ich festhalten.«

»Mir geht's gut.«

Aber so sicher wäre ich mir da nicht. Schnell eile ich zu meinem Rucksack, in dem im Vergleich zu denen der anderen nicht besonders viel drin ist, und fische die Kamera heraus. Sie fühlt sich so leicht an, dass ich mich kurz frage, ob wirklich ein Film drin ist.

Durch den Sucher blickend, komme ich zurück zu Ben und Leo, der noch immer unbeirrt die Behandlung über sich ergehen lässt. »Jetzt kannst du umkippen, ich bin bereit.«

»Wie oft denn noch, mir geht's gut.«

»So blass, wie du aussiehst, haut es dich ganz sicher gleich um.« Das dazugehörige Grinsen kann und will ich mir nicht verkneifen und richte die Kamera direkt auf Leos Gesicht. Gerade als ich abdrücken will, streckt er mir den Mittelfinger seiner anderen Hand entgegen.

Ben atmet genervt aus. »Ihr seid ja richtige Sonnenscheinchen.« Dann klopft er Leo auf die Schulter. »Fertig, du verlierst diesmal keine Gliedmaße.«

»Danke.«

»Willst du mir vielleicht verraten, wieso Grete dich gebissen hat?«

Langsam lasse ich die Kamera sinken, neugierig, was Leo wohl erzählen wird. Denn niemand beißt jemanden nur so zum Spaß, es sei denn, Grete entpuppt sich tatsächlich als Werwolf oder Vampir, was ich ihr beides zutrauen würde.

»Sie ist durchgedreht, ich wollte helfen und dann hat sie zugebissen.«

Lachen unterbricht seine Erzählung, und erst als die beiden zu mir sehen, bemerke ich, dass ich es bin, die lacht. »Sorry, aber sie hat dich hundertpro *nicht* einfach so zum Spaß gebissen. Du hast irgendwas gesagt oder getan.«

»Habe ich nicht.«

Hat er wohl. Vielleicht weiß er nicht genau, welches seiner Worte sie so verletzt oder aufgebracht hat, aber keiner beißt ohne Grund zu. Sogar jemand wie Jessy sucht so lange, bis sie einen Anlass findet, um auszuticken. Ein falscher Blick, ein dummer Spruch und sie legt los. »Mal sehen, was Grete dazu sagt.«

Ben will mich aufhalten, aber ich bin zu schnell, lasse Leo zurück und gehe quer durch das Camp zu Grete, die in der Nähe des Ufers sitzt und einen Schluck aus ihrer Wasserflasche nimmt. Von Yvonne fehlt jede Spur, also nutze ich meine Chance und gehe direkt neben Grete in die Hocke, die Kamera noch immer in der Hand.

»Was hat das Arschloch gesagt?«

Sie ist sichtlich überrascht über mein Auftauchen und wohl auch über meine Frage.

»Nichts. Ich weiß es nicht mehr.« Sie knipst ihr Blondie-Lächeln an und zuckt die Schultern, als wäre das eben alles gar nicht passiert. Ihre hellen Augen bleiben aber stumpf wie eine Oberfläche, die man schon lange nicht mehr poliert hat.

»Okay, nur fürs Protokoll, du läufst also rum und beißt wahllos Leute?«

»Manchmal.«

»Dann baue ich mein Zelt in Zukunft schon mal nicht in deiner Nähe auf.«

Grete löst ihren Blick endgültig vom Wasser und sieht zu mir, ihr Lächeln unverändert, ein festes Detail ihres Gesichts, einstudiert und absolut unecht. »Das habe ich auch nicht angenommen.« Sie lehnt sich etwas in meine Richtung, aber ich weiche nicht zurück. Mit beißenden Mädels kenne ich mich bestens aus. »Du hast nämlich gar kein Zelt dabei, soweit ich gesehen habe.«

Fuck.

Die Sache mit dem Zelt ist kompliziert. Mein Vater wollte sich um den Schlafsack, meine Mutter um das Zelt kümmern. Beide hatten die Liste vorab bekommen und beide haben sich via Telefon ausreichend oft dazu ausgetauscht. Was in ihrem Fall Anschreien bedeutet.

Jetzt habe ich zwar einen Schlafsack, aber kein Zelt, weil meine Mutter das total vergessen hat und weil sie zweihundertdreißig wichtigere Dinge zu tun hatte, als ihrer Tochter ein Zelt für einen Schwedentrip zu besorgen, den übrigens sie für mich geplant hat. Letzte Nacht habe ich in dem kleinen Unterstand bei unserem Camp gepennt, aber wenn wir erst mal unterwegs sind, muss ich mir was anderes einfallen lassen.

»Wenn es also richtig dumm für dich läuft, Alex, wirst du am Ende sogar *mit mir* in einem Zelt schlafen müssen.«

»Und als dein Mitternachtssnack herhalten? Ich verzichte dankend.«

»Schön, zu sehen, dass sogar du dich vor etwas fürchtest.«

»Als ob.« Kurz deute ich auf mein Gesicht und hoffe, sie sieht das Veilchen, das ich dank Jessy jetzt für eine kleine Weile meinen Begleiter nennen darf.

»Wenn du beißt, schlag ich zurück.«

Grete sollte leicht zu beeindrucken sein. Sie sieht nicht so aus, als hätte sie sich jemals in ihrem Leben geprügelt. Auch wenn ich jetzt weiß, dass sie im Notfall Zähne zeigen kann.

»Wenn du willst, helf ich dir, das blaue Auge wegzuschminken.«

»*Was?*«

»Es überdecken, damit man es nicht mehr so sehr sieht.«

»Ich will ja, dass man es sieht.«

Grete schüttelt nachdenklich den Kopf. »Hast du deswegen auf ein Zelt verzichtet? Damit du tougher als wir anderen wirkst?«

»Nein.«

Mamas Gesicht, als ich nach dem Zelt gefragt habe, flackert vor meinem inneren Auge auf. Überrascht sah sie aus, aber nicht besonders schuldbewusst. In dem ganzen Trubel mit ihrem neuen Mann, dessen Sohn aus erster Ehe nun mit uns zusammenwohnt und der natürlich ein eigenes Zimmer hat, während ich mich mit der Couch im Wohnzimmer begnügen muss, da hatte sie mich und das Zelt wohl vergessen. Eigentlich nur eine weitere Enttäuschung, an die ich inzwischen gewöhnt sein sollte – aber ganz so einfach ist das nicht.

»Zelte sind nur was für Weicheier wie dich.«

Damit sie nicht länger mein Gesicht studieren und die Wahrheit hinter meinen Worten erforschen kann, hebe ich schnell die Kamera, drücke den Auslöser und halte dabei eine nachdenkliche Grete fest.

Kapitel 14

Jannis

Montagabend

Mein Zelt steht noch immer bombenfest.

Wir haben gestern die Zelte, so gut es geht, in einem Kreis um unser Lagerfeuer aufgebaut, damit wir uns geschützt fühlen, aber wenn ich mir die Konstruktionen der anderen Teilnehmer so ansehe, bin ich mir nicht sicher, ob ihre Zelte auch die kommende Nacht überstehen werden. Nur zur Sicherheit überprüfe ich bei meinem noch mal alle Seile und Verankerungen. Diesmal habe ich nicht den Anfängerfehler gemacht und die Heringe zu lasch in den Boden gerammt. Alles sitzt straff und fest. Zufrieden mache ich einen Schritt zurück und betrachte das Ergebnis meiner Nachbesserungsarbeit. Das Grün des Zelts passt sich perfekt an die Umgebung an, damit könnte ich mich in einem dichten Wald sicher ganz gut verstecken.

Damals in unserem Garten sah es allerdings etwas deplatziert aus. Denn es ist nicht das erste Mal, dass ich dieses Zelt aufbaue. Erinnerungen kommen und gehen wie ein Schluckauf und kurz zwickt es bei der Erinnerung ordentlich in meiner Brust.

»*Wow*, du bist ja ein echtes Multitalent. Kanus bepacken,

Zelt aufbauen, ich wette, du kannst auch richtig gut kochen.« Alex taucht immer dann auf, wenn man sie nicht gebrauchen kann, auch wenn ein kleiner Teil von mir sehr dankbar ist, dass ihr Kommentar die Erinnerung verscheucht.

»Nudelnkochen kriege ich auf jeden Fall auch hin.«

»Mit Soße?«

»Mit Soße.«

»Willst du dann mit mir tauschen?«

Gespielt nachdenklich drehe ich mich zu Alex, die noch immer ihre Einwegkamera in der Hand hält. »Ich soll also den Küchendienst übernehmen und du packst unser Zeug fürs Kanu?«

»Korrekt.«

Sie hat die Einführung, wie man die Sachen ordentlich verstaut und wie man das Kanu am besten belädt, verpasst.

»Ich denke nicht.«

»Dann werden wir die nächsten Tage alle hungrig ins Bett gehen.«

Dabei haben Grete, Leo und Yvonne ziemlich viel Verpflegung eingekauft, Hunger werden wir also sicher nicht leiden.

»Ist das so deine Masche? Sich um jede Arbeit drücken, ja nicht mithelfen und hoffen, dass dich alle nervig finden?«

»Vielleicht.«

»Der letzte Teil ist dir schon mal gut gelungen.«

Alex deutet eine Verbeugung an. »Danke.«

»Wenn du dich ein bisschen mehr anstrengen würdest …«

»Könnte mir auch der Rest gelingen?«

»… könntest du dich in die Gruppe einbringen.«

Ihr entgeisterter Gesichtsausdruck zeigt deutlich, dass sie

meinen Vorschlag für kompletten Schwachsinn hält. »Mit einem Junkie und einer Werwölfin soll ich also einen auf Buddy-Buddy machen, ja?« Sie deutet dabei auf die anderen beiden, die allerdings in unterschiedlichen Ecken des Camps sitzen und auch nicht gerade so aussehen, als hätten sie große Lust darauf, ein eingeschworenes Team zu werden.

»Weil deine Freunde daheim so viel besser sind, ja?« Mein Blick bleibt ganz bewusst an ihrem blauen Auge hängen, und ich ahne, dass sie von meinen Worten getroffen ist, auch wenn sie das vertuschen will und stattdessen die Arme vor der Brust verschränkt.

»Meine Freundinnen würden dir für den Spruch den Arsch aufreißen.«

»Interessant.«

Sie sieht mich stolz mit vorgerecktem Kinn an, wünscht sich besagte Freundinnen vermutlich jetzt an ihrer Seite und weiß sicher nicht, wie traurig ihre Augen dabei bleiben.

»Aber die sind nicht hier und so bleibt die Frage: Was wirst du machen?« Kurz nicke ich auf mein Zelt. »Machst du hier mit und ziehst es durch, oder versteckst du dich hinter deinen Freundinnen, die daheim ihren Sommer genießen?«

»Sieh an, Jannis, ich hätte dich nicht für so einen Streber gehalten.«

»Bin ich auch nicht.« Ich will nur meine Ruhe, aber solange Alex mit 140 Beats pro Minute ihre Show abzieht, werde ich wohl kaum abschalten können. »Aber Ärger kann ich nicht gebrauchen.«

»Wieso? Weil sie dich dann wegsperren?«

Alex kennt mich kein bisschen, wohingegen meine Eltern

jetzt schon mal in Deckung gehen würden. Man kann sich schließlich nie sicher sein, wann ich auf eine emotionale Landmine trete und in die Luft gehe. Alex ist gerade dabei, meine Zündschnur um einiges zu verkürzen, mit voller Absicht, aber nur, weil sie das Ausmaß der Detonation nicht kennt.

»Vielleicht hätten sie das tun sollen, statt mich mit euch hierherzuschicken.«

»Oh, da kriege ich ja richtig Angst vor dir.«

»Solltest du vielleicht auch.«

Aber Alex winkt nur gelangweilt ab. »Nee, du bist keiner von der fiesen Sorte. Das habe ich gleich gecheckt.«

»Ach, wirklich?«

»*Jap*. Dein Lächeln verrät dich.«

Jetzt will ich abwinken, nur spricht Alex einfach weiter, während sie auf mein Zelt deutet. »Vermisst du sie?«

Ihre Frage führt meine Gedanken sofort zurück nach Hause, in unseren Garten, zu Max. Das kann Alex aber alles gar nicht wissen.

»Wen denn?«

»An wen auch immer du bei meiner Frage zuerst gedacht hast.«

Ein Volltreffer, der mir kurz die Luft raubt, so sehr, dass ich schnell tief einatme. An den Schuldgefühlen und der Sehnsucht vorbei direkt in die Lunge.

Max hat das Zelt ausgesucht. Für den Campingtrip, den wir alle zusammen machen wollten, wenn er in den Ferien vom Internat nach Hause kommt. Als wir es zur Probe aufgebaut haben, konnte er gar nicht aufhören, darüber zu reden, was wir alles erleben werden und wie wir Fische fangen, die wir dann über dem offenen Feuer braten und wie wir Sternbilder auswendig lernen sollten, damit wir immer wissen, wo wir sind.

Max fährt jetzt mit unseren Eltern nach Kroatien, in ein Hotel mit Poolanlage. Damit er mal ausspannen und runterkommen kann, weit weg von den Sorgen – also mir. – Hat er auch verdient.

»Siehst du, Jannis, dein Lächeln, das verrät dich.« Alex selbst lächelt auch, nur eben ein bisschen traurig, und zum ersten Mal schaltet sie einen Gang zurück, als sie die Schultern zuckt. »Jessy würde jetzt sagen, du bist so ein Opfer.«

»Wer ist Jessy?«

Ertappt schießt ihr Blick von mir zu den anderen, die aber nicht das geringste Interesse an unserer Unterhaltung haben.

»Eine Freundin.«

Ich habe das Gefühl, dass Jessy die Person ist, die Alex vermisst, wenn *sie* an zu Hause denkt.

»Dann richte Jessy aus, sie irrt sich gewaltig. Ich bin kein Opfer.«

»Weil du ein Zelt aufbauen kannst?«

»Und Nudeln kochen. Mit Soße und allem.«

»Wo hast du das eigentlich gelernt?«

Dafür muss ich einen Moment nachdenken, weil ich nicht genau weiß, in welcher Einrichtung wir damals zusammen gekocht haben, wer es uns beigebracht hat und wie alt ich war. Alex hat keine Geduld, zu warten, bis ich die Erinnerung zusammengesucht habe, und verdreht die Augen.

»Lass mich raten. Mama hat dich in der schicken Einbauküche zur Seite genommen und dir den Unterschied zwischen Basilikum und Oregano erklärt.«

»Nein.«

»Plätzchen mit dir gebacken zu Weihnachten.«

Weihnachten ist bei uns daheim nicht die beste Zeit.

»Hat Hühnersuppe gekocht, wenn du krank warst.«

Ich würde gerne sagen, dass sie aufhören soll, aber ich habe Angst, was passiert, wenn ich den Mund aufmache.

»Und was gab es an Silvester?«

Alex hört nicht auf zu bohren, hat ihr Malen-nach-Zahlen-Bild meiner Kindheit, Jugend und Familie schon gepinselt, lässt keinen Platz für meine Realität, was mich wütend macht. Was ich tun soll, wenn ich anfange, wütend zu werden, habe ich gelernt: raus aus der Situation, atmen, positive Gedanken, um eine Pause bitten und der ganze Mist, den sie mir in den verschiedenen Therapien beibringen wollten.

Aber da ich nur noch Wut empfinde, während alles andere tot bleibt, will ich das nicht auch noch ausblenden. Es ist als letztes Gefühl geblieben, der letzte Teil in mir, der sich noch menschlich anfühlt.

Und Alex' Stimme gibt einfach keine Ruhe. »Und Papa hat bestimmt –«

Es passiert so schnell, dass ich es nicht aufhalten kann, selbst wenn ich es gewollt hätte.

Meine Hand legt sich eng um ihren Hals. Ich drücke nur leicht zu, es reicht, um ihr Gequatsche abzuwürgen. Alex' Augen weiten sich, aber ich sehe keine Angst in ihrem Blick, nur pure Überraschung.

»Halt einfach die Klappe und lass mich in Ruhe.«

»Verstehe. Kein Opfer«, keucht sie und hebt abwehrend die Hände, aber ihr freches Lächeln hat sie behalten.

»*Jannis!* Lass Alex sofort los!« Bens Stimme hallt laut und bestimmt in meine Richtung, und ich weiß genau, dass dieser Ausraster schon reicht, um mich aus dem Team zu werfen.

Zurück nach Hause.

Meine Familie müsste ihren Urlaub abbrechen, zurückkommen, mir einen Platz in einer neuen Einrichtung klarmachen. Es wäre nicht das erste Mal.

Langsam lasse ich Alex los und trete einen Schritt zurück.

Es ist Max' erster echter Urlaub seit Jahren.

Kapitel 15

Leo

MONTAGABEND

Zum Abendessen gibt es Nudeln mit Salz und ein bisschen Margarine.

Wir sitzen um das Lagerfeuer, für das wir Äste und trockenes Holz gesammelt und es dann in einen Kreis aus großen Steinen gelegt haben. Der Steinring soll verhindern, dass unser Feuer sich ungewollt ausbreitet. Die Nudeln essen wir mit Plastikbesteck aus unseren Blechnäpfen. Langsam kühlt sich die Luft ab, und mir ist nicht mehr so heiß, dass ich ständig schwitze, auch wenn mein T-Shirt klamm an meinem Rücken klebt. Aber das kann auch von der körperlichen Anstrengung herrühren. Keine Ahnung, wann ich mich das letzte Mal so viel bewegt habe. Alleine das Holzsammeln hat ewig gedauert, weil wir zu jedem Baum, zu jeder dazugehörigen Rinde und jedem Wurm, den wir auf dem Boden gefunden haben, eine Geschichte oder Erklärung von Ben bekommen haben.

Jannis sitzt neben mir, stochert etwas lustlos in seinen verkochten Nudeln und würdigt uns andere keines Blickes. Nachdem er auf Alex losgegangen ist, haben sich die Betreuer eine kleine Weile besprochen und jetzt fürs Erste entschieden, dass er bleiben darf. Zur Sicherheit der Mädels hat man ihn wohl neben mich platziert, aber ich habe sowieso keine Angst vor ihm.

Angst macht mir nur Tommi, der mir direkt gegenüber auf der anderen Seite der Flammen sitzt und mich immer mal wieder beobachtet. Ich weiß, dass er die Kippen hat, ich weiß nur nicht, was ich machen muss, um sie zu bekommen. Klar ist, dass ich ihn nicht einfach danach fragen kann.

»Danke, Alex, für das leckere Abendessen. Ich finde, sie hat das ganz toll gemacht, nicht wahr?« Yvonne will uns wohl dazu kriegen, dass wir Standing Ovations geben oder uns überschwänglich bedanken, aber niemand geht auf ihre Worte ein. Nicht mal Grete, die sonst doch immer was zu sagen oder zu erzählen hat. Sie schiebt die Nudeln in ihrem Napf hin und her, sieht dabei so verloren und einsam aus, dass ich mir kaum vorstellen kann, dass sie dasselbe Mädchen ist, das mich heute gebissen hat. Auch bei der Holzsuche vorhin war sie erstaunlich still, was ich da noch als willkommene Abwechslung empfunden habe. Eine Entschuldigung für ihre Beißattacke hat sie allerdings während ihres Schweigegelübdes auch noch nicht über die Lippen gebracht.

»Leo, möchtest du morgen mit Alex den Küchendienst übernehmen?«

Yvonnes Frage entlockt mir ein Lachen. »Nein.«

»Nur damit das klar ist: Ihr müsst alle irgendwann in der Küche helfen. Wir wechseln immer durch. Und jeder von euch muss auch mal beim Verpacken der Sachen, der Feuerholzsuche und der Suche nach Pilzen oder beim Angeln helfen.«

Kollektives Augenrollen, was die Betreuer wohl nicht sonderlich überrascht. Dieses ganze *Wir werden eine eingeschworene Truppe und helfen einander in den schwierigen Situationen* ist so abgedroschen, dass daran nun wirklich niemand glauben kann. Und doch scheinen Ben und Yvonne keine Sekunde daran zu zweifeln, dass es auch diesmal gelingen wird. Nur Tommi, dem sieht man den Zweifel an diesem Vorhaben an.

»Du denkst, wir sind alles Pfeifen, oder?« Laut ausgesprochen, klingt meine Frage an ihn nicht mehr ganz so überzeugend wie eben noch in meinem Kopf. Tommi zieht fragend eine Augenbraue nach oben, mehr kommt nicht, und ich formuliere es noch mal neu. »Du denkst, wir werden hier buchstäblich absaufen, oder?«

Einen Moment lang sieht er mich einfach nur an, dann nickt er in Zeitlupe. »Ich denke, es wird für einige von euch verdammt hart, ja.«

Damit meint er mich. Weil er meine Kippen hat und das nervöse Wippen meines Fußes ihm ebenso wenig entgeht wie das ständige Nägelkauen, obwohl mein Teller noch immer halb voll ist.

»Toll. Wenn nicht mal die Betreuer an uns glauben, was machen wir dann eigentlich hier?« Geräuschvoll stelle ich meinen Teller vor mir auf den Boden ab und sehe in die Gesichter der anderen Jugendlichen. Es interessiert mich nicht, wieso sie hier sind und ob das ihre oder meine letzte Chance ist. Ich will meine Kippen, mein Handy und weg von hier.

»Ihr kriegt eure Kohle und wir paddeln uns hier dumm und dämlich. Und dann? Geht es zurück nach Hause, wo sich rein gar nichts an unserer Situation verändert hat. Was soll das hier also bringen?«

Die anderen bleiben stumm, kein Zuspruch, keine Unterstützung, nur leere Blicke. So viel zu meiner kleinen spontanen Meuterei, noch bevor wir auf See sind.

»Sag du es mir.« Tommi bleibt so ruhig, aber ich kann mich kaum auf etwas anderes als den rechteckigen Abdruck meiner Zigarettenschachtel in der Brusttasche seines T-Shirts konzentrieren.

»*Was?*«

»Was soll dir das hier alles bringen? Was willst du am Ende sein?«

»*Clean.* Ist das die Antwort, die du hören willst?«

Aber Tommi schüttelt nur den Kopf. »Ich will gar nichts hören, du hast das Thema aufgebracht.«

Alles würde ich für einen einzigen Zug tun, dann wäre ich ruhiger, könnte meine Gedanken auch besser sortieren und zum Ausdruck bringen.

»Scheiß drauf.« Damit stehe ich auf und gehe einmal mehr ohne Ziel einfach los. Nur habe ich die komplette Dunkelheit um mich herum total unterschätzt. Bengtsfors ist zu weit weg, als dass die Lichter der Stadt irgendwie als Orientierung dienen könnten, und zwischen den Bäumen, die hier meterhoch wie dürre Gerippe in den Himmel wachsen, erkenne ich nicht mal meine Hand vor Augen. Aber keine Sekunde länger kann ich einfach nur still dasitzen und den anderen dabei zusehen, wie sie nichts vermissen.

Ein tief hängender knochiger Ast trifft mich im Gesicht, knapp über der Augenbraue, und ich taumele zurück, pralle gegen einen Baumstamm und lehne mich einen Moment schwer atmend dagegen. Wenn mich sogar unbewegliche Bäume ausknocken können, werde ich wohl kaum weit kommen. Und nach den paar Metern schon so außer Puste zu sein, ist kein gutes Zeichen, noch dazu, wenn sich die Dunkelheit um mich herum wie wild dreht und ich kleine Punkte, vielleicht Glühwürmchen, durch die Nacht tanzen sehe.

Bis sich der vertraute Geruch dazumischt und ich begreife, dass es keine Glühwürmchen sind. Schnell schließe ich die Augen, kneife sie so fest zusammen, als müsste ich die Dunkelheit zusätzlich verstärken.

»Ich schlage dir einen Deal vor.«

Tommis Stimme erreicht mich durch den sich drehenden Wald, aber ich wage es nicht, die Augen zu öffnen. Zu groß ist die Angst, es sei nur ein Spätabendtraum, Wunschdenken meines panischen Gehirns.

»Jeden Abend kriegst du eine halbe Kippe …«

Sofort reiße ich die Augen wieder auf, versuche, in der Nacht vor mir irgendwas zu erkennen, und erspähe den glimmenden Zigarettenstummel, der scheinbar einfach so in der Luft vor mir schwebt wie das Licht eines Leuchtturms. Dann mache ich auch Tommis Umrisse aus und sehe, wie er mir den Stummel entgegenhält.

»… aber nur dann, wenn du tagsüber anständig mitmachst.«

Solche Deals kommen immer mit einer Bedingung, das weiß ich vielleicht besser als die anderen hier.

»Was heißt: anständig mitmachen?«

»Du hilfst mit, du fängst keinen Streit an, du erfüllst die Aufgaben, die dir zugeteilt werden, und wenn du das anständig machst, kriegst du abends eine halbe Zigarette.«

»Wieso keine ganze?«

Tommi nimmt einen tiefen Zug von der Kippe, und ich sehe dabei zu, wie die Glut sich durch den Tabak und das Papier immer höher frisst.

»Okay, okay, eine halbe, ich verstehe.«

Er reicht sie mir.

»Wenn ich dich dabei erwische, wie du dir irgendwo Nachschub besorgst oder klaust, war es das.«

Nickend nehme ich die Zigarette zwischen meine Finger, die in freudiger Erwartung zittern. Einen Moment betrachte ich sie genau. »Das ist aber weniger als eine halbe.«

»Wenn du noch länger mit mir diskutierst, wird es noch weniger.«

Das muss er mir nicht zweimal sagen, und ich nehme schnell den erlösenden Zug, der mir heute den ganzen Tag gefehlt und mir nicht aus dem Kopf gegangen ist. Wieder lehne ich mich an den Baum hinter mir und halte den Rauch fest, als wäre er ein alter Freund. Als ich ihn wieder ausatme, bin ich schon viel ruhiger und spüre ein Lächeln auf meinen Lippen. »Und was muss ich tun, um mein Handy zu kriegen?«

Tommi schüttelt den Kopf. »Das kannst du dir abschminken.«

Ein Gedanke, der mich nervös werden lässt, obwohl ich wusste, dass meine Chancen darauf gering waren.

»Aber ich kann dir das hier anbieten.« Er hält mir ein Kartendeck hin, doch ich verstehe nicht so recht, was ich damit anfangen soll.

»Soll ich dir die Zukunft legen?«

»Witzig. Du kannst Karten spielen. Ist vielleicht nicht das Gleiche wie *Candy Crush*, aber eine Ablenkung.«

Auf diese komplett idiotische Idee kann auch nur jemand wie Tommi kommen. Nur ist die Idee gar nicht so idiotisch, je länger ich darüber nachdenke, und so nehme ich das Kartendeck an.

»Habe ich schon mal gesagt, dass du mein liebster Betreuer bist, Tommi?«

Wenn ich mich nicht irre, lächelt auch er nun.

Kapitel 16

Grete

Montagnacht

Mein Zelt hat locker Platz für drei weitere Menschen, aber ich liege dennoch in meinem Schlafsack alleine auf der Isomatte, die sich als erstaunlich bequem herausstellt, doch die Stille der Wildnis um uns herum macht mich nervös. Meistens ist sonst immer irgendwas zu hören. Ein Auto, das zu schnell durch die Dreißigerzone vor unserer Wohnung fährt, ein Kind, das eine Etage über uns brüllt, Musik von der Jungs-WG unter uns. Aber hier hört man keine von Menschen gemachten Geräusche, nur das Knistern des Lagerfeuers, das noch immer leise in der Nacht knackt, und den Wind in den Bäumen. Irgendwo gibt ein Tier Laute von sich, die so gar nicht nach Hauskatze klingen. Wenn ich ganz genau hinhöre, dann ist da auch das leise Plätschern des Wassers, wenn kleine Wellen bis ans Ufer schwappen.

Aber sonst ist da: *nichts*.

Zum ersten Mal seit langer Zeit ist da nichts.

Keine Schritte auf dem Flur, kein leises Lachen aus dem Zimmer meiner Mutter, kein Michael und natürlich auch kein Papa.

Mit geschlossenen Augen liege ich da, lasse die Stille auf mich wirken und kuschele mich tiefer in meinen Schlafsack. Denn obwohl es tagsüber sehr warm war, bringt die Nähe zum Wasser in der Nacht eine Kühle mit sich, die mir eine sanfte Gänsehaut auf meine Arme zaubert.

Es ist so ruhig.

So ruhig, dass ich mich frage, ob die anderen überhaupt noch da sind. Müsste ich sie nicht hören? Muss nicht einer der Betreuer auf das Feuer aufpassen? Oder auf uns?

Meine Zehen kribbeln, bevor sich die Taubheit weiter ausbreitet, erst meine Waden einnimmt, dann meine Knie und schließlich die Oberschenkel. Bevor sie den restlichen Körper erobern kann, setze ich mich schnell auf. Zu schnell, denn wieder ist mir schwindelig, wie schon heute Morgen im Supermarkt. Mein Herz pocht laut gegen meine Rippen, in meinen Ohren höre ich den viel zu schnellen Puls rauschen. Die Befreiung aus dem Schlafsack, der sich eben noch wie eine gemütliche kleine Höhle angefühlt hat, dauert so lange, dass mir die Tränen in die Augen schießen.

Ich komme zu spät.

Noch immer fühlen sich meine Beine taub an, und ich schaffe es nur mit Mühe zum Reißverschluss des Zeltes, den ich hektisch aufreiße, als drohe ich im Innern zu ersticken.

Das Feuer lodert noch sanft vor sich hin, wenn auch schon lange nicht mehr so stark. Alle Zelte stehen unverändert an ihren Plätzen, und der einsame Schlafsack, in dem Alex liegt, ist auch noch da.

Nicht nur das, sie ist auch noch wach und sieht zu mir. Schatten tanzen über ihr müdes Gesicht.

»Albtraum?«

Noch immer atme ich zu schwer und unregelmäßig – aber alle sind noch da.

»So was in der Art.« *Ich wünschte mir, ich müsste einschlafen, um schlecht zu träumen.*

Alex nickt, wobei ich mir nicht sicher bin, ob sie wirklich verstanden hat. Ich streiche mir die losen Haarsträhnen aus dem Gesicht, hoffe, nicht mehr ganz so verzweifelt auszusehen, wie ich mich fühle.

»Ich kann auch nicht schlafen.«

Sie setzt sich in ihrem Schlafsack auf wie eine Raupe, und ich sehe das als Einladung, ihr in der Nähe des Feuers Gesellschaft zu leisten. Ohne Schlafsack kühlt der Wind meine Haut, die sich bis eben viel zu warm angefühlt hat, und ich nehme im Schneidersitz neben Raupen-Alex Platz, froh über die Wärme des Lagerfeuers.

»Ich fand deine Nudeln übrigens wirklich lecker.«

Nur eine kleine Lüge, denn ich hatte vorhin so großen Hunger, dass ich vermutlich alles gegessen hätte, aber Alex' Mundwinkel zuckt trotzdem kurz zu einem Lächeln. »Besser als Leos Hand?«

Ihr Kommentar lässt das Blut in meinen Kopf schießen und meine Wangen glühen schon wieder. »Ja. Viel besser.«

»Ein verlogenes Kompliment aus deinem Mund, Grete, da kann ich mir ja nun mal direkt gar nichts drauf einbilden.« Diesmal fehlt allerdings die versteckte Boshaftigkeit in ihren Worten, vielleicht weil sie müde ist und der Tag sie ebenso geschlaucht hat wie den Rest von uns. Sie zuckt die Schultern und deutet auf die kleine improvisierte Küche, die wir vorhin alle gemeinsam aufgeräumt haben. »Ich kann halt nicht kochen. Hole mir lieber einen Döner oder so, wenn ich Hunger habe.«

»Kenne ich. Ein Brot, Käse und fertig. Wir werden in den kommenden Tagen wohl alle etwas abnehmen.«

Zu meiner Überraschung schüttelt Alex den Kopf und nickt dann in Richtung des grünen Zelts. »Jannis kann kochen. Zumindest behauptet er das.«

»*Jannis?* Kann ich mir nicht vorstellen.«

Aber trotzdem sehe ich zu dem Zelt, als könnte er uns hören und uns direkt widersprechen, dabei flüstern wir so leise, dass selbst das Knacken des Holzes im Feuer lauter ist.

»Glaube hier sowieso niemandem was.« Ein kurzer amüsierter Blick zu mir, gepaart mit einem Schulterzucken. »Nichts für ungut.«

Wenn sie wüsste, wie gut beraten sie mit dieser Einstellung ist. Manchmal glaube ich mir selber nichts mehr, wenn ich etwas sage. Fast mein ganzes Leben steht auf eher wackeligen Lügenbeinen, und sollte ich auch nur ein Detail falsch wiedergeben, bricht alles zusammen. Und das will ich um jeden Preis verhindern. Ich weiß nämlich nicht, ob ich das Chaos danach noch mal aufgeräumt kriege.

»Ist auch eine gute Entscheidung. Ich würde mir an deiner Stelle auch nichts glauben.«

»Ach, wir erzählen doch sowieso alle nur das, was die hören wollen.« Ihr Blick wandert zum Zelt, in dem unsere Betreuer schlafen.

»Oder genau das, was sie eben nicht hören wollen.«

»Alle schön auf Abstand halten.«

»Kommen sie dir nicht zu nah, können sie dir nicht wehtun.«

Wir nicken, weil wir uns da einig sind. Die Stille, die sich zwischen uns ausbreitet, ist sicherlich auch der Müdigkeit geschuldet, bis mir etwas über die Lippen schlüpft, bevor ich es aufhalten kann. »Ich bin auf jeden Fall sehr froh, dass du hier bist.«

Alex reagiert nicht, und ich hoffe, den Satz nur in meinem Kopf gehört und nicht wirklich ausgesprochen zu haben.

»Wieso, du magst mich doch nicht mal?«

»Wer hat das denn gesagt?«

Sie dreht ihren Kopf in meine Richtung, ihr Blick spiegelt die Distanz, die sie zwischen uns haben will.

»Stell dir vor, wir treffen uns irgendwo daheim. In der Schule oder dem Supermarkt oder so. Was ist dein erster Gedanke, wenn du mich siehst?«

Sie trägt noch immer die Klamotten vom Tag, ihre Haare fallen bis fast auf ihre Schultern, sie sind an den Spitzen vor einer Weile mal pink oder rot gefärbt gewesen. Die bläuliche Verfärbung unter ihrem Auge passt nicht so recht zu ihrem sonst eher unschuldigen runden Gesicht.

»Keine Ahnung.«

»Du lügst so viel, dass du gar nicht mehr weißt, wie Wahrheit geht, oder?« Obwohl sie dabei lächelt, treffen mich ihre Worte wie schallende Ohrfeigen. Sofort will ich etwas sagen, etwas zurückschleudern, aber kein Wort kommt über meine Lippen, was Alex als Zustimmung deutet. »Ich sag dir, was du gedacht hättest: Was für eine Assi-Kuh ist das denn? Und wenn du dann meine Freunde gesehen hättest, wärst du sicher auf die andere Straßenseite gewechselt vor Angst.« Darauf ist sie wohl besonders stolz, denn ihr Lächeln wächst. »Und das wäre auch gut so, weil Jessy dir garantiert einen dummen Spruch reingedrückt hätte.«

»Deine Freunde sind aber nicht hier.«

Das wiederum trifft sie, denn sie schluckt hart und nickt dann benommen. »Aber die warten daheim auf mich.«

»Muss schön sein. Jemanden zu haben, der wartet.«

»Deine Eltern warten doch auch auf dich.«

Mama und Michael. Aber an die will ich jetzt nicht denken.

»Mein Vater wird mich sicher abholen, wenn das hier alles rum ist. Er vermisst mich.« *Wenn ich das nur oft genug sage, wird es auch wahr.*

»Mein Vater wird dann in einem wichtigen Meeting in seiner Scheißfirma sitzen und sich ärgern, dass die zwei Wochen Ruhe schon wieder vorbei sind, wenn ich wieder bei ihm auf der Matte stehe.« Angeekelt spuckt sie in die Flammen vor uns, und ich traue mich nicht, zu fragen, wer sie dann abholt. Vielleicht ihre Freunde.

So sitzen wir eine kleine Weile nebeneinander, irren unseren Gedanken hinterher und kämpfen – wenn auch wohl aus unterschiedlichen Gründen – gegen die Müdigkeit an.

»Schicke Kette.«

Sofort greife ich mir an den Hals, wie ich es daheim oft tue, nur um sicherzugehen, dass ich sie noch habe, und spüre den kreisrunden Anhänger mit dem kleinen Löwen zwischen meinen Fingern. »Danke.«

»Ist die was wert?«

»Mir schon.«

Alex nickt, lässt ihren Blick von der Kette wieder zum Feuer wandern.

»Wieso hast du eigentlich kein Zelt dabei?«

Meine Frage lässt Alex' Lächeln verschwinden und ihr Gesichtsausdruck wird wieder härter. »Hab ich wohl vergessen.«

»Wie kann man denn das Zelt vergessen, wenn man zum Camping fährt?«

»Hast du mich gerade *dumm* genannt?« Diesmal fehlt jede Spur von Leichtigkeit in ihren Worten und ich schüttele schnell den Kopf. »Ist auch besser so.«

»Wenn du willst, kannst du in meinem Zelt schlafen.«

Immerhin hätten wir da locker zu zweit Platz und vielleicht hätte ich dann auch nicht so eine Angst.

»Und das Risiko eingehen, dass du mir in die Hand beißt? Ich verzichte.«

Kapitel 17

Tommi

DIENSTAG

Der Nebel hält sich dicht über der Wasseroberfläche, verhindert einen klaren Blick zum Ufer der anderen kleinen Inseln, die sich irgendwo auf dem See vor uns befinden. Es könnte auch eine Szene aus Mittelerde sein, selbst das Auftauchen eines Hobbits würde mich jetzt nicht überraschen, denn hier ist alles irgendwie auf eine merkwürdige Art und Weise magisch. Ein bisschen so wie nach einer durchfeierten Nacht mit den besten Freunden, wenn alles gepasst hat und die Sonne aufgeht, während man gerade nach Hause geht.

Nur besser.

Zwar erwacht die Sonne so langsam und wird die angenehme Frische des Morgens bald vertreiben, um uns einen warmen Sommertag zu bescheren, aber ich habe keinen Kater, kein Down nach einem High.

Ben und Yvonne sind dabei, den Kaffee vorzubereiten, und ich gönne mir eine Minute, bevor der Wahnsinn hier ausbricht.

Das Wasser ist kalt und umspült meine Waden in seichten Wellen, die jetzt völlig harmlos sind, aber wenn wir nachher in den Kanus sitzen, kann das schon ganz anders aussehen. Manchmal frage ich mich, was ich mir dabei gedacht habe, diesen Trip mitzumachen. Sicher, er lässt sich für meine Ausbildung anrechnen und bringt mir eine Auszeit von daheim, aber diese Teens sind nicht gerade der einfachste Einstieg in diesen Spaß.

Was würde ich jetzt für eine Zigarette, ein weiches Bett und die Playstation daheim geben? Zurück in mein altes Leben, nachmittags irgendwann hoch aufs Dach vom Hochhaus und auf meine Kumpels warten.

Ein tiefer Atemzug erinnert mich daran, wie weit weg mein Zuhause und all die Erinnerungen daran sind. Hier bin ich richtig, daheim nur noch ein Schatten des Tommis, der ich mal war. Die Leute tuscheln, wenn sie mich sehen, sagen, ich hätte mich sehr verändert, aber da bin ich mir gar nicht so sicher.

Mit beiden Händen schöpfe ich etwas Wasser und werfe es mir ins Gesicht, ein natürlicher Wachmacher, der auch die Gedanken vor dem ersten Kaffee des Tages ziemlich gut klärt.

Gestern Nacht bin ich einige Male wach geworden, um das Feuer zu checken, aber auch immer mit dem Gedanken, ob Leo schon abgehauen ist. Oder ob Grete wieder zugebissen hat. Natürlich haben wir die Vorgeschichten der Teilnehmer vorher bekommen und auch im Team besprochen, aber was man auf dem Papier liest, ist selten auch wirklich das, was in den Köpfen der Leute passiert. Es ist einfach, sie in Schubladen zu packen und dementsprechend zu behandeln. Nur klappt eben das bei unseren Teilnehmern nicht mehr, weil sie ihre Schubladen längst gesprengt haben und von Programm zu Programm weitergereicht werden.

Kein angenehmes Gefühl.

»Ist das Wasser kalt?«

Leos Stimme unterbricht mich, und ich bin ziemlich überrascht, ihn jetzt schon wach zu sehen, während die anderen noch in ihren Schlafsäcken liegen. Sogar Alex, die sich gegen ein Zelt entschieden hat.

»Ziemlich.«

»Gut.« Er tritt neben mich, watet ein bisschen ins Wasser und sieht sich dann um, reibt sich den Rest Schlaf aus den Augen. »So viel Natur gibt es bei uns daheim nicht.«

Das ist auch einer der Gründe, wieso sie ausgerechnet hier sind. Und Leo, vollkommen egal, was er uns vormachen will, ist schlau genug, um das zu wissen.

»Umarmen wir heute auch Bäume und so einen Quatsch?«

»Wenn du möchtest?«

Der Blick, den er mir über die Schulter zuwirft, verrät mir, dass er auf so was gar keine Lust hat. »Muss ich denn?«

»Ich kann dich zu nichts zwingen.«

»Na ja, wenn ich es nicht mache, dann kriege ich abends meine halbe Kippe nicht, oder?«

Unseren Deal hat er also nicht vergessen. »Das werden wir dann ja sehen.«

»Klasse. Du erpresst mich also ohne feste Spielregeln?«

»Ich erpresse dich nicht, Leo.« Wieder beuge ich mich nach vorne und gönne mir noch eine kleine Morgendusche, lasse das Wasser über meinen Kopf laufen, spüre, wie es mir über den Nacken und den Rücken rinnt. »Ich biete dir eine Motivation.«

Mit geschlossenen Augen wasche ich mir das Gesicht etwas gründlicher, spüle mir den Mund aus und blinzele dann wieder zu Leo, der ein Grinsen auf den Lippen trägt – und ins Wasser knapp vor mir pinkelt.

»Arschloch.«

Falls ich so was wie Reue in seinem Blick erwartet habe, werde ich herbe enttäuscht.

»Sorry, ich musste voll dringend.«

»Du umarmst heute auf jeden Fall noch Bäume, mein Freund.«

Damit stampfe ich zurück zum Ufer, als Leo sich zu mir dreht. »Ich umarme von mir aus den ganzen Scheißwald, aber Freunde sind wir nicht, damit das direkt mal klar ist!«

Soll mir nur recht sein, denn das war das Erste, was mir beigebracht wurde, was ich auf all den Seminaren und in jedem Gespräch gelernt habe. *Sie werden nicht deine Freunde, du bist nicht ihr großer Bruder oder gar Vaterersatz. Du musst diesen Abstand zu ihnen wahren, wenn du ihnen helfen willst.* Nur warnt dich niemand davor, dass du Teile von dir selbst in ihnen erkennen kannst.

»Kaffee?« Ben hält mir eine Blechtasse entgegen. Hier ist alles aus Blech oder Plastik. Die scharfen Küchenmesser sind nummeriert und werden immer wieder von uns Betreuern nach dem gemeinsamen Kochen eingesammelt, in einer verschließbaren Box aufbewahrt, und jeder weiß, wieso diese Vorsichtsmaßnahme nötig ist.

»Gerne.«

Er gießt mir heißen Kaffee aus der Espressokanne ein, die er von einem Gitter über dem Lagerfeuer genommen hat. Wie reduziert hier alles ist, habe ich nicht glauben wollen, als ich mein Zeug daheim in Stuttgart gepackt habe. Ein winziges bisschen Luxus, zumindest für uns Betreuer, habe ich schon erwartet. Die Nacht im Schlafsack hat Spuren in Form von schmerzenden

Körperstellen hinterlassen. Umso dankbarer bin ich für den schwarzen Kaffee, den ich ohne Milch und Zucker genieße.

»Wie war die erste Nacht?« Ben sieht mich amüsiert an und ich versuche mich an einem Grinsen.

»Ging so. Ziemlich hart, der Boden hier in Schweden.«

»Das Zauberwort heißt *Isomatte.*«

Auf die habe ich verzichtet, wohl in der Annahme, wir hätten Feldbetten oder Ähnliches.

»Vielleicht gönne ich mir unterwegs irgendwo eine.«

Denn selbst wenn wir hier mitten in fast unberührter Natur stehen, haben wir verschiedene Stopps eingeplant, die uns sicher auch einen Besuch in einer größeren Stadt ermöglichen werden. Dachte ich. Doch nun lässt Bens fragender Blick mich daran zweifeln.

»Die hättest du dann aber gestern kaufen müssen. Unterwegs findest du so was nicht.«

»Toll.«

Er klopft mir aufmunternd auf die Schulter und sieht dann zu Leo, der inzwischen bis zu den Oberschenkeln im Wasser steht, die Arme verschränkt, den Horizont im Blick. »Wie läuft es mit ihm bisher?«

»Anstrengend.«

»Wir haben noch nicht mal abgelegt, und du siehst schon aus, als würdest du gleich hinschmeißen wollen.«

Da irrt er sich. Hinschmeißen kann ich mir gar nicht leisten. Irgendwann muss ich anfangen, die Lücken in meinem Lebenslauf aufzufüllen, die dunklen Kapitel durch positive Dinge zu ersetzen.

»Keine Sorge, ich ziehe das hier schon durch.«

»Du darfst das nicht zu nah an dich rankommen lassen.«

Auch das habe ich schon gelernt. Wenn auch nur in der Theorie.

»Und verliere die anderen nicht aus den Augen. Manchmal neigt man dazu, einen ganz besonders in den Fokus zu nehmen.«

Dabei weiß ich gar nicht, wieso ich ausgerechnet bei Leo so mitfühle. Jannis müsste mir viel besser liegen, immerhin habe ich mich beim Lesen seiner Unterlagen viel zu oft darin wiedererkannt.

Ben stupst mich leicht von der Seite an und deutet auf Alex, die eingemummelt in ihrem Schlafsack auf dem Boden neben dem Lagerfeuerplatz liegt. »Wecken wir mal die Langschläfer.«

Yvonne nimmt sich Gretes Zelt vor, und Ben wandert zu Jannis' Zelt, somit bleibt mir nur Alex, die vermutlich schon längst wach ist und alle Gespräche mitgehört hat. Einen Schluck Kaffee gönne ich mir noch, dann gehe ich neben dem Schlafsack in die Hocke und räuspere mich geräuschvoll. »Guten Morgen, Alex, Zeit, aufzustehen.«

Eine nuschelnde Antwort erreicht mich durch die kleine Öffnung am oberen Ende. Es klingt nicht besonders begeistert oder wach.

»Nicht trödeln, wir stechen heute schließlich in See.«

Zum Glück hört mich keiner meiner alten Freunde daheim solche Dinge sagen, die würden in schallendes Gelächter ausbrechen, und ein Teil von mir könnte es ihnen nicht mal übel nehmen.

Der Reißverschluss wird etwas aufgezogen und Alex' verschlafenes Gesicht taucht auf. »Rieche ich Kaffee?«

»Möglich.«

Jetzt streckt sie zuerst ihren Kopf, dann auch die Schultern und Arme durch die Öffnung und blinzelt schlaftrunken in die Gegend, bevor ihr Blick auf mir landet. Sie sieht mitgenommen aus, und das liegt sicher nicht nur an der Nacht unter dem Sternenhimmel und ohne Isomatte.

»Danke.« Wie selbstverständlich greift sie nach meiner Kaffeetasse, nimmt sie mir aus der Hand und führt sie zu ihren Lippen, bevor ich etwas sagen kann. »Daran könnte ich mich gewöhnen.« Sie grinst mich zufrieden an und erntet ein Kopfschütteln.

»Du bist echt 'ne Type, Alex.«

»Hört man gerne.«

Ihr möchte man das glauben, aber wirklich überzeugen kann sie mich mit dieser Nummer nicht. Hätte ich eine kleine Schwester, wäre sie Alex vermutlich nicht unähnlich. Vor allem, wenn sie ihren großen Bruder als Vorbild nähme.

»Du hast fünf Minuten, dann ist dein Schlafsack eingepackt, okay?« Damit stehe ich auf und will weiter, als sie noch mal zu mir sieht.

»Eigentlich trinke ich ihn mit Milch und Zucker.«

Sie hebt meine Tasse und nimmt grinsend den nächsten Schluck, weiß genau, dass ich mir diese Info nicht merken werde, und entlockt mir dennoch ein kurzes Lächeln.

»Fünf Minuten.«

Kapitel 18

Alex

Dienstag

Die Rettungsweste riecht nach Moos und Schimmel, außerdem zwickt sie unter den Armen. Jede Bewegung fühlt sich komisch an, als hätte man mich in Watte gepackt, damit ich mich nicht selbst verletzen kann. Dazu diese Fliegen, die uns schon seit dem Ablegen begleiten und wahlweise meine Nase, meine Ohren oder meinen Mund als Landeplatz anpeilen. Was ich zu verhindern versuche, indem ich heftig durch die Nase ausatme, nur um beim Einatmen direkt wieder eine zu verschlucken.

»Atmen in der Natur ist auch ein Konzept, das nicht zu Ende gedacht ist, oder?«

»Kannst du mal eine Minute nicht zappeln?« Jannis sitzt hinten, ich vor ihm, weil wir so das Gewicht besser verteilt haben. Wasserfeste Tonnen und unser Gepäck haben wir zusätzlich im Boot. Ben hat uns erklärt, wie wir das Gewicht verteilen müssen, damit wir ohne Probleme lospaddeln können. Wie instabil so ein Kanu ist, hat natürlich keiner erwähnt, und jede Sekunde könnten wir einfach kentern.

»Das ist das Boot, nicht ich.«

»Quatsch, wir liegen total ruhig im Wasser.« Jannis' Stimme, die mich von hinten erreicht, ist erstaunlich entspannt, als würde er nicht bemerken, wie doll unser Kanu wackelt.

»Du hast eine interessante Definition von *total ruhig.*«

»Wenn du nicht so zappeln würdest, wäre es das auf jeden Fall.«

»Okay, fein. Dann rühre ich mich einfach nicht mehr.« Wie zum Beweis, dass ich es ernst meine, hebe ich mein Paddel – das ich viel zu verkrampft in den Händen halte – über meine Knie und höre auf zu paddeln, überlasse die ganze Arbeit Jannis. Was ich genau genommen auch schon beim Beladen des Kanus getan habe.

»Es wird übrigens nicht besser, wenn du rumzickst.«

»Zappeln oder zicken, du musst dich schon entscheiden.« Gerne würde ich ihn bei dieser Diskussion ansehen, aber die Wahrheit ist, dass ich Angst habe, mich zu ihm umzudrehen. Denn dann würde ich dieses Kanu definitiv so sehr zum Wackeln bringen, dass wir kentern.

Ben, der alleine in einem kleineren Kanu sitzt und immer mal wieder zu uns oder den anderen aufschließt, taucht backbord neben uns auf. »Gibt es Probleme?«

Er trägt seine Sonnenbrille, diese Snapcap, für die er eigentlich schon viel zu alt ist, und ein ärmelloses T-Shirt, was in der Kombination mit der Kappe dazu führt, dass er aussieht, als würde er hier als Tourist durch die Gegend schippern. Als wäre das hier nicht ein Kamikaze-Kommando, das nur schiefgehen kann.

»Man hätte uns vor der Abfahrt noch unser Testament aufsetzen lassen sollen.« Meinen Kommentar quittiert er mit einem lauten Lacher, der sogar einige Vögel in Ufernähe aufschreckt und den man vermutlich bis nach Stockholm hören kann.

»Hier wird niemand absaufen, Alex.«

»Das Wasser ist an der tiefsten Stelle über siebzig Meter tief!«

Ben sieht mich überrascht an, aber ich sehe in seiner verspiegelten Sonnenbrille nur eine sehr blasse junge Frau mit einem Veilchen und sehr viel Angst. Sie sieht mir so gar nicht ähnlich, obwohl ich weiß, dass es mein Spiegelbild ist.

»Du hast die Infobroschüre wirklich gelesen.« Er formuliert es nicht als Frage, aber genau das ist es eigentlich.

»Überrascht, dass ich lesen kann?«

»Überrascht über dein Interesse.«

»Das ist kein Interesse, ich will nur wissen, wo genau sie meine Leiche finden werden.«

Mich trifft ein leichter Schubser mit einem nassen Paddel von hinten. »Solange ich Kapitän dieses Schiffs bin, wird niemand von meiner Besatzung sterben. Verstanden?«

Vorsichtig drehe ich mich zu Jannis, bedacht darauf, das Kanu nicht noch mehr aus dem Gleichgewicht zu bringen, als es das Wasser ohnehin schon tut. Er sieht mich ernst an, die Augenbrauen streng zusammengezogen, von einem Lächeln fehlt jede Spur.

»Du weißt schon, dass du Kapitän eines lächerlichen Kanus bist und deine Besatzung aus mir und zwei wasserdichten Tonnen besteht, oder?«

»Und nichts davon geht über Bord.«

»Du nimmst das viel zu ernst.«

Jannis hat bei dem Crashkurs in Sachen Paddeln und Kanu wirklich zugehört, sich die Dinge gemerkt, und wenn er mich jetzt so ansieht, bereue ich es fast ein bisschen, dass ich selbst währenddessen nur dumme Sprüche, aber wenig Aufmerksamkeit produziert habe.

»Unser Kanu liegt perfekt im Wasser, das Gewicht ist perfekt verteilt, und wenn du jetzt mitpaddelst, dann wäre das –«

»Perfekt?«

»Zumindest mal eine große Hilfe. Dann muss ich nicht jedes Mal mit dem Paddel die Seite wechseln.«

Der Anflug eines Lächelns breitet sich auf Jannis' Gesicht aus, aber ich will mich davon nicht beeindrucken lassen. Wie er mich gestern angegangen ist, habe ich nämlich noch nicht vergessen, und mit einem süßen Lächeln ist die Sache nicht aus der Welt.

»Okay.«

Ich lasse das Paddel wieder über den Rand des Kanus ins Wasser tauchen und richte meinen Blick auf den Fluss vor uns, wo die anderen schon ein ganzes Stück entfernt sind.

»Aber glaube ja nicht, dass ich das hier mache, weil ich dir eine Hilfe sein will.«

»Nee, du machst das, weil du nicht ins siebzig Meter tiefe Wasser tauchen willst, schon klar.«

»Korrekt.«

Zum Glück kann er mein Gesicht nicht sehen, sonst würde er mein zufriedenes Grinsen entdecken. Wer weiß, vielleicht werde ich Jannis sogar ganz okay finden. Jessy würde ihn sicher mögen und er sie auch, weil Jessy die Coole von uns beiden ist. Die weiß, wie flirten geht. *Nicht, dass ich mit Jannis flirten will.* Aber zuerst würde sie ihm das Leben zur Hölle machen, weil das ihre Art ist, wenn sie jemanden mag. Mich hat sie fast ein halbes Jahr lang richtig übel beschimpft, bevor sie mich in ihre Clique aufgenommen hat. Und nach dem ersten echten Stress mit den Mädels von der anderen Schule, die sie nicht ausstehen kann, hat sie mir dann ein Taschentuch für meine blutende Nase gereicht und mich ganz stolz angesehen.

Bis zu dem Tag hatte ich noch nie jemanden geschlagen.

»Nicht so schnell.«

Jannis' Warnung kommt genau im richtigen Moment. Mit zu viel Schwung und Wucht tauche ich mein Paddel ins Wasser, als wäre es an all dem Chaos in meinem Leben schuld.

»Sorry.«

Ohne es bewusst zu merken, passe ich mich Jannis' Paddelrhythmus an und spüre, wie sich meine Schultern langsam entspannen. Wenn ich schon mal weg bin von daheim, darf ich mich auch lockermachen, oder? Ist ja nicht so, als ob das jemand Jessy erzählen würde.

»Eigentlich ganz schön hier.«

Doch Jannis antwortet nicht, und ich habe die Hoffnung, er hat mich gar nicht gehört. Denn aussprechen wollte ich es nicht, maximal denken, und auch das nur tief drinnen. Es wäre schon sehr lächerlich, wenn ich schon am Anfang auf das alles hier reinfalle. Ein bisschen Natur, kleine rote Häuser, wie aus den alten schwedischen Serien, die Mama an Weihnachten geschaut hat, als ich noch jünger war, und ich werde ein neuer Mensch? Nicht mit mir. Da hilft auch der überaus süße Biber, der in Ufernähe an einem Ast kaut, nichts. *Niedliche Tierwelt, du kannst mir gar nichts.*

»Hey, Captain, was hältst du von einem kleinen Wettpaddeln mit den Freaks vom anderen Boot?«

Kurzer Blick zurück, wo mich Jannis mit Kopfschütteln empfängt.

»Blöde Idee.«

»Aber es kann doch nicht sein, dass die beiden schneller sind als wir.«

»Das hier ist kein Wettbewerb.«

»Klar ist es das.«

Und falls er das nicht auch so sieht, habe ich mich ziemlich in ihm, seinen dunklen Blick und den kleinen Ausrastern geirrt. Er ist sicher ein, zwei Jahre älter als ich und muss doch schon wissen, wie der Hase hier läuft.

»Wer überzeugt unsere Betreuer als Erstes davon, dass wir uns wandeln und ach-so-harmlos werden. Denn mit dieser Einsicht kommen auch die Luxusartikel. Ich wette, wir würden sogar unsere Handys wiederkriegen, wenn wir nur überzeugend genug sind.«

»Das ist also dein Plan?«

»Deiner nicht?« Enttäuschung macht sich in mir breit. Habe ich mich in Jannis geirrt? Hätte ich mir doch Leo oder Grete schnappen sollen, die vielleicht besser Bescheid wissen und sicherlich leichter zu beeinflussen sind?

»Ich will nur meine Ruhe.«

»Ernsthaft?«

Jannis zögert einen kurzen Moment, bevor er schließlich nickt.

»Hoffentlich bist du ein besserer Kapitän, als du ein Lügner bist.«

Den Blick wieder nach vorne gerichtet, beobachte ich Leo und Grete, die neben dem Kanu mit Yvonne und Tommi schneller vorankommen, als wir es tun.

Mit Jessy an Bord wäre ich sicher da vorne unterwegs.

Kapitel 19

Grete

DIENSTAG

»Auf der Spree kann man sicher auch mit dem Kanu paddeln, oder? Dann kann ich das weitermachen, wenn ich in Berlin bin. Und ich könnte sogar einen Bootsführerschein machen.«

Mit der Einwegkamera, die an einer Schnur um meinen Hals baumelt, knipse ich einfach in die Natur vor uns, halte sie hoffentlich so gut wie möglich fest, damit ich die Fotos daheim rumzeigen kann. Muss ja nicht erzählen, was für ein Trip es genau war.

Das klare Wasser vor uns, in dem sich der blaue Himmel spiegelt, die unbeeindruckten Bäume, die das Ufer säumen und den Blick auf alles, was dahinter liegt, vor uns verbergen, als müssten sie ein Geheimnis hüten. Es fühlt sich so an, als wären wir in einem Gemälde zu Besuch, in dem außer uns niemand ist. Fast surreal, so schön ist es hier. Kein Vergleich mit meiner Heimat Frankfurt, wo das viele Grau und der ständige Lärm meine täglichen Begleiter sind.

»Ich finde das echt cool hier.«

Meine Begeisterung mag Leo offensichtlich nicht teilen. »Wir sind gerade mal eine knappe Stunde unterwegs.«

»Ja und? Man kann sich ja auch binnen zwei Sekunden verlieben.«

»Verknallen vielleicht.«

Leo hat immer etwas einzuwenden und wippt die ganze Zeit mit dem Fuß gegen den Rand vom Kanu, was sich wie ein gehetzter Herzschlag anhört und mich wahnsinnig macht.

»Man weiß doch auch sofort, ob man ein bestimmtes Essen mag oder nicht.«

»Das ist ein Scheißvergleich.«

»Nee, du hast nur Scheißlaune, mein Lieber.« Mit dem Paddel spritze ich etwas Wasser nach hinten und treffe ihn offensichtlich auch, zumindest beschwert er sich sofort lautstark.

»Hör auf damit, ich habe keine Wechselklamotten dabei!«

Unsere Betreuer, die mit ihrem Kanu in unserer Nähe treiben, ignorieren zwar unsere Diskussion, aber jetzt schauen sie doch rüber. Vor allem Tommi sieht dabei etwas irritiert aus.

»Du hast für die zwei Wochen keine anderen Klamotten eingepackt?«

»Musste halt schnell gehen.«

»Wann haben deine Eltern den Trip denn gebucht?«

Schweigen.

Meine Mutter hat mir schon im März gesagt, wie ich meinen Sommer zu verbringen habe, und ich glaube kaum, dass Leos Eltern ihn eine halbe Stunde vor Abfahrt darüber informiert haben.

»Wenn du anfängst zu stinken, musst du dir ein anderes Kanu suchen.«

»Als ob du das entscheidest.«

»Habe ich doch gerade.«

»Du hast mich gebissen, du hast mir gar nichts zu sagen.«

Tatsächlich habe ich den kleinen Zwischenfall, so gut es geht, verdrängt, aber sein Pflaster an der Hand erinnert mich trotzdem daran, was ich getan habe. Auch wenn ich mich kaum erinnern kann, wie es dazu gekommen ist. Überhaupt liegt der gestrige Tag ein bisschen in einer Art Nebelwolke versteckt.

So wie auch der Abschied von Mama am Flughafen.

»Könnt ihr zwei euch etwas mehr aufs Paddeln konzentrieren?«

Ben, der alleine in seinem Kanu sitzt, sieht streng zu uns rüber, aber so still, wie Leo jetzt ist, übernehme ich die Antwort. »Klar. Sorry. Es ist nur gar nicht so einfach für mich, weil ich echt schnell seekrank werde.«

Ben nickt nur, und ich spüre, wie Leo sein Gewicht verlagert, sodass unser kleines Kanu wackelt, dann höre ich seine Stimme dicht hinter meinem Rücken: »Ich dachte, du willst den Bootsführerschein machen?«

Seine Worte werden von einer leichten Gänsehaut in meinem Nacken begleitet und ich zucke schnell die Schultern. »Ja und?«

»Wärst dann sicher die erste seekranke Kapitänin auf der Spree.«

»Man muss sich seinen Ängsten eben stellen.«

Ein dämlicher Spruch, den ich schon so oft gelesen habe und nicht so recht verstehe. Wieso sollte man vor seinen Ängsten nicht, so schnell und so weit es geht, davonrennen? Warum wird erwartet, dass wir uns der Dunkelheit, den Monstern unter unserem Bett und den schmerzhaften Erinnerungen stellen? Wieso können wir das alles nicht einfach genau dort lassen, wo es gerade ist?

»Seekrankheit ist nur leider keine Angst, sondern eben eine Krankheit, wie der Name schon verrät.«

Er muss sich wieder zurückgelehnt haben, aber die Gänsehaut bleibt. Zur Ablenkung lasse ich meinen Blick über den See wandern, der so schmal ist, dass er fast an einen Fluss erinnert.

»Was passiert eigentlich, wenn wir am anderen Ufer angekommen sind?«

»Dann tragen wir das Boot entweder an Land oder gelangen durch eine Doppelschleuse in Krokfors in den nächsten See.«

»Wir tragen das Boot?« Leo klingt so perplex, als wäre er heute Morgen bei der Einführung nach dem kurzen Frühstück nicht auch anwesend gewesen. Wobei man bei ihm wirklich nie so recht weiß, wo er sich in seinen Gedanken gerade rumtreibt. Seine Augen, sein Blick, seine ganze Art haben immer etwas Rastloses an sich und gerade jetzt nervt mich sein ständiges Gewippe mit dem Fuß wieder unheimlich.

»Kannst du dich wirklich keine Sekunde lang konzentrieren?« Ich drehe mich so schwungvoll zu ihm um, dass das Kanu kurz schwankt, wenn auch nicht wirklich bedrohlich. Doch er schmettert meine Frage nur durch ein höhnisches Lachen ab.

»Das sagt ja die Richtige. Deine Gedanken benehmen sich wie ein Känguru auf Ecstasy.«

»Blödsinn.«

»Berlin, Spree, Papa, seekrank, Kanutour, Bootsführerschein. Wer soll da denn mitkommen?«

»Die Themen haben alle was gemeinsam!«

»Was denn?«

»Wasser.«

Wieder lacht er, diesmal aber nicht ganz so gemein, sondern

herzhaft, als hätte ihn meine Antwort wirklich amüsiert, und ich spüre, wie meine Mundwinkel ebenfalls nach oben wandern. Leo lacht so laut und so sehr, dass unser Boot wackelt. Er hält sich die Hand an die Brust, wirft den Kopf in den Nacken und schüttelt sich vor Lachen.

Wenn er so lacht, ehrlich und ohne jede Maske, sieht er nicht mehr so ernst und einsam aus. Dann funkeln auch seine Augen und das finde ich schön.

Wer weiß, ob ich diese Version von Leo noch mal zu Gesicht bekomme, also schieße ich schnell ein Foto mit der Kamera, was er in seinem Lachflash gar nicht richtig mitkriegt.

Als er sich wieder beruhigt, hat auch das Kanu von Jannis und Alex zu uns aufgeschlossen, fragende Blicke inklusive. »Was haben wir denn verpasst?«

»Nichts. Nur ein paar Gedankensprünge übers Wasser.« Leo wischt sich die Lachtränen aus den Augen und schüttelt den Kopf, als könne er selber kaum glauben, dass er sich gerade so amüsiert hat. Als sein Blick wieder zu mir wandert, lächelt er noch immer.

»Das könnte echt noch lustig mit dir werden, Grete.«

So hat mich schon lange niemand mehr angesehen und es löst ein merkwürdiges Gefühl in mir aus. Kein unangenehmes, denn das damit verbundene Kribbeln erweckt Nervenenden zum Leben, die ich vor langer Zeit mühevoll abgetötet habe. Sie reanimiert zu wissen, macht mir Angst, während es sich gleichzeitig so anfühlt, als würden Sonnenstrahlen meine Haut an Stellen treffen, die zu lange im Schatten lagen.

Beruhige dich, Grete, er hat nur über deinen Witz gelacht.

Aber das ist es gar nicht. Es ist sein Blick.

»Schön, zu sehen, dass ich dich so gut unterhalte.« Meine Stimme klingt fast etwas rau, wenn auch nur in meinem Kopf. Möglichst unberührt von all dem, was eben passiert ist, drehe ich mich wieder nach vorne, spüre jetzt aber Alex' Blick aus dem Kanu neben uns auf mir.

»Wer hätte gedacht, dass ausgerechnet du dich als Clown der Gruppe entpuppst, Werwolfmädchen?« Das klingt kühl und abwertend, obwohl sie lächelt. »Mal sehen, ob du mich auch noch zum Lachen bringst.«

Als sie ihr Paddel wieder ins Wasser taucht, tut sie das mit so viel Wucht, dass die Wasserspritzer bis in unser Kanu fliegen. Sie unterbricht den Blickkontakt auch für die nächsten paar Züge nicht, und was sich eben noch wie eine angenehme Episode angefühlt hat, verwandelt sich in eine unangenehme Situation, bei der ich als Erste wegsehe.

Wer von uns beiden das *Werwolfmädchen* ist, wird sich wohl erst bei Vollmond zeigen.

Kapitel 20

Leo

Dienstag

»Mir tut mein Hintern weh.«

Was nicht gelogen ist, aber auch ein weiterer Versuch, eine Pause zu erzwingen, denn bisher hieß es, wir sollten uns zusammenreißen und weitermachen. Es ginge darum, auch mal was durchzuziehen. Aber wenn ich nicht bald mal meine Beine ausstrecken, mich bewegen oder eine rauchen kann, werde ich richtig pissig. Meine Laune ist ohnehin nicht die beste, und wenn sie noch weiter in den Keller rutscht, schlägt sie bald in der Tiefgarage des Wohlbefindens auf.

»Dann setz dich auf ein Kissen oder so.«

Der wahnsinnig clevere Ratschlag kommt vom Kanu, das knapp neben uns treibt, und ich lasse mich weder zu einem Kommentar noch sonst einer Reaktion hinreißen. Alex versucht seit einer ganzen Weile, für Unruhe zu sorgen. Entweder sie ärgert Grete, unterbricht sie ständig in ihren Erzählungen, spritzt sie nass oder erinnert mich daran, dass ich einen kalten Entzug durchmache. Inzwischen ist selbst die sonst so ruhige Yvonne echt genervt.

»Alex, könntest du mal für ein paar Minuten aufhören?«

»Womit denn? Ich dachte, wir sind hier, um uns und einander besser kennenzulernen.« Sie lächelt so strahlend, dabei wickelt sie mit der Nummer wirklich niemanden mehr um den Finger. Sie will, dass wir sie ätzend finden, und ich tue ihr den Gefallen wahnsinnig gerne.

»Dich haben wir ja nun ausreichend kennengelernt, findest du nicht?« Dabei wollte ich mir noch auf die Zunge beißen, doch jetzt sind die Worte draußen, und ich will sie auch gar nicht mehr zurücknehmen.

»Oh! Es spricht! Willkommen, Leo, schön, dass du dich an unserer Unterhaltung beteiligen willst.«

Sie hält das Paddel schräg ins Wasser, was sofort die Geschwindigkeit aus ihrer Fahrt nimmt, obwohl Jannis weiterkommen will. Jetzt ist ihr Boot auf unserer Höhe und Alex' Blick auf mich gerichtet.

»Kribbelt es schon?«

Nicht drauf eingehen.

»Ich wette, du schwitzt richtig heftig.«

Tue ich, kann aber auch an der Sonne und der Anstrengung liegen.

»Und deine Gedanken drehen sich nur um den nächsten Zug, richtig?«

Obwohl ich ihre Worte aus meinem Kopf verbannen will, machen sie es sich dort gerade richtig bequem, nisten sich auf der Couch meiner grauen Zellen ein.

»Nicht mehr lange und du kommst ins nächste Stadium.«

»Alexandra, es reicht jetzt.« Bens Stimme habe ich bisher noch nie so nachdrücklich ernst gehört, nur lässt sich Alex davon nicht aufhalten.

»Und dann wird es erst richtig heftig.«

Kurz sehe ich zu ihr, in ihr lächelndes Gesicht und die herausfordernd leuchtenden Augen. »Kennst dich da aus, ja?«

»Allerdings. Die nächste Nacht wird übel.«

Ich will ihr nicht glauben, weil sie das nur sagt, um mich zu ärgern, aber mein Körper und seine bisherigen Reaktionen lassen mich trotzdem erahnen, dass sie nicht ganz unrecht haben könnte. Was, wenn sie doch weiß, wie es sich anfühlt? Wenn sie es vielleicht selber durchgemacht hat?

Doch bevor ich fragen kann, was sie meint, holt Grete mit ihrem Paddel aus und schubst das Kanu neben uns von der Seite. So heftig, dass es ordentlich ins Wackeln gerät. Sofort verändert sich Alex' Gesicht, und eine Spur Panik breitet sich darauf aus, bis Jannis das Schaukeln abfängt.

Grete starrt Alex wütend an. »Lass Leo in Ruhe! Der hat auch ohne dein Gequatsche genug zu tun!«

Alex ist sprachlos, nicht mal ein Grinsen kriegt sie hin. Ihr Paddel, das sie vor Schreck ins Wasser hat fallen lassen, treibt friedlich in unsere Richtung, während Alex sich am Rand des Kanus festkrallt.

Ich kenne diesen Blick. Ich kenne ihn zu gut. So sieht Angst aus.

»Kommt noch mal mit eurem Boot in unsere Nähe, und du kannst nur hoffen, dass dein Rucksack wasserdicht ist, verstanden?« Grete hält ihr Paddel wie einen Degen vor sich auf Alex gerichtet, die nur ein knappes Nicken andeutet.

»Werdet verdammt noch mal erwachsen und hört auf, Schiffe versenken zu spielen.« Ben paddelt mit seinem Ein-Mann-Boot zwischen uns und erzeugt genau den Abstand, den Alex gebraucht hat, um wieder die Kontrolle über ihre Emotionen zu bekommen.

»Die ist ja gemeingefährlich. Zuerst beißt sie, jetzt schlägt sie wild um sich. Dich sollte man wegsperren!«

Ben reicht Alex ihr Paddel, das diese wütend annimmt.

»Ich würde an deiner Stelle mit einem offenen Auge schlafen heute Nacht.«

»Schluss jetzt! Niemand wird mehr auf jemanden losgehen! Keine Wasserschlachten, kein Gebeiße, kein Geschubse mehr. Ich meine das ernst, sonst muss jeder von euch einen Gegenstand abgeben.«

Jannis atmet genervt auf. »Wieso denn? Ich habe gar nichts gemacht.«

Und als müsste Alex Bens Drohung erst mal auf den Wahrheitsgehalt testen, schlägt sie mit ihrem Paddel ins Wasser, nah genug an uns dran, damit Grete eine ordentliche Dusche abkriegt.

»Blöde Kuh!«

»Du hast mit dem Scheiß angefangen!«

»Schluss jetzt!« Ben lenkt sein Kanu quer, bringt zusätzlichen Abstand zwischen unsere Boote, und ich ahne, dass Alex endgültig den Bogen überspannt hat.

»Bis wir anlegen, könnt ihr euch alle schon mal überlegen, welchen Gegenstand ihr abgeben werdet. Und jetzt herrscht Ruhe.«

»Aber –«

»*Ruhe* habe ich gesagt!«

Während Jannis so genervt aussieht, wie ich mich fühle, bleibt ein zufriedenes Lächeln auf Alex' Lippen zurück.

Kapitel 21

Jannis

Dienstagmittag

Es gibt belegte Brote und Bananen, aber wir essen nicht zusammen. Alex ist am Wasser geblieben, wo Ben sie genau im Blick behält. Also habe nicht nur ich die Befürchtung, sie könnte Sabotage an den Kanus begehen. Tommi ist bei Leo zwischen den Bäumen, wo sie im Schatten sitzen, Yvonne und Grete haben sich einen Platz auf einem der Felsen gesucht, wo sie ein bisschen wie Echsen beim Sonnenbaden aussehen. Und ich kaue allein auf meinem Brot mit Käse und Tomate herum, während ich mir überlege, welchen Gegenstand ich abgeben könnte. Anders als der Rest der Truppe habe ich nicht so wahnsinnig viel Zeug dabei, und Ben hat sehr entschieden klargemacht, dass wir nicht einfach so ein T-Shirt oder eine Socke abgeben sollen, sondern etwas wirklich Persönliches. Soll ja schließlich eine Strafe sein. Eine, die Alex uns eingebrockt hat.

Mein Handy haben sie ja schon, ansonsten kann ich nur noch meinen Geldbeutel abgeben, aber das wäre Quatsch, weil die Betreuer auch unser Geld verwalten. Nicht, dass wir davon hier draußen viel brauchen.

»So nachdenklich?« Ich habe Ben nicht kommen sehen, und

als er sich zu mir auf den Boden setzt und an den Baumstamm neben mich lehnt, würde ich ihm am liebsten sagen, er soll mich in Ruhe lassen und sich weiterhin um Alex kümmern.

»Kann ich einfach mein Kissen oder so abgeben?«

»Klar.«

Das wird dann zwar eine unbequeme Nacht, aber mehr fällt mir nicht ein, und auch ein Blick in meinen spärlich gefüllten Rucksack enthüllt keine Alternative.

»Wie läuft das Paddeln mit Alexandra?«

»Hast du ja selber mitgekriegt vorhin.«

»Willst du lieber tauschen?«

Kurz sehe ich zu den anderen, die verteilt an unserem Rastplatz sitzen. Bei der Auswahl weiß ich nicht, ob ich einen besseren Fang machen werde, wenn ich Alex eintausche.

»Nee, passt schon.«

»Sicher?«

»Wieso, habt ihr Angst, ich ticke komplett aus, wenn sie mich nervt?« Meine Frage klingt viel zu gelangweilt, aber Ben sieht nicht mal zu mir, spielt mit einem kleinen Zweig zwischen den Fingern und sagt gar nichts.

»Falls ja, ist deine Sorge unbegründet. Bisher habe ich mich doch auch ziemlich gut im Griff, oder?«

»Du bist auf Alexandra losgegangen.«

»Das war Notwehr.«

Ben wirft mir einen zweifelnden Blick zu und ich gebe auf. »Okay, sie hat halt genervt.«

Jetzt nimmt er die Brille ab und hält meinen Blick, den ich auf ihn gerichtet habe. »Ich habe nur den Eindruck, du lässt das hier alles mehr oder weniger einfach über dich ergehen.«

»Besser als ausrasten, oder?«

»Schon, aber du bist so gleichgültig dabei.«

Gleichgültig trifft es ziemlich genau.

»Ich will mich nur nicht ärgern lassen.«

»Das war kein Vorwurf, Jannis. Aber wenn du dich ein bisschen mehr einbringen willst –«

»Ich packe die Kanus, ich baue das Zelt auf, ich paddel stur durch diese Pampa, was wollt ihr noch? Freudentänze?«

»Zum Beispiel.«

»Ich soll also so tun, als ob ich hier die Zeit meines Lebens habe und die besten Freunde treffe?«

Er hat es vielleicht nicht so formuliert, aber genau das hat er gemeint. Auch er will etwas von mir, das ich ihm nicht bieten kann, selbst wenn ich es wollen würde. Ben schüttelt geduldig den Kopf.

»Wenn du schon etwas in meine Worte reininterpretieren willst, dann versuche es hiermit: Ich will, dass du dich hier wohlfühlst, zur Ruhe kommst und diesen Trip vielleicht sogar ein bisschen genießen kannst.«

Noch immer hält er Blickkontakt, und ich spüre, wie meine Schultern sich anspannen, meine Gedanken rasen und die Falltür in Bens Angebot suchen. Es muss einen Haken geben, irgendwas, das nicht stimmt, das Kleingedruckte, das man leicht überliest. »Genießen, ja?«

Er nickt. »Schau dich um, ist doch eigentlich echt schön hier.«

»Hier ist gar nichts. Nur Wasser und Wald.«

»Und Ruhe.«

Ich wette, meine Eltern haben mit ihm gesprochen. Oder die

Leitung der letzten Wohngemeinschaft, in der ich untergebracht war. Oder mein Therapeut. Nur deswegen betont er es so bedeutungsschwanger und sieht mir dabei direkt in die Augen. Aber ich kann nicht darüber sprechen und ich weiß nicht, warum.

»Da vorne ist ein Hai!« Alex, die noch immer am Ufer steht, deutet mit ausgestrecktem Arm auf den schmalen See und erntet Gelächter von Leo und Grete.

»Hier gibt es keine Haie.«

»Aber ich habe die Rückenflosse gesehen.«

»Das ist Süßwasser, du Hirni. Haie leben in Salzwasser.«

Alex dreht sich zu Leo um, der noch immer lachend mit einigen Spielkarten hantiert, sie vor sich auf dem Boden auslegt, wieder aufnimmt, neu sortiert, und Bens Körper neben mir spannt sich sofort an. Auch das kenne ich nur zu gut. Wenn die Betreuer meinen Wutausbruch haben kommen sehen, weil sie irgendwann die Anzeichen dafür deuten konnten, dann hat sich deren Nacken jedes Mal so angespannt wie jetzt bei Ben.

Alex geht mit schnellen Schritten auf Leo zu, der sich davon wenig beeindruckt zeigt und in aller Ruhe weiterkaut. Selbst dann noch, als Alex sich vor ihm aufbaut, die Händen zu Fäusten geballt.

Ben steht langsam auf. »Wir beruhigen uns jetzt alle erst mal.«

Seine Stimme klingt gefasst und kein bisschen nervös. Obwohl er das besser sein sollte. Leute wie Alex lassen sich mit kühlen Worten und Atemübungen nämlich nur sehr, sehr selten einfangen. Interessiert beobachte ich die Szene weiter, obwohl ich schon weiß, wie sie ausgehen wird. Spätestens jetzt sollte

Leo seine Spielkarten zur Seite legen und die Hände als Deckung vors Gesicht nehmen.

»Er hat mich *dumm* genannt.«

»Hat er nicht.«

»Doch! Weil ich nicht weiß, wo Haie leben.« Sie tritt Leo mit dem Fuß gegen das Schienbein, wenn auch nicht stark, denn er zeigt keine Reaktion.

»Alex, hör auf damit. Leo, entschuldige dich bei ihr.«

»Wieso? Sie will den anderen Angst machen und erfindet eine Hai-Story, weil sie selber Schiss vor dem Wasser hat.«

Zündung in 3 – 2 – 1 …

»Du blödes Arschloch, ich habe keine Angst!«

»Hast du doch.« Leo lehnt sich ein bisschen in ihre Richtung. »Und wie.«

Dann passiert alles sehr schnell, nur nicht für mich. Zu oft habe ich solche Szenen erlebt, war immer mittendrinnen und nie der Zuschauer. Alex holt aus, will zuschlagen oder treten. Ihr ausgesuchtes Ziel: Leos Kopf.

Ich stelle mich auf Blut ein, aber im letzten Moment legen sich zwei Arme von hinten um Alex und ziehen sie in einen sicheren Abstand.

Es ist Tommi, der geistesgegenwärtig reagiert hat und jetzt eine wild zappelnde Alex in den Armen hält, die nicht daran denkt, sich zu beruhigen.

»Lass mich los!«

»Erst beruhigst du dich.«

»Lass mich los oder ich kratz dir die Augen aus!«

Sie brüllt so laut und so wild, als hätte Leo sie gerade wirklich aufs Übelste beschimpft. Leo, der jetzt erst bemerkt, wie knapp er diesem Angriff entgangen ist und wie dankbar er Tommi für sein Eingreifen sein sollte, atmet durch. Grete, die etwas abseits sitzt und die Szene beobachtet, weiß auch nicht so recht, wie ihr geschieht. Mit aufgerissenen Augen und offenem Mund sieht sie zwischen Leo und Alex hin und her.

Solche Ausbrüche sind für sie also offensichtlich Neuland.

»Lass mich los, verdammt noch mal.«

Aber Tommi denkt nicht daran, führt sie in die andere Richtung davon und Ben folgt ihnen. Yvonne legt Leo die Hand auf die Schulter, was dieser aber gar nicht so recht zu bemerken scheint. Sein Blick hängt noch immer an der zappelnden Alex.

»Alles okay bei dir?«

Leo nickt abwesend. »Ich denke schon.«

Dann blinzelt er sich zurück in die Realität und sieht zu Yvonne, die neben ihm in die Hocke gegangen ist.

»Könnte eine Kippe gebrauchen.«

»Netter Versuch. Aber dafür hätte sie dich schon mindestens ein bisschen treffen müssen.« Sie klopft ihm aufmunternd auf die Schulter und wirft mir dann einen Blick zu, als wollte sie sichergehen, dass auch ich okay bin. Kurz nicke ich.

So also sieht das also für andere aus, wenn ich grundlos austicke und alles zu Kleinholz verarbeiten will.

Spannend.

Kapitel 22

Alex

DIENSTAG

»Ich zeig dich an!«

Tommi hat mich im Wasser wieder abgesetzt, wo ich jetzt bis knapp zu den Waden stehe und ihn anfunkle, was er aber einfach so hinnimmt. Kurz spiele ich mit dem Gedanken, auch auf ihn loszugehen, aber dann taucht Ben auf, und ich verschiebe die Ausführung dieses Plans auf einen späteren Zeitpunkt.

»Alex, du kannst nicht einfach auf andere Teammitglieder losgehen. Wir dulden hier keine Gewalt.«

»Grete hat Leo gebissen und sie wurde nicht ins Wasser geworfen!«

Dabei deute ich auf Tommi, der nur den Kopf schüttelt. »Ich habe dich ins Wasser gestellt, nicht geworfen.«

»Ist das Gleiche!«

»Du wolltest auf Leo losgehen.«

»Jannis ist auf mich losgegangen, hat euch auch nicht gejuckt!«

»Tommi hat dich aus der Situation genommen, damit du mal durchatmen kannst.«

Als wären Bens Worte die Erinnerung daran, hole ich tatsächlich tief Luft und spüre, wie ein bisschen was von meiner Wut verfliegt, wenn auch nicht der brodelnde Lavakern, der seit einer Weile in meinem Brustkorb glüht.

»Besser?«

»Bisschen.«

»Willst du uns sagen, wieso du eben so empfunden hast?«

»Er hat mich *dumm* genannt.«

»Dafür wird er sich auch noch entschuldigen, aber das gibt dir nicht das Recht, ihn zu schlagen.«

»Hätte ich ja nicht. Ich hätte ihn getreten.«

»Kein Unterschied.«

Für Jessy wäre es einer. Und ich wette, Jessy hätte Leo auch erwischt. So lange, bis er blutend am Boden liegt und sich nicht mehr wehrt.

Aber Jessy ist nicht hier.

Noch mal atme ich durch. »Ich mag es nicht, wenn man mich *dumm* nennt.«

»Okay. Wieso hast du das Leo nicht so gesagt?«

»Weil er mir nicht zugehört hätte!«

»Hast du es denn schon mal versucht?«

»Was?«

»Es ihm zu sagen.«

Habe ich nicht, aber die meisten Menschen hören nicht zu, wenn ich etwas zu sagen habe. Mama hört lieber ihrem neuen Sohn zu, und Papa, der hat immer diesen Knopf im Ohr, bereit, den nächste Business Call anzunehmen.

»Wozu?«

»Weil er dich dann vielleicht versteht.«

Es klingt so simpel und doch so absurd.

»Ja, klar, weil Worte auch so wahnsinnig hilfreich sind.«

»Probiere es einfach mal, vielleicht wirst du überrascht.« Ben glaubt das auch noch, das verraten sein Blick und das leichte Lächeln auf seinen Lippen. Offensichtlich hat er noch nie am echten Leben da draußen teilgenommen, in dem Worte nämlich mal genau gar nichts bringen.

»Ja, klar, hier im Nirgendwo, hier klappt das vielleicht. Aber doch nicht daheim!« Und wenn er das echt nicht checkt, dann kann ich ihm auch nicht helfen.

»Aber du bist doch gerade hier und nicht daheim, oder?« Er wartet nicht mal, bis ich antworte, sondern geht zurück zu den anderen, lässt nur Tommi und die Frage in meinem Kopf zurück.

»Ben ist so krass schräg.«

Zu meiner Überraschung nickt Tommi zustimmend. »Kannst du laut sagen.«

»Na ja, ist nicht so, als wärst du nicht auch schräg.«

Denn Tommi ist für mich noch immer nicht zu durchschauen, mal will ich ihn mögen, dann wieder nicht. Gerade kann ich mich nicht entscheiden. Er deutet an mir vorbei aufs Wasser und kommt auf mich zu. Kurz befürchte ich schon, dass wir unsere Mittagspause beenden und zurück in die Kanus müssen.

»Hast du da draußen wirklich einen Hai gesehen?«

Seine Frage klingt ernst gemeint, und ich verkneife mir ein Lachen, als ich mich zu ihm drehe. »Spinnst du? Haie sind Salzwasserfische, die können hier gar nicht leben.«

»Ach so, du bist jetzt Meeresbiologin, ja?«

»Das hier ist ein See. Sag mal, Tommi, muss ich dir alles beibringen?«

»Ich bin ganz Ohr.«

Aber ist er das wirklich oder will er einfach nur mein Vertrauen gewinnen? Jessy fände ihn toll.

»Wo hast du eigentlich die Narbe her?« Ich deute auf seine Augenbraue, die von einer ziemlich heftigen Narbe in zwei Hälften geteilt wird.

»Bierflasche.« Dabei grinst er, sieht dabei gar nicht mehr so freundlich aus, sondern eher wie einer der Meeresbewohner, von dem ich behauptet habe, ihn hier gesehen zu haben.

»Schlägerei?«

»*Jap.*«

»Oh *shit.*« Als würde die schon längst verheilte Wunde noch immer bluten, strecke ich meine Hand nach Tommis Augenbraue aus, wage es aber nicht, sie zu berühren, zucke schnell zurück. Tommi bewegt sich kein Stück, sieht mich einfach nur an, während ich die nächste Frage stelle. »Wer hat denn angefangen?«

»Meine Jungs und ich.«

Seine Jungs. Seine Clique. Seine Freunde.

Jessy.

»Kam das öfter vor?«

Tommis Grinsen wird freundlicher, wandelt sich eher zu einem Lächeln, und mit einem Mal sieht er nicht mehr so bedrohlich aus.

»Zu oft. Aber eigentlich sollte ich die Fragen stellen.«

»Sorry, wollte dich nur besser kennenlernen.«

»Musst du nicht. Weil du am Ende zurück in dein Leben gehst und im Idealfall dort ein bisschen aufräumst. Ohne uns.«

Dabei lächelt er so nett, dass mir mein Zuhause und mein Alltag gerade unendlich weit weg vorkommen.

»Weil du mit uns gar nichts weiter zu tun haben willst?«

Immerhin ist das doch die Ausrede, die meine alten Freunde an meiner alten Schule auch benutzt haben. Irgendwann war ich nicht mehr cool genug für sie, und sie haben mich auf den Fluren ignoriert, sich ohne mich getroffen, und schnell war ich die Außenseiterin, die ich nie sein wollte.

Bis Jessy kam.

»Weil ihr es irgendwann auch ohne uns schaffen müsst.«

Tommis Augen verraten viel über ihn, mehr als die Narbe direkt darüber. Oder ich sehe nur das, was ich sehen will. Jemanden, der mich versteht, weil er weiß, wie es sich anfühlt, wenn man niemanden mehr hat, keinen Ort, der einem gehört, keine echte Familie mehr. Als ich wieder spreche, klingt meine Stimme so dünn, als könnten die Worte gleich splittern.

»Schaffst *du* es denn alleine?«

Tommi will schon antworten, mir die Wahrheit verraten, aber dann bremst er sich im letzten Moment und sieht von mir zu den anderen, die zwischen Ben und Yvonne sitzen und ihren Worten lauschen.

»Klar.«

Er dreht sich zurück zu mir, aber das Schlüsselloch zu seinem Inneren finde ich in seinen Augen nicht mehr. »Komm schon, bring es hinter dich. Entschuldige dich bei Leo und gut ist.«

»Nur wenn er sich auch entschuldigt.«

»Wird er.«

Weil ich mich aber keinen Zentimeter bewege, legt Tommi sanft den Arm um meine Schultern und zieht mich zurück ans Ufer, wo er den Arm wieder wegnimmt, aber ein warmes Gefühl auf meiner Haut hinterlässt.

Oh fuck.

Kapitel 23

Grete

DIENSTAGMITTAG

Er hat sich tatsächlich bei ihr entschuldigt und im Gegenzug ihre Entschuldigung angenommen. Zwar war die Stimmung zwischen ihnen sehr frostig, aber die anderen haben danach so getan, als wäre wieder alles in Ordnung. Dabei ist Leo noch immer genauso nervös und Alex ebenso schlecht gelaunt wie davor. Jetzt laden wir unsere Sachen zurück ins Kanu und schieben es vom Ufer, das hier ausnahmsweise mal sehr flach ist, zurück ins Wasser. Leo hält es fest, bis ich eingestiegen bin, und obwohl es sicher keine Minute dauert, hasse ich alles daran. Mich auf andere zu verlassen, das ist nicht gerade meine liebste Übung.

Kaum bin ich drinnen, schwingt auch Leo sich rein, bringt alles kurz zum Wackeln, bevor es sich wieder beruhigt und er das Paddel ins Wasser taucht.

»Am Ende dieser Tour habe ich mir den Hintern platt gesessen, das weiß ich jetzt schon.« Er rutscht einen Moment hin und her, bis er die angenehmste Sitzposition gefunden hat und genervt ausatmet. »Hasse es.«

»Du hättest ein Kissen nehmen können.«

»Habe aber keins dabei.«

Ohnehin hat Leo ziemlich wenig dabei. »Du reist lieber mit leichtem Gepäck?«

Darauf antwortet er nicht und ich will mich nicht schon wieder zu ihm umdrehen. Viel zu konzentriert versuche ich, uns so gut wie möglich vom Ufer wegzubringen, wie es Jannis und Alex vor uns getan haben.

»Habe ich mich eigentlich bei dir bedankt?«

Seine Frage verwirrt mich. Immerhin hatten wir bisher nicht besonders viele Momente, die eine ausführliche Danksagung verdient hätten.

»Wofür?«

»Dass du, ohne zu zögern, die Kippen für mich geklaut hast.«

Kurz springen meine Erinnerungen zurück in den Supermarkt, auch wenn ich das eigentlich gar nicht will.

»Kein Ding. Hat ja auch nichts gebracht.« – Tommi hat sie uns abgenommen und mein Einsatz war umsonst.

»Trotzdem. Hättest du ja nicht tun müssen.«

Wohl eher nicht tun *sollen.* Denn sein nervöses Gezucke mit dem Fuß, der Schweiß auf seiner Stirn, die Art und Weise, wie er immer etwas gehetzt wirkt, als müsse er entweder gerade davonrennen oder irgendwo anders sein, all das sind deutliche Anzeichen für seine Sucht, die er gerade nicht ausleben kann.

»Rauchst du schon lange?«

»Seit ich dreizehn bin.«

»Wieso hast du angefangen?«

»Keine Ahnung. Jeder raucht doch.«

»Ich nicht.«

»Dafür lügst du.«

»Nicht wenn es ums Rauchen geht.«

»Wieso hast du nie angefangen?«

Es ist leichter, mit Leo ein Gespräch zu führen, wenn ich ihn dabei nicht ansehen kann. Manchmal sind mein Gesicht und die dazugehörige Mimik richtige Verräter, die nicht ganz zu den Worten passen, die ich sage. Aber jetzt kann Leo nur meinen Rücken und Hinterkopf sehen, ich bin also safe.

»Weil mein Vater das nicht will.«

Manche Lügen habe ich so oft ausgesprochen, dass sie sich gar nicht mehr wie Lügen anfühlen. In meiner Welt, meiner Geschichte, die ich schreibe, ergibt alles Sinn und klingt immer schön. Wen juckt es da schon, dass es Lügen sind. Ist ja nicht so, als wäre Leo jemals dabei gewesen. Ihm könnte ich auch erzählen, dass meine Mutter mich gerade total vermisst und Michael ein toller Typ ist.

»Machst du immer, was dein Vater will?«

»Meistens. Er wird ja seine Gründe haben.«

»Du bist also das liebe, nette Mädchen, das nie irgendwelche Fehler begeht.«

Keine Frage und dennoch antworte ich. »Genau.«

»Dann bist du aber in der falschen Gruppe gelandet. Die Good-Girls-Truppe ist auf der anderen Seite des Sees bei den Pfadfindern.«

Jetzt spüre ich seinen Blick wie ein unangenehmes Brennen in meinem Nacken und muss mich zusammenreißen, um nicht zusammenzuzucken.

»Wenn du immer machst, was man dir sagt, und du dich an die Regeln hältst, dann hast du hier nichts zu suchen.«

»Ich habe eben gelernt, dass es leichter ist, wenn man tut, was von einem verlangt wird.«

»Hat dir das dein Vater beigebracht?«

Leos freches Grinsen kann ich in seinen Worten fast hören und schüttele schnell den Kopf, bevor er weiterfragen kann. »Nein. Meine Mutter.«

Bisher habe ich nicht oft an Mama gedacht. Wie ein verblasstes Foto taucht ihr Gesicht jetzt vor meinem inneren Auge auf.

»Klingt ja nach einer waschechten Vorzeigefamilie.«

»Ja. Solange wir nicht alle zur gleichen Zeit in einem Raum sein müssen.« *Nicht, dass das in der Vergangenheit so oft vorgekommen wäre.*

»Scheidungskind?«

Jetzt tue ich es doch, unterbreche mein stoisches Paddeln und drehe mich zu ihm um. »Strebst du eine Ausbildung als Betreuer hier an?«

»Nein.«

»Dann hör auf, in meinem Leben rumzustochern.«

Die Worte klingen hart, als ich sie ihm entgegenschleudere. Er sieht mich trotzdem einfach nur an, blinzelt nicht mal und lächelt auch nicht.

»Sorry. Wollte nur Small Talk betreiben.«

»*Small Talk?* Okay, fein. Wieso bist du denn ein Junkie geworden? Nehmen deine Eltern Drogen? Haben sie vor dir konsumiert und du armes Mäuschen konntest nicht anders?«

»Ich bin kein Junkie.«

Es fällt ihm vermutlich nicht mal mehr auf, weil diese Lüge ein Teil *seines* Lebens geworden ist. Aber jetzt erinnere ich ihn daran und deute auf seinen ausgelatschten Turnschuh, der vor einer Ewigkeit vielleicht mal weiß war und der in einem hektischen Beat immer wieder gegen das Kanu tippt.

»Wieso bist du dann so nervös?«

Als wäre es eine Leichtigkeit für ihn, hört er damit auf und sieht mich ausdruckslos an. »Zufrieden?«

»Wenn du es bis zur nächsten Pause aushältst, dann vielleicht.« Damit drehe ich mich wieder nach vorne und bemerke, dass die anderen schon ein gutes Stück weitergepaddelt sind, sich nicht mal mehr nach uns umdrehen, als hätten sie uns schon vergessen.

Zu weit weg.

»*HEY!*«

Schnell tauche ich das Paddel ins Wasser, als könnte ich alleine unsere Fahrt beschleunigen. Blende die Tatsache aus, dass Leo und ich zusammenarbeiten müssen.

»Wartet auf uns! *Hey!*«

Ich muss schneller paddeln, viel schneller, aber wir bewegen uns kaum von der Stelle.

»Grete, komm runter, wir holen sie schon ein.« Leos Stimme passt nicht zu meinem Gefühl, nicht zu meinem Leben oder meinen Erfahrungen.

»Wartet!«

»Grete …«

Leos Hand auf meiner Schulter vermischt die Realität mit der Vergangenheit wie zwei Zutaten für einen Cocktail, die nicht wirklich zusammenpassen. Zu harter Alkohol und ein zu süßlicher Sirup, mir wird schlecht, weil alles sich dreht inklusive Leos Stimme in meinem Kopf.

»Das hier ist kein Wettbewerb, wir holen sie schon noch ein.«

Wie kann er so entspannt sein? Wie kann er dabei lächeln?

»Genieß doch ein bisschen die Aussicht.«

»Sie vergessen uns hier.«

Leos Stimme ist jetzt noch näher, sein Gesicht taucht neben meinem auf, seine Hand auf meiner Schulter, ein Rettungsanker im Hier und Jetzt.

»Aber ich bin doch noch da.«

Kapitel 24

Leo

Dienstagnachmittag

Sie atmet wieder ruhiger und das Kanu wackelt nicht mehr so sehr wie eben noch. Keine Ahnung, was da gerade passiert ist, aber die anderen haben gewendet und paddeln in unsere Richtung.

»Geht's wieder?«

Sie nickt, aber ich spüre, dass sie noch immer leicht zittert, als könnten wir tatsächlich hier alleingelassen werden.

»Sie waren nur so weit weg.« Damit dreht sie ihren Kopf zu mir, ihr Gesicht meinem plötzlich so nah, und zum ersten Mal sehe ich sie irgendwie wirklich. Nicht aus der sicheren Entfernung eines Zuschauers, sondern aus der Nähe ihres Paddel-Partners in einem viel zu kleinen Kanadier-Kanu. »So weit weg.«

Dabei waren sie immer in der Nähe, auch wenn Grete das anders sieht. »Sie haben umgedreht und kommen zu uns.«

Wieder nickt sie, zurück in der Realität, und sieht zu den anderen, die uns fast erreicht haben.

»Alles nicht so schlimm.« Mein Versuch, sie aufzumuntern oder zumindest abzulenken, scheint zu funktionieren, aber sie nickt noch immer total abwesend.

»Alles nicht so schlimm.« Wie ein Mantra wiederholt sie meinen Satz und ihr Lächeln kehrt zurück. »Du hast recht, alles nicht so schlimm.«

Wie ausgewechselt binnen weniger Sekunden winkt sie den anderen zu, die uns inzwischen erreicht haben.

»Alles okay bei euch?« Ben sieht nicht zu Grete, sondern zu mir, vielleicht auch, weil er denkt, ich hätte mal wieder für Ärger gesorgt.

»Kleiner Zwischenfall.«

Möglichst unauffällig nicke ich zu Grete, die aber lächelnd ihr Paddel in den Händen hält und irgendwo in die Ferne deutet.

»Nur ein kurzer Asthmaanfall, aber jetzt ist alles wieder gut.«

Wie ein Asthmaanfall hat sich das eben aber ganz und gar nicht angehört. Bens Blick, der noch immer auf mir ruht, wird etwas fragender, und ich zucke nur die Schultern, will mich weder in Gretes Lügenkonstrukt noch in eine Standpauke verwickeln lassen.

»Keine Ahnung, irgendein Anfall war es auf jeden Fall.«

Ben scheint zu verstehen und wendet sich endlich Grete zu, damit bin ich fein raus, rücke zurück auf meinen Platz – ohne Kissen – und nehme das Paddel in die Hand.

»Vielleicht solltet ihr aber darauf achten, dass wir nicht zu weit zurückfallen.«

»Wir waren gleich da vorne.« Alex muss uns natürlich ihre Meinung zu der Geschichte mitteilen, auch wenn sie keine Ahnung hat, um was es hier geht.

»Ja. Zu weit weg.«

Alex' Grinsen wächst bei meinen Worten. Aus mir unbekannten Gründen bin ich ihre liebste Zielscheibe geworden, und ich weiß, dass sie nicht einfach lockerlassen wird. »Ach so ist das. Du hast Schiss, alleine auf dem großen weiten Meer zu paddeln, ja?«

»Das hier ist ein See, ich dachte, das hätten wir schon geklärt.«

»Du bist so ein Schisser, Leo.«

Sie lacht. Laut und heftig, als wäre das wirklich witzig, und ich spüre, wie mir die Hitze ins Gesicht steigt, meine Wangen sich bestimmt rot färben. Gretes Schultern sind angespannt. Sie weiß, dass ich ihre Geschichte erzählen und sie in den Mittelpunkt der Aufmerksamkeit schubsen könnte. Dann wird Alex von mir ablassen und sich auf Grete stürzen. Vermutlich für den Rest des ganzen Trips.

»Ja, ich bin ein Schisser. Und weiter?«

Grete dreht sich nicht zu mir um, zeigt keine offensichtliche Reaktion, aber ich sehe, wie ihre Schultern sich langsam entspannen.

»Wusste ich von Anfang an. Die meisten Junkies sind Schisser.«

Gerade, als ich Luft holen und etwas erwidern will, schaltet sich Ben ein, der sich die Szene sowieso schon zu lange angehört hat. »Diese Beleidigungen hören jetzt sofort auf. Ende der Geschichte. Wir bleiben alle etwas näher zusammen, wenn Leo sich dann sicherer fühlt.«

Alex tut so, als würde sie ein Lachen unterdrücken, nur um dann doch loszuprusten. Aber sie verfehlt ihr Ziel, weil sie mich und nicht Grete auslacht.

»Fürs Protokoll, das waren keine Beleidigungen, sondern

Fakten.« Mit dem Paddel deutet sie auf mich. »Junkie und Schisser. Deswegen ist er hier.«

»Wieso unterhalten wir uns darüber nicht heute Abend beim Essen?« Ben schiebt sein Kanu zwischen unsere beiden, wie er es schon mal gemacht hat, und diesmal sehe ich einen genervten Ausdruck auf seinem Gesicht. »Und jetzt ist Schluss damit. Wir wollen doch die Aussicht genießen.«

Nur ist mir inzwischen klar, dass zumindest Alex kein Stück an der Aussicht, sondern ausschließlich an uns anderen und unseren vermeintlichen Problemen interessiert ist.

»Oh ja, freue mich jetzt schon auf das Abendessen.« Sie zwinkert mir zu und taucht dann das Paddel wieder ins Wasser, zügig und erstaunlich konzentriert, nur um sofort wieder aufzuhören. Ihr Lächeln ist ganz harmlos und unschuldig, als sie zu uns sieht. »Ach, sorry, habe ganz vergessen, dass ich nicht zu weit wegpaddeln darf.«

»Schluss jetzt, habe ich gesagt!«

Alex salutiert und lässt uns endlich in Ruhe. Mein fragender Blick streift Jannis, der sich aus all den Dingen raushält, als würde es ihn nichts angehen, dabei könnte er sie sicher ohne Probleme dazu bringen, endlich ihre vorlaute Klappe zu halten.

Erst als ihr Kanu einigermaßen außer Hörweite ist, dreht Grete sich zu mir, kann mir aber kaum in die Augen sehen. »Danke.«

»Sie hat ja recht. Ich bin ein Junkie und ein Schisser.«

Kurz glaube ich, Grete will auch dazu etwas sagen, aber sie bleibt stumm, dreht sich wieder nach vorne und taucht ihr Paddel ins Wasser, will sicher nicht wieder den Anschluss verpassen. Richtig entspannt sieht sie aber leider nicht aus.

»Ich wette, auf der Spree ist mehr Verkehr.« Wieso ich nicht einfach die Klappe halte, weiß ich auch nicht so genau, aber wenn sie über Berlin und ihren Vater spricht, scheint sie glücklicher zu sein. Mein Plan funktioniert, ihre Paddelzüge werden ruhiger.

»Ganz sicher sogar. Da ist bestimmt ständig was los.«

»Berlin halt.«

Sie lehnt den Kopf in den Nacken und sieht nach oben, schließt dann die Augen und atmet tief ein. »Berlin wird so gut.«

In diesem Glauben lasse ich sie.

Kapitel 25

Jannis

DIENSTAGNACHMITTAG

»Es wäre wirklich nett, wenn du dich ein bisschen zurücknehmen könntest.« Ben klingt verdammt entspannt, wenn man bedenkt, dass Alex einmal mehr einfach unausstehlich war.

»Ich bin, wie ich bin, das kann ich nicht einfach ändern.«

»Hier bist du ein Teil einer Gruppe, es wäre wirklich hilfreich, wenn du dich ein bisschen eingliederst.«

»Hilfreich für wen?«

Bevor Ben antworten kann, lehne ich mich nach vorne, damit sie mich auch ganz sicher hören kann. »Für alle.«

So überrascht, wie sie sich zu mir umdreht, könnte man wirklich meinen, sie hat vergessen, dass das hier ein Kanu für zwei Personen ist.

»Sagt wer?«

»Alle.«

»Bist du in den Vorstand der Kanu-Truppe gewählt worden und ich habe es verpasst oder wieso sprichst du für alle?«

Ben hat mich darum gebeten, mich etwas mehr einzubringen, und obwohl mir das alles sonst wo vorbeigeht, versuche ich es zumindest. »Wieso bist du bloß so irre anstrengend?«

Eine berechtigte Frage, aber Alex sieht mich an, als hätte ich sie aufs Übelste beschimpft. Ihre Augen werden schmal und ihr Lächeln ist verschwunden. »Wäre ich nicht anstrengend, wäre ich nicht hier, sondern daheim mit Jessy und den Mädels!«

Und tatsächlich wünsche mir gerade, sie wäre genau dort, denn ich finde es unendlich nervtötend, ihr bei dem ganzen Gerede zuzuhören. Es wird anstrengender mit jedem Meter, den wir gemeinsam zurücklegen. Für alle anderen und für mich.

»Weißt du, Alex, ich fange an zu glauben, dass meine Eltern dich hier eingeschleust haben.«

Sie lacht, vielleicht auch, weil ich es wie einen Witz klingen lasse. »Klar, ich arbeite undercover für deine Eltern. Ich hoffe, sie zahlen gut.«

Würden sie sicher, wenn sie dann den endgültigen Beweis dafür hätten, dass ich unheilbar durchgeknallt bin. Wie einfach wäre es dann, mich endgültig abzuschieben.

»Was soll ich denn für deine Eltern rausfinden?«

Keine Ahnung, wie viel Zeit vergangen ist, aber das ist sowieso schwer zu sagen, denn alles sieht hier irgendwie gleich aus. Monotonie in Grün, Blau und Langeweile.

»Wo meine Grenze liegt.«

»Deine Grenze? Was bist du, ein EU-Land?«

»Wann ich so sehr austicke, dass nichts übrig bleibt.«

Jetzt lacht sie nicht mehr, dreht sich aber auch nicht zu mir um, sondern paddelt ganz normal weiter. Falls meine Worte sie verunsichert haben, wird sie sich das nicht anmerken lassen. Weil Alex vor allem eines sein will: ein Rätsel.

»Wir haben ja noch ein paar Tage vor uns.« Erst jetzt

wirft sie mir einen Schulterblick zu, als wäre ich ein Ereignis im Rückspiegel. »Mal sehen, was dann noch übrig geblieben ist.«

Sie lässt ihre Augenbrauen wackeln und grinst so, als wäre ihr Auftrag jetzt klar, und ich bereue es, etwas gesagt zu haben.

»Vergiss es.«

»Nee, nee. Immerhin sind wir doch alle hier, um unsere Grenzen auszutesten, oder?«

»Ehrlich gesagt kenne ich meine Grenze ziemlich gut.« *Sie hat sogar einen Namen, ein Gesicht und eine Stimme.*

»Interessant.«

Schon rechne ich mit dem nächsten blöden Kommentar, einer weiteren Provokation, aber Alex' Blick wandert von mir weg quer über Wasser, auf der Suche nach etwas anderem. »Ich wünschte, ich wüsste, wo meine liegt.«

Traurigkeit schleicht sich in ihre Augen, trübt sie dunkler als das Wasser um uns herum, aber sie kämpft gegen dieses Gefühl, will es sich nicht eingestehen. Mir kommt dieser Ausdruck so vertraut vor, und ich glaube, die Emotion dahinter zu kennen. Oder zumindest mal gekannt zu haben, denn wenn ich jetzt danach taste, ist da nur Leere, Dunkelheit und Wut.

Statt die Klappe zu halten, spreche ich die Worte aus, die bisher nur in meinem Kopf waren: »Wenn du willst, nerve ich dich einfach so lange, bis du sie findest.«

Sofort huscht ihr Blick zurück zu mir, unsicher und verdammt misstrauisch, ihre Augenbrauen sind zusammengezogen, eine nachdenkliche Falte dazwischen.

»Weil du so ein netter Kerl bist?«

Ein netter Kerl. Hoffentlich hört das meine Mutter oder mein

Vater irgendwann, auch wenn mir die Ironie in Alex' Stimme nicht entgeht.

»Weil ich der Kapitän bin.«

Nach kurzem Zögern salutiert sie, und ihr freches Grinsen ist zurück, als wäre es nur schnell Zigaretten holen gegangen.

»Aye-aye, Captain.«

Wir paddeln ruhig und fast synchron weiter, was mich überrascht, denn bisher hat sie alles dafür getan, um mich aus dem Takt zu bringen.

Kapitel 26

Alex

DIENSTAGABEND

»Schon wieder?«

Yvonne nickt, und zwar so, dass ich mir meinen Widerspruch auch sparen kann, aber ich will nicht schon am zweiten Tag aufgeben.

»Ich habe doch schon gekocht. Heute sollte einer der anderen dran sein.« Immerhin sind wir hier zu viert, und wenn Jannis nicht gelogen hat, dann wäre er eine viel bessere Wahl.

»Es wird dir jemand helfen.« Dabei dreht sie sich um, scannt kurz die Lage, sieht Jannis, der sein Zelt aufbaut, und Grete, die mit Ben das Feuerholz bringt, bevor sie Leo entdeckt, der eines der Kanus unter Tommis Anleitung ausräumt. »Leo, wenn du fertig bist, hilfst du Alex bitte beim Zubereiten des Abendessens.«

»Wieso ich?«

»Weil ich das gerade so entschieden habe.«

Leos Gesicht verrät mir, dass er sich lieber die Zehennägel einzeln rausreißen lassen würde, als mir zu helfen.

»Toll. Ich werde also bestraft, obwohl –«

»Das ist keine Strafe, sondern dein Job.«

»Ich kann nicht kochen.«

»Dann lernst du es jetzt.«

Yvonne legt den Arm um mich, und ich verdrehe die Augen, weil ich auf Leo sowieso keine große Lust habe. Dann wäre mir Jannis schon lieber.

Oder Tommi.

Tommi, der Leo aufmunternd auf die Schulter klopft, ein paar Worte mit ihm wechselt und ihn dann in unsere Richtung schiebt. Er trägt jetzt einen blauen Hoodie, aber noch immer die kurzen Hosen. Barfuß steht er neben dem Kanu und zieht es so weit an Land, dass es uns nachts nicht versehentlich abhandenkommen kann.

Er sieht schon gut aus, auch wenn er nicht im klassischen Sinn hübsch ist. Seine Augen stehen fast zu eng beieinander und sein Lächeln ist etwas schief, aber trotzdem. Ich finde ihn attraktiv.

»Was soll ich machen?«

Leo, die Hände in den Hosentaschen, taucht neben mir auf und gibt sich alle Mühe, besonders lustlos zu wirken. Seine Taktik wird nicht funktionieren, das habe ich gestern selbst schon ausprobiert, und doch stehe ich wieder hier und muss kochen.

Auch wenn meine Gedanken noch bei Tommi hängen, der noch immer mit den Kanus beschäftigt ist und nicht mal zu uns sieht.

»Wir machen eine Pilzpfanne.«

Yvonne klingt regelrecht aufgeregt und schnappt sich ein reichlich stumpf aussehendes Messer.

»Und dafür brauchen wir erst mal Pilze.«

»Gibt es keine Fertigsoße dafür oder so?«

Leo spricht mir aus der Seele, aber als sie das Messer in meine Richtung hält, kann ich kaum glauben, dass sie mir wirklich eine Waffe anvertrauen will.

»Es schadet nichts, einiges über die Natur zu lernen und zu wissen, was man essen kann und wovon man lieber die Finger lassen sollte.« Dann wird ihr Ton strenger, ihr Blick ernst. »Dieses Messer wird nach dem Pilzesammeln in genau diesem Zustand wieder abgegeben, verstanden?«

So stumpf, wie es ist, wäre es leichter, jemanden mit einem Blatt Papier zu schneiden, aber ich nicke trotzdem.

»Seid ihr bereit?«

Leo nickt, ich habe jetzt ein Messer und bin bereit.

»Tommi, die beiden sind so weit.«

Tommi.

»Wenn ihr ihm zuhört, lernt ihr vielleicht noch was.«

Er verlässt seinen Platz am Ufer und kommt, ein Lächeln in den Mundwinkeln, zu uns, schnappt sich seine Schuhe und schlüpft rein, was bei ihm so lässig aussieht, dass es fast an sexy grenzt.

»Dann mal los.«

Leo zögert. »Muss das sein?«

»Ja. Ab in den Wald. Da kannst du auch gleich den Baum umarmen.«

Kurz grinst Leo, und Tommi zwinkert ihm zu, als wären die beiden Freunde und teilten schon Insider, die ich nicht verstehe.

Ein unangenehmes Gefühl wächst in meinem Magen, aber ich verdränge es, denke nur an das Messer in meiner Hand und die Tatsache, dass ich etwas Zeit mit Tommi verbringen kann.

Auf eine merkwürdige Art und Weise klingt das ziemlich verlockend.

»Das nehme erst mal ich, danke.«

Ohne auf eine Reaktion zu warten, nimmt Tommi mir das Messer aus der Hand, wobei seine Finger meine Haut streifen und mein Herz einen unnötigen Sprung macht. *Voll peinlich, Jessy würde mich so dermaßen auslachen.* Zu Recht!

»Kommst du?« Leo sieht mich auffordernd an, hat wohl doch keine Lust, alleine mit Tommi in den Wald zu verschwinden – während ich mir gerade nichts mehr wünsche, als dass Leo hierbleiben muss.

»Klar.«

Weil Pilzesuchen gerade unheimlich spannend klingt, nur darf ich mir das nicht anmerken lassen. Wenn Tommi rauskriegt, dass ich ihn zumindest ganz cool finde, wäre das einfach eine Vollkatastrophe.

»Kennt ihr euch mit Pilzen aus?«

Tommis Frage führt dazu, dass ich etwas Witziges antworten will, aber Leo ist schneller. »Ich kenne mich mit dem Spitzkegeligen Kahlkopf ganz gut aus.«

Die beiden Jungs werfen sich einen Blick zu, der mich wieder ausschließt, und ich hasse dieses Gefühl. Wie kann es sein, dass sie nach wenigen Tagen schon so dicke sind, ohne sich dabei zu mögen? Wann habe ich das alles verpasst?

»Von solchen halluzinogenen Pilzen lassen wir schön die Finger, klar?«

Leo hebt die Hände und schaltet sein unschuldigstes Lächeln an. »Ich würde niemals Pilze essen.«

»Ich dachte auch eher an Steinpilze, Pfifferlinge und so was.

Die wachsen hier nämlich ziemlich gut.« Mit dem Messer in der Hand deutet Tommi auf den moosbewachsenen Boden vor uns, der sich wie ein natürlicher Teppich unter unseren Füßen und zwischen den Bäumen ausbreitet. Der Erdboden darunter ist nur noch an vereinzelten Stellen zu erkennen.

»Schaut mal, was für Exemplare ihr findet.«

Ganz so einfach stelle ich mir das nicht vor und hebe deswegen die Hand, als müsste ich mich in der Schule melden.

»Ja, Alex?«

»Was, wenn die Pilze hier alle giftig sind?«

»Suchen wir erst mal nach Pfifferlingen, die sind ganz sicher nicht gefährlich. Ihr erkennt sie leicht an der hellbraunen bis eidottergelben Farbe und guter Festigkeit.«

»Aha.«

»Schaut am besten bei den Birken. Stiel und Hut gehen beim Pfifferling ineinander über. Sie wachsen oft in Gruppen.«

Tommi kennt sich also auch mit Pilzen aus. Ein Talent, das ich bei ihm nicht vermutet hätte und das meine Neugier weckt. »Wieso kennst du dich mit Pilzen aus?«

»Ich habe es gelernt.«

»Einfach so zum Spaß, oder wie?«

»Ja. Einfach so.«

Tommi weiß gar nicht, wie gut ihm das Messer in der Hand steht. Er spielt die ganze Zeit damit, ohne darauf zu achten, als wäre er gewohnt, eines in der Hand zu halten. Er wirbelt es so leicht zwischen den Fingern wie ein Schlagzeuger die Drumsticks, und ich ahne, dass er das nicht beim Pilzesuchen gelernt hat. Das Messer passt viel besser zu ihm als das Wissen über Fungi und Co.

»Du steckst echt voller Überraschungen.«

Leo sieht zwischen Tommi und mir hin und her, verkneift sich offensichtlich ein Grinsen und schüttelt dann den Kopf.

»Ich lass euch mal in Ruhe flirten und suche nach Pilzen.«

Bei seinen Worten schießt mir sofort das Blut in den Kopf, und ich spüre, wie mein Gesicht erglüht. Ich presse rasch ein Lachen aus meiner Kehle, das aber leider nicht ganz so abgebrüht klingt wie geplant.

»Ja, klar, flirten. Träum weiter, Leo.«

Und bevor auch noch Tommi etwas sagen kann, stapfe ich schnell davon, in Richtung einer Baumgruppe, die durch die weiße raue Rinde als Birkenhain zu erkennen ist. Von Bäumen habe ich ungefähr so viel Ahnung wie von Pilzen oder dem Flirten, aber eine Birke erkenne sogar ich.

Den Blick stur auf den Boden gerichtet, sondiere ich das Moos und die Erde, gehe aber im Geiste noch mal Leos Bemerkung durch, die sich auch in der Wiederholung lächerlich anhört. Ich stehe ganz sicher nicht auf Tommi, der hier als Co-Betreuer auf uns aufpassen soll und alleine deswegen schon fürs gegnerische Team spielt. Außerdem verknalle ich mich grundsätzlich nicht, und schon gar nicht in Typen wie Tommi.

Die dünnen Äste, die von den Bäumen gefallen sind, knacken unter meinen Sohlen, und ich gehe immer weiter in den Wald, habe die Pilze schon längst vergessen und stelle mir vor, was Jessy zu ihm sagen würde.

Und vor allem, was er zu Jessy sagen würde. Sie sieht älter aus, als sie ist, sie kann sexy und verspielt sein. Ich dagegen beherrsche nur *laut und aggressiv*.

»Ich habe hier welche gefunden!«

Leos Stimme, aufgeregt und überdreht, erklingt links von mir hinter einem großen Felsen, über dem jetzt sein kurz geschorener Kopf auftaucht. Dann knackt ein Ast ganz in meiner Nähe, und ich wirbele herum, entdecke Tommi, mit dem Messer in der einen und einem dicken braunen Pilz in der anderen Hand.

»Ich wollte dich nicht erschrecken.«

Hat er aber. Wenn auch anders, als er denkt.

»*Pfft*, als ob das so einfach wäre.«

Kapitel 27

Leo

Dienstagabend

»Nicht zu verwechseln mit dem falschen Pfifferling.« Tommi kniet neben den Pilzen, die ich entdeckt und offensichtlich auch korrekt identifiziert habe. »Beim Anschneiden findet ihr beim echten Pfifferling weißes Fleisch mit einem gelben Rand.«

Er schneidet den Pilz an und dreht den Stiel so, dass Alex und ich es gut sehen können. Wir stehen alle nah zusammen – zu nah für meinen Geschmack –, aber die Neugier hält mich an Ort und Stelle.

»Der falsche Pfifferling, den ihr nicht essen wollt, ist durchgehend gelblich, fast orange gefärbt.« Mit der Messerspitze streicht er über die Schnittstelle und sieht dann zufrieden zu uns auf. »Die hier sind essbare Pfifferlinge. Gute Arbeit, Leo.«

Diesmal klingt es nicht so, als würde sich irgendwo Ironie verstecken. Ein vertrautes Kribbeln jagt durch meinen Körper. Eines, das sonst nur Nikotin in meinen Adern hervorruft oder ein Einsatz auf der richtigen Farbe.

»Damit hast du der Truppe das Abendessen gerettet.«

Alex deutet mit ihrer Schuhspitze auf die paar Pilze, die zu unseren Füßen wachsen.

»Das sind fünf Pilze, davon wird doch niemand satt.«

Sie klingt genervt, ob von der Pilzsuche oder meinem Erfolg, weiß ich nicht. Aber bisher habe ich Alex sowieso meistens genervt, gelangweilt oder angepisst erlebt.

»Aber sie sind ein Anfang. Und ihr habt ja noch ein bisschen Zeit, um mehr zu finden.«

»Ich mag Pilze nicht mal.«

»Der Hunger wird es schon reintreiben.«

Er macht sich daran, auch den Rest der Pilze einzusammeln, nur die kleinen Exemplare lässt er stehen.

»Kleiner Tipp, die Pilze mit einem Hut, kleiner als einem Zentimeter, solltet ihr nicht einsammeln.«

»Wieso?«

»Weil sich der Pilz sonst nicht weiterverbreiten kann.«

Die kleinen Pilze stehen jetzt ein bisschen verloren da, als hätte man sie ohne ihr Einverständnis von ihrer restlichen Familie getrennt und sie alleine zurückgelassen. Ein Gefühl, das ich nur zu gut kenne. Kaum ist Tommi aufgestanden, macht Alex einen Schritt nach vorne, tritt direkt auf die vier verlassenen Pilze, ein Grinsen auf dem Gesicht.

»Ooops.«

»Was soll denn der Scheiß?« Ich schubse Alex, heftiger als nötig, gegen die Schulter, was dazu führt, dass sie das Gleichgewicht verliert und gegen den Felsen hinter ihr fällt.

»Autsch.«

Überraschung über meine Reaktion breitet sich auf ihrem Gesicht aus, als sie zu mir hochsieht, und ich bemerke, dass meine Hände zu Fäusten geballt sind.

»Schluss jetzt.« Tommi packt mich an der Schulter und zieht

mich zurück, obwohl er vermutlich selber gerne ausrasten möchte.

»Sie hat die Pilze zertrampelt.«

»Ja und? Bist du von der Pilz-Polizei?« Alex' Grinsen steckt in jedem Wort.

»Sie sollen sich doch weiterverbreiten können.«

»Damit Menschen sie essen können?«

Alex hat immer eine Gegenantwort ohne ein tatsächliches Argument, was mich bloß noch wütender macht. Nur Tommi zeigt sich von ihren Provokationen wenig beeindruckt, schiebt mich sachte nach hinten.

»Ich kläre das mit Alex, du gehst einen Baum umarmen.«

»*Was?*«

»Kuschelstunde.«

Das kann nicht sein Ernst sein.

»Wieso werde *ich* jetzt bestraft, wenn *sie* Mist gebaut hat?«

Tommi schüttelt langsam den Kopf. »Leo, das hier ist keine Strafe. Ich will nur, dass du runterkommst. Also?« Er deutet auf einen etwas dickeren Baumstamm, der nicht ganz so hochgewachsen, aber sehr eindrucksvoll mitten im Wald steht.

»Das ist eine Scheißmaßnahme, nur fürs Protokoll.«

Aber ich folge seiner Anweisung, gehe die paar Schritte zu dem Baum, kann nicht glauben, was ich gleich tun werde, und schlinge die Arme um den Stamm, drücke mein Gesicht leicht gegen die raue Rinde und schließe die Augen.

»Das war übrigens eine sauunnötige Aktion von dir, Alex.«

»War keine Absicht.«

»Doch, das war volle Absicht, und ich mag es nicht, wenn du mich anlügst.«

Zumindest kriegt Alex einen Einlauf von Tommi und das beruhigt mich minimal. Ich spüre, wie mein Herzschlag sich beruhigt, ebenso wie meine Atmung.

»Ich finde Pilzesammeln halt scheiße.«

»Versteh ich. Ich finde auch nicht alles immer superspannend. Das meiste nervt mich extrem. Aber wir müssen eben ab und an auch Dinge tun, die wir scheiße finden.«

»Wieso?«

»Weil du nicht für den Rest deines Lebens Pilze tottrampeln kannst.«

Jetzt öffne ich die Augen, die Arme noch immer um den Baum gelegt, und sehe zu Tommi, der Alex die Hand reicht und ihr wieder auf die Füße hilft.

»Klar kann ich. Wer will mich aufhalten?«

Sie lächelt überlegen, weil Alex sich eben an keine Regeln hält und sich auch von niemandem etwas vorschreiben lässt. Aber an Tommi beißt sie sich gerade die Zähne aus, weil er keine echte Reaktion zeigt.

»Genau so wie du habe ich auch mal gedacht.«

Alex verdreht die Augen und leiert dann in einem pseudokindlichen Ton: »Aber dann kam der wundersame Wandel, als du gemerkt hast, dass du eigentlich, tief, tief in dir drin, ein guter Typ bist und bla.«

»Ja, schön wäre es. Aber knapp neun Monate Jugendknast, das ändert schnell deine Perspektive.«

Damit dreht er sich von ihr weg, das Messer in seiner Hand sieht plötzlich nicht mehr nur wie ein Hilfsmittel zum Pilzesammeln im Wald aus. Als sein Blick meinen trifft, nickt er zufrieden und lächelt schließlich.

»Okay, du bist erlöst.«

Erst jetzt bemerke ich, dass ich den Baum tatsächlich noch immer umarmt halte, was mir sofort höllisch unangenehm ist. Schnell löse ich mich von dem Baum und mache einen hastigen Schritt zurück, will Alex nicht noch mehr Grund für dumme Sprüche liefern.

»Und jetzt gehen wir Pilze sammeln.«

Kurzer Blick zu Alex, die noch immer wie vom Blitz getroffen dasteht und ihn ungläubig anstarrt.

»Und zwar, ob wir wollen oder nicht.«

Kapitel 28

Grete

Dienstagabend

»Du musst das hier zuerst richtig fest verankern.«

Jannis taucht hinter mir auf, und ich zucke erschrocken zusammen, weil ich so vertieft in meine Arbeit am Zelt war, dass ich ihn nicht habe kommen hören. Wie er geräuschfrei über den mit Ästen übersäten Boden gehen kann, weiß ich nicht. Wir bauen unsere Zelte abseits des Ufers und im Schutz der hohen Felsen zwischen den Bäumen wieder im Kreis auf. Jeden Tag sieht unser Lager gleich aus, nur die Szenerie drum herum verändert sich.

Jannis geht neben mir in die Hocke und deutet auf meinen Zeltaufbau-Versuch. »Erst dann kannst du es hochziehen.«

Er nickt auf den Hering vor mir, den ich nur lasch in den Boden gedrückt habe. Alle Teile der Zelte sind abgezählt und werden nach jedem Abbau gecheckt. Wenn irgendwas fehlen sollte, wird alles durchsucht. Das wurde uns bei der Einführung sehr deutlich gemacht. Jetzt ziehe ich den Hering mit Leichtigkeit aus der Erde und betrachte ihn.

»Glaubst du, man kann mit so einem Teil jemanden verletzen?« Die Frage kommt mir einfach so in den Sinn, weil es so eine Hakenform hat. Jannis sinkt neben mir in die Hocke und sieht mir dabei zu, wie ich den Hering hin und her drehe.

»Keine Ahnung, kommt darauf an, was du vorhast.«

»Gar nichts.«

Aber so, wie Jannis neben mir schweigt, glaubt er mir nicht, und ich sehe schnell zu ihm. »Wirklich. Ist nicht so, als würde ich heute Nacht aufstehen und euch damit umbringen wollen.«

Jannis verzieht kurz das Gesicht. »Das hatte ich auch nicht gedacht, um ehrlich zu sein. Aber danke für die Bilder im Kopf.«

»Nein, wirklich! Du musst dir keine Sorgen machen. Ich würde euch niemals wehtun.«

»Leo würde da vielleicht widersprechen.«

»Das war eine Kurzschlussreaktion.«

»Kenne ich.«

Jetzt habe ich ein schlechtes Gewissen, weil er denkt, ich würde ihnen wehtun wollen. Aber Jannis bleibt noch immer neben mir sitzen, sieht mein sich im Aufbau befindendes Zelt an und deutet dann auf eine Ecke, die ich schlecht ausgebreitet habe.

»Wenn du das dahinten straffer ziehst, hast du keine Falten im Boden.«

»Woher weißt du so viel über Zelte?«

»Keine Ahnung, ich mag es, wenn ich Dinge auf- oder abbauen kann. Finde das irgendwie beruhigend.« Er zuckt die Schultern und kommt mir gar nicht mehr so unnahbar vor wie am Anfang.

»Du solltest ein Haus bauen.«

Jannis lacht leise. »Um es dann wieder kaputt zu machen?«

»Nee, um darin zu wohnen.«

»Ich bleibe erst mal bei Zelten.« Wieder deutet er auf meinen unfertigen und sehr chaotischen Aufbauversuch. »Wenn du willst, helfe ich dir.«

»Das wäre cool.«

Jannis' Gesicht hellt sich auf, sein Lächeln ist ehrlich, und dann fängt er auch schon an. Ruckzuck sieht das Zelt so aus wie auf diesen Bildern, die immer beigelegt sind. Mir wäre das niemals gelungen, und Jannis schafft es sogar, mir Anweisungen zu geben, die ich ganz gut umsetzen kann. Während andere manchmal Dinge von mir verlangen, die ich nicht verstehe oder nicht ausführen kann, was dann nur zu unnötigem Stress führt.

Aber das hier mit Jannis, das macht Spaß.

»*Ta-dah.*« Er deutet stolz auf unser fertiges Produkt. Mein Zelt sah gestern nicht halb so schön aus.

»Das schaut richtig gut aus.«

»Ist kein Hexenwerk, wenn man weiß, wie es geht.«

»Aber woher soll man wissen, wie es geht?«

Jannis zuckt die Schultern, sein Lächeln ist noch immer zufrieden, als er sich zu mir dreht. »War dein Vater nie mit dir zelten?«

Eine normale Frage, die ich mit einem einfach Ja oder Nein beantworten könnte, aber statt das zu tun, sehe ich Jannis nur an. Muss er den Moment kaputt machen, indem er meinen Vater hier mit reinzieht?

»Wieso mein Vater?«

»Oder halt deine Mutter.«

»Nein.«

Jannis lässt meine Antwort gelten, ohne Nachfrage, ohne das

ganze übliche Gequatsche über Familie, und ich bin sehr erleichtert. Um nicht noch weiter in den Fokus der Unterhaltung zu rutschen, stelle ich ihm die gleiche Frage. »War dein Vater denn mit dir zelten?«

»Nee. Aber mein Bruder.«

»Du hast einen Bruder?«

Das klingt überraschter, als ich sein sollte, denn nicht jeder ist schließlich ein Einzelkind. Jannis nickt nur, aber sein Lächeln ist nicht mehr da.

»Jünger oder älter?«

»Jünger.«

»*Cool.* Ich hätte so gerne Geschwister.«

Seine Augenbrauen ziehen sich zusammen, sein Blick ungläubig, wenn auch nicht auf mich gerichtet. »Wieso?«

Mir fallen viele Gründe dafür ein. So viele, dass ich gar nicht weiß, wo ich anfangen soll, und ich mir einfach den ersten Gedanken schnappe, den ich zu fassen kriege. »Weil ich dann nicht so alleine wäre.«

Aber Jannis winkt nur ab, als wäre das wirklich der dümmste Grund.

»Glaub mir, Geschwister nerven ohne Ende. Und wenn es blöd läuft, geht es immer nur um sie.«

Das wäre auch schön. Wenn es mal um jemand anderen gehen könnte, sich mal niemand mit mir beschäftigen und meine Mutter nicht immer alle Schuld mir in die Schuhe schieben würde.

»Du musst dann deine Eltern immer teilen und deine eigenen Probleme werden nur runtergespielt. Du bist am Ende also eh alleine. Geschwister sind scheiße.«

»Aber du warst mit deinem Bruder zelten.«

»Nur bei uns im Garten.«

»Wir haben nicht mal einen Garten.«

Jannis und ich, wir haben *nichts* gemeinsam, und ich beneide ihn um all die Dinge, die uns unterscheiden. Seine Eltern, seinen Bruder, seinen Garten und sein Leben.

»Zumindest hast du jetzt ein stabiles Zelt.« Jannis' Lächeln kehrt zumindest ein bisschen zurück, und ich will ihn fragen, ob er seinen Bruder nicht doch vermisst, als Alex' Stimme ertönt. »Wir haben Abendessen gefunden!«

Kapitel 29

Jannis

DIENSTAGABEND

Es riecht so gut, wie es schmeckt.

»Und dann haben wir auch noch die Steinpilze gefunden. Die ersten waren ziemlich zerfressen von irgendwelchen Insekten, aber die anderen waren super!« Leos Stimme überschlägt sich fast, so aufgeregt ist er. Immer wieder spießt er mit der Gabel einen Pilz auf und hält ihn vor sich, betrachtet ihn ganz verliebt, bevor er ihn isst.

»Saulecker.«

Da muss ich ihm recht geben. Yvonne hat Alex beim Kochen unterstützt, sodass diesmal alles deutlich besser gewürzt ist und sogar ein paar Kräuter daruntergemischt sind. Es schmeckt frisch und gar nicht wie das Zeug aus den Tüten.

»Ich persönlich hätte ja nichts gegen ein paar Magic Mushrooms als Nachtisch, aber man kann nicht alles haben.«

Leo grinst in Tommis Richtung, aber der ist ebenso beschäftigt mit dem Abendessen wie alle anderen. Ich weiß nicht mal, für welches Publikum Leo diese Show produziert, aber er klingt echt happy. Überdreht, aber happy.

Wie sich das wohl anfühlt?

»Und hat Alex geholfen?«

Yvonne wirft Alex, die neben mir sitzt, einen fragenden Blick zu, aber diese ignoriert sie komplett, futtert überraschend still ihr Essen, und so ist es Tommi, der antwortet.

»Sie hat sich gut angestellt.«

Alex' Blick schießt hoch und über das Lagerfeuer zu Tommi, der weiterspricht. »Ihr habt schnell verstanden, wie man die Pilze ausfindig macht und erkennt, ob sie noch genießbar sind.«

Kurz lächelt er, und Alex neben mir wird rot, was sie aber nicht bemerkt.

»Keine Zwischenfälle?« Bens Frage klingt ganz locker, aber zumindest ich habe nicht vergessen, wieso wir alle hier sind. Auch wenn meine Eltern mir verkaufen wollten, dass dies hier ein Campingurlaub für Jugendliche ist und nicht sehr viel mehr, war mir doch klar, dass sie damit eher sich als mich beruhigen wollten.

Tommi sieht von Alex zu Leo und schließlich zu Ben, schüttelt den Kopf.

»Keine Zwischenfälle. Nur Pilze.«

Und so stolz, wie Leo aussieht, könnte das sogar stimmen. Aber nach einem ganzen Tag mit Alex in einem Boot kann ich mir nur schwer vorstellen, dass es wirklich keine Probleme gab. Sie sieht noch immer zu Tommi, der sich inzwischen wieder seinem Essen widmet, und ich lehne mich ein bisschen zu ihr rüber. »War wohl ein schöner Ausflug, *hm*?«

»Halt die Klappe.« Ihre Stimme klingt viel zu sanft, als hätte sie die Ecken glatt geschliffen, und so gar nicht, wie ich sie heute den ganzen Tag erlebt habe. Auch ihr Blick ist weicher, als sie zu mir sieht. »Pilze sammeln ist nicht so spannend, wie du denkst.«

Wieso klingt sie dann so glücklich?

»Ach nein?«

»Nein.«

»Aber Pilze sammeln mit Tommi schon, oder?«

Sie verpasst mir einen Schlag gegen die Schulter, und das so schnell und heftig, dass ich einen Moment davon tatsächlich überrascht bin.

»*Autsch.*«

»Quatsch keinen Bullshit.«

»Okay.«

»Und hör auf, so zu grinsen!«

Dabei grinse ich nur deswegen so, weil sie es auch tut.

»Gibt es Ärger?«

Yvonne hat unsere Unterhaltung und Alex' Schlag bemerkt, aber diesmal hat es sich anders angefühlt, und ich schüttele schnell den Kopf. »Nee, alles fein. Wir sprechen nur über …«

Alex' Blick wird etwas panisch, als könnte ich ein Geheimnis verraten, von dem ich nicht mal weiß, dass ich es kenne, und sie antwortet schnell an meiner Stelle. »Pilze! Wir sprechen über Pilze und was ich heute darüber gelernt habe.«

Yvonne sieht zu mir, und ich bestätige ihre Aussage mit einem Nicken, weil ich sie nicht vor der Gruppe bloßstellen will. Das hebe ich mir für einen späteren, besseren Zeitpunkt auf. Jede Info, die man hier sammeln kann, sollte man sich gut einprägen. Denn nichts tut mehr weh als die richtige Breitseite zum perfekten Zeitpunkt.

»Möchtest du uns allen erzählen, was du über Pilze gelernt hast?«

Alex zögert, spürt wohl die Blicke aller auf sich, die sie abwartend mustern, bis sie den Kopf schüttelt und zu ihrem Essen zurückkehrt.

»Aber ich.«

Leo, der komplett aufgekratzt wirkt, hebt die Hand, in der er die Gabel hält, und sieht uns aufgeregt an. Yvonne nickt, und Leo ballert seine frisch erlernten Fakten über Pilze raus, holt kaum Luft – und ich kann gar nicht sagen, wie sehr mich das nervt.

Dieses ständige Gerede dröhnt in meinen Ohren und hämmert in meinem Schädel. Wenn er nicht bald die Klappe hält …

»Und das Coolste am Maronen-Röhrling ist, dass der Schwamm sich bläulich verfärbt, wenn man ihn berührt.«

Der Reihe nach sieht er uns an, erwartet wohl irgendeine besondere Reaktion, aber niemand zeigt sich besonders begeistert oder interessiert.

»Leute, das ist cool.«

»Ja, und wie cool.« Alex klingt maximal gelangweilt, wohl auch, weil sie diese ganzen Infos schon kennt, immerhin war sie bei der Pilzsuche dabei. Und ich bin fast froh, dass sie dem ganzen Gerede über Pilze jetzt ein Ende setzt.

»Niemand interessiert sich für deinen Pilz-Fetisch.«

»Das ist kein Fetisch. Es ist nur cool, zu wissen, wie man im Notfall alleine im Wald überlebt.«

»Weil du zwei Pilze kennst?«

»Zumindest verhungere ich nicht.«

»Bis der Bär kommt.«

»Hier gibt es keine Bären.« Kurzer Blick zu Yvonne, dann zu Ben und schließlich zu Tommi. »Gibt es hier Bären?«

Ben schüttelt den Kopf. »Nicht hier. Ihr müsst euch keine

Sorgen machen. Aber natürlich gibt es in der Gegend andere Wildtiere, von daher ist es besser, wenn ihr euch in der Nähe des Camps aufhaltet.«

Dann lächelt Ben zufrieden und rückt seine dämliche Kappe zurecht. Aber egal, was er auch anstellt, er wird nie einer von uns sein oder wissen, wie es ist, in unserer Haut zu stecken. Daran kann auch diese Kappe nichts ändern.

»Möchte noch jemand was zum heutigen Tag sagen?«

Grete hebt die Hand, bevor Ben die Frage überhaupt beendet hat. »Ich habe gelernt, wie man ein Zelt richtig aufbaut.«

Dabei sieht sie zu mir, ein dankbares Lächeln auf den Lippen und nickt vage Richtung Zelt, das wir vorhin zusammen aufgebaut haben.

»Jannis hat mir gezeigt, wie es geht.«

Genau das waren auch Max' Worte, als wir das Zelt gemeinsam im Garten aufgebaut haben.

Max.

Kapitel 30

Tommi

Dienstagabend

Jannis und Grete haben Spüldienst, was aber natürlich nicht ohne Meckern oder Gemaule vonstattengeht. Aber damit muss sich gerade Yvonne rumschlagen. Alex und Leo sammeln mit Ben Holz für das nächtliche Lagerfeuer und ich habe gefühlt zum ersten Mal am heutigen Tag einen Moment für mich.

Zu weit sollte auch ich mich nicht vom Camp entfernen, weil man nie weiß, wann meine Unterstützung gefordert ist, aber bis zum Ufer schaffe ich es dennoch. Begleitet werde ich von den Stimmen, die sich lauthals über den Abwasch beschweren.

Es wird hier sehr spät dunkel, und obwohl wir kurz nach einundzwanzig Uhr haben, kann ich noch weit sehen, auch wenn da außer Natur nicht viel zu entdecken ist. Die typischen roten Häuser, die wir noch bei unserer Anreise gesehen haben, lassen sich hier ebenso wenig blicken wie die Lichter einer Stadt. Ich blende die Geräusche hinter mir aus, konzentriere mich ganz auf die Natur, das Plätschern des Wassers, das Zwitschern der Vögel und den Wind, der durch die Baumwipfel und meine Haare streicht.

Es ist ruhig. Kein Vergleich mit zu Hause, wo immer irgendwo ein Handy klingelt, jemand Musik hört oder die Autofahrer sich anhupen, wenn es nicht schnell genug geht. Mir fehlen die Gespräche mit Samuel und den anderen daheim, aber gleichzeitig ist es auch mal schön, nicht zu reden, auf keine Frage antworten zu müssen.

Klar, ich kenne Ruhe, und ich weiß, wie still es werden kann, die Wände vermeintlich näher kommen und man meint, verrückt zu werden. Aber hier ist es ganz anders, die Ruhe erdrückt mich nicht, sie bedroht mich nicht, und das ist ein schönes Gefühl.

»Warst du wirklich im Knast?«

Gretes Schritte haben ihre Ankunft verraten, und ich warte, bis sie neben mich tritt, bevor ich mich zu ihr wende.

»Geschichten sprechen sich hier ja schnell rum.« Dabei habe ich damit gerechnet. Es wundert mich nur, dass Grete an dieser Info so viel Interesse hat.

»Ich möchte nur wissen, ob es stimmt oder ob die anderen mich bloß ärgern wollen.«

»Es stimmt.«

Grete gibt sich Mühe, sich nichts anmerken zu lassen, aber ich spüre, wie sie sich ein bisschen von mir entfernt, keinen ganzen Schritt zur Seite macht, aber dennoch einen Abstand zu mir aufbaut. »Hast du jemanden umgebracht?«

»Ist es das, was sie dir erzählt haben?«

Sie nickt nicht, aber sie schüttelt auch nicht den Kopf. Ich kenne solche Gerüchte, ich weiß, wie sie entstehen und wo es endet. Ein kurzer Blick zurück reicht, um zu wissen, wer diese Geschichte rumerzählt. Alex hat Leo und Jannis um sich versammelt und spricht leise und gestikuliert auf sie ein.

»Wie lange warst du denn im Gefängnis?«

»Neun Monate.«

Das scheint sie zu entspannen, wohl weil man für einen Mord länger einsitzen muss.

»Was hast du denn gemacht?«

In den letzten Jahren habe ich diese Frage so oft gehört und so oft beantwortet, dass ich extra eine Version meiner Geschichte habe, die ich in solchen Situationen abspule.

»Spielt das eine Rolle?«

»Na ja, wenn es nichts Schlimmes war, dann müssen wir keine Angst vor dir haben.«

»Hilft es dir, wenn ich sage, du musst so oder so keine Angst vor mir haben, und wir lassen das Thema einfach ruhen?«

Grete ist unsicher, aber mir fällt nichts weiter ein, das ich sagen könnte, um ihr die Unsicherheit zu nehmen. Die Wahrheit wird sicher nicht helfen.

»Ich weiß nicht, ob mein Vater es so cool findet, dass ein ehemaliger Straftäter hier mit uns unterwegs ist.«

Die Ruhe wird plötzlich doch erdrückend, und ich wünsche mir Musik oder eine Party, irgendeine Ablenkung.

»Dein Vater weiß darüber Bescheid.«

»Wirklich?«

Sie hält mich jetzt nicht nur für einen Straftäter, sondern auch noch für einen Lügner. Dann wäre ich hier aber in bester Gesellschaft.

»Hat er dich nicht vorgewarnt?«

Grete durchsucht ihre Erinnerungen nach dem Gespräch mit ihrem Vater, in dem ich eventuell vorgekommen bin, bevor sie die Schultern zuckt.

»Das hat er nicht erwähnt, nee.«

Also muss ich das tun. Einmal sehe ich noch auf den friedvollen See, dessen Ruhe ich nun doch nach und nach annehmen kann, dann wende ich mich Grete zu.

»Okay. Dann noch mal fürs Protokoll. Ich war im Jugendknast, für neun Monate, habe niemanden umgebracht, aber verletzt. Meine Bewährung verlief unauffällig, ich habe verschiedene Jobs und Kurse gemacht, eine Ausbildung angefangen, und bin jetzt hier, weil ich das will.« Damit beende ich meinen Vortrag. »Noch Fragen?«

Aber Grete ist damit für den Moment zufrieden.

»Nein, alles abgedeckt.«

»Gut.«

Denn ich bin nicht gerade scharf darauf, meinen ziemlich schrägen Lebenslauf noch länger zum Besten zu geben.

»Darf ich es den anderen erzählen?«

»Klar.«

Dann muss *ich* das schon mal nicht machen. Doch bevor Grete gehen kann, berühre ich kurz ihre Schulter. »Tu mir nur den Gefallen und bleibe bei der Wahrheit, ja?«

»Logo! Ich lüge doch nicht.«

Was sie aber gerade tut.

Kapitel 31

Alex

DIENSTAGABEND

»Er war also im Knast, *so what?*«

Aber Grete ist so aufgekratzt, dass man meinen könnte, Tommi wäre gerade eben aus dem Knast ausgebrochen und hätte uns jetzt alle hier als Geiseln genommen.

»Er behauptet zwar, es war nur Jugendknast, aber mal im Ernst, er ist viel zu alt dafür.«

Schnell wirft sie einen Blick zu Tommi, der am Ufer sitzt und uns den Rücken zuwendet. Leo, der die ganze Zeit schon mit einem Stock spielt, den wir vorhin eigentlich fürs Feuerholz gesammelt haben, zuckt eher gelangweilt die Schultern. »Selbst wenn, er macht einen normalen Eindruck.«

»*Normal?* Er war im Knast!«

»Und? Wer sagt denn, dass wir da nicht auch eines Tages landen?«

»Niemals. Ich könnte niemanden umbringen.«

Jannis, der bisher stumm auf dem Holzstumpf am Lagerfeuer gesessen hat und sich aus der Unterhaltung rausgehalten hat, atmet jetzt so lautstark aus, dass selbst Grete zu ihm sieht.

»Könnt ihr nicht mal aufhören, so einen Mist zu reden?

Tommi hat niemanden umgebracht, sonst wäre er niemals hier.«

Grete verschränkt die Arme vor der Brust und sieht Jannis prüfend an. »Da bist du dir so sicher, ja? Immerhin sind wir auch nicht hier, weil wir unser Leben so gut im Griff haben.«

Das entlockt Jannis zumindest ein kurzes Grinsen, bevor er den Kopf schüttelt. »Glaubt doch, was ihr wollt. Aber hört auf, mich mit euren Gerüchten zu nerven.«

Er meint es ernst, dreht sich wieder zum Lagerfeuer, in dem er mit einem Ast rumstochert, und Grete muss wieder mit Leo und mir als Gesprächspartner vorliebnehmen.

»Findet ihr *nicht*, dass Tommi irgendwie gefährlich wirkt?«

Nein. Ich finde, dass Tommi geheimnisvoll wirkt, aber ich habe keine Angst vor ihm. Im Gegenteil, in seiner Nähe fühle ich mich wohl. Wohler als in der Gesellschaft der meisten anderen Menschen.

Nichts davon sage ich, sehe nur auf seinen Rücken, wie er am Ufer sitzt und in seiner ganz eigenen Welt abgetaucht ist.

»Ich habe die letzte Nacht mit ihm in einem Zelt geschlafen und finde ihn ehrlich gesagt nicht besonders gefährlich.« Leo deutet mit dem Stock in der Hand auf Tommi. »Nur sein Schnarchen nervt.«

Ich lache kurz, während ich Leo eigentlich viel mehr um die Zeit mit Tommi beneide. Sie teilen sich ein Zelt, reden recht viel, und irgendwie wäre ich gerne Teil dieser Clique inklusive aller Insider.

»Ich würde niemals mit ihm in einem Zelt schlafen.« Grete schüttelt so entschlossen den Kopf, als wäre Tommi wirklich ein Schwerverbrecher, den es zu meiden gilt.

»Könnt ihr verdammt noch mal das Thema wechseln?«

Jannis funkelt uns genervt an, verliert langsam, aber sicher die Geduld mit uns, und ich erkenne etwas in seinem Blick, das mir viel eher eine Gänsehaut beschert als Tommis Vergangenheit. Es wäre schlauer, jetzt die Klappe zu halten, aber das liegt mir nicht.

»Wieso? Kriegst du sonst davon Albträume?«

»Nee, aber es nervt. Ihr nervt.«

Leo hebt sofort abwehrend die Hände. »Also ich habe damit gar nichts zu tun.«

Grete und ich haben uns aber in das Thema verbissen, wenn auch sicher aus unterschiedlichen Gründen.

»Könnt ihr euch nicht mit euch selber beschäftigen? Werde nämlich das Gefühl nicht los, dass ihr damit genug zu tun hättet.«

»Ach so, weil du ja Professor Psychodoktor Jannis bist, ja?«

Jannis zerbricht den Ast in seiner Hand mittendurch und schleudert die beiden Teile ins Feuer, bevor er aufsteht, den Holzstumpf dabei umwirft und seine Größe ausnutzt, um uns einzuschüchtern. Das mag ja bei Grete funktionieren, aber nicht bei mir. Da habe ich mich schon mit größeren Kerlen angelegt. Unbewusst ballen sich meine Hände zu Fäusten, bereit, zum Einsatz zu kommen, wenn es sein muss.

Grete hingegen weicht sofort einen Schritt zurück und prallt gegen Leo, der ihren Stolperer auffängt. »Vorsichtig.«

Jannis bemerkt gar nicht, wie Grete ihn ansieht, aus diesen großen Augen, in denen sich eine miese Erinnerung zu spiegeln scheint.

»Ihr seid solche Kinder. Im Ernst, eure Probleme drehen sich nur um euch selbst und eure Gefühle, als würde es da draußen in der Welt nichts Wichtigeres geben.«

»Ach so, weil *dir* deine Gefühle scheißegal sind wie auch alles andere, oder?«

Jannis macht einen kleinen Schritt auf mich zu, und meine Hände zucken, aber sonst passiert nichts. Wir beide stehen dicht voreinander, überlegen uns die nächste Aktion. Ich spüre ein Kribbeln in meinem Magen, höre Jessys Stimme so deutlich, als wäre sie direkt neben mir. *Es ist immer besser, den ersten Schlag auszuteilen, bevor man einen kassiert* – und genau das werde ich tun.

»Und wir atmen jetzt mal alle durch.« Tommi schiebt sich zwischen uns, eine Hand auf Jannis' Schulter, eine auf meiner. Keinen von uns sieht er an, weil sein Blick auf Grete ruht, die – noch immer zitternd – von Leo gehalten wird und die ich gerade total ausgeblendet habe.

»Falls ihr euch abreagieren wollt: Wir müssen noch etwas Holz klein kriegen und das Wasser sollte noch gefiltert werden.«

Seine Stimme ist total ruhig, fast schon gelangweilt, was mich nur noch wütender macht. Er nimmt mich nicht ernst, hält mich nicht für eine Bedrohung, und ich will ihn am liebsten anschreien.

»Ich kümmere mich um das Holz.« Jannis dreht sich abrupt weg und stapft davon, zieht die Reißleine, bevor es eskaliert, aber mich kriegt Tommi sicher nicht dazu, einfach so zu kuschen.

»Du hast uns nichts zu sagen, du bist gar kein echter Betreuer.«

Endlich löst er seinen Blick von Grete und richtet ihn auf mich. »Ich kann Ben rufen. Der erklärt es dir dann noch mal in anderen Worten oder schickt dich direkt nach Hause, wenn dir das lieber ist.« Dann lässt er seine Hand von meiner Schulter rutschen, und ich wünschte, er hätte das nicht getan.

»Das wär euch natürlich am liebsten. Nee, nee, mich werdet ihr nicht los.« *So schnell geht das nicht.* Ich lasse mich nicht schon wieder ins Abseits oder zurück nach Hause schieben, diesmal nicht.

»Wer sagt denn, dass wir dich loswerden wollen?«

Eine Frage, die so heftig einschlägt, dass sie einen ziemlich üblen Krater direkt in meinem Brustkorb hinterlässt. Tommis Gesicht verschwimmt etwas vor meinen Augen, als ich durch die Tränen blinzle und meine Fäuste zu zittern beginnen.

Ich will etwas sagen, ihm eine Gemeinheit in sein schönes Gesicht schleudern, aber meine Kehle macht der Serengeti gerade ordentlich Konkurrenz. Nicht mal atmen traue ich mich, um keine Staubwolke auszuatmen, also tue ich das, was laut Jessy der größte Fehler ist.

Ich sehe zuerst weg.

Kapitel 32

Leo

DIENSTAGABEND

Sie zittert so sehr, als wäre das hier nicht die Wildnis Schwedens, sondern eine frostige Eisscholle in der Arktis, dabei fühlt sich ihre Haut fiebrig heiß an. Sie steht so dicht bei mir, dass ich das Gefühl habe, sie beschützen zu müssen, auch wenn ich nicht so recht weiß, vor wem oder was. Alex ist weggegangen, Jannis zerkleinert Holz, und Tommi fragt sie zum wiederholten Male, ob alles okay sei. Aber Grete steht nur zitternd neben mir und kann kaum nicken, obwohl sie es versucht.

»Dir kann hier nichts passieren, okay?«

Tommis Worte erreichen Grete nicht, und falls doch, zeigt sie keine Reaktion. So lange nicht, bis Ben und Yvonne zu uns kommen, und ich nicht weiß, was ich hier noch soll. Aber Grete loslassen, das fühlt sich irgendwie falsch an.

»Was ist denn passiert?«

Grete öffnet den Mund, aber es kommen keine Worte heraus, und so springe ich ein. »Es gab eine kleine Diskussion.«

Nicht unbedingt die genaueste Wiedergabe der Ereignisse, aber ich weiß einfach nicht, was eigentlich passiert ist. Nur dass etwas Grete in diesen Schockzustand versetzt hat.

»Wollen wir beide mal einen kleinen Spaziergang machen?«

Die Sonne geht langsam unter, und der Wald ist um diese Uhrzeit sicher nicht die beste Umgebung für eine kleine Wanderung, aber Grete nickt und lässt sich von Yvonne aus der Situation führen, allerdings nicht, ohne mir einen dankbaren Blick dazulassen.

»Ich rede mal mit Jannis und Alex, das kann so nicht weitergehen.«

Ben, dessen Laune gerade nicht die beste ist, nimmt sich direkt mal die beiden anderen vor, und ich stehe verloren da und sehe zu Tommi, der sich besorgt mir zuwendet: »Bei dir alles okay?«

Wenn ich das nur so genau wüsste. »Denke schon.«

Tommi nickt, wirft einen Blick auf die Uhr und bedeutet mir dann, ihm zu folgen, was ich tue, weil ich nicht weiß, was sonst. Schon nach wenigen Schritten greift Tommi in seine Hosentasche und zieht die Zigarettenschachtel hervor, was sofort zu einem Hüpfer meines Herzens führt.

Endlich. Endlich!

»Deine Kippe des Tages steht an.«

Sosehr ich mich darüber freue, so schmerzhaft ist es auch, ihm dabei zusehen zu müssen, wie er wirklich nur ein Exemplar aus der Schachtel zieht, es in der Mitte durchknickt, abreißt und mir dann nur die eine Hälfte reicht.

»Ich habe mich heute doch ganz gut benommen, oder?«

Während ich das frage, zieht Tommi auch ein Feuerzeug hervor.

»Hast du.«

»Und gute Pilze gefunden, oder?«

»Definitiv.«

»Habe ich dann nicht mindestens eine ganze Zigarette verdient?«

Immerhin ist die Schachtel noch so gut wie voll, aber Tommi lässt seinen Daumen in aller Ruhe über das kleine Rad am Feuerzeug fahren, bis die Funken eine Flamme ergeben und ich sofort gierig meine Zigarette zwischen die Lippen klemme.

Der erste Zug füllt meine Lungen, brennt sogar ein bisschen und bringt dann doch noch die erhoffte Entspannung.

Mit geschlossenen Augen genieße ich das angenehme Gefühl so lange wie möglich, bis ich wieder ausatmen muss.

»*Geil.*« Erst nach dem nächsten Zug öffne ich die Augen, aber Tommi sieht nicht besonders beeindruckt aus. »Mein Highlight des Tages.«

Tommi nickt, aber überzeugt wirkt er nicht.

»Kommt jetzt die Ansprache, dass Zigaretten scheiße sind und Rauchen tödlich ist?«

»*Nope.* Das weißt du alles ohnehin. Steht auf jeder Packung.«

Schnell nehme ich noch einen Zug, bevor der Tabak in meinen Fingern buchstäblich zu Asche zerfällt.

»Schon, aber die richtig guten Dinge sind doch immer mit einem Risiko verbunden, oder?«

Da kann er mir nicht widersprechen, wie auch? Er weiß, dass ich recht habe, und das führt zu einem breiten Grinsen meinerseits.

»Außerdem hilft es mir, mich zu entspannen.« Ich halte ihm meine Kippe so hin, dass er sie bewundern kann, wie sie da friedlich in der Nacht vor sich hin glimmt.

»Meine Therapie.«

»Hast du schon mal eine echte Therapie gemacht?«

Fast verschlucke ich mich am Rauch, was mir seit meiner ersten Kippe nicht mehr passiert ist, so laut lache ich.

»Klar. Meine Eltern haben mich da hingescheucht.«

»Und?«

Tommi bleibt ernst, dabei müsste er sich doch innerlich krümmen vor Lachen. Ich halte ihn nicht für einen von den Typen, die ernsthaft was von einer Therapie halten.

»Ja, habe dem Therapeuten erzählt, was er hören wollte, und wurde dann ›rückfällig‹.« Noch ein Zug, bevor die Zigarette runtergebrannt ist und ich wieder bis morgen warten muss.

»Das ist aber nicht der Sinn einer Therapie, oder?«

»Keine Ahnung. Ist mir auch egal.«

Der letzte Zug fühlt sich wieder richtig gut an und erinnert mich daran, wie sehr ich es heute vermisst habe. Den ganzen Tag habe ich daran gedacht, und zwischenzeitlich wollte ich einfach nur schreien, aber es hat sich gelohnt. Denn diese Zigarette schmeckt noch besser als die gestern.

»Oder willst du mir jetzt ernsthaft erzählen, ich sollte eine Therapie machen, weil mir das ja so viel bringt und der ganze Quatsch?«

»Ich erzähle dir gar nichts. Ist nämlich nicht meine Sache.«

»Weil du nur mein Dealer bist?« Meine Frage trifft ihn unerwartet, was mich überrascht, denn Tommi macht nicht den Eindruck, als könne man ihn leicht kalt erwischen.

»Ich bin *nicht* dein Dealer.« Er klingt fast verletzt, aber ich nicke nur und drücke die Zigarette am Baum neben mir aus, bevor ich sie achtlos zu Boden fallen lasse.

»Doch, genau das bist du.«

Kapitel 33

Grete

Dienstagabend

Es war nur ein Holzstumpf.

Nur Jannis.

Und doch verschwimmen die Bilder in meinem Kopf zu einem Einheitsbrei, der es unmöglich macht, die Erinnerungen zu trennen. Der Holzstumpf wird zu einem Stuhl und Jannis zu Papa.

Schnell schüttele ich den Kopf, aber das bringt nur noch mehr durcheinander.

Yvonne sieht mich so besorgt an, dass ich das Gefühl bekomme, etwas Schreckliches wäre mir passiert.

Dabei war es doch nur Jannis.

»Willst du darüber reden?«

Yvonnes Stimme klingt genau so, wie sie mich ansieht, und ich setze an, den Kopf zu schütteln. »Nein, es ist alles okay.« – *Denn ich und nur ich habe die Kontrolle über meine Gefühle. Niemand sonst.*

Aber Yvonne gibt nicht auf und legt ihre Hand sanft auf meine Schulter. Schultern sind unverfängliche Körperstellen, nehme ich an. Man tippt darauf, klopft aufmunternd oder legt – so wie Yvonne jetzt – vorsichtig die Hand darauf ab, als beschwichtigende Geste. »Du kannst jederzeit mit uns reden.«

»Das tue ich doch.« Angeblich ununterbrochen, wenn ich den anderen Glauben schenken kann.

»Wir wollen nur, dass du weißt, wir sind immer da.«

»Das weiß ich doch.« Sie erinnern mich ja auch in sehr regelmäßigen Abständen daran.

»Was ist denn da gerade passiert?«

»Jannis und der Rest hat diskutiert.«

Yvonne senkt den Blick, hält meine Erklärung wohl für eine Lüge, aber ich nicke, froh, vom eigentlichen Thema ablenken zu können. »Es ging um Tommi und seine Knastvergangenheit. Das hatte wirklich nichts mit mir zu tun.«

Kurz sehe ich zu den anderen, wo Ben inzwischen mit Jannis und Alex redet. Tommi und Leo sind verschwunden, und von der Situation ist gar nichts mehr übrig, nur der umgefallene Holzstumpf, der jetzt aus der Entfernung fast schon lächerlich albern aussieht, als habe er mir nie Angst machen können.

»Sie fanden es nicht so cool, dass Tommi hier ist, obwohl er eigentlich ins Gefängnis gehört.«

»Grete, das ist nicht wahr.«

»Doch! Frag sie doch! Leo hat Schiss vor ihm!«

»Mag sein, aber Tommi gehört nicht ins Gefängnis.«

»Aber er war dort.«

»Und hat seine Strafe abgesessen.«

Jetzt sehe ich sie zweifelnd an, lege den Kopf schief, wie *sie* es tut, wenn sie mir etwas nicht glaubt. »Aber er könnte immer noch gefährlich sein, oder?«

»Nein.«

»Das weißt du gar nicht.«

Yvonne atmet tief durch, setzt ihr Profi-Lächeln auf und sieht mir dann direkt in die Augen. »Wir würden euch niemals wissentlich in Gefahr bringen. Wenn du dich aber in Tommis Nähe unwohl fühlst, dann …«

»Das habe ich doch gar nicht gesagt! Ich mag ihn sogar, aber wer jemanden umgebracht hat, der –«

»Zum letzten Mal: Das hat er nicht.«

»Okay, dann hat er halt niemanden umgebracht.«

»Gibt es sonst einen Grund, wieso du dich in seiner Nähe unwohl fühlst?«

Oh, Yvonne ist clever und sicherlich gut in ihrem Job. So eine behutsame Nachfrage, in der Erwartung, dass ich dann nachgebe und ihr meine ganze Geschichte auftische. Aber selbst wenn ich das wollen würde – und ich will es nicht –, kann ich es nicht. »Nein. Er ist in Ordnung.«

»Und Jannis? Macht er dir Angst?«

Jannis ist die perfekte Ablenkung, nachdem das Thema Tommi durch ist. Ein Blick zu ihm, wie er mit gesenktem Kopf vor Ben steht und immer wieder nickt, während er sich eine Standpauke anhört, lässt mich sofort verschiedene gruselige Geschichten über ihn ersinnen. »Ist *er* denn gefährlich?«

Yvonne zögert, ist sich bei ihm nicht so sicher wie eben noch bei Tommi. »Niemand hier ist gefährlich, sonst wären wir nicht hier.«

»Wieso *sind* wir denn hier?« Ehrlich gesagt frage ich mich das schon, seit ich im Flieger saß, und noch immer habe ich für mich keine befriedigende Antwort gefunden. Weder Mama noch Michael konnten es mir im Vorfeld erklären.

»Die Idee hinter diesem Trip ist eigentlich, dass ihr alle mal aus eurem Alltag rauskommt, weg von Dingen, die euch aus dem Tritt bringen, die euch zu viel werden.«

»Aber das ergibt doch keinen Sinn, wenn wir am Schluss wieder dahin zurückmüssen, oder?«

»Aber ihr könnt hier lernen, mit manchen Situationen anders umzugehen.«

Klingt sogar ein bisschen logisch.

»Jannis hat dich eben erschreckt, nicht wahr?«

Sie denkt, es war Jannis. Und ein Teil von mir wünscht sich, es wäre so, denn das könnte ich so viel leichter erklären als den umgefallenen Holzblock.

»Ein bisschen.« Dabei hat Jannis mit alldem rein gar nichts zu tun.

»Wir werden mit ihm reden.«

»Müsst ihr nicht. Er hat ja nichts gemacht.«

Sie will, dass ich sage, was ich empfunden habe, was mich bewegt hat und wieso ich so reagiert habe. Weil sie alle glauben, das würde mir helfen, mich voranbringen und mein Leben, das komplett aus den Angeln gehoben wurde, wieder einrenken. Andere haben das schon vor ihr versucht, auch wenn ich ihr hoch anrechne, dass sie dabei zumindest so wirkt, als würde ich sie wirklich interessieren.

»Also das Angebot steht, Grete. Wenn du reden willst ...«

»Habt ihr immer ein offenes Ohr, egal um welche Uhrzeit, schon klar.«

Aber die Erinnerung ist schon wieder weg, wenn auch nicht verschwunden, so doch zurück in den Schatten gekrochen, wo sie sich versteckt hält, bis sie die nächste Gelegenheit nutzt, um wieder aufzutauchen. Solange die Abstände dazwischen länger werden, bin ich zufrieden. Genau deswegen fällt mir jetzt das Lächeln leicht, weil der Druck auf meiner Brust verschwunden ist.

»Wenn ich reden will, klopfe ich einfach an deine Zelttür, versprochen.«

Yvonne lässt sich nicht so schnell abschütteln wie die anderen vor ihr, aber auch sie wird aufgeben, wenn ich lang genug schweige. Jetzt zumindest nickt sie und erwidert mein Lächeln, zwar nicht so breit und übertrieben strahlend wie meines, aber immerhin.

»Sehr gut.«

Zusammen gehen wir zu den anderen – minus Jannis –, wo Leo sich neben mich setzt, deutlich nach Nikotin riechend.

»Hast du geraucht?«

Er grinst nur und wirft einen Seitenblick zu Tommi, der den Blick allerdings nicht erwidert.

»Verstehe.«

»Eine halbe Kippe am Tag.«

»Toll.«

»Stört es dich?«

»Mich nervt der Geruch. Und du hast keine Wechselklamotten dabei, also müffelst du in meinem Kanu nach kaltem Kippenrauch.«

Leo nickt gespielt nachdenklich, dabei weiß er gar nicht, wie dankbar ich ihm für diese Gelegenheit bin. Denn damit bin ich beschäftigt und abgelenkt.

»Ich kann meine Klamotten ja waschen.«

»Klar. Weil du auch genau der Typ dafür bist.«

»Du kennst mich doch gar nicht.«

Da hat er recht, aber ich hätte nichts dagegen, daran etwas zu ändern.

»Wir haben noch eine ganze Weile vor uns, vielleicht ändert sich das ja noch.«

Leos Grinsen wird zu einem echten Lächeln, aber sein Blick bleibt merkwürdig verhuscht, so wie immer. Als wäre er hier oder dort und vor allem ganz weit weg.

»Was willst du denn wissen?«

»Wo du gerade bist?«

Meine Frage fegt ihm sein Lächeln vom Gesicht und er blinzelt kurz – wie nach dem Aufwachen zwischen Traum und Realität.

»Na hier.«

Das stimmt nicht, und er weiß, dass ich seine Rastlosigkeit spüren kann. Schnell räuspert er sich, wirkt ernst und doch blitzt da ein verlorenes Halblächeln auf.

»Mitten im Nirgendwo.«

Kapitel 34

Jannis

Dienstagnacht

Keine Ahnung, wieso ich Leo angeboten habe, in meinem Zelt zu schlafen. Vermutlich war es ein Anflug von Mitleid, oder ich wollte den Betreuern beweisen, dass ich kein kompletter Ausfallkandidat bin.

Aber so unruhig, wie Leo sich in seinem Schlafsack hin und her rollt, könnte ich auf der Verkehrsinsel einer schwer befahrenen Straße eher Ruhe finden als neben ihm.

»Junge, kannst du keine Sekunde ruhig liegen?« Mein genervtes Flüstern durchbricht die Stille der Nacht und Leo seufzt.

»Es ist nur so irre warm hier drinnen.«

Dabei stimmt das gar nicht, denn anders als im Hochsommer in Deutschland kühlt es sich hier nachts angenehm ab.

»Es hat bestimmt dreißig Grad in diesem Scheißzelt.«

»Hast du Fieber?«

Ich taste über den Boden nach der kleinen Taschenlampe, die sofort das Zeltinnere erhellt und mir einen verschwitzten Leo zeigt, der sich aufgesetzt hat und sich suchend umsieht.

»Nee, es ist nur echt warm.«

»Ist es nicht.« Ich bin gerade ganz froh, es in meinem Schlafsack kuschelig warm zu haben.

»Bin wohl ein Heißblüter.«

»Oder dein Entzug knallt gerade rein.«

Sein Blick sucht mich, verfehlt mich aber einige Male, bevor er endgültig bei mir hängen bleibt. »Du hast nicht zufällig 'ne Kippe?«

»Nein.«

»Handy?«

»Nein.« Und auch das Kartenspiel, mit dem sich Leo ab und an ablenkt, ist nicht in Greifnähe.

»*Fuck.*« Er fährt sich über die kurzen Haare, wobei seine Hände deutlich zittern.

»So schlimm?«

Meine Frage ist überflüssig, aber ich weiß nicht, was ich sonst sagen soll. Leo nickt, beginnt an seinen Fingernägeln zu kauen und sieht sich in meinem Zelt weiter um, als hätte ich doch irgendwo einen Vorrat an Tabak versteckt. Was ich aber nicht habe und er weiß das auch genau.

»Das ist doch alles scheiße hier.«

»Da stimme ich dir zu.«

»Die lassen mich einfach hängen.«

Wen er mit *die* meint, führt er nicht weiter aus, sieht aber dafür wieder zu mir. Obwohl er flüstert, höre ich die Panik in seiner Stimme glasklar.

»Ist denen doch egal, ob ich hier total durchdrehe. Hauptsache, ich bin weit genug weg, und sie müssen sich damit nicht beschäftigen.«

Mir fällt auf, dass seine Fingernägel schon fast bis aufs

Nagelbett abgekaut sind und sein Daumen leicht blutet, dort, wo er in seiner Verzweiflung kleine Hautfetzen abgerissen hat.

»Juckt doch keinen, ob ich hier verrecke!«

»Wirst du schon nicht.«

»Und wenn doch?«

Zuerst will ich lachen, weil es sehr unwahrscheinlich ist, dass so etwas passieren wird, aber sein Gesicht ist viel zu ernst. Dieser Leo hier hat nichts mit dem vorhin beim Essen zu tun, der kaum aufhören konnte, über die Pilze zu referieren. Wenn die Ablenkung fehlt, wird das Problem oft überlebensgroß. Ich kenne das nur zu gut.

»Dann können deine Eltern die Betreuer und Organisatoren dieses Trips verklagen.«

Sein Lachen klingt erstickt, weil wir noch immer versuchen, leise zu sein, was ihm zunehmend schwerer fällt. »Das würden sie niemals machen, würde nur Ärger bringen, und wenn meine Eltern eine Sache nicht mögen, dann ist es, Aufsehen oder Ärger zu erzeugen.«

»Kenne ich.«

Er öffnet den Reißverschluss seines Schlafsacks und schlägt ihn hastig zurück, atmet schwer aus.

»Es ist so scheiße warm hier drinnen.«

»Soll ich den Eingang aufmachen?« Vielleicht tut ihm ein bisschen frische Nachtluft ja gut.

»Ich mach schon.«

Nur sind seine Bewegungen so fahrig, dass er einige Anläufe braucht, die er fluchend kommentiert, bis er es endlich schafft, den Reißverschluss zu öffnen, und dann sofort nach draußen flüchtet. Ich sollte liegen bleiben, ihn machen lassen und mich nicht in eine Geschichte reinziehen lassen, die nicht meine ist. Aber da die anderen schlafen, kriegt keiner mit, wenn er Mist baut.

Da ist nichts in meiner Brust, keine Panik, keine Angst um Leo. Nur das Wissen, dass es am Ende Ärger für mich gibt, wenn ich nicht aufstehe und ihm folge.

»*Fuck, ey.*« Also raus aus dem Schlafsack und ohne Schuhe über den Boden, der sich nicht gerade für einen nächtlichen Barfuß-Spaziergang eignet.

»Leo.« Ich erkenne seinen Schatten nur vage, der in Richtung Wasser torkelt. Wen ich aber sehr viel deutlicher erkenne, ist Alex, die sich an einer der von den Betreuern abgeschlossenen Kisten zu schaffen macht, bis sie mich entdeckt und sich sofort aufrichtet.

»*Hi.*«

»Schlaflos in Schweden?«

»Du bist doch auch noch wach.«

Klar, Alex beantwortet nie einfach so eine Frage, sondern geht immer sofort zum Gegenangriff über. Dabei war meine Frage nicht mal als Vorwurf gemeint, obwohl sie es sofort so aufgefasst hat. Statt sie zu fragen, was sie da genau treibt, entscheide ich mich, lieber nach Leo zu suchen, weil ein Problem pro Nacht definitiv ausreicht und Alex sich hinten anstellen muss. Dabei spüre ich ihren Blick, während ich über Stock und Stein in Richtung Ufer gehe.

Der Himmel über uns ist wolkenlos, und der Mond strahlt so sehr, dass es mir leichtfällt, Leo im knietiefen Fluss zu entdecken. Er steht vornübergebeugt und hält den Kopf unter Wasser. Das angenehm kühle Nass trifft meine Haut, als ich weiter und weiter auf Leo zulaufe, bis ich ihn schließlich erreiche und einen Moment warte, ob er wieder auftaucht – was er auch tut.

»Das ist gut.«

Er atmet schwer und schnell, aber zumindest ruhiger als im Zelt eben. Mit geschlossenen Augen steht er da, den Kopf etwas zurückgelegt, als wolle er sich vom Mondschein trocknen lassen.

»Es ist einfach zu warm.«

»Mhm.«

»Hast du echt keine Kippen?«

»Nein.«

Er sieht wieder zu mir, Enttäuschung im Blick, aber damit kann er mich nicht treffen, daran bin ich von daheim längst gewöhnt.

»Wieso rauchst du eigentlich nicht?«

»Weil es nicht gut für die Lunge ist.«

»Aber es ist gut gegen Langeweile und Nervosität.«

Ein Blick auf seine abgekauten Fingernägel reicht, um zu wissen, dass er seine Ersatzhandlung fürs Rauchen schon gefunden hat. Sein Blick wandert rastlos zurück zum Ufer, wo gerade Alex auftaucht. Leos Stimmung, die im Moment nicht ernsthaft zur Erderwärmung beiträgt, sinkt noch um einige Grad.

»Die hat mir gerade noch gefehlt.«

»Was macht ihr hier?« Sie watschelt durch das Wasser auf uns zu, wobei sie unsicher wirkt, dem dunklen Fluss nicht traut.

»Wir halten Ausschau nach Haien. Geh wieder schlafen.«

Leo sollte sie inzwischen eigentlich gut genug kennen, um

zu wissen, dass solche Ansagen bei Alex eher dazu führen, dass sie das genaue Gegenteil tut.

»Geh du doch schlafen!« Sie kommt weiter zu uns rüber, auch wenn sie das eigentlich nicht will, wenn ich ihren besorgten Blick, den sie auf das Wasser gerichtet hat, korrekt deute. Neben Leo kommt sie schließlich zum Stehen.

»Also, was treibt ihr hier?«

»Nichts! Hau einfach ab.« Leo so gereizt zu erleben, überrascht mich nicht wirklich, aber bisher hat er sich verhältnismäßig gut im Griff gehabt, wenn man bedenkt, was er gerade durchmacht.

»Du hast mir gleich gar nichts zu sagen.«

Denn niemand hat Alex überhaupt irgendwas zu sagen, außer vielleicht diese Jessy, die sie daheim wohl ziemlich im Griff hat.

»Außerdem …«, ihre Augen funkeln schelmisch, »… wirst du mich gleich richtig gernhaben.«

Sie greift in ihre Hosentasche und holt ein kleines Päckchen hervor, das sowohl Leo als auch ich natürlich sofort erkennen.

»Wo hast du das her?«

Leo will danach greifen, aber Alex zieht es weg, und mir wird klar, dass sie es niemals ohne Gegenleistung hergeben wird.

»Sagen wir mal so, ich bin ganz gut darin, Schlösser zu knacken.«

Sie grinst breit und zufrieden, stolz auf sich und ihre Aktion, aber mir vergeht die Laune bei diesem Kinderspiel. Ich weiß zu genau, wie solche Sachen ausgehen. Wann immer es irgendwo Stress oder Streit gibt, werde zuerst ich verdächtigt. Also hebe ich die Hände und sehe zwischen den beiden hin und her.

»Das bringt nur Ärger, und ich habe keinen Bock, noch mehr Dinge abzugeben.«

Wenn meine Eltern miterleben würden, wie ich hier die Stimme der Vernunft gebe, sie würden sich wohl entgeistert ansehen, den Tag im Kalender rot anstreichen und dann vermutlich ein Tischfeuerwerk zünden. Aber meine Eltern sind weit weg.

Bei Max.

Kapitel 35

Alex

Dienstagnacht

Sein sehnsuchtsvoller Blick ist nicht etwa auf mich, sondern auf die Zigarettenschachtel in meiner Hand gerichtet.

»Gib mir die Kippen.«

Keine Bitte, eine klare Aufforderung, nur hat er die Spielregeln noch nicht ganz verstanden. »Ich weiß nicht, ob du in der Position bist, um Ansprüche zu äußern.«

»Alex …«

Er macht einen Schritt auf mich zu, aber ich bin schneller und weiche aus, wobei der glitschig-schlammige Boden unter meinen Füßen nicht der beste Untergrund ist.

»Ihr benehmt euch wie Kleinkinder.« Jannis will unbedingt die Rolle des großen Bruders übernehmen, aber das juckt mich nicht, weil es hier nicht um ihn geht. Es geht nicht mal wirklich um Leo.

»Was kriege ich, wenn ich dir die Kippen gebe?«

Leo hat nichts, was ich will, und auch das weiß er. Folglich kann er mir also gar nichts anbieten, womit ich mich zufriedengeben würde, und genau das macht das Spiel so spannend.

»Was willst du denn?«

Zumindest versteht er jetzt, dass er die Zigaretten nicht einfach haben kann, und sieht mich fast schon verzweifelt an. Seine Augen sind von tiefen dunklen Ringen untermalt, der glasige Blick und die im Mondlicht blasse Haut lassen ihn wie einen Geist aussehen.

»Du übernimmst ab jetzt all meine Küchendienste.« Das zumindest wäre ein Anfang, und Leo zögert keine Sekunde, nickt sofort und will schon wieder nach der Schachtel greifen, aber ich spüre, dass da noch mehr zu holen ist. »Und mal sehen, was könntest du noch für mich tun …?«

»Noch was?«

»Klar. Das ist schließlich eine volle Packung.«

Fast kann ich im Geist Jessys Lachen hören. So und nicht anders haben wir auf dem Schulhof die jüngeren Mitschüler schikaniert. Mal waren es die Turnbeutel, die wir ihnen abgenommen haben, mal die Fahrräder oder die Schulhefte.

»Also gut. Was willst du noch?« Leos Verzweiflung schlägt langsam, aber sicher in Wut um.

»Gib ihm doch einfach die Zigaretten und dann können wir alle weiterschlafen.« Jannis entgeht offensichtlich der Spaß an diesem Spiel und ich werfe ihm einen enttäuschten Blick zu.

»Sag mal, ich dachte, du bist der größte Troublemaker von allen hier, und jetzt knickst du schon so früh ein?«

Es ist nur eine Sekunde, in der ich abgelenkt bin, meinen Blick von Leo auf Jannis richte und unaufmerksam bin. Leo ist doch schneller, als ich geglaubt habe, macht einen Satz nach vorne, greift nach meiner Hand und knallt dabei mit seinem ganzen Körpergewicht gegen mich. Der schlammige Untergrund bietet mir nicht den Halt, den ich brauche, um das Gleichgewicht zu halten, und ich spüre, wie ich wegrutsche.

Zuerst lasse ich die Zigaretten los, dann kippe ich nach hinten und werde vom Wasser empfangen, wobei es *verschlungen* wohl besser trifft. Auch mein Kopf taucht unter Wasser.

Es ist nass und dunkel, ich öffne den Mund, um zu schreien, verschlucke mich dabei aber am Wasser und spüre zudem Leos Knie auf meiner Brust.

Das Wasser ist zu flach, um zu ertrinken. Mir kann nichts passieren. Es ist nur Wasser.

Aber Leos Gewicht auf meiner Brust ist zu schwer, ich versuche, ihn wegzuschubsen, greife nach seinen Beinen oder Armen, während die Luft hier unten verdammt knapp wird.

So knapp, dass sie Platz macht für die Panik, die stattdessen meine Lungen füllt.

Ich reiße die Augen auf, sehe verschwommen den Schatten, der über mich gebeugt ist und zu Leo gehören muss.

Ertrinken. Der schmerzhafteste Tod von allen.

Der Druck wird stärker, ich werde untergehen. Jetzt und hier. Niemand hört meine Schreie im Wasser, verzweifelt greife ich erneut nach Leo, kriege sein T-Shirt zu fassen, aber mein Griff wird schwächer, alles wird langsamer. Wie der Trailer zu einem Film tauchen kurze Ausschnitte meines Lebens vor meinem inneren Auge auf.

Mama, wie sie weint.

Papa, wie er schreit.

Jessy, wie sie lacht.

Ich, wie ich ertrinke.

Plötzlich ist da wieder Sauerstoff, nach dem ich so gierig

schnappe, wie Leo vorhin nach den Kippen gegriffen hat. Hände packen meine Schultern und helfen mir, mich aufzurichten. Klar denken oder sehen kann ich aber noch nicht.

»Alex, alles okay?« Die Frage hallt so laut in meinem Schädel, als hätte sie mir jemand direkt in meinen Gehörgang gebrüllt.

Ich will nicken, aber mein Körper gehorcht mir nicht mehr, ohnehin fühlt sich alles so an, als wäre ich nur eine Zuschauerin der Szene.

»*Fuck!* Alex, kannst du mich hören?«

Kann ich. Bin mir nur nicht sicher, wem die Stimme gehört und ob meine Sicht wegen des Wassers oder der Tränen so verschwommen ist.

Ein Lichtstrahl fällt in mein Gesicht, was es nicht besser macht, und dann legt sich ein Arm um mich, und ich verstehe, dass es Tommi ist, der mich hält.

»Was ist denn hier los?«

Der Boden unter meinen Füßen verändert sich, wird stabiler und gibt mir mit jedem Schritt mehr Halt, während mein Blick wieder schärfer wird, sodass ich jetzt auch Ben, Yvonne und Grete erkenne, die auf uns zukommen. Mir ist merkwürdig kalt, und ich zittere am ganzen Körper, obwohl Tommi mich fest an sich drückt.

Ich werfe einen Blick zurück zum Wasser, wo Leo gerade fluchend eine nasse Kippe nach der anderen aus der triefenden Packung zieht und dabei so verzweifelt aussieht, wie ich mich gerade unter Wasser gefühlt habe.

Kapitel 36

Grete

DIENSTAGNACHT

»Danke.«

Alex klingt ganz heiser vom vielen Husten. Mein Pullover ist ihr etwas zu groß, und sie sieht sich darin gar nicht mehr ähnlich. Die nassen Haare kleben eng an ihrem Kopf, wie sie da auf ihrem Schlafsack in meinem Zelt sitzt. Ich reiche ihr ein paar Socken.

»Falls dir kalt wird.« Das ist dumm, immerhin ist es Sommer und angenehm warm, aber sie zittert noch immer.

Jannis hat mir nur eine sehr schnelle Kurzfassung von dem erzählt, was passiert ist. Dann haben Ben, Tommi und Yvonne Alex und Leo getrennt voneinander befragt, und schließlich wurde eine endgültige Entscheidung auf morgen früh verschoben.

»Danke.«

Sie bedankt sich jetzt zum vierten oder fünften Mal, und jedes Mal erwarte ich einen blöden Spruch im Anhang, der mich daran erinnert, dass ich hier noch immer mit Alex spreche, aber ich warte vergebens.

»Brauchst du sonst noch etwas?«

Ein kurzes Kopfschütteln, und schon glaube ich, es folgt ein weiteres Danke, aber so müde, wie sie aussieht, würde es mich nicht wundern, wenn sie sofort einschläft.

»Falls was ist, kannst du mich wecken, okay?«

Sie nickt und klettert in ihren Schlafsack, der nahe an meinem liegt, obwohl es hier viel Platz gibt. Dank Jannis steht mein Zelt bombenfest im leichten Wind, der draußen durch die Blätter der Bäume rauscht. Aber ich wette, es würde auch einem waschechten Orkan standhalten.

»Sollen wir das Licht anlassen?« Ich spreche zu viel, weil ich die unangenehme Stille vertreiben will.

Alex und ich, wir sind nicht gerade das, was man im Lexikon unter dem Stichwort *Freundinnen* finden würde, aber gerade tut sie mir einfach nur leid. Als wären im Wasser nicht nur ihre Klamotten und Haare aufgeweicht worden, sondern auch ihr ganzes Selbstbewusstsein, sitzt sie wie ein Häufchen Elend da.

»Nein, schon okay.«

Sie rollt sich auf die Seite, wendet mir den Rücken zu, und ich atme auf.

Falls Leo sie wirklich unter Wasser gedrückt hat, dann weiß ich nicht, wie ich morgen mit ihm umgehen soll. Langsam lege auch ich mich hin, kuschele mich in meinen Schlafsack und starre an die Zeltdecke über mir, wo die Schatten der Blätter mich mit einer ganz eigenen Choreografie unterhalten.

»Glaubst du, er hätte mich umgebracht?« Ihr Flüstern klingt noch immer heiser, und ich will mich mit ihrer Frage gar nicht so recht beschäftigen. Vor allem, weil sie auch mir schon durch den Kopf ging.

»Nein.«

Es raschelt neben mir und Alex dreht sich doch zu mir. »Ich wollte ihn nur ein bisschen ärgern.«

Leo gehört wohl zu der Sorte, die man besser nicht ärgern sollte.

»Aber er ist komplett durchgedreht.«

Sie klingt nicht mal mehr wie die Alex, die ich bisher kennengelernt habe, weswegen ich mich ebenfalls auf die Seite rolle, um sie anzusehen. Nur um sicherzugehen, dass die Worte wirklich von ihr kommen.

»Leo hat ein echtes Problem.«

Daran gibt es keinen Zweifel mehr. Während ich mich noch immer frage, wieso meine Mutter mich hierhergeschickt hat, ist es bei Leo sonnenklar. Und wenn das, was Jannis mir erzählt hat, wirklich stimmt, wäre er in einer Entzugsklinik deutlich besser aufgehoben als hier bei uns.

»Hätte doch nie gedacht, dass er so austickt.«

Ich auch nicht. »Er hätte das auch nicht tun dürfen. Das ist …« Mir fällt das passende Wort nicht ein oder aber ich traue es mich nur nicht auszusprechen, aber Alex versteht auch so und nickt.

»Ich hatte echt Schiss.«

Unter normalen Umständen würde sie das niemals vor Zeugen sagen, und ich weiß sofort, dass es unser Geheimnis bleiben wird.

»Keine Sorge, heute Nacht passiert dir nichts.«

Aber Alex erholt sich schon langsam von dem, was geschehen ist, denn der Anflug eines frechen Grinsens schleicht sich auf ihr Gesicht – was ich im Halbschatten deutlich erkenne.

»Weil du mich vor Typen wie Leo beschützt?«

»Klar. Mit einem stumpfen Küchenmesser.«

Sie lacht kurz, zu kurz, und schüttelt dann den Kopf, als uns der Ernst der Situation wieder bewusst wird.

»Ich weiß schon, wieso ich niemandem traue. Weil es immer so endet, und wenn du nicht aufpasst, erwischen sie dich zuerst!«

»Bist du deswegen so?«

»Wie bin ich denn?«

»Abweisend, gemein, gehässig.«

»Nicht so viele Komplimente auf einmal, ja? Die steigen mir sonst noch zu Kopf.«

Außerhalb dieses Zeltes hätte ich mich niemals getraut, ihr all diese Dinge an den Kopf zu werfen, aber wenn ich sie verstehen will, dann muss ich sie irgendwann fragen. »Weswegen bist du dann so?«

Sie zuckt die Schultern. »Wenn du die Leute wegschubst, können sie dir nicht wehtun. Alleine zu sein, ist besser, als verletzt zu werden, oder?«

»Finde ich nicht.«

Es rutscht mir nur so raus, weil ich nicht darüber reden oder nachdenken will, aber jetzt ist es geschehen. Außer Alex hat es niemand gehört, und ich hoffe, dass es genauso wie ihre Worte auch in diesem Zelt bleiben wird.

»Alleine zu sein, ist das Schlimmste.« Egal wo. Im Supermarkt, im Zelt, im Kanu oder daheim. Immer, wenn ich alleine bin, passieren die schlimmen Dinge. Deswegen bin ich auch froh, dass Alex heute Nacht in meinem Zelt schläft.

»Siehst du, da unterscheiden wir uns. Ich bin lieber nur für mich.«

Das klingt schon wieder so trotzig und nach der Alex, die ich kennengelernt habe und die sie so unbedingt verkörpern will.

»Also, außer heute Nacht, da bin ich lieber nicht alleine.«

Sie schließt die Augen, wohl auch, um meine Reaktion darauf nicht mehr mitzukriegen, und so tue ich es ihr gleich.

»Ich auch nicht.«

Doch es kommt keine Antwort mehr, nur noch sehr gleichmäßiges Atmen, das mir verrät, dass Alex eingeschlafen sein muss. Also lausche ich ihrer Atmung und spüre, wie ein bisschen Anspannung von mir abfällt, weil sie da ist. Solange sie hier ist, bin ich nicht alleine.

Also kann auch nichts Schlimmes passieren.

»Gute Nacht.«

Keine Ahnung, wem ich das wünsche, aber ich hoffe, es kommt an.

Kapitel 37

Leo

Mittwochmorgen

Die Morgensonne vertreibt leider nicht die Erinnerungen an die letzte Nacht, als ich komplett erschlagen in den Tag blinzle.

»Guten Morgen, Dornröschen.«

Die anderen sitzen schon am Lagerfeuer, als ich aus dem Zelt gekrabbelt komme. Alle außer Alex sehen mich neugierig oder abwartend an, und mich holen immer mehr Details der letzten Nacht ein. Das Gespräch mit Ben fällt mir wieder ein, wenn auch nur in Fetzen. Wieso ich in Tommis und nicht doch in Jannis' Zelt geschlafen habe. Wieso sie mich haben ausschlafen lassen, weiß ich noch nicht, denn dem Kaffeeduft nach zu urteilen, sind die anderen schon eine Weile wach.

»Gut geschlafen?« Tommi lächelt nicht mehr, und es fehlt auch die Ironie in seiner Stimme oder im Blick.

»Geht so.«

In meinem Schädel bricht ein Presslufthammer gerade irgendwelche Straßen auf, mein Nacken tut weh, meine Schultern sowieso, und mein Magen zieht sich bei jedem Atemzug so unangenehm zusammen, dass ich mir nicht sicher bin, ob ich Tommi nicht gleich vor die Füße kotze.

»Willst was essen?«

Meine Henkersmahlzeit.

Kurz sehe ich an ihm vorbei zu den anderen, die bereits damit beschäftigt sind, ihre Sachen einzupacken, und mir dämmert, dass ich mich gleich verabschieden muss. Eine Erkenntnis, die auch meinem Magen nicht gefällt, der nächste Krampf ist heftig.

»Nein danke.«

Tommy zögert. »Okay.« Er dreht sich um und geht den anderen hinterher, lässt mich beim letzten Zelt stehen.

»Was passiert jetzt mit mir?« Offensichtlich habe ich die Frage laut ausgesprochen, denn Tommi dreht sich wieder zu mir – wie auch alle anderen.

Minus Alex, denn die weicht mir noch immer komplett aus. Wenn die Erinnerung an gestern auch nur ansatzweise wahr ist, kann ich sie sehr gut verstehen. Dennoch ist es merkwürdig, ausgerechnet Alex so still zu erleben, wo sie doch immer eine ganz Palette frecher Sprüche auf Lager hat.

»Du packst dein Zeug und wir legen zügig ab.«

»Und dann?« Denn so wird meine Geschichte sicher nicht weitergehen, für mich gibt es kein Happy End.

»Dann wird Ben dich in die nächste Stadt begleiten und es geht ab nach Hause.«

Ich bin also raus. Hab's vermasselt. Mit Anlauf und Arschbombe in die nächste Katastrophe. Das wusste ich schon seit heute Nacht, aber jetzt schlägt es trotzdem wie eine Abrissbirne in meinem Bewusstsein ein. Aber ich nicke so tapfer, wie ich nur kann. »Verstehe.«

Es sollte mich nicht überraschen. Immerhin ist es nicht das erste Mal, dass man mich einfach fallen lässt, wenn ich nicht so funktioniere, wie es von mir erwartet wird. »Klar. Sobald man Probleme macht, wird man abgeschoben.«

»Leo …«

»Nee, nix *Leo*. Ich habe gestern Mist gebaut, ich weiß. Aber ihr sollt mir doch helfen. Helfen, dass genau so was nicht noch mal passiert.«

Ben steht auf und kommt auf mich zu, dabei wäre es mir lieber, ich könnte die Sache mit Tommi klären. »Leo, du hast Alex angegriffen.«

»Aber Grete hat mich gebissen und sie ist auch noch hier!« Mein Vergleich hinkt gewaltig, und ich weiß das, aber ich klammere mich verzweifelt an einen Strohhalm, der meinen Verbleib hier in der Gruppe sichern könnte.

»Du hast mich fast umgebracht!« Da ist sie wieder, die Alex, die ich kenne. Sie steht auf und kommt auf mich zu, auch wenn sie mit sicherem Abstand direkt neben Tommi stehen bleibt.

»Wenn Jannis nicht gewesen wäre, dann hättest du mich einfach ertrinken lassen!«

Die anderen nicken, aber dieses Puzzleteil passt nicht in die dafür vorgesehene Lücke.

»Was?«

»Alle Sicherungen sind bei dir durchgebrannt!«

Auch wenn vieles gerade ordentlich quergeht und nicht alle Bilder in der korrekten Reihenfolge durch meinen Kopf schießen, fehlt dieses Detail, von dem sie spricht.

»Wovon redest du?«

»Du wolltest mich umbringen und Jannis hat mich gerettet!« Sie spuckt mir die Antwort voller Wut ins Gesicht, aber nicht alles habe ich auch verdient.

»Wieso Jannis?«

»Na, weil er dich von mir weggerissen hat, sonst wäre ich jetzt schon kalt!« Ihre Worte fliegen mir um die Ohren, und passen doch nicht zu dem Moment, an den ich mich noch glasklar erinnern kann.

»Hat er nicht.«

Stille.

Sogar die Vögel verstummen scheinbar. Nur noch Stille und viel zu viele Blicke, die alle auf mir ruhen, und das tonnenschwer.

»Jannis hat mich nicht weggerissen. Er hat nur zugesehen.«

Alex will den Kopf schütteln, tut es aber nicht.

»Was?«

»Er hat nur zugeschaut und gar nichts getan.«

Jannis, der wie ein unbeteiligter Statist dasteht, sieht zu mir, allerdings ohne jede Emotion.

»Jannis?« Yvonne spricht ihn direkt an, aber auch jetzt reagiert er nicht, sieht nur zu, als hätte das alles rein gar nichts mit ihm zu tun.

»Stimmt.«

Alex wirbelt zu ihm herum. »Was?«

»Ich habe nur zugeschaut. Leo hat sie von alleine losgelassen und ihr aufgeholfen. Dann war Tommi auch schon da.«

»Du hast nichts getan?«

Alex' Stimme ist so schrill, dass sicher irgendwo Fenster splittern, aber selbst jetzt steht Jannis einfach nur da.

»Nichts.«

»Er hätte mich umbringen können!«

Das hätte ich nie getan, aber das glaubt mir jetzt ohnehin niemand mehr.

»Hat er ja nicht.«

Jannis spricht so gleichgültig, als wüsste er schon, wie das hier alles ausgeht, weil er die Folge dieser Dramaserie schon kennt.

»Sag mal, spinnst du?«

Ben und Yvonne wechseln einen Blick.

»Okay. Wir packen alle erst mal zusammen, und dann klären wir später, wie es weitergeht.«

Aber Alex denkt nicht daran, irgendwas später klären zu wollen. Ihre Körperhaltung ist nun im Kampfmodus, und sie will gerade einen weiteren Schritt auf Jannis zumachen, als Ben zur Stelle ist und sie auf Abstand hält.

»Du bist heute mit Grete in einem Boot. Tommi, du nimmst Leo mit. Jannis, du bist bei mir.«

Kapitel 38

Jannis

Mittwoch

Yvonne paddelt alleine im Kanu neben Grete und Alex, die schon ziemlich weit sind, während Tommi und Leo ihnen folgen. Nur Ben und ich lassen uns Zeit, dabei haben wir einen ganz guten Rhythmus gefunden und könnten viel schneller sein. Aber ich weiß genau, wieso Ben uns so viel Abstand zu den anderen lässt.

»Wollen wir mal reden?«

Ehrlich gesagt habe ich keine große Lust, das von gestern Nacht alles noch mal aufzuarbeiten. »Können wir nicht einfach bisschen die Gegend genießen?«

»Können wir. Aber ich würde gerne von dir wissen, was da wirklich passiert ist.«

Das glaub ich gern, aber wenn ich ihm die Wahrheit sage, sitzt vielleicht nicht Leo nachher im Flieger zurück nach Deutschland, sondern ich, und darauf habe ich so gar keine Lust.

»Leo ist ausgetickt, nachdem Alex ihn provoziert hat.« So oder so ähnlich ist es gelaufen, und ich denke, den Rest kann er sich selbst zusammenbasteln.

»Und warum?«

»Alex hatte eure Kiste aufgebrochen und Kippen geklaut.«

»*Mhm.*«

»Leo wollte sie haben, Alex hat sie nicht rausgerückt, und dann haben sie sich angezickt.«

»Hast du eingegriffen?«

»Nein.«

»Wieso nicht?«

Noch so eine irre gute Frage, die ich nicht beantworten will. »Keine Ahnung.«

»Jannis, du bist ein schlaues Kerlchen, also stell dich jetzt bitte nicht dumm, denn das kaufe ich dir nicht ab.«

»Ich weiß es aber nicht.«

Je länger ich über seine Frage nachdenken muss, desto heftiger tauche ich mein Paddel in das Wasser. Wenn ich das wüsste, wäre ich gar nicht hier, sondern würde daheim ein normales Leben führen.

»War es dir egal, was mit Alex passiert?«

»Keine Ahnung.«

»Jannis, verdammt noch mal, du musst auch ein bisschen mitarbeiten.«

Das tue ich ja, aber genau das verstehen sie nicht. Sie verstehen alle nicht, dass ich die ganze Zeit wie verrückt mitarbeite, obwohl ich so müde und ausgelaugt bin.

»Ich bin hier, oder? Also! Mehr hab ich nicht zu bieten, verdammt noch mal!«

»Beruhige dich, Jannis.«

Bens Hand legt sich auf meinen Oberarm, der merkwürdig angespannt ist, und ich bemerke, wie ich das Paddel viel zu heftig durch das Wasser ziehe. Manchmal kommt es mir so vor, als würde ich das alles wie ein Außenstehender wahrnehmen. All die Gespräche und Aktivitäten, selbst das Paddeln. Es ist befremdlich, mich quasi von außen zu beobachten. Aber wenn ich versuche, das zu erklären, kommen immer nur noch mehr Fragen, auf die ich keine Antwort habe. Multiple Choice Fragen, bei denen ich am liebsten alles und nichts ankreuzen will.

»Muss ich nach Hause?« Denn so ätzend es hier auch sein mag, zu Hause ist es noch ätzender.

»Nein. Aber wir müssen das mit Leo, Alex und dir klären. Wir sind eine Gruppe und hier in der Wildnis müssen wir uns aufeinander verlassen können.«

Sich auf mich zu verlassen, ist keine so gute Idee, aber das verrate ich ihm natürlich nicht. Stattdessen nicke ich, was mir leichtfällt, da Ben mein Gesicht von seiner Position hinter mir nicht sehen kann. Doch er fragt nach: »Können wir uns auf dich verlassen, Jannis?«

Wie soll ich das entscheiden, obwohl es mich überfordert und ich am liebsten die Verantwortung an jemand anderen abgeben würde?

»Klar.«

Das ist die Antwort, die er hören will, denn es folgt ein zufriedenes Klopfen auf meine Schulter, und ich nicke, weil auch das wohl die richtige Reaktion ist. Im Laufe meines Lebens habe ich mir eine Art Katalog der richtigen Antworten und Reaktionen antrainiert, auch wenn ich es nicht immer schaffe, diese dann auch einzusetzen.

So wie gestern Nacht.

»Sehr gut. Wir würden dich ungerne verlieren.«

Nicken, Jannis, nicken.

Kapitel 39

Alex

Mittwoch

Grete redet ununterbrochen.

»Auf jeden Fall kannst du jetzt immer bei mir im Zelt schlafen, das ist echt kein Problem.«

»Okay.«

»Und den Pulli gibst du mir einfach am Ende zurück. Das ist auch gar kein Ding.«

»Okay.«

»Wir können uns ja auch so Gutenachtgeschichten erzählen oder so. Das hat mein Vater immer gemacht, als ich noch jünger war.« Sie lacht bei der Erinnerung und dreht sich zu mir um. »Voll kindisch, oder?«

Sie hat keine Angst mehr vor mir, dabei war ich mir sicher, sie hatten alle Angst vor mir, aber Leo hat mich gestern Nacht zu einem Opfer gemacht, und dafür hasse ich ihn. Wäre Jessy hier gewesen, sie hätte ihn einfach umgehauen.

»Total kindisch.«

»War auch nur so eine Idee.«

Tommi und Leo sind im Kanu neben uns, Jannis und Ben irgendwo hinter uns, aber ich will mich nicht umdrehen, nicht wissen, wie nah sie sind. Wenn es nach mir ginge, könnten sie auch einfach verschwinden. Aber da ich weiß, dass das niemals passieren wird, sehe ich zu Leo und schleudere ihm einen wütenden Blick zu, den er auffängt und aushält. Dank ihm wirke ich jetzt schwach und angreifbar. Genau das, was ich nie mehr sein wollte.

»Traurig, dass ich noch am Leben bin?« Er schüttelt den Kopf und ich lege nach. »So leicht wirst du mich nicht los, Junkie.«

»Es tut mir leid.«

»Ich an deiner Stelle würde genau darauf achten, wer das Messer bei der Pilzsuche hat.«

Tommi wirft mir einen warnenden Blick zu, aber ich lasse mich nicht beirren, will zurück in meine Spur finden. »Das vergesse ich nicht, Leo. Glaub das ja nicht!«

»Es reicht, Alexandra.« Tommi hat mich noch nie Alexandra genannt, und irgendwie bringt mich das eben doch wieder aus der Spur, als ich zu ihm sehe. Tommi müsste mich doch verstehen, er weiß, wie es ist, hart sein zu müssen. Das hat er im Knast doch sicher gelernt.

»Du hast mir nichts zu sagen, Thomas.«

»Keiner von euch beiden wird ab sofort bei der Pilzsuche dabei sein. Ihr könnt froh sein, wenn ihr ab jetzt überhaupt noch ohne Begleitung pinkeln dürft.«

Obwohl ich weiß, dass das auch nur eine leere Drohung sein kann, macht sie mich nur noch wütender. »Du bist schuld daran, dass mich jetzt alle wie ein scheiß Opfer behandeln.«

Wieso habe ich Leo gestern nicht einfach einen Faustschlag verpasst? Er wäre nicht der erste Junge, den ich schlage, und wenn ich Jessy daheim hiervon erzähle, wird sie sich kringeln vor Lachen und mich anfeuern, die Geschichte noch mal zum Besten zu geben.

Ich vermisse Jessy. So, so sehr.

Tommi legt einen Gang zu beim Paddeln und Leo tut es ihm ganz automatisch gleich.

»Ja, verpisst euch nur, ihr Arschlöcher!«

Aber sie hören mir nicht zu, ziehen nur zügig an uns vorbei und bringen den nötigen Abstand zwischen unsere Kanus, lassen mich mit all der Wut und Grete alleine.

Ausgerechnet Grete, die mir wieder den Rücken zugedreht hat und mit Paddeln beschäftigt ist. Sie kann Jessy nicht mal dann das Wasser reichen, wenn sie sich auf die Zehenspitzen stellt. Sie ist nur ein weiteres Opfer in dieser lahmen Truppe. Daheim würde ich mich schämen, mit ihr gesehen zu werden. In meinem Hirn formt sich schon eine Beleidigung, die ich ihr an den Kopf schleudern will, aber ich kriege sie nicht über die Lippen. Zu weich fühlt sich der Stoff ihres Pullovers, den ich noch immer trage, auf meiner Haut an. Zu sicher habe ich mich heute Nacht in ihrem Zelt gefühlt, und auch wenn sie nicht unbedingt die Verbündete ist, die Jessy zufrieden abnicken würde, ist sie doch die Einzige, die ich hier habe.

Leo würde mich für eine Packung Zigaretten umbringen und Jannis dabei nur zusehen. Aber Grete hat mir, ohne zu zögern, ihren Pullover und einen Schlafplatz in ihrem Zelt angeboten. Und diese dämlichen Socken.

»Wenn du mich auch hintergehst, dann mache ich dich fertig.«

Zuerst checkt sie nicht, dass ich sie meine, also schubse ich sie mit dem Fuß an, wenn auch nicht fest.

»Wieso sollte ich dich hintergehen?«

»Weil das alle irgendwann versuchen, aber ich warne dich ...«

»Dann machst du mich fertig, habe ich schon verstanden.«

Sie dreht sich nicht zu mir, was mich ärgert, weil es wieder zeigt, dass sie mich nicht mehr als die Bedrohung ansieht, wie ich es in den ersten Tagen für sie war.

»Leo hat mich gestern nur kalt erwischt, das ist alles. Bilde dir ja nicht ein, dass dir das auch gelingen würde, weil ich –«

»Wer sagt denn, dass ich das überhaupt machen würde?« Sie hat das Paddel in beiden Händen und wirkt doch so gar nicht bedrohlich, als sie sich nun umdreht. Ganz im Gegenteil, sie sieht mich so an, als wären wir schon Freunde – und genau das muss ich verhindern.

»Das mag jetzt erst mal hart klingen, aber irgendwann im Leben lässt dich jeder mal im Stich und bescheißt dich.«

Fast rechne ich damit, dass sie in Tränen ausbricht, mich gemein oder Schlimmeres nennt, weil ich ihre Heile-Welt-Blase habe platzen lassen, aber sie sieht mich nur an, als hätte ich ihr die News von gestern vorgelesen.

»Das musst du mir nicht sagen, Alex, das weiß ich.«

Hinter ihrem unschuldigen Lächeln blitzt kurz was auf, das ich nicht anders beschreiben kann als *beschädigt*. Wie etwas, das vor Jahren zu Bruch gegangen ist und dann mit billigem Klebstoff notdürftig zusammengeflickt wurde. Doch bevor ich fragen kann, was ihr passiert ist, hat sie sich schon umgedreht und paddelt seelenruhig weiter, vorbei an den hohen Bäumen, die völlig unbeeindruckt am Ufer stehen und uns passieren lassen wie Riesen, für die unsere kleinen Dramen zu winzig sind, als dass sie sich zu einem Kommentar hinreißen lassen würden.

Grete, die ich schon an Tag eins durchschaut habe, gibt mir jetzt Rätsel auf und stellt meine Vermutung, sie wäre nichts weiter als ein Opfermädchen, gehörig auf den Kopf.

»Was für Geschichten hat dein Vater dir denn so zum Einschlafen erzählt?«

Ihre Schultern spannen sich augenblicklich an, sonst zeigt sie keine Reaktion, nur ein kurzes Räuspern, bevor sie spricht. »*Ähm.* Meistens irgendwas mit sprechenden Tieren.«

Erst jetzt dreht sie sich wieder zu mir und lächelt entschuldigend, was sie so jung aussehen lässt, wie sie damals war, als ihr Vater von sprechenden Tieren erzählt hat. »Total blöd, oder?«

»Na ja, alles ist besser als die Realität, oder?«

»Allerdings.«

Und da haben wir sie, unsere erste Gemeinsamkeit.

Kapitel 40

Tommi

Mittwoch

»Hasst du mich jetzt auch?«

Es ist die erste Frage, die er mir stellt, seitdem wir gemeinsam im Kanu Platz genommen haben. Überhaupt hat er erstaunlich wenig gesagt, und ich lasse mir bei der Antwort ordentlich Zeit. »Ich hasse dich nicht.«

»Aber du magst mich auch nicht mehr besonders.«

Die oberste Regel für Betreuer ist eindeutig: Ich darf mich nicht zu sehr an sie gewöhnen und schon gar nicht so was wie Freundschaft aufkommen lassen, weil ich ein Teil des Erwachsenenteams bin und sie das merken müssen. In der Theorie gar kein Problem, aber ich konnte doch nicht wissen, dass jemand wie Leo dabei ist, der wie eine Version meiner selbst aus einem Kapitel meiner Vergangenheit entsprungen scheint. Jemand, der meine Fehler macht und in die falsche Richtung unterwegs ist, ohne Navigations-App, die ihn bittet zu wenden.

»Ich mag dich noch immer genauso wie davor.«

Sein Lachen klingt fast blechern und wenig echt.

Aber ich kann mich nicht zu ihm umdrehen, weil er dann sehen würde, wie sauer ich wirklich auf ihn bin. »Aber wir hatten einen Deal und ich habe dir vertraut. Was du da mit Alex abgezogen hast, war einfach nicht okay. Es war sogar richtig beschissen von dir.«

»Das war keine Absicht.«

Oh, er benutzt sogar die gleichen Ausreden, die ich damals abgespult und sogar geglaubt habe. Jedes Mal, wenn ich Mist gebaut hatte, jedes Mal, wenn ich einen Schritt zu weit gegangen war, habe ich mir eingeredet, es nicht so gemeint zu haben. Bei keiner Schlägerei, bei keinem Angriff, bei keinem geknackten Auto. Es war immer »irgendwie passiert«, als hätte ich nicht aktiv etwas dazu beigetragen.

»Du hasst mich also doch.«

»Nein. Tue ich nicht.«

Meine Stimme bebt bedrohlich und ich atme schnell tief ein. Ben und Yvonne schaffen es so viel besser, eine gewisse Distanz zu wahren und dabei doch vertraut mit ihnen umzugehen, aber ich weiß nicht, wie sie das machen.

»Sondern?«

»Ich bin enttäuscht.« *Wow*, jetzt klinge ich tatsächlich wie mein erster Bewährungshelfer damals, dem ich das Blaue vom Himmel versprochen hatte, nur um zwei Tage später das genaue Gegenteil zu machen.

»Na toll.«

Es ist schwer, einem solchen Gespräch zu entfliehen, wenn man zusammen in einem Kanu sitzt, ringsum nur gleichförmige Natur, die großen Wow-Momente weniger werden und die Probleme der Teens immer mehr Platz einnehmen.

»Hör mal, Leo …« Entgegen aller Warnungen drehe ich mich doch zu Leo um, der trotz der Sommersonne blass und müde hinter mir sitzt. »Du hast gestern Alex angegriffen, das war weder ein Versehen noch ein Unfall. *Du* hast sie *angegriffen.*«

Die Worte prasseln wie ein Kugelhagel auf Leo nieder, sodass er nicht länger ausweichen kann.

»Ich wollte sie doch nicht umbringen oder so.«

Wie oft habe ich Leute ins Krankenhaus geprügelt und immer genau diese Ausrede genannt, auch wenn ich mir da irgendwann nicht mehr so sicher war. »Leo, ist dir echt nicht klar, was du da abgezogen hast? Dreh es, wie du willst, aber was du gemacht hast, nennt man Körperverletzung.« Damit kenne ich mich aus. »Sie kann dich anzeigen, wenn sie will.«

Ein Gedanke, der Leo bisher offensichtlich noch nicht gekommen ist, denn die Panik schleicht sich in seinen Blick, als er zum anderen Kanu sieht, das aber ganz bewusst im sicheren Abstand von uns treibt.

»Aber ich wollte es echt nicht.«

Ich kann kaum glauben, dass ich das jetzt wirklich sage. »Taten, Leo, keine Worte. Damit musst du es beweisen.«

»Es tut mir leid. Ich habe keine Ahnung, was da los war, aber sie hatte die Kippen, und mein Gehirn hat komplett dichtgemacht …« Er schüttelt den Kopf, begreift wohl erst jetzt, wie ernst die ganze Sache wirklich ist.

»Du hast ein Suchtproblem.«

»*Fuck. Fuck. Fuck.*« Er legt das Paddel ins Boot und den Kopf dann in die Hände, versteckt sein Gesicht und die Tränen, die ich schon gesehen habe, auch wenn er das vermeiden wollte. »Ich wollte nur … ich meine, ich habe … also.«

Leos Stimme wackelt gehörig, und zum ersten Mal habe ich das Gefühl, es kommt ansatzweise etwas bei ihm an, also nutze ich die Gunst der Stunde und drehe mich komplett im Kanu, damit ich ihn vernünftig ansehen kann.

»Du solltest dich anständig bei ihr entschuldigen und es auch so meinen.«

Ein Nicken.

»Das ist dünnes Eis, auf dem du unterwegs bist, Leo, aber wenn du willst, helfe ich dir dabei.«

Ein Blick.

»Wirklich?«

»Klar.«

»Wieso?«

Weil du ich bist, wenn auch vor ein paar Jahren. »Weil man manchmal Hilfe braucht.« Wie oft habe ich früher über genau diesen Satz gelacht, ihn als blöde Floskel abgetan und nur die Augen verdreht.

»Es ist nur echt anstrengend. Das alles. Von hundert auf null.«

Ohne ihn aus den Augen zu lassen, greife ich in meine Hosentasche und ziehe eine Packung Kaugummi hervor. »Hier. Aber wenn du denen hier wieder eine Flugstunde verpasst, bin ich stinksauer.« Ich halte ihm die bunte Verpackung hin. »Das sind meine liebsten Kaugummis.«

Leo nimmt sie an, wie ein Ertrinkender nach dem Rettungsring greift, und dreht sie kurz zwischen seinen Fingern.

»Tutti-Frutti?«

»*Jap.* Die Teile haben die besten Klebe-Tattoos.«

Das entlockt ihm ein kurzes Grinsen, während er ein Kaugummi aus dem Papier befreit und es sich in den Mund schiebt. »Das ist ja steinhart.«

»Dann hast du länger was davon.«

Er fischt das Klebe-Tattoobildchen aus dem Papier und betrachtet es zweifelnd. »Ein Drache?«

»Passt doch, du spuckst ja auch ständig Feuer.«

Kauend hält er das Tattoobild kurz über den Rand des Kanus ins Wasser, nur um es dann sofort auf seinen Unterarm zu drücken.

»Am Ende des Trips habe ich dann ein ganzes Sleeve-Tattoo.« Er versucht sich an einem Grinsen, scheitert aber ordentlich an der überzeugenden Ausführung. »Ich werde mich entschuldigen.« Ich ziehe eine Augenbraue nach oben, lasse ihn dadurch wissen, dass ich nicht die richtige Adresse dafür bin, und er nickt wissend. »Sobald wir anlegen.«

Das verschafft ihm etwas mehr Zeit, und ich hoffe, er wird die richtigen Worte für Alex finden. Und sie auch so meinen.

Kapitel 41

Grete

MITTWOCHMITTAG

»Wer will Blaubeeren sammeln gehen?«

Erstaunlich, wie gut gelaunt Yvonne noch immer klingt, wenn man bedenkt, was alles passiert ist. Umso überraschter bin ich, als Leo sich meldet, während die anderen lieber im Camp bleiben wollen, wo wir unsere Mittagspause verbringen. Ohne wirklich darüber nachzudenken, hebe auch ich meinen Arm und ernte ein Lächeln von Yvonne.

»Sehr gut, dann wollen wir mal.«

Sie reicht sowohl Leo als auch mir eine Emailleschüssel, die wir mit Blaubeeren füllen sollen, und schon lassen wir die anderen zurück, steigen über umgefallene Bäume und verschwinden immer weiter im Wald, der nicht nur uns, sondern auch die Geräusche um uns herum verschluckt.

Das Blöde an dieser Stille ist leider, dass ich meine Gedanken hier viel lauter hören kann.

»Es hat hier schon eine Weile nicht mehr geregnet.« Yvonne deutet auf die Bäume um uns herum. Hier mischen sich Nadel- und Laubbäume, ich erkenne die Birken an ihrer Rinde und berühre eine sanft mit den Fingern. Sie fühlt sich merkwürdig alt an, und ich sehe an dem Baum nach oben, ohne seinen Wipfel ausmachen zu können.

»Wie lange stehen die wohl schon hier?«

»Eine Weile.«

Umgefallene Fichten, dünn und müde, liegen quer über dem Boden, was unser Weiterkommen etwas erschwert. Leo hilft mir hier und da über einen der Baumstämme, hält mir die Hand hin und deutet auf moosbewachsene Steine, die jeden Schritt gefährlich machen.

»Vorsichtig, da vorne ist es megarutschig.«

Es fällt mir schwer, diesen Leo mit dem der letzten Nacht zusammenzubringen. Auch wenn ich nicht gesehen habe, was passiert ist, ähneln sich die Aussagen dazu, und ich verstehe einfach nicht, wie er das hat machen können. Er bemerkt meinen Blick, den ich kaum von ihm abwenden kann, und sieht mich fragend an.

»Was denn?«

»Nichts.«

Aber er durchschaut meine Lüge und bleibt stehen.

»Willst du mich jetzt auch loswerden?«

»Nein.«

»Mir tut das echt leid, ich weiß nicht, wieso ich es gemacht habe, und würde es rückgängig machen, wenn ich nur könnte.«

Nur klingt er leider nicht so, seine Stimme hat diesen genervten Unterton.

»*Wow*. Daran solltest du noch mal arbeiten, wenn du das Alex sagen willst.« Denn ihr sollte diese Entschuldigung gelten, nicht mir.

»Schaut mal, hier haben wir ein ganzes Blaubeerfeld!« Yvonne klingt begeistert, und tatsächlich ist die ganze Fläche vor uns komplett von Blaubeerpflanzen bewachsen. Wie ein Teppich, der extra für uns ausgerollt wurde, breiten sich die Pflanzen, die dicht und buschig beisammenwachsen, fast unendlich aus. Kleine dunkle Beeren hängen reif daran, warten nur darauf, von uns geerntet zu werden, und Yvonne legt auch sofort damit los.

Nur Leo steht noch immer da, trommelt etwas unentschlossen auf den Boden der Schüssel in seiner Hand. »Kann ich es noch mal versuchen?«

»Was genau?«

Leo holt tief Luft und dreht sich dann zu mir. »Das, was gestern passiert ist, tut mir ehrlich leid. Ich habe Alex nicht wehtun wollen, aber ich habe ein ….« So schnell er die Worte auch über die Lippen bringen wollte, jetzt stolpert er, atmet aus, dann ein und wieder aus. »Ich habe ein Sucht-« Kurz schließt er die Augen, schüttelt knapp den Kopf und trommelt die ganze Zeit mit den Fingern auf die Schüssel. Der hektische Beat ist das einzige Geräusch in der Stille, die Leo scheinbar braucht, um den Mut zu finden. Als er schließlich die Augen wieder öffnet, sieht er mich direkt an. »Ich habe ein Suchtproblem. Was keine Entschuldigung sein soll, aber vielleicht trotzdem erklärt, wieso ich so ausgetickt bin. Es tut mir ehrlich leid, und ich würde es gerne irgendwie wiedergutmachen.« Das klang schon ganz anders, und so, wie er mich ansieht, kann er selber kaum glauben, was er da eben gesagt hat. »Und es tut mir auch leid, dass du mich jetzt so ansiehst und vermutlich nie wieder mit mir in einem Kanu paddeln willst.«

Keine Ahnung, wie ich ihn ansehe, aber es muss ihn treffen, denn er reißt seinen Blick von mir los, richtet ihn stattdessen auf den Boden und beginnt, einige Beeren von den Pflanzen zu zupfen, bedacht darauf, die reifen Früchte nicht zwischen seinen Fingern zu zerdrücken.

Um nicht einfach nur dumm herumzustehen, beginne auch ich damit, Blaubeeren zu sammeln, gehe in Gedanken noch mal durch, was er gerade gesagt hat, und frage mich, ob er damit nicht sogar recht hat. Denn heute Morgen, nach all dem Chaos der Nacht, war ich mir sogar ziemlich sicher, dass ich nicht mehr mit ihm in einem Boot Platz nehmen wollte.

»Ich würde schon wieder mit dir paddeln.«

Dann passiert es doch. Leo zerdrückt versehentlich eine Beere und sieht zu mir, während das Fruchtfleisch seine Finger blau färbt. »Im Ernst?«

Ich nicke.

Mit so einem erleichterten Lächeln hätte ich nicht gerechnet, aber es füllt Leos Gesicht fast komplett aus, und da ist er wieder: der Leo, den ich eben doch mag.

»Aber wenn Alex gerade lieber mit mir paddeln will, werde ich das tun. Sie ist nämlich weder auf dich noch auf Jannis wahnsinnig gut zu sprechen.«

»Verstehe. Trotzdem danke, dass du mich nicht gleich abschreibst.«

»Dank mir nicht zu früh, du musst dir dann nämlich auch wieder meine ganzen Geschichten anhören, die dich so sehr nerven.«

Er lächelt noch immer. »Tun sie gar nicht.«

»Klang aber so.«

Ein Schulterzucken unterbricht seine Blaubeerpflückerei. »Sollte es auch.«

»Wieso?«

Leo stellt die Schüssel neben sich ab und sieht dann zu mir. »Weil du mir dann nicht zu nahe kommen kannst.«

Das klingt vertraut, denn Alex hat heute Nacht ganz ähnliche Dinge gesagt, und kurz warte ich darauf, dass er grinst oder mich auslacht. Das ist nämlich Alex' Taktik. Aber er sagt nichts weiter, obwohl sein Blick unverändert auf mir ruht.

»Und funktioniert es?« Wieso verrät meine Stimme ausgerechnet bei dieser Frage meine Gefühle so deutlich?

»Geht so. Wusste ja nicht, dass ich dich mögen würde.« Sein Versuch, den Worten eine potenzielle Bedeutung mit einem frechen Grinsen zu nehmen, scheitert, weil es stattdessen ein erstaunlich ehrliches Lächeln wird.

»Dann muss ich dich wohl mit weiteren Storys langweilen.«

»Nur zu.«

Das Lächeln bleibt, ebenso wie der Leo, den die anderen kaum zu Gesicht bekommen. Ich unterbreche als Erste den Blickkontakt, greife nach einer Blaubeere und streife dabei versehentlich seinen Arm, auf dem mir erst jetzt eine merkwürdige Zeichnung auffällt, die heute Morgen noch nicht da war.

»Was ist denn das?«

Leo folgt meinem Blick und landet ebenfalls bei dem roten drachenähnlichen Wesen auf seinem Unterarm.

»Das ist ein erster Schritt.«

Kapitel 42

Leo

Mittwochmittag

Alex sitzt etwas abseits, futtert eine Beere nach der anderen, wobei sie nur aus Gretes Schüssel etwas genommen hat. Meine Beute hat sie ebenso ignoriert wie mich. Nervös lege ich die Herzsiebenkarte auf den Stapel mit allen roten Karten. Es ist nicht das Gleiche wie die Spiele auf meinem Handy, aber es lenkt ab.

Karoacht.

Kurz sehe ich zu Alex, die ihren Blick in die Schüssel mit den Beeren gerichtet hält, und ich spüre, dass ich dieses Gespräch nicht sehr viel länger vor mir herschieben kann. Tommi bleibt in der Nähe, um im Notfall eingreifen zu können.

Pikkönig.

Entschuldigungen liegen mir nicht, obwohl ich in den letzten Monaten viel zu viele davon abgespult habe. Vor meinen Eltern, vor meinen Freunden, vor meinen Lehrern. Leere Worte, verpackt in eine nichtssagende Entschuldigung, die sie mir dennoch so oft abgekauft haben. Eigentlich sollte ich ein Profi sein, aber diesmal meine ich es ernst. Und das ist neu.

Schnell sammele ich die Karten ein und halte sie nun fest in der Hand, als würden sie mir Halt geben.

»Komm mir ja nicht zu nahe, Junkie.« Alex sieht gar nicht erst auf, als ich auf sie zukomme, weil sie genau weiß, dass ihre Worte reichen.

Tatsächlich bleibe ich stehen, unsicher, wohin mit meinen Händen. »Können wir trotzdem kurz reden?«

»Ich esse gerade.« Demonstrativ schiebt sie sich eine Handvoll Beeren in den Mund und kaut genüsslich darauf herum.

»Ich möchte mich entschuldigen.« Genau so haben auch alle Entschuldigungen vor dieser angefangen.

»Ich bin ganz Ohr.« Sie stellt die Schüssel neben sich ab und richtet einen eiskalten Blick auf mich, der mir kurzfristig den Wind aus den Segeln nimmt.

»Es tut mir leid, dass ich dich angegriffen habe.« Sie kaut ruhig weiter, ohne eine Reaktion auf meine Worte zu zeigen. »Und ich werde die Gruppe verlassen, wenn du das willst.«

Der Gedanke, in ein Flugzeug zurück nach Hause zu steigen, jagt mir einen Schauer über den Rücken, aber laut Tommi kann das passieren, wenn Alex es will. Immerhin habe ich Mist gebaut, und hier habe ich keine Chance, mich rauszureden oder abzuhauen. Wohin auch?

»Ach wirklich?«

»Ja.«

Alex nickt nachdenklich. »Okay.«

»Okay?«

»Ja. Okay. Ich will, dass du abhaust.«

Natürlich wusste ich, dass sie das sagen könnte – und wenn ich ehrlich bin, wusste ich auch, dass sie das sagen würde. Trotzdem zieht es mir jetzt den Boden unter den Füßen weg, und ich spüre, wie mir etwas schwindelig wird. Nur ist da nichts, was mir Halt geben könnte, und so nicke ich einfach stumm.

»Du kannst von Glück reden, dass wir hier so viele Zeugen haben. Sonst hätte ich dir das schon längst heimgezahlt, klar?« Ich hege einige Zweifel an ihren Worten, denn sie passen nicht zu den Tränen, die sich in ihren Augen sammeln. »Daheim hätten Jessy und ich dich schon längst fertiggemacht!« Keine Ahnung, ob sie merkt, wie sehr ihre Stimme zittert. »Gestern hast du mich nur kalt erwischt!«

»Es tut mir leid.«

»Spar dir dein scheiß Mitleid!«

»Sorry.«

Sie steht auf, schnell und doch irgendwie zeitverzögert. Tommi, der seine Wachposition etwas abseits innehat, will eingreifen. Doch dann drückt jemand die Vorspultaste und Alex steht direkt vor mir und packt mich am Kragen meines T-Shirts. Ich will schon die Hände vor mein Gesicht reißen, weil ich eine Ohrfeige oder Schlimmeres erwarte.

»Ich bin kein Opfer, klar? So einfach wirst du mich nicht los!« Sie schüttelt mich einfach nur. »Ihr könnt mich nicht abschieben, bloß weil es euch nervt, dass ich auch noch existiere!« Sie brüllt mir die Worte ins Gesicht. »Ich bin auch noch da!«

Nichts von dem, was sie sagt, ergibt Sinn, und als Tommi nach ihr greifen will, bekommt er einen Schlag ab, der wohl gar nicht ihm oder mir, sondern der ganzen Welt gilt.

Die kurze Schrecksekunde nutze ich, schlinge die Arme um Alex und drücke sie fest an mich, wobei ich mit ordentlich Gegenwehr rechne, die sich jedoch sofort auflöst, als auch sie ihre Arme um mich legt und ihr Gesicht an meine Brust drückt.

»Ich bin doch auch noch da.« Die Wut ist aus ihrer Stimme verschwunden, da ist nur noch Erschöpfung, und ich halte sie einfach umarmt, weil ich nicht weiß, was ich sonst machen soll. »Ich gehöre doch auch dazu.«

Ein Flüstern, das mich dennoch erreicht, auch wenn es wohl nicht für mich bestimmt ist. Ich antworte trotzdem. »Tust du auch. Und ich bin froh darüber. Es tut mir einfach leid, ich bin durchgedreht und wollte das alles nicht.«

Tommi ist wieder da, hält sich die Schläfe, greift aber nicht ein. Und fast so, als hätte sie erst jetzt bemerkt, was sie gerade alles gesagt hat, sieht Alex mich aus verweinten Augen an und macht sich hastig aus der Umarmung los, geht sofort wieder auf Abstand, und ich lasse sie.

»Wenn du das rumquatschst, mach ich dich fertig!« Ich nicke. Sie nickt. »Von mir aus kannst du bleiben, Leo.«

Ohne auf eine Reaktion zu warten, dreht sie sich weg und geht davon in Richtung Ufer, überlegt es sich dann anders, schnappt sich ihren Blaubeervorrat und haut in Richtung Wald ab. Yvonne will ihr schon folgen, aber Grete ist schneller.

»Alles okay?«

Tommis Frage verwirrt mich, weil er sie nicht mir, sondern Alex stellen sollte.

»Sicher.«

Wie durchschaubar meine Lüge ist, verrät mir das Kaugummi, das Tommi mir wortlos reicht und ich dankbar annehme, sofort auspacke und mir in den Mund schiebe.

Das Tattoo-Bild ist diesmal ein kleiner roter Rennwagen.

Kapitel 43

Alex

Mittwochmittag

»Autsch!«

Der Aufprall tut kaum weh, aber ich bin trotzdem so außer Atem, dass ich einen Moment liegen bleibe. Irgendwie bin ich zwischen zwei kleine Felsen getreten und ins Stolpern gekommen. Meine Blaubeeren sind aus der Schüssel gefallen und liegen verteilt auf dem Waldboden.

»Na toll.« Ich setze mich mühevoll auf die Knie.

»Bist du okay?« Grete taucht neben mir auf, nicht annähernd so atemlos, wie ich es bin, und hilft mir auf.

»Nur die Blaubeeren.« Damit deute ich auf den Boden und lenke von mir ab. Denn ich habe schon mehr einstecken müssen. Gretes Blick bleibt dennoch besorgt an mir kleben, und ich klopfe mir die Erde von meinen nackten Knien. »Hast du das kürzeste Streichholz gezogen oder wieso folgst du mir?«

»Ich wollte nach dir sehen.«

Mehr als ein Schnauben kriege ich nicht raus und schüttele den Kopf, damit ich sie nicht weiter ansehen muss. Ich hasse es, dass sie jetzt weiß, dass ich geweint habe. Vermutlich haben es alle gesehen, und wenn nicht, wird Leo es sicher weiterquatschen.

»So ein Scheiß.« Schnell beginne ich die Beeren einzusammeln und Grete hilft mir sofort.

»Hast du dir wehgetan?« Gretes Frage klingt so kindisch, als könnte man sich bei einem Sturz wirklich verletzen. Dabei sollte ein Blick in mein Gesicht, wo das blaue Auge langsam, aber sicher abheilt, doch Erinnerung genug daran sein, dass man mir nicht so leicht wehtun kann.

»*Bullshit*, mir geht es gut.«

»Ich meine ja nur, weil du weinst.«

Die heißen Tränen auf meinen Wagen machen mich nur noch wütender, als ich ohnehin schon bin, und ich wische sie mir schnell vom Gesicht. Nur hilft das nicht viel, weil immer wieder neue nachkommen. »Ich weine gar nicht, klar?«

Jessy sagt immer, nur Schwächlinge weinen, und *wir* sind *keine* Loser. Wenn Grete also rumschwätzt, dass sie mich hat weinen sehen, dann war es das.

»Aber es wäre okay.«

Da kann ich nur lachen und tue es auch, wobei der Wald auch das verschluckt und es niemals bis zum Camp tragen wird.

»Ich heule nie, verstanden? Und wenn du es den anderen erzählst, bekommst du Ärger!«

Grete steht unberührt von meiner Drohung vor mir und sieht mich einfach nur an.

»Ich meine es ernst!« Ich hebe eine Faust, eine lächerliche Geste, die aber meistens funktioniert und die Leute sofort einen Schritt zurückmachen lässt. Nur bleibt ausgerechnet Grete stehen, ein müdes Lächeln auf den Lippen, und ich brülle noch lauter. »Ich mach dir das Leben zur Hölle, wenn du das rumquatschst!« Sie nickt, als hätte sie verstanden, aber da ist keine Angst in ihrem Blick, sie zittert nicht, und das wiederum macht mir Angst.

»Dafür kommst du nur leider ein paar Jahre zu spät, Alex.«

»Was?«

»Das hat schon jemand vor dir erledigt.« Statt wie erwartet vor mir zurückzuweichen, kommt sie auf mich zu, nimmt auf dem moosbewachsenen Stein neben mir Platz und reicht mir ein Taschentuch. »Es ist nicht schlimm, wenn man mal weint, weißt du?«

»Quatsch keinen Scheiß.« Und obwohl ich weggehen sollte, tue ich genau das Gegenteil und setze mich neben sie, erschöpft von all den Gefühlen, die wie ein Tornado in meinem Inneren gewütet und eine Schneise der Verwüstung hinterlassen haben. *Das wird dauern, bis ich den Mist wieder aufgeräumt habe.* Mit dem Taschentuch beginne ich die Aufräumarbeiten und wische mir über die Wangen.

Grete beobachtet mich dabei, bevor sie weiterspricht. »Daheim weine ich auch nicht mehr.« Es klingt so abgeklärt, so gar nicht nach Grete mit den vielen Geschichten, von denen die meisten irgendwie erfunden klingen. »Aber manchmal gehe ich raus zum Weinen. Lasse alles raus und fühle mich dann kurz besser.« Das hier neben mir ist die stille Version von Grete, ganz ohne die Kohlensäure, die sie sonst immer übersprudeln lässt.

»Wohin gehst du denn, wenn du weinen willst?« Zu meiner eigenen Überraschung interessiert mich die Antwort wirklich, aber wir sehen einander nicht an, weil es leichter ist, dem schwedischen Wald die Wahrheit zu verraten als uns selbst.

»Meistens in die Tiefgarage. Klingt blöd, aber da ist nie jemand.«

»Tiefgarage. Merke ich mir.«

»Ich glaube, ein Wald mitten im Nirgendwo funktioniert auch. Der hält garantiert dicht.«

»Ist das so?«

»Ich zumindest halte dicht.« Damit sieht sie mich dann schließlich doch an, und ich erhasche einen Blick auf diese ganz andere Grete. Eine, die aufgegeben hat und trotzdem weitermacht. Eine, die mir Angst machen könnte. »Und wenn ich doch was erzähle, wird mir sowieso niemand glauben. Wo ich mir doch alles immer nur ausdenke.«

»Tust du das denn?« Sie zögert und ich schubse ihre Schulter sanft an. »Der Wald hält dicht, keine Sorge.«

Grete lächelt, aber irgendwie traurig. »Ich erfinde jede Menge, aber das ist nicht meine Schuld. Wenn die Realität scheiße ist, dann schmücke ich die dunklen Ecken eben manchmal mit Lügen etwas aus.«

»Mit Lichterketten sozusagen?«

Ihre Augen funkeln, als würde sie sich an etwas erinnern. »Mit richtig viel Lichterketten.«

»Woher weiß ich dann, wann du die Wahrheit sagst?«

Sie lehnt sich ein bisschen zurück, sieht nach oben, wo der Himmel nur in kleinen Fetzen zwischen den Baumwipfeln blau durchschimmert. »Ich sage immer die Wahrheit, nur manchmal eben die ausgedachte Wahrheit.«

»Das nennt man aber Lügen.«

»Oder ausgedachte Wahrheit.«

Das klingt so schräg, dass es mir schon wieder gefällt, und

ich wische mir die letzten Tränen von der Wange und nicke entschlossen. »Das merke ich mir.«

Und sobald ich wieder daheim bin, werde ich Jessy davon erzählen. Muss ja Grete nicht erwähnen, denn über die wird sie sich hundertprozentig lustig machen. Obwohl ich Jessy echt viel durchgehen lasse und selbst dann mitlache, wenn ich manche Dinge nicht gut finde, will ich nicht, dass sie Grete auslacht.

»Aber wenn du sichergehen willst, lass mich auf meinen Vater schwören. Das ist dann immer die Wahrheit.«

Ihr Vater. Den sie über alles liebt und der nicht bei ihr, sondern in Berlin lebt, gerade noch weiter weg als sonst.

»Okay, machen wir einen Testlauf. Du wirst den anderen nichts von meinen Tränen erzählen, oder?«

»Kein Wort.«

»Schwöre es.«

Sie lächelt. »Ich schwöre es bei meinem Vater.«

Wie kann in einem Satz so viel Sehnsucht liegen?

Langsam nicke ich, aber Grete schüttelt den Kopf. »Allerdings werden sie es wohl trotzdem erahnen.«

»Wieso?«

»Weil du Blaubeerstreifen auf den Wangen hast.«

Kapitel 44

Jannis

Mittwochmittag

»Mit dir rede ich nicht mehr.« Alex stürmt an mir vorbei zu den Kanus, die im Wasser darauf warten, dass wir weiterschippern.

»Fürs Protokoll: Ich hatte eigentlich gar nicht vor, mit dir zu reden.«

Sie bleibt abrupt stehen und dreht sich so schwungvoll zu mir um, dass ich eine komplette Tanzchoreografie erwarte. Auf ihren Wangen sind merkwürdige Kriegsmalereien zu entdecken.

»Und doch tust du es gerade!«

»Tue ich nicht.«

»Da! Du machst es schon wieder. Also bringen wir es hinter uns.« Sie verschränkt die Arme, der Blick aus ihren dunklen Augen spießt mich fast schmerzhaft auf, die Kriegsmalereien passen perfekt dazu. »Entschuldige dich.«

»Wofür?«

Es folgt ein Augenrollen, dann atmet sie aus und hilft mir auf die Sprünge. »Dafür, dass du zugesehen hast, wie Leo mich fast umgebracht hat.«

Ben inklusive peinlicher Kappe tritt zwischen uns und will diese Chance für eine Aussprache beim Schopf packen.

»Wollen wir uns dafür vielleicht hinsetzen und das in Ruhe besprechen?«

Jeder Moment ist mir dafür unrecht, wieso also dann nicht dieser. »Von mir aus.«

Alex würdigt Ben keines Blickes, hält mich dafür an Ort und Stelle festgetackert. »Er soll sich einfach entschuldigen.«

»Entschuldige.«

»Nicht so!«

»Wie denn dann? Mit Hofknicks und Blumen?«

Sie kommt auf mich zu, wird aber von Ben gebremst.

»Vielleicht so, als wäre ich dir nicht gänzlich egal?«

Ihre Worte kommen bei mir an, ich erahne auch die Wut oder Enttäuschung dahinter, aber ich schaffe es nicht, ihr das zu bieten, was sie von mir erwartet.

»Es tut mir leid.« Selbst in meinen Ohren klingt es tonlos, dabei gebe ich mir wirklich Mühe. Alex ist nicht überzeugt und selbst Ben zieht merkwürdig irritiert die Augenbrauen zusammen.

»Was ist eigentlich falsch mit dir?«

Wenn ich das wüsste, wäre ich nicht hier. »Nichts.«

»Du tickst doch nicht mehr normal. Und ich dachte, du bist ganz okay. Aber hier sind ja wirklich nur Freaks.« Ihre Worte sollen mich treffen, und ich wünschte, das würden sie, aber mehr als ein halbherziges Schulterzucken kriegt sie nicht dafür. Was sie im Gegenzug nur noch wütender werden lässt. »Es tut dir *gar nicht* leid, oder?« Alex' ganzer Körper ist im Angriffsmodus, ihre angespannten Schultern, die Fäuste, der angriffslustige Blick. Wäre Ben nicht zwischen uns, hätte ich sie sicher schon an meiner Gurgel hängen. »Sag schon!« Alle sehen zu mir, selbst die Vögel auf den Bäumen und Eichhörnchen oben in den Ästen.

»Nein.« Es tut gut, das laut auszusprechen, es endlich zuzugeben.

Nur kann Alex das kaum glauben. »Weil dir alles egal ist?«

»Ja.« Ein riesiger Stein rollt von meiner Brust, der ständige Druck lässt nach, und ich hole tief Luft. »Mir ist das alles scheißegal.« Um sicherzugehen, dass ich es nicht wiederholen muss, drehe ich mich zu unserem Publikum, zu Leo, Tommi, Grete und auch Yvonne. »Es ist mir egal. Ob ich hier bin oder nicht. Ob *ihr* hier seid oder nicht. Ob jemand absäuft oder nicht. Es ist mir alles egal.« Es fühlt sich merkwürdig an, als wäre das hier nur ein Traum oder ich nicht wirklich ich, denn während alle mich beobachten, tue ich das auch, so sehr stehe ich neben mir. »Wenn ihr mich also jetzt in Ruhe lassen könntet, wäre das toll.« Denn so bringe ich diesen Trip am besten hinter mich, als Zuschauer und nicht als aktiver Teilnehmer.

»Ich befürchte, das können wir nicht einfach so machen.« Ben kommt zu mir, und sein musternder Blick erweckt den Eindruck, als fände er mich jetzt noch spannender als zuvor. Immerhin bin ich hier, damit er und die anderen Betreuer mir helfen. »Ganz im Gegenteil, Jannis, ich glaube, wir sollten mal reden.«

»Das tun wir doch schon die ganze Zeit.«

»Richtig reden.«

»Wenn es sein muss.« *Schließlich hat Reden ja auch die letzten Male so irre gut funktioniert.* Das bedeutet also, ich werde weiterhin mit Ben in einem Boot sitzen müssen und mir all seine Fragen anhören.

»Gut, dann wollen wir mal langsam weiter. Wir haben noch ein ganzes Stück vor uns, bevor wir unser Nachtlager aufschlagen können.«

Unter Getuschel setzen sich alle wieder in Bewegung, und ich will mich ihnen anschließen, als Alex vor mir auftaucht.

»Ich bin dir also echt egal, ja?«

»Ja.«

Sie zuckt nicht mal mit der Wimper, nickt nur kühl. »Gut. Du mir nämlich auch.«

Dann wäre das also geklärt.

Kapitel 45

Grete

Mittwochnachmittag

»Lächeln!«

Aber Alex verzieht nur genervt das Gesicht, genau in dem Moment, als ich auf den Auslöser drücke. Sie schüttelt den Kopf, während ich noch ein Foto von den beiden Kanus weiter vorne mache.

»Willst du dich ernsthaft an diesen Trip erinnern?«

»Na logo. Dafür haben wir die Kameras doch bekommen.«

Zwar sind diese Einwegplastikdinger kein Vergleich zu meinem Handy, und ich habe keine Ahnung, ob irgendein Foto überhaupt was geworden ist, aber die Chancen stehen ganz gut, dass ich die anderen Teilnehmer nach dem Ende des Trips nie wiedersehen werde. Aber vielleicht will ich zumindest ein paar Fotos, damit ich weiß, dass alles echt und keine Lüge war.

Eine Gänsehaut auf meinem Körper trotzt der warmen Sommersonne, und ich schüttele schnell den Kopf, setze mein Lächeln wieder auf und halte die Kamera von mir weg, richte die Linse auf mich und hoffe, dass dieses Selfie was wird.

»Lächeln!« Alex' Aufforderung sorgt tatsächlich dafür, dass

ich kurz lachen muss und vermutlich die Aufnahme verwackele, aber das werde ich erst sehr viel später erfahren.

»Wenn die Fotos was geworden sind, werde ich sie an die Wand in meinem Zimmer hängen, sobald ich in Berlin lebe.« So zumindest der Plan.

»Dann grinse ich dich also täglich an.«

Obwohl Alex sich Mühe gibt, dabei so genervt wie immer zu klingen, glaube ich eine Spur Freude herauszuhören und drehe mich wieder zu ihr. »So vergesse ich dich nicht.«

»Nimm es mir nicht übel, aber sobald wir daheim sind, werde ich euch alle aus meinem Gedächtnis löschen.«

»Aber du wirst Jessy doch von uns erzählen, oder?«

»Wieso sollte ich? Sie könnte euch eh nicht ausstehen.«

Muss sie nicht, aber ich weiß inzwischen, dass zumindest Alex mich mag. »Bestimmt cool, eine beste Freundin zu haben.«

Meine letzte beste Freundin hat sich ziemlich schnell verzogen, nachdem das alles passiert war und meine Geschichte in der Schule die Runde gemacht hatte.

»Hast du denn keine Freunde daheim?«

»Nee, aber ich werde welche in Berlin finden. Ganz sicher sogar. Berlin ist voll weltoffen, und man kann einfach so sein, wie man will, und wird trotzdem akzeptiert.«

Alex lacht bei meinen Worten und schüttelt den Kopf, wobei sie mich ansieht, als wäre ich gerade mal zehn Jahre alt. »Wo hast du den Mist denn gelesen?«

»Das sagt mein Vater immer.«

»Der muss ja ein richtiger Klugscheißer sein.«

Mein Lächeln verrutscht. »Hey. So was sagt man nicht.«

»Wieso? Weil es wahr ist?« Sie grinst frech, weiß genau, dass sie einen wunden Punkt erwischt hat, und ihre Augen leuchten bei der Erkenntnis. »Unsere Eltern lügen uns sowieso meistens an, falls du es noch nicht geschnallt hast, Grete. Sie erzählen uns das, was wir hören wollen, und denken, wir sind zu dumm, um die Lüge zu erkennen. Lass dir da ja nichts einreden.« Wenn sie wüsste, wie recht sie hat und wie sehr *ich* es noch immer nicht glauben will.

»Nicht alle Eltern lügen«, behaupte ich, dabei lügt Mama eigentlich immer. Und da fragen sie sich echt noch, wo ich das herhabe.

»Nee, natürlich nicht. Sie erzählen uns nur ausgedachte Wahrheiten.« Alex zwinkert mir zu, und ich will lächeln, weil es unser erster gemeinsamer Insider ist. Insider hat man mit Freunden, und obwohl ich natürlich weiß, dass Alex und ich alles, nur keine Freunde sind, fühlt es sich trotzdem gut an.

»Die besten Wahrheiten sind ausgedacht.«

Sie nickt zustimmend.

»Was ist die beste ausgedachte Wahrheit, die du je erzählt hast?«

Alex denkt einen Moment darüber nach, dann noch etwas länger, und ich bin mir nicht sicher, ob sie so selten oder so oft Lügen erzählt, dass sie kein passendes Beispiel findet.

»Vermutlich, dass ich euch hier alle eigentlich ganz in Ordnung finde.«

»Das hast du noch gar nicht gesagt.«

»Doch, gerade eben. Zwei haben versucht, mich zu ertränken, und du willst mich ins Koma langweilen. Super Team.«

»Ich mag dich auch, Alex.«

Das ist nur leider keine ausgedachte Wahrheit, und ich befürchte, sie weiß es, denn ihr Grinsen verrutscht etwas, und sie sieht mich entgeistert an. »Quatsch keinen Mist. Du kennst mich nicht mal wirklich.«

»Na ja, ich kenne dich ein bisschen. Wir verbringen immerhin ziemlich viel Zeit zusammen.«

»Schon, aber du weißt nicht, wie ich daheim bin und was ich schon alles gemacht habe!« Das soll mich abschrecken und bedrohlich klingen, da wette ich drauf. Wenn sie wüsste, wie harmlos sie gerade aussieht. Wie wenig Angst ich vor ihr habe, nachdem ich sie zitternd in meinem Pulli in meinem Zelt gesehen habe. Und wie dankbar ich bin, dass ich nicht mehr alleine schlafen muss.

»Ich habe Grundschulkinder mit Feuerwerkskörpern beschossen.« Das klingt stolz, und ich nicke nur, wenn auch nicht beeindruckt. »Und Autoreifen aufgestochen, Seitenspiegel abgetreten und Zigarettenautomaten geknackt.« Ich will fragen, wieso sie das alles getan hat, aber Alex ist schneller und liefert mir die Antwort auch so. »Jessy und ich sind echt gefürchtet daheim, keiner will sich mit uns anlegen. Und wenn sie hier wäre, dann hätten wir vermutlich dein Scheißzelt schon längst kaputt gemacht.«

»Aber dann müsstest du auch wieder draußen schlafen.« Und irgendwie glaube ich, sie will das genauso wenig, wie ich es tue. »Außerdem musst du hier nicht sein wie daheim.«

Alex' Blick wird trauriger, und ich verstehe, dass sie ihre Freundin daheim vermisst. Ich wünschte, ich hätte auch jemanden zum Vermissen. Jemanden außer meinem Vater. Aber weder Mama noch Michael fehlen mir, so wie ich ihnen sicherlich auch nicht fehle, jetzt, da sie machen können, was immer sie wollen, und ich sie nicht nerve.

»Ist nur leicht gesagt. Aber wenn du so lange eine Rolle spielst, weißt du manchmal gar nicht mehr, wer du eigentlich wirklich bist.« Ich war zu sehr in Gedanken versunken, um Alex' Antwort richtig zu verstehen, und so sehe ich sie fragend an, aber sie winkt nur ab und deutet stattdessen auf die Kamera, die ich noch immer in meiner Hand halte. »Sammele lieber ein paar Erinnerungen, solange du noch kannst.«

Kapitel 46

Leo

MITTWOCHABEND

»Da vorne sind Pfifferlinge!« Wenn mir jemand vor einer Woche gesagt hätte, dass ich jemals so einen Adrenalinrausch spüren würde, weil ich normale Pilze im Wald finde, ich hätte nur gelacht. Jetzt aber pumpt mein Herz schnell und aufgeregt, während ich auf die Fundstelle zueile und die Schritte der anderen hinter mir höre. Tommi und Grete sind diesmal mit dabei, weil Jannis und Alex wohl ein Gespräch mit Ben und Yvonne führen müssen. Ich bin einfach nur froh, dass sie mir noch eine Chance geben und ich nicht auch zum Therapiegespräch gebeten wurde, denn davon hatte ich in den letzten Monaten wirklich genug.

»Und da sind noch mehr!« Tatsächlich kommt es mir so vor, als hätte ich gerade den Pilzhimmel persönlich gefunden, denn hier sollten wir genug Exemplare für ein Abendessen finden.

»Ich brauche das Messer.« Das hat Tommi, doch als ich meine Hand danach ausstrecke, schüttelt er nur den Kopf.

»Das mache ich diesmal.« Im Gegenzug hält er mir den Korb entgegen, in dem wir unsere Pilze sammeln sollen.

»Dein Ernst?«

»Mein absoluter Ernst.«

Grete, die mit ihrer Kamera in der Hand unseren kleinen Ausflug fotografisch festhält, beobachtet uns durch den Sucher, wartet auf den perfekten Schnappschuss und macht mich damit nur nervös. Als würden mich plötzlich zu viele Augenpaare beobachten.

»Ich will doch nur die Pilze abschneiden.«

»Schon klar, aber ich habe Anweisung, dir das Messer nicht zu überlassen.«

»Doch nur für die Pilze.« Tommi hält meinem Blick stand, lässt sich nicht erweichen oder überzeugen, und die Wut brodelt an die Oberfläche. »Ach so, ich verstehe. Der irre Junkie darf keine Waffe haben, korrekt?«

»Ich würde eher sagen, du musst dir das Recht auf ein stumpfes Messer erst wieder erarbeiten.«

»Das ist Bullshit.«

»Das sind die Regeln.«

Das Gefühl ist so vertraut, dass es mich wirklich wahnsinnig macht und ich am liebsten schreien möchte.

»Klar. Sicher. Ich wette, Grete kriegt das Messer ohne Auflagen.« Tommi nickt, dreht das Messer so, dass Grete einfach den Griff nehmen und loslegen könnte, wenn sie mit den Scheißfotos nicht so beschäftigt wäre. »Sie hat mich gebissen. Das war doch auch ein Angriff.« Obwohl man die Bissspuren kaum mehr sehen kann, hebe ich meine Hand dennoch in die Höhe, direkt vor Tommis Gesicht.

»Du wiederholst dich.«

»Das ist doch scheiße.«

»Ich mache die Regeln nicht.«

»Nee, aber du hältst dich wie so ein Streber daran.«

Manchmal glaube ich, Tommi versteht mich besser als alle anderen, aber wenn er mich so ansieht wie jetzt gerade, dann bin ich mir da gar nicht mehr so sicher. Dann ist er nur die glattgebügelte Version von dem Typen, der er mal war und der im Knast gelandet ist.

»Du kannst ja trotzdem die Pilze suchen. Wir sammeln sie nur für dich ein.«

»Ich habe sie gefunden, ich will sie sammeln.«

»Leo –«

»Ich kann das!«

»Leo.«

Tommis Geduld ist begrenzt, ein Überbleibsel seines anderen Lebens vielleicht, aber es macht mich wütend, dass man mir das Messer nicht geben will, man mir so was nicht zutraut, man mich um dieses Erfolgserlebnis bringen will.

»Wer die Pilze findet, der sollte sie auch sammeln dürfen.« Damit greife ich nach dem Messer, aber Tommi ist schneller. Viel schneller. Ich greife ins Leere, verliere fast das Gleichgewicht und spüre Tommis Arm, der mir Halt gibt. Grete drückt den Auslöser, fängt diese Situation ein, und mit dem Klicken der Kamera brennt irgendwas in mir durch. Heftiger als nötig schubse ich Tommi von mir, das Messer fällt aus seiner Hand, und ich funkele ihn zornig an.

»Ich bin durchaus in der Lage, Dinge zu Ende zu bringen, weißt du?« Er versteht nicht, dass diese ganze Aktion den Deckel von meinem leise vor sich hin gärenden Gefühlskessel gerade wegsprengt und meine Emotionen gerade überkochen. »Ich bin nicht dumm oder so!«

»Das hat auch niemand gesagt.«

»Doch klar! Die Lehrer in der Schule, die von der Gärtnerei und –«

»Welche Gärtnerei?« Fast habe ich vergessen, dass Grete noch da ist. Die Kamera hat sie sinken lassen, der neugierige Blick aber ist geblieben.

»Die, wo ich zur Probe gearbeitet habe. Alle denken, ich bin zu blöde oder so was.«

»Ich denke das nicht.«

Tommi muss das sagen in seiner Rolle als freundlicher Betreuer und Ex-Knacki, der uns ach-so-gut versteht. Nur dass es nicht Tommi ist, der das sagt, sondern Grete.

Grete, die mich ansieht und dabei lächelt, während Tommi das Messer wieder aufhebt.

»Ich finde es toll, wie du weißt, welche Pilze essbar sind und all das. Und ich finde, du bist ein guter Partner im Kanu. Und es tut mir leid, dass ich dich gebissen habe.« Einen Moment sehe ich sie einfach nur an, wie sie dasteht, das wunderschöne Lächeln auf dem Gesicht, und warte auf die Sarkasmusbombe, die sicher gleich hochgeht.

»Und nur fürs Protokoll, ich finde nicht, dass du zu dumm für irgendwas bist.« Tommi steht wieder auf, behält das Messer aber bei sich, und ich nicke etwas abwesend.

»Deswegen kriege ich das Messer auch nicht.«

»Du kriegst es nicht, weil du Mist gebaut hast. Das sind zwei unterschiedliche Dinge.« Er klopft mir auf die Schulter und nickt mir aufmunternd zu. »Also los, sammeln wir mal Pilze.«

Mir bleibt nichts anderes übrig, als ihm ohne Widerrede dabei zuzusehen, als er die Pfifferlinge genau so abschneidet, wie ich es auch getan hätte. In mir wächst eine Wut, deren Wurzeln schnell einen guten Nährboden finden. Alle tun so, als ob sie mir helfen wollen, als ob sie wirklich an mir interessiert sind, aber mit jedem Pilz, den Tommi in den Korb legt, fühle ich mich kleiner und kleiner.

»Du wirst das Messer schon wiederbekommen,«

Das soll mich trösten, als wir uns mit einer ordentlichen Beute auf den Rückweg machen, aber ich höre seine Worte kaum. Immer muss ich mich beweisen, immer anstrengen, während andere einfach ihr Ding machen dürfen. Wenn sie wüssten, wie anstrengend das hier ist, würden sie es mir vielleicht nicht ganz so schwer machen.

Zusammen gehen wir den Weg zurück, den wir gekommen sind. Laut Tommi ist es einfach, sich nicht zu verlaufen, aber für mich sehen alle Bäume irgendwie gleich aus, zumindest bis er uns auf die kleinen Unterschiede aufmerksam macht.

»Außerdem kann das Moos helfen. An manchen Stellen seht ihr noch unsere Fußabdrücke.« Obwohl ich betont lustlos neben ihm und Grete hergehe, erkenne ich tatsächlich meine Schuhgröße in den Abdrücken auf dem moosbewachsenen Boden. »Und hier haben wir den Baum, dessen dicke Äste aussehen wie ein V.« Wenn man sich zu den Bäumen Geschichten einfallen lässt und ein bisschen darauf achtet, an was man vorbeigekommen ist, fällt es wirklich nicht so schwer, den Rückweg zu finden. »Mit etwas Fantasie kann man alle möglichen Formen in den Bäumen sehen.«

Grete neben mir lacht leise. »An Fantasie mangelt es mir ja nicht.« Sie bemerkt meinen fragenden Blick und zuckt nur die Schultern. »Nicht so wichtig.«

Schon von Weitem können wir die Gesprächsfetzen der anderen hören, Alex' Stimme würde ich vermutlich auch in einem Raum voller Menschen heraushören, und so werde ich ganz automatisch langsamer.

»Alles okay?« Grete, die neben mir zum Stehen kommt, nickt in Richtung Lager, das nun nicht mehr weit sein kann.

»Ja, alles gut. Manchmal ist mir nur die Ruhe im Wald oder auf dem Wasser lieber als der Trubel im Camp.«

»Verstehe. Bei mir ist es genau andersrum. Zu viel Ruhe ist mir zu viel.« Sie tippt sich an die Schläfe. »Dann ist dadrinnen zu viel los.« Deswegen setzt sie sich auch wieder in Bewegung, will zu den anderen, zum Lärm und dem Krach, aber dann überlegt sie es sich noch einmal anders und dreht sich zu mir um. »Ich finde übrigens, du machst das toll mit den Pilzen. Dir fällt es voll leicht, die Unterschiede zu erkennen. Für mich sehen sie irgendwie alle gleich aus und ich würde vermutlich ein giftiges Exemplar erwischen.« Das ist ein albernes Lob und es sollte mir egal sein, aber ich kann es nicht verhindern und spüre ein Lächeln auf meinen Lippen.

»Aber dir würden sie das Messer geben.«

»Deswegen sind wir auch ein gutes Team. Du erkennst, ich schneide.«

Ein Team. Verrückt zu glauben, dass wirklich jemand mit mir in einem Team sein will. Ohne von Ben oder Yvonne eingeteilt zu werden.

»Deal?« Grete hat ein schönes Lächeln. Eines von der Sorte, das erst auf den zweiten Blick schön ist, weil dann ihre Augen leuchten.

»Ja, okay, Deal.«

Bevor ich weiß, was passiert ist, hat Grete auch schon wieder die Kamera gezückt und ein Foto von mir gemacht, wie ich breit lächelnd einfach so im Wald stehe.

»Danke für die Erinnerung, Leo.« Damit dreht sie sich um und geht auf den Lärm zu, den sie braucht, um nicht zu viel nachdenken zu müssen.

Erst als sie weit genug weg ist und ich sicher sein kann, dass auch Tommi mich nicht sehen kann, drehe ich mich zu dem Baum neben mir und schlinge die Arme um den Stamm.

Kapitel 47

Alex

Mittwochnacht

Es ist ruhig, weil alle schlafen. Selbst Tommi, der eigentlich am Lagerfeuer aufpassen sollte. Aber seine Körperhaltung verrät mir, dass auch er weggenickt ist.

So leise wie möglich habe ich den Reißverschluss des Zeltes aufgemacht und schleiche jetzt nach draußen. Die anderen Zelte bleiben ruhig und Tommi neben dem Feuer atmet ruhig und regelmäßig. Gut sieht er aus, wenn er schläft. Einen kleinen Moment betrachte ich ihn, bin endlich unbeobachtet und kann mir selbst die kleinen Details einprägen. Das Muttermal auf seiner Wange, die Narbe an seiner Augenbraue und den Bartschatten an seinem markanten Kinn, der ihn täglich älter wirken lässt.

»Der würde dir gefallen, oder?«

Erschrocken fahre ich herum, weil ich die Stimme natürlich sofort erkenne, sie aber nicht hierherpasst. Nicht hierhergehört. Aber da steht sie mit ihrem typischen Grinsen, den neugierigen Augen und den Klamotten, die sie gefühlt immer trägt.

Jessy.

»Hast du mich vermisst?«

Schnell lege ich den Zeigefinger an die Lippen, weil sie viel zu laut für diese Uhrzeit spricht und ich nicht will, dass sie die anderen aufweckt. Schon gar nicht Tommi. Schnell gehe ich auf sie zu.

»Was machst du denn hier?«

»Na, dich besuchen. Ich dachte, du brauchst mich vielleicht.« Sie sieht an mir vorbei zu Tommi, der noch immer schlafend dasitzt. »Wer ist der Typ?«

Mir gefällt nicht, wie sie ihn ansieht, aber ich traue mich auch nicht, etwas zu sagen. Mein Herz schlägt mir bis zum Hals, weil nichts mehr zusammenpasst. *Schweden, Tommi, Jessy und ich*, das ist eine Kombination, die nicht sein sollte.

»Tommi?« Meine Stimme klingt staubig, und ich schüttele verwirrt den Kopf, kann noch immer nicht begreifen, dass sie hier ist. »Jessy, wie bist du hierhergekommen?«

Aber Jessy sieht mich nur vielsagend an, als müsste ich die Antwort schon längst kennen. »Ich kann dich doch nicht alleine lassen.«

Sie geht um mich herum, tritt auf einen kleinen Ast, und ich greife nach ihrer Schulter, ziehe sie zurück in Richtung Wald, wo sie offensichtlich hergekommen ist. »Jessy, wissen deine Eltern, dass du hier bist?«

»Was juckt das die denn, wo ich meinen Sommer verbringe?«

»Du kannst doch nicht einfach nach Schweden abhauen.«

Aber Jessy winkt nur ab, weil sie sich immer alles erlauben kann und nie für irgendwas die Verantwortung übernehmen muss. »Kann ich wohl doch, sonst wäre ich nicht hier.« Sie schiebt meine Hand weg und geht um mich herum. »Mal sehen, was hier so geht.«

»Jessy!«

»Dir scheint es hier ja richtig gut zu gefallen.« Dabei nickt sie in Richtung Tommi, der zum Glück immer noch im Traumland versunken ist. »Wo schläft denn dieser andere Irre?«

»Wer?«

»Der dich hätte fast verrecken lassen.« *Sie weiß es.* Sie weiß es also schon. Und so, wie sie mich jetzt angrinst, hat sie auch einen genauen Plan. »Das lasse ich ihm nicht durchgehen.« Ihre Hand legt sich federleicht auf meine Schulter. »Niemand behandelt dich so, ohne dafür Ärger zu kassieren.«

»Ich kläre das alleine, keine Sorge.«

Ihr Blick verdüstert sich, als sie den Kopf schief legt und mich ansieht.

»Alleine? Ich bin doch nicht den ganzen Weg ins Scheißnirgendwo gekommen, damit du das jetzt alleine durchziehst. Wofür sind Freunde denn sonst da?«

Freunde. Ein Wort aus ihrem Mund, das mich sofort lächeln lässt, denn jemand wie Jessy ist eigentlich viel zu cool für mich. Ich erinnere mich noch so genau, als ich sie das erste Mal gesehen habe. Sie hat mich keines Blickes gewürdigt, und ich habe mir nichts sehnlicher gewünscht, als zu ihrem Freundeskreis zu gehören, weil ihr Ruf die Idioten schon meilenweit auf Abstand gehalten hat. Mit ihr fühlt man sich immer sicher und aufgehoben. Und jetzt ist sie hier, hat ohne das Wissen ihrer Eltern diesen Trip auf sich genommen, damit ich nicht alleine bin.

»Alex?«

Tommis Stimme klingt vom Schlaf belegt und ich fahre herum, Panik in jeder Faser meines Körpers. Wenn er Jessy hier entdeckt, kriege ich richtig Ärger, und das will ich nicht.

»Wieso bist du wach?« Er reibt sich die Augen, und ich versuche, eine plausible Ausrede für Jessy zu finden, aber mein Gehirn ist blockiert, ich stammele nur Unsinn und ernte dafür einen besorgten Blick von Tommi, der jetzt auch noch aufsteht und auf mich zukommt. »Schlecht geträumt?«

Jessy, die hinter mir steht, wird sich gleich vorstellen, und Tommi wird die anderen wecken und dann –

»Kann ich was für dich tun?«

Am besten ist es, die Sache einfach hinter sich zu bringen. »Ich ... das ist ...« Kurz drehe ich mich um, aber Jessy ist schon verschwunden, nur das leise Knacken eines Astes irgendwo zwischen den dichten Bäumen, die sich zu einem ganzen Wald verbündet haben, lässt mich wissen, dass sie es unbemerkt zurück in den Schatten geschafft hat.

Erleichterung flutet meinen Körper, als ich mich wieder zu Tommi drehe. Plötzlich fühle ich mich leicht, wie mit Helium gefüllt, und ich greife nach seinem Arm, aus Angst sonst abzuheben. Er deutet es als Zeichen, dass seine Sorge berechtigt ist.

»Alles okay?«

Jetzt ja, weil Tommi da ist, weil Jessy da ist und niemand es weiß. Langsam nicke ich und greife die Ausrede auf, die er mir nichts ahnend geliefert hat.

»Nur ein fieser Albtraum.«

Sofort nickt er und deutet in Richtung des glimmenden Ex-Lagerfeuers.

»Soll ich dir ein bisschen Gesellschaft leisten?«

Noch immer so leicht wie ein Ballon, nicke ich und lasse mich von ihm zu dem runden Kreis aus Steinen führen, den wir immer an jeder Lagerstelle aufbauen, damit das Feuer nicht über den Steinrand schlagen kann. So viele Dinge, auf die wir achten müssen, damit wir die Natur oder uns nicht gefährden. So viele Regeln, an die wir uns halten müssen – und so viele Regeln, gegen die Jessy verstoßen kann.

Obwohl ich in der Dunkelheit der Bäume nichts erkennen kann, bin ich mir sicher, dass sie da ist und uns von ihrem Versteck aus beobachtet.

»Willst du darüber reden?«

Ertappt sehe ich zu Tommi, dessen Blick meinem zu den Bäumen gefolgt ist, und kurz zuckt Angst in mir auf.

»Worüber?« *Hat er sie gesehen? Waren wir zu unvorsichtig?*

Tommi lächelt milde und etwas müde, was ihm erstaunlich gut steht. »Wieso der Wald dir Angst macht.«

Nichts macht mir weniger Angst als ein alberner Wald, in dem maximal ein paar Wildtiere leben, und so zucke ich die Schultern. »Es ist eigentlich eher das Wasser.« Wieso ich als Ablenkungsmanöver ausgerechnet die Wahrheit wähle, weiß ich nicht, aber es funktioniert, denn Tommi dreht sich zum plätschernden Fluss hinter uns.

»Verstehe. Wasser kann auch sehr beängstigend sein.«

»Vor allem, wenn man nicht gut schwimmen kann.« *Halt deine Klappe, Alex!*

»Das habe ich schon vermutet.«

»Ich erzähle es halt nicht so gerne rum.«

»Ist aber doch nichts Schlimmes.«

Jessy beobachtet uns und kann uns vermutlich auch hören. Ihre Devise lautet immer: *Nie die Wahrheit sagen.* Aber gerade tut es gut, zumindest für den Moment einen Teil der Wahrheit preiszugeben.

»Es ist eine Schwäche, und wenn Leute die kennen …« Den Satz muss ich gar nicht beenden, weil Tommis Blick mir verrät, dass er genau weiß, was ich meine.

»War jahrelang auch meine Taktik.«

»Warst du eigentlich gefürchtet in deinem Viertel?«

Er will nicht lächeln, weil ihm die Antwort unangenehm sein sollte, aber er tut es doch und nickt dann. »Allerdings.«

»Bist du es immer noch?«

»Hier und da.«

»Muss toll sein.«

Er schüttelt den Kopf, sein Lächeln ist verschwunden. »So hat es sich mal angefühlt, aber nicht mehr. Wenn Leute die Straßenseite wechseln, weil sie Angst vor dir haben, nicht mal Blickkontakt aufnehmen und einen Laden verlassen, weil du auftauchst, dann ist das nicht cool.«

»Und ob es das ist. Eines Tages werden es die Leute genauso machen, wenn sie mich sehen.« *Zumindest, solange Jessy dabei ist.*

»Hoffentlich nicht.«

»Wieso denn nicht?«

»Weil ihre Angst sie davon abhält, dich wirklich kennenzulernen und zu sehen, dass du eigentlich ziemlich in Ordnung bist.«

Tommi findet also, dass ich ziemlich in Ordnung bin. Mein Herz wagt einen kleinen Satz, keinen ausgewachsenen Sprung, weil Jessy uns beobachtet und von dieser Szene hier alles andere als begeistert sein dürfte.

»Und wenn ich dir einen Tipp geben dürfte: Lern schwimmen. Ist leichter, als die Leute ewig auf Abstand zu halten.«

Kapitel 48

Jannis

DONNERSTAGMORGEN

»Hat jemand meine Kamera gesehen?« Das fragt Grete jetzt schon zum zweiten Mal und bekommt doch nur die gleiche Antwort: ahnungsloses Schulterzucken und unschuldige Blicke.

»Ich habe sie neben meinen Rucksack gelegt.« Sie sieht von Leo zu Alex und schließlich zu mir. »Hast du sie gesehen, Jannis?«

»Nein.«

Aber etwas in ihrem misstrauischen Blick verrät mir, dass sie mich für den Hauptverdächtigen hält.

»Du hast aber doch die Kanus beladen.«

»Ja, weil ihr zu faul dafür seid.«

Und weil es eine beruhigende Arbeit ist. Da weiß ich, was zu tun ist, und so langweilig sie auch sein mag, sie lenkt einigermaßen gut ab.

»Hast du sie eingepackt?«

Ehrlich gesagt kann ich mich nicht daran erinnern. Ich belade die Kanus, aber ich lösche die konkrete Erinnerung daran dann einfach aus, weil sie nicht nennenswert genug ist. »Kann schon sein.«

»Also hast du sie doch gesehen!«

Sie baut sich vor mir auf, was allerdings nicht besonders beeindruckend ist. Grete ist recht klein und schmal, ihre großen Augen wirken fast etwas deplatziert in ihrem runden Gesicht.

»Keine Ahnung, vermutlich.«

»Ich habe gestern echt tolle Fotos gemacht.«

»Und?«

»Wo hast du sie hingelegt?«

»Keine Ahnung, in euer Kanu, nehme ich an.«

Denn Dinge, die ich einfach so erledige, spielen für mich keine übergeordnete Rolle mehr, was Grete aber ganz offensichtlich zu nerven scheint. »Wenn sie weg ist, dann ist das deine Schuld.«

»Damit kann ich leben.« Ohne weiter auf sie zu achten, gehe ich dem Rest meiner Arbeit nach, bemerke erst am Wasser, dass Grete mir gefolgt ist.

»Du kannst dir doch wohl merken, wo du was hingelegt hast?«

Sie redet immer noch von der Kamera, wie ich annehme, und so langsam geht sie mir damit gehörig auf den Keks.

»Hör mal, Grete, ich habe alles eingepackt.« Wobei ich mir da gar nicht mehr so sicher bin, denn an eine Kamera kann ich mich nicht erinnern, auch wenn das nichts zu bedeuten hat.

»Dann sag das doch gleich.« Sie schiebt mich aus dem Weg und steuert ihr Kanu an, das mit den gut verschnürten Säcken beladen ist.

»Wehe, du hast ihre Kamera verloren. Dann beißt sie dich vielleicht.« Alex, mit verschränkten Armen und amüsiertem

Blick erscheint neben mir, wobei sie darauf achtet, den Abstand zu wahren. »Und nur fürs Protokoll, ich habe keine Angst mehr vor dir.«

»Danke für die Info.«

»Falls das also dein Plan war, muss ich dich enttäuschen.«

»Ist vermerkt.«

Aber Alex ist noch nicht fertig, ihr Blick wird düster, ihre Stimme leiser. »Und wenn du mir noch mal irgendwie krumm kommst, dann mache ich dich fertig. So richtig fertig.« Abwartend betrachtet sie mich, gespannt auf meine Reaktion, aber ich kann nur dastehen und nicken. Was nicht das ist, womit sie gerechnet hat. »Ist das in deinem Hirn da oben angekommen?« Zwar tippt sie sich an die eigene Stirn, meint aber dennoch meinen Kopf, der angeblich noch funktioniert, auf den ich mich aber nicht mehr verlasse.

»Ist es.«

»Gut. Sieh es als Warnung.«

»Du würdest vielen einen Gefallen tun.«

»Womit?«

»Wenn du mich fertigmachst. Also, so richtig.«

Meine Eltern wären vielleicht traurig, immerhin bin ich ihr Sohn, aber wenn die Schlafzimmertür zu und Max außer Hörweite ist, würden sie sich flüsternd eingestehen, dass es besser so sei. Mehr Ruhe zu Hause, mehr Schlaf, mehr Platz für Max und weniger Sorgen.

»Du spinnst echt, Jannis.« Denn so tough und abgebrüht, wie Alex auch klingen mag, sie ist all das nicht. Während mir so vieles egal geworden ist, kümmert es Alex, was die anderen denken, wie sie ankommt und ob wir Angst vor ihr haben.

»Nimm dich auf jeden Fall vor Grete in acht. Die kann richtig ungemütlich werden.«

Als ob mir das Angst machen würde, lässt sie mich damit alleine am Kanu stehen und geht zurück zu den anderen, die irgendwie so was wie eine echte Gruppe geworden sind, ohne mich mitzunehmen.

»Hast du die Kamera?« Ben hat das Gespräch also belauscht. Wobei man hier nicht drum herumkommt, die meisten Unterhaltungen mitzukriegen. Selbst wenn man es versucht.

»Wenn sie im Rucksack war, habe ich sie auch in das Kanu gepackt. Wenn nicht, dann eben nicht.«

»Aber du hast sie nicht genommen?«

Man kann Ben wirklich nicht vorwerfen, dass er sich keine Mühe mit uns gäbe. Die Gespräche, die wir tagsüber oder auch abends am Lagerfeuer führen, sind ganz okay, er oder Yvonne versuchen dabei gar nicht, uns auf den mentalen Zahn zu fühlen, aber es nervt einfach, immer reden zu müssen.

»Nein.«

Er lächelt und nickt, als hätte ich die richtige Antwort abgeliefert. »Habe ich auch nicht gedacht.« Er klopft mir auf die Schulter. »Du machst dich hier sehr gut, Jannis.«

»Echt jetzt?«

»Na klar. Du führst deine Aufgaben gut und zuverlässig aus, das ist top.«

»Okay.«

»Wenn du dich ein bisschen anstrengst, könntest du auch noch Anschluss finden.« Er deutet auf die anderen, die sich unterhalten und sogar lachen und die mir so weit weg vorkommen, als stünde ich auf dem Mond.

»Weiß nicht.«

»Die sind gar nicht so verkehrt.«

»Das meine ich nicht.«

Ben sieht mich abwartend an, hofft wohl, dass ich weiterspreche. Aber selbst wenn ich das wollen würde, ich wüsste nicht, wie ich die Leere in mir erklären sollte. Das letzte Mal, als ich es versucht habe, dachte die Therapeutin, ich sei suizidgefährdet, und hat mir Tabletten verordnet, die auch noch das letzte gebliebene Gefühl abgetötet haben.

»Ich will einfach nur meine Ruhe.« Das ist nicht ganz die Antwort, die Ben sich gewünscht hat, und ich kann nur entschuldigend die Schultern zucken, weil das die richtige Reaktion ist. »Sorry.«

»Wenn du das willst und es dich glücklich macht, dann sollst du deine Ruhe bekommen.« Sein Blick wird intensiver, die Augenbrauen zusammengezogen, ein fast trauriges Lächeln auf den Lippen. »Willst du das wirklich, Jannis?« Es fällt mir so leicht, Emotionen an anderen wahrzunehmen. Zu sehen, ob sie traurig oder glücklich sind, nur mir fehlen genau diese Gefühle, weil alle Empfindungen wie hinter einem Schleier verborgen liegen – und ich nicht mal mehr weiß, wann ich so geworden bin.

»Ja.«

»Gut. Dann bleibst du bei mir im Kanu. Und ich verspreche, dich nicht mehr vollzuquatschen.«

Noch mehr Leere.

»Danke.«

Kapitel 49

Grete

Donnerstagvormittag

»Magst du Leo?«

Alex, die heute vorne im Kanu sitzt, stellt mir die Frage über die Schulter hinweg, und ich fühle mich ertappt, noch bevor ich wirklich reagieren kann.

»Leo? Keine Ahnung. Da habe ich noch nicht drüber nachgedacht.«

Was so nicht ganz der Wahrheit entspricht, aber wer merkt das schon? Denn ehrlich gesagt denke ich schon eine Weile genau darüber nach. Über den Leo, der immer mal wieder durchblitzt und der stolz lächelt, wenn er Pilze findet, der heute Morgen ein neues Klebe-Tattoo hatte und der kleine Grübchen bekommt, wenn er lächelt. Also, wenn er richtig lächelt, nicht gezwungen oder fake.

Aber da ist halt auch der Leo, der Alex angegriffen hat und dessen Laune schnell kippt, wenn er ein Messer nicht bekommt.

»Also ich glaube, du magst ihn.«

Sie zwinkert mir frech zu und grinst dazu breit. In diesem Moment fühlt es sich fast so an, als wäre das hier normal und Alex so was wie eine Freundin.

»Vielleicht mag ich ihn ein bisschen.«

»Ist doch auch okay.«

»Er hat dich angegriffen.«

»Ja und? Damit ist er nicht der Einzige.« Sie deutet auf das immer mehr verblassende blaue Auge, das sie trotzdem noch immer wie ein besonderes Abzeichen trägt, als gehöre sie dadurch in eine andere Coolness-Liga. »Damit komm ich schon klar. Wenn du ihn also magst, dann passt das für mich.«

Sie lächelt meinen Zweifel einfach weg, und es fühlt sich gut an, endlich mal jemanden zu haben, mit dem ich reden kann.

»Er ist gestern wegen des Messers kurz echt komisch geworden, aber dann hat er sich wieder eingekriegt, und ich habe –«

»Messer?«

»Ja, beim Pilzesammeln.«

»Das stumpfe Ding?«

»Keine Ahnung, es ging ihm wohl um was ganz anderes.«

»Und das wäre?«

Kurz werfe ich einen Blick zum anderen Kanu, in dem Tommi und Leo sitzen und artig paddeln, sich dabei unterhalten und immer mal lachen. Aber Leos Geschichte ist nicht meine und somit kann ich sie auch nicht erzählen. Also sehe ich wieder zu Alex, die mich abwartend betrachtet, und zucke die Schultern.

»Keine Ahnung. Aber ich glaube, ich habe ein echt schönes Foto von ihm gemacht.« Das ist eigentlich als Ablenkungsmanöver geplant, aber seit dem kurzen Moment im Wald zwischen Leo und mir muss ich ständig daran denken.

»Echt?«

»Ach, keine Ahnung. Mit diesen Steinzeit-Kameras kann

man ja nicht checken, ob die Fotos was geworden sind oder nicht.«

»Aber das macht es doch angeblich so spannend.«

Sie dreht sich wieder nach vorne, paddelt konzentriert weiter, und ich betrachte einen Moment ihren Rücken in der Rettungsweste, und mir fällt zum ersten Mal überhaupt ein recht verblasstes Tattoo in ihrem Nacken auf. Um es besser zu erkennen, beuge ich mich etwas nach vorne.

»Was ist das denn?« Vorsichtig berühre ich die Haut an ihrem Nacken, und Alex zuckt so erschrocken zusammen, als hätte ich ihr kochend heißes Wasser über die Haut geschüttet. Sofort schnellt ihre Hand an die Stelle, verdeckt das Tattoo.

»Das ist ein Schmetterling.«

»Wie cool.«

Ihr zweifelnder Blick trifft mich, als sie sich wieder zu mir umdreht. »Das ist schon alt.«

So sieht es auch aus, auch wenn ich kaum glauben kann, dass sie sich mit zehn oder so ein Tattoo hat machen lassen. Außerdem scheint es nicht besonders ordentlich gestochen zu sein, aber diesen Kommentar verkneife ich mir und entscheide mich stattdessen für ein Lächeln. »Habe es eben erst entdeckt.«

Alex' Blick verwirrt mich, weil er einen Moment so aussieht, als hätte sie selbst ganz vergessen, dass sie ein solches Tattoo hat.

»Ist ein Freundschafts-Tattoo.«

»Mit Jessy?«

Sie schluckt, bevor sie nickt und dann ihren Pferdeschwanz löst, damit ihr Haar weit genug über ihren Nacken fällt und somit das Tattoo wieder verdeckt.

»War ihre Idee. Weil uns das dann für immer aneinander erinnert, egal wo wir sein werden.« Ein blasses Lächeln erscheint auf ihrem Gesicht, aber es sieht traurig aus.

»Du vermisst sie echt.«

Aber sie nickt nicht wie erwartet, stattdessen wandert ihr Blick von mir weg zum Ufer, wo sie ihn suchend schweifen lässt, was ich ihr automatisch gleichtue. Aber da ist nichts und niemand, nur Wald, einige Vögel und noch mehr Wald.

»Schon ein bisschen, ja.«

»Ich vermisse meinen Vater auch.«

Diesmal keine Lüge. Mama und Michael, an die habe ich die letzten Tage ehrlich gesagt kaum gedacht, aber an Papa denke ich oft.

»Holt er dich ab, wenn das hier vorbei ist?«

»Auf jeden Fall!« Das zumindest wünsche ich mir. Doch bevor Alex weiterfragen kann, schubse ich einen Themenwechsel in ihre Richtung. »Wieso ein Schmetterling?«

Alex zögert, sieht wieder zum Ufer, aber ich weiß nicht, was sie dort sucht oder erwartet. »Weil ich vor Jessy nur eine hässliche fette Raupe war. Seit ich sie kenne, bin ich total aufgeblüht. Wie so ein Schmetterling.«

»Coole Idee.« Jemanden zu haben, der so weit geht, ein Tattoo mit dir zu teilen. Das wäre schon der Jackpot unter den Freundschaften.

»Jessy ist halt eine coole Person.« Der Stolz ist zurück in ihrer Stimme, das Mitleid in ihrem Blick, als sie mir direkt ins Gesicht sieht, leider auch. »Solche Freundschaften sind echt was Besonderes. Aber das kannst du nicht wissen.« Sie klingt dabei so überzeugt, dass es mich härter als nötig trifft, denn so gut kennt sie mich nicht, weiß nichts über potenzielle Freundschaften daheim.

»Ich habe auch Freunde.«

Aber Alex lacht nur, höhnisch und arrogant. »Ja, klar. Mag schon sein, aber keine wie Jessy.«

Jessy, das Synonym für alles, was ich nicht habe oder bin. Ich spüre, wie sich ein Kloß in meiner Kehle ausbreitet, dick und fett. Atmen geht noch, aber Worte kriege ich daran nicht vorbei, und so nicke ich einfach nur matt, warte, bis Alex sich wieder umdreht und mir nur noch ihr Rücken bleibt.

Wenn sie wüsste, dass das Leben manchmal einen solchen Kopfstand hinlegt und nichts mehr so ist, wie es davor war, Freunde einen verlassen, so wie bei mir damals, dann würde sie sich solche Sprüche vielleicht verkneifen.

»Ich hätte gerne eine Freundin wie Jessy.« Es rutscht mir nur so raus, weil sie wie jemand klingt, auf den man sich verlassen kann, nicht wie jemand, der abhaut, wenn es kompliziert wird.

Alex lacht so laut, dass sie sich schüttelt, und zwar so sehr, dass unser ganzes Kanu wackelt und aus dem Gleichgewicht kommt. »Ja klar, aber Jessy hält dich für ein Opfer.« Sie quietscht fast vor Lachen und muss nach Luft schnappen, bevor sie sich zu mir umdreht und ich den puren Hohn in ihrem Blick entdecke, während meiner immer verschwommener wird. »Da müsste schon die Hölle zufrieren, damit sie eine wie dich cool findet.«

»Sie kennt mich aber doch gar nicht.«

Alex will lachen, aber es bleibt ihr im Halse stecken, und sie schüttelt nur den Kopf. »Glaub mir einfach, sie mag dich nicht.«

Kapitel 50

Leo

Donnerstagmittag

Das Kaugummi schmeckt schon knapp zwei Minuten später nach nichts mehr, aber das spielt keine Rolle für mich. Das Kauen lenkt ab. Von dem Jucken auf der Haut und dem nervösen Kribbeln in den Fingerkuppen. Dabei versuche ich einfach nur, ganz ruhig dazuliegen, die Augen geschlossen, die Atmung bemüht ruhig. Das Gras unter mir ist angenehm kühl und weich, die Sonne scheint mir ins Gesicht, mein T-Shirt habe ich ausgezogen und zum Kopfkissen umfunktioniert.

»Wo ist das Messer?« Tommis Stimme klingt genervt – mit einer Prise Enttäuschung. Ich blinzele gegen die Sonne zu ihm hoch, wie er da neben mir steht, die Arme in die Hüften gestemmt. »Und komm mir jetzt nicht mit irgendwelchen dummen Ausreden. Dafür habe ich keinen Nerv mehr.« Ich verstehe nicht so recht, wovon er redet, und setze mich so weit auf, dass ich mich auf die Ellenbogen stützen kann.

»Was für ein Messer?«

»*Leo*. Hör auf damit. Rück es raus, und ich überlege mir, es nicht anzusprechen.« Damit hält er mir die Hand entgegen, aber ich weiß nicht, was er meint.

»Ich habe kein Messer.«

Tommi geht so schnell neben mir in die Hocke, dass ich tatsächlich zusammenzucke, so überrascht bin ich von der Härte in seinem Blick.

»Bis hierher habe ich dir verdammt viel durchgehen lassen. Mehr als ich sollte oder durfte, aber so langsam fängst du an, mich zu nerven. Rück das Messer raus und gut ist.«

»Ich habe das Messer nicht, Tommi. Ehrlich nicht.«

Tommi überlegt kurz, er will mir glauben, tut es dann aber doch nicht und schüttelt den Kopf. Diesen Blick kenne ich, hatte aber nicht erwartet, ihn an Tommi zu sehen, und nun richte ich mich endgültig auf. »Wieso soll ich es haben und nicht Jannis? Dem ist doch eh alles egal!«

»Weil du ein Fetisch für das Messer entwickelt hast.«

Es reicht. Ich stehe auf und Tommi tut es mir zeitgleich nach. Mit ausgebreiteten Armen stehe ich vor ihm, starre ihn wütend an. »Dann durchsuch mich, von mir aus. Wühl in meinem Rucksack rum, ich habe das Messer nicht.« Keine Ahnung, was mich mehr enttäuscht, sein amüsiertes Lächeln oder die Tatsache, dass er tatsächlich in meine Hosentaschen greift und mich bittet, die Socken und Schuhe auszuziehen. »Dein scheiß Ernst?«

»Mach einfach.«

»Das darfst du gar nicht.«

Ben und Yvonne kommen dazu, die Blicke der anderen folgen ihnen neugierig, und ich habe genau so eine Situation schon zu oft erlebt. Wenn meine Eltern mein Zimmer auf den Kopf gestellt haben, um Zigaretten, Drogen oder geklaute Handys zu finden. Nie war ich so unschuldig, wie ich es jetzt bin.

»Gibt es Probleme?«

Tommi wollte die Sache also wirklich zuerst mit mir alleine klären, denn sonst wären Ben und Yvonne nicht so ahnungslos.

»Das Messer ist verschwunden, und ich dachte, Leo hätte vielleicht vergessen, es zurückzugeben.«

Zumindest stellt Tommi mich nicht gleich als Dieb dar, aber das ändert an meiner Wut nichts. »Ich habe kein Messer bei mir.«

Die drei wechseln einen langen Blick, und ich wünschte mir, sie würden einfach zugeben, dass alle glauben, ich hätte es geklaut.

»Ist es für dich okay, wenn wir deine Sachen schnell durchgehen?«

»Macht nur!« Mit allen Betreuern im Schlepptau gehe ich auf unser Kanu zu, wo mein Rucksack liegt, und reiche ihn direkt Tommi. »Viel Spaß beim Rumschnüffeln!«

Inzwischen sind auch die anderen aufgestanden, alle bis auf Jannis, den das natürlich kein bisschen interessiert, schließlich sind wir nicht cool genug für ihn. Grete sieht mich fragend an, während Tommi den Reißverschluss meines Rucksacks öffnet, aber ich kann ihr nur ein genervtes Augenrollen als Antwort anbieten.

Mit verschränkten Armen warte ich auf Tommis Blamage und die Entschuldigung vor allen anderen – hoffentlich laut genug, damit auch Jannis sie hören kann.

»Wann wolltest du es zurückgeben?« Tommi zieht das stumpfe Messer aus meinem Rucksack und sieht mich traurig an. Natürlich erkenne ich es sofort, den blauen Griff, die Klinge, mit der man vielleicht einen Pilz teilen, aber niemanden verletzen kann, und doch verstehe ich nicht, wie es in meinen Rucksack gekommen sein soll.

Ich habe es zurückgegeben.

Noch im Wald.

Tommi weiß das.

»Das war ich nicht!«

»Ist das hier dein Rucksack?«

»Ja, aber ich habe nicht –«

»Und das hier sind auch nicht deine Kippen, oder?«

Tommi zieht zwei einzelne Zigaretten hervor, von deren Existenz ich nicht mal gewusst habe, denn sonst hätte ich sie doch schon längst weggeraucht.

»Nein!« Meine Worte klingen so panisch, dass ich vermutlich selbst glauben würde, ich sei schuldig. Weil ich weiß, dass mir niemand glaubt, sehe ich zu Grete, die meinen Blick aber nicht erwidert, sondern auf die Fundstücke in Tommis Hand schaut.

»Grete, du hast doch gesehen, dass ich es zurückgegeben habe.« Aber sie reagiert nicht. Zumindest nicht sofort, und so mache ich einen Schritt auf sie zu, schiebe mich in ihr Blickfeld. »Du warst dabei, du hast das Foto von mir gemacht. Ohne Messer!« Sie nickt, wenn auch nicht ganz überzeugt. Da sie aber nichts sagt, drehe ich mich wieder zu Tommi. »Ich habe es dir zurückgegeben!«

»Und wer hat es dir dann in den Rucksack gepackt?«

Das ist die tatsächliche Frage, und sofort sehe ich zu Jannis, der völlig unbeteiligt dasitzt. Zu unbeteiligt für meinen Geschmack.

»Jannis packt die Kanus und hat auch meinen Rucksack verstaut! Vermutlich war er es!«

Doch Jannis wirkt von meiner Anschuldigung ebenso unberührt wie von allem anderen. Yvonne sieht zweifelnd zwischen ihm und mir hin und her.

»Wieso sollte Jannis das machen?«

»Keine Ahnung, um mich in die Scheiße zu reiten, weil ich verraten habe, dass er nicht eingegriffen hat, um Alex zu helfen.«

In meinem Kopf ergibt das alles sogar Sinn, und ich will zu Jannis rübergehen, ihn zur Rede stellen, als Ben sich mir in den Weg stellt.

»Wir müssen reden.«

»Ja, mit Jannis!«

»Mit dir, Leo. Das ist schon das zweite Mal, dass du Mist baust.«

Mein Blick schnellt zu Tommi, meine einzige Rettung, aber der reicht nur wortlos meine Sachen an Yvonne weiter und geht dann einfach weg. Lässt mich hier alleine.

Kapitel 51

Alex

Donnerstagmittag

»Glaubst du, er muss abreisen?«

Grete, die neben mir sitzt und das Besteck aus der Tupperbox fischt, sieht mich ängstlich an. Leo und Ben sind tatsächlich schon eine Weile verschwunden, und wenn ich ehrlich bin, glaube ich nicht, dass er wiederkommt.

»Hundert Prozent sogar.«

Tränen schießen Grete in die Augen und sie tut mir plötzlich leid.

Mitgefühl, auch so eine Emotion, die uns nur schwach macht. Kurz sehe ich von ihr in die scheinbar unendliche Natur, die uns hier umgibt, bevor ich weiterspreche. »Aber hey, vielleicht kommt er ja auch wieder. Keine Ahnung.«

Sie reicht mir die Gabeln und wischt sich dann schnell über die Augen, will die Tränen dahin verbannen, wo sie herkommen.

»Ich hätte mich einfach gerne verabschiedet.«

Wie sie das so sagt, klingt es so endgültig.

»Kannst ihm ja einen Brief schreiben.«

Doch mein Vorschlag ist nur ein schwacher Trost für sie.

Aus einem mir unverständlichen Grund hängt Grete an Leo, obwohl er sich die meiste Zeit wie ein Idiot benommen hat.

»*Mhm.*«

»Oder stalke ihn bei Instagram.«

»*Mhm.*«

Meine tröstenden Worte verfehlen die erwünschte Wirkung, und ich drehe mich zu ihr, nehme ihr die Schüsseln ab und zwinge sie, mich anzusehen. »Wenn er das Messer echt genommen hat, war das ein Regelverstoß.«

Es kostet mich tatsächlich ein bisschen Kraft, bei den Worten nicht loszulachen. Man muss mich nicht besonders gut kennen, um zu wissen, dass *ich* nicht gerade ein großer Fan von Regeln bin. Aber mir fällt nichts anderes ein, und ich will nicht, dass Grete weint. Schon gar nicht wegen eines Typen wie Leo.

»Ich glaube aber nicht, dass er es war.«

Natürlich glaubt sie das nicht. »Es lag aber in seinem Rucksack.«

Ihr Blick, so tränenverschleiert er auch sein mag, richtet sich auf Jannis, der hinter uns irgendwo die Zelte aufbaut. »Jannis hätte allen Grund, Leo eins reinwürgen zu wollen.«

»Jannis war das nicht.« So stoisch, wie er seiner Arbeit beim Zeltbau nachgeht, wirkt er zumindest im Moment wenig bedrohlich.

Grete zieht zweifelnd die Augenbrauen zusammen, bevor sie sich wieder unserem Geschirr widmet.

»Wenn er das mit dem Messer war und Leo deswegen nach Hause muss, rede ich kein Wort mehr mit ihm.«

»Du tust ihm damit dann einen Gefallen, das ist dir schon klar?«

Aber sie bleibt stur. »Kein Wort.«

»Oh je. Bedeutet das, du redest dann nur noch mit mir? Ich mag dich, Grete, aber du quatschst echt viel.«

Zumindest entlockt ihr das wieder ein Grinsen, und ich hoffe, sie hat das mit Leo zumindest für diesen kurzen Moment vergessen.

»Dann freu dich schon mal auf heute Nacht, da erzähle ich dir eine ganz besondere Geschichte zum Einschlafen.«

Sie zwinkert mir frech zu, und ich verdrehe übertrieben genervt die Augen, damit sie auch ja merkt, dass ich nur Spaß mache. »Kann es kaum erwarten. Wieder eine von deinem Vater?«

Ihr Grinsen verrutscht zu einer schmerzvollen Grimasse – auch wenn sie versucht, das im letzten Augenblick noch abzufangen, gelingt es ihr nicht.

»Mein Vater hat eben immer die besten Geschichten erzählt.«

»Aber jetzt bist du zu alt dafür?«

»Wieso?«

»Na, jetzt erzählt Papa dir wohl keine Geschichten mehr, oder?«

Ich will den Neid über ihre gute Beziehung zu ihrem Vater gar nicht so sehr durchschimmern lassen, aber ich kann mich nicht mal daran erinnern, ob mein Vater mir jemals eine Gutenachtgeschichte erzählt hat. In letzter Zeit kann ich schon froh sein, wenn er mit einem Emoji auf eine WhatsApp-Nachricht antwortet, so beschäftigt, wie er mit seiner Karriere ist.

»Nicht mehr so oft, nein.«

Grete ist ohne Zweifel eine richtig gute Lügnerin und das weiß sie auch. Ihre ausgedachten Wahrheiten sind so perfekt getarnt, dass ich nie sicher sein kann, wann sie mich anlügt.

Aber diesmal, da verraten sie nicht nur ihre Stimme, sondern auch die zitternde Unterlippe und die glasigen Augen.

»Keine Zeit mehr?«

»Nicht mehr so viel, nein.«

»Ganz schöne Scheiße.«

Sie nickt, und ich überlege kurz, sie zu umarmen. – Ein Rascheln in den Büschen hinter unserem Camp lenkt mich ab, und ich glaube, Jessys Gesicht zwischen den dünnen Ästen zu erkennen. Sie schüttelt fast unmerklich den Kopf, und ich verstehe, dass es ihr nicht gefällt, wie ich mit Grete spreche. »Sind deine Eltern noch zusammen?«

Intakte Familien sind mir suspekt. Wie ein Haus, das einen schönen Anstrich hat, von dem man aber nie weiß, ob es nicht auf einem maroden Fundament steht. Zu meiner Erleichterung schüttelt sie den Kopf.

»Getrennt.«

»Kenne ich.« Ihr zweifelnder Blick streift mich, und ich spüre das Verlangen, mich zu erklären. »Meine Eltern leben auch getrennt. Ich hass es, mich in zwei Leben aufteilen zu müssen, obwohl ich in keines der beiden passe.«

»Immerhin hast du zwei Leben.«

»Eigentlich habe ich nur meines und da lasse ich ihnen auch keinen Platz. Den haben sie nämlich nicht verdient. Eltern können richtige Arschlöcher sein.«

»Mein Vater ist aber keins.«

»Klar isser das. Er lebt in Berlin und du hockst in Schweden.«

»Das haben meine Mutter und ihr idiotischer Freund entschieden!«

»Und dein Vater hat nicht widersprochen?«

Das Blechgeschirr in ihrer Hand beginnt zu zittern, und ihr Blick verändert sich, wird strenger. »Weil sie ihn nicht gefragt haben.«

»Oder weil es ihn nicht interessiert hat.« Grete schüttelt den Kopf, aber etwas in mir lässt mich nicht aufgeben. »Weil du ihm ebenso egal bist, sonst hätte er bestimmt gesagt: Nein, meine geliebte Tochter muss nicht alleine in die Einöde, die macht Ferien in Berlin.«

»Halt den Mund!«

Aber Jessy nickt aus der Ferne zustimmend und ich mache weiter. »Je früher du es einsiehst, desto weniger tut es weh. Du bist ihm egal.«

Wütend wirft sie das Geschirr zu Boden und steht auf, ihre Hände zittern, diesmal aber vor Wut. »Du kennst meinen Vater nicht, du hast kein Recht, so über ihn zu sprechen!«

»Wieso, weil es keine ausgedachte, sondern die tatsächliche Wahrheit ist?«

Sie will mir eine Ohrfeige verpassen, hält sich aber im letzten Moment zurück, was richtig schade ist. Es wäre die perfekte Ausrede gewesen, auf sie loszugehen, und das vor Jessys Augen.

»Weißt du, Alex, du bist doch nur sauer, dass du deinen Eltern egal bist und keinen Platz in ihrem Leben hast. Und weil du damit nicht umgehen kannst, schlägst du wie wild um dich in der Hoffnung, uns andere zu treffen. Aber irgendwann musst du es dir eingestehen.«

Ihre Stimme ist so kühl und klar wie ein eisiger bodenloser Bergsee. Zum Glück kann sie meine dadurch ausgelöste Gänsehaut nicht sehen.

Kapitel 52

Jannis

Donnerstagmittag

Sie steht bis zu den Waden im Wasser und sieht auf den Fluss, der uns von einer Insel trennt, die ebenso einsam aussieht wie Alex jetzt. Sie hat ihre kurze Hose zusätzlich etwas hochgerollt, obwohl keine Gefahr besteht, dass sie nass werden kann. Die Haare trägt sie offen und wild bis auf die Schultern. Das T-Shirt klebt an ihrem Rücken, die Anstrengung des Tages hat sie schwitzen lassen wie uns alle.

»Willst du rüberschwimmen?«

Sie reagiert nicht sofort, wartet, bis ich neben sie gewatet bin, und schüttelt erst dann den Kopf. Anders als sie gehe ich noch ein bisschen weiter rein und spritze mir etwas Wasser auf das Gesicht und den Oberkörper. Duschen gibt es hier keine, da hilft eine solche Abkühlung am besten.

»Keine gute Idee.«

»Wenn das Wasser so ruhig ist wie jetzt, ist es gar nicht so schwer.« Leicht spritze ich etwas Wasser in ihre Nähe, aber sie weicht ihm unbeeindruckt aus. »Nur wenn es eine Strömung gibt, dann –«

»Ich kann nicht schwimmen.«

Das sagt sie wieder, ohne mich anzusehen, was mich aber ebenso wenig überrascht wie ihre Antwort. Das habe ich mir nämlich schon längst gedacht, so eng, wie sie ihre Schwimmweste immer umschnallt und wie unsicher sie über den Rand des Kanus ins Wasser sieht.

»Das kann man aber lernen.«

»Ja, dachte ich auch. Ist nur leider nicht so einfach.« Ihre Mundwinkel sacken bei einer Erinnerung, die ich nicht kenne, noch etwas nach unten.

»Es gibt Kurse dafür.«

Jetzt erst richtet sie den Blick in meine Richtung und mustert mich eingehend, bevor sie gelangweilt die Augen verdreht.

»Die ganze Zeit gehen wir dir am Arsch vorbei, und jetzt glaubst du, mir clevere Ratschläge erteilen zu müssen?«

»Ich wollte nur nett sein.«

»Steht dir nicht.«

»Ich gebe mir aber Mühe.«

»Wozu? Wir sind dir doch egal.«

Das stimmt schon, aber wenn ich Alex ansehe, wandern meine Gedanken oft zurück nach Hause, bis zum Zimmer am Ende des Flures.

»Ich kann dir schwimmen beibringen, wenn du willst.« *Immerhin ist es mir schon mal gelungen, es jemandem beizubringen.*

»Du würdest mich doch sofort absaufen lassen.«

»Das stimmt nicht.«

Aber Alex verschränkt nun die Arme vor der Brust und wendet sich mir komplett zu, vernachlässigt den Ausblick über das Wasser, auf dem sich die Sonne wie tanzende kleine Sterne spiegelt.

»Du hast mich schon mal absaufen lassen. Ich traue dir kein Stück.«

»Vielleicht will ich es ja wiedergutmachen.«

Jetzt legt sie den Kopf minimal schief und sieht mich herausfordernd an, als wäre das hier ein Spiel und nichts weiter. »Hast *du* Leo das Messer untergejubelt?«

Weil ich der Hauptverdächtige in dem Spiel bin. Aber ich schüttele den Kopf. »Nein.«

»Sicher?« Der Zweifel darin lässt ihre Ein-Wort-Frage fast etwas gemein klingen.

»Ich habe ihm nur die Zigaretten gegeben.« Sofort schießen ihre Augenbrauen nach oben, und diesmal bin ich es, der den Blickkontakt unterbricht. »Ihr sagt ständig, ihr wärt mir egal, da wollte ich das Gegenteil beweisen.« Eine dumme Geste, die nicht nur nichts gebracht, sondern die Sache nur schlimmer gemacht hat.

»Das war ja richtig nett von dir.«

»Kam aber nicht so gut, und jetzt glauben auch noch alle, ich sei auch das mit dem Messer gewesen.«

»Juckt dich doch eh nicht.«

Klar könnte ich lügen und das Gegenteil behaupten, aber die Wahrheit ist, ich mache das hier sowieso nicht für mich. Nichts davon.

»Willst du jetzt schwimmen lernen oder nicht?«

»Wenn ich mal lebensmüde bin, werde ich auf dein Angebot zurückkommen.« Damit will sie mich stehen lassen, überlegt es sich aber im letzten Moment anders und grinst frech. »Die Aktion mit den Kippen war eigentlich ganz nett. Vielleicht ist ja noch nicht alles verloren bei dir.«

»Danke. Wäre schon blöd, wenn Leo abreisen muss.«

»Nachdem er versucht hat, mich zu ertränken, fände ich das gar nicht so schrecklich traurig.«

Alex will tough klingen, aber die Erinnerung an den Zwischenfall lässt ihre Augen ängstlich schimmern. Ich wette, sie würde es abstreiten, wenn ich sie darauf ansprechen würde. Bei Alex ist so vieles nur Show.

»Aber Grete wäre traurig.«

Alex nickt abwesend.

»Ja, vermutlich.«

»Weißt du denn, wer ihm das Messer untergejubelt hat?«

Sofort schießt ihr Blick zu mir, wütend, weil sie glaubt, ich würde sie verdächtigen. »Na, ich war es nicht.«

Dabei habe ich das gar nicht behauptet und so hebe ich nur die Arme und zucke die Schultern.

»Keine Sorge, ist mir ja ohnehin alles egal hier, wie du schon festgestellt hast.« Und obwohl es stimmt, fühlt es sich gerade an, als lauere irgendwo hinter dieser Gleichgültigkeit ein leises Flüstern, das versucht, mit mir Kontakt aufzunehmen. »Am Ende war es sowieso Grete.«

Es soll ein Scherz sein, aber in Alex' Blick schleicht sich Zweifel ein, bevor sie ihn auf Grete richtet, und ich ahne, dass ich gerade einen Fehler gemacht habe.

Kapitel 53

Tommi

DONNERSTAGNACHMITTAG

Es sollte mir egal sein.

Er sollte mir egal sein.

Aber der bittere Geschmack von Enttäuschung in meinem Mund behauptet etwas anderes. Egal, was Ben und Yvonne entscheiden, es wird endgültig sein. Und mein Gefühl verrät mir, dass ich Leo maximal noch zum Abschied sehen werde, aber sicher nicht mehr als Teammitglied.

»Bist du traurig?«

Alex war nicht gerade leise, als sie über den Waldboden gestapft ist, aber trotzdem hatte ich gehofft, dass sie weitergeht und mich nicht anspricht.

»Nein.« Auch die Kühle meiner Stimme schreckt sie nicht ab und deutlicher will ich nicht werden.

»Aber du bist enttäuscht?« Sie rutscht neben mich auf den umgefallenen Baumstamm, ihr Knie berührt meines dabei zufällig, woraufhin sie sofort etwas zur Seite rückt. »Musst du aber gar nicht, ich weiß, dass Jannis ihm die Kippen in den Rucksack gelegt hat.«

»Ich weiß.«

Sie sieht mich so erschrocken von der Seite an, als hätte ich ihr gerade gesagt, dass sie von hier nach Hause schwimmen muss.

»Woher?«

»Alex, wir haben euch alle genau im Blick. Glaubst du wirklich, ich checke nicht, wenn plötzlich Kippen fehlen?«

»Ihr kriegt auch nicht alles mit.«

Ihr Grinsen soll mich verunsichern oder täuschen, aber Alex ist leichter zu durchschauen, als ihr lieb ist. Und mit jedem Tag, an dem ihr Veilchen weiter verblasst, verliert sie einen Teil ihrer Schutzmauer und lässt das Mädchen durchscheinen, das sie trotz all der Wut geblieben ist.

»Aber wir kriegen genug mit.« Damit stupse ich sie leicht mit der Schulter an, und sie sieht sofort weg, ihre Wangen leicht gerötet, als hätte ich sie bei irgendwas ertappt. »Und wenn du es so genau wissen willst, vielleicht bin ich ja doch ein bisschen traurig, dass Leo Mist gebaut hat.« Das sollte ich nicht sagen, weil es die Distanz zwischen uns verringert und ich das nicht zulassen soll. Sie sind nicht meine Freunde, ich werde sie nach der Tour vermutlich auch alle nicht wiedersehen, aber manchmal fehlt mir eben doch jemand, mit dem ich reden kann. Alex ist dafür die falsche Wahl, auch das weiß ich.

»Du magst ihn, oder?«

»Er ist eigentlich ein feiner Kerl. Keine Ahnung, ich dachte, das hier könnte ihm helfen, von der Sucht loszukommen, vielleicht sogar sein Leben auf die Reihe zu kriegen. Aber ganz so einfach ist das wohl alles nicht.« Zumindest ein Anfang hätte es werden können, stattdessen hat er all die Chancen verpasst und wieder nur das alte Verhaltensmuster abgespult.

»Es ist ja nicht deine Schuld.«

Alex berührt meinen Arm, und ich schüttele den Kopf, weil die Rollen hier gerade mächtig vertauscht sind.

»Ich sollte dich damit gar nicht zutexten.«

»Kannst du aber, ich höre gerne zu.«

Wenn sie lächelt und es zur Abwechslung mal ehrlich meint, sieht sie ganz anders aus. Ihre Augenbrauen, die für gewöhnlich immer mürrisch zusammengezogen sind, das herablassende Lächeln und der misstrauische Blick, all das fehlt gerade.

»Danke fürs Angebot, vielleicht komme ich ja mal darauf zurück.«

Das lässt sie nur noch breiter lächeln, und sie lehnt sich etwas zurück, ihr Blick wandert an den Bäumen nach oben und sie atmet tief durch. »Eigentlich ist es hier mit euch gar nicht so schlimm.«

Das aus Alex' Mund zu hören, gleicht einem Ritterschlag, und ich beobachte sie neugierig, wie sie sich zusehends entspannt und weiterspricht. »Daheim ist alles so eng und doch so irre einsam, aber hier kann man auch mal durchschnaufen. So blöde es klingt – mal was ganz anderes zu sehen und zu tun, das lenkt ab.«

»Wovon?«

»Den Eltern, der Schule und den Problemen, die daheim warten.« Das ist vermutlich nicht die ganze Wahrheit, aber ich belasse es dabei, sehe ebenfalls nach oben. So fühlt sie sich nicht beobachtet oder dazu gedrängt weiterzusprechen.

»Daheim gibt es keinen echten Platz für mich.«

»Kein eigenes Zimmer?«

»Kein echtes. Irgendwie lebe ich in einem Durchgangszimmer, bin immer nur zu Besuch. Nie ganz da.« Sie spielt mit einem losen Faden ihrer kurzen Hose und zuckt die Schultern. »Wenn ich echte Familien sehe, bin ich manchmal neidisch.«

»Verstehe.« Irgendwie tue ich das wirklich und Alex stellt meine Worte nicht infrage.

»Wäre einfach schön, mal irgendwo ganz da zu sein.«

Es ist anstrengend, keinen Ort zu haben, den man zu Hause nennen kann, niemanden, der dort wartet, sich freut und einen umarmt.

»Bist du jetzt denn ganz da?«

Sie nickt leicht. »Mehr als daheim auf jeden Fall.« Eine Träne rollt über ihre Wange, doch sie wischt sie nicht weg, als wäre sie gar nicht da, wenn sie nur gekonnt ignoriert wird. »Meine Mutter hat eine neue Familie gefunden, da gibt es schon ein Kind, also braucht sie mich nicht mehr, um sich komplett zu fühlen. Und mein Vater, der hat seine Karriere, die ihm wichtiger ist als alles andere.«

Jetzt sollte ich so was sagen wie *Sie lieben dich sicher trotzdem,* aber aus eigener Erfahrung weiß ich, dass es nur dahergesagte Worte sind, die nicht immer der Wahrheit entsprechen müssen.

»Frisch nach der Trennung haben sie mich hin und her geschoben wie irgendwas, das keiner wirklich haben wollte. Papa hat vergessen, mich vom Sport abzuholen. Alle anderen waren schon weg, und ich habe vor dieser Scheißhalle gewartet, sicher, er würde gleich kommen.« Jetzt wischt sie sich die nächste Träne doch weg. Heftiger als nötig. »Aber er kam einfach nicht, weil er vergessen hatte, dass er an der Reihe war. Mama war mit ihrer neuen Familie beschäftigt, Papa im Meeting und dann

beim Geschäftsessen – ich warte wie so ein Idiot darauf, dass ihm auffällt, dass er was vergessen hat.« Ihre Stimme bebt vor Wut, so deutlich, dass ein bisschen was davon auf mich überschwappt. Vernachlässigung tut weh, mehr, als die meisten sich eingestehen wollen. Die Spuren davon mag man nicht immer sehen können, aber sie sind immer da.

»Irgendwann hat er dann doch seine Mailbox abgehört und mich eingesammelt.« Sie dreht den Kopf in meine Richtung und ihre großen Augen sind dunkel und zornig. »Um halb elf.«

»Wie alt warst du da?«

»Dreizehn.«

Das war also vor drei Jahren, denn Alex' Papiere haben mich vor Reiseantritt darüber informiert, dass sie sechzehn ist, bald siebzehn wird. Drei Jahre, in denen sie ihren Platz gesucht und doch nicht gefunden hat. Zumindest nicht in ihrer Familie, aber wohl bei Freunden.

»Ist es inzwischen besser?«

»Na ja, jetzt ist es mir sogar ganz recht, wenn sie mich vergessen, weil ich dann machen kann, was ich will.« Sie reckt das Kinn etwas vor, was sie immer macht, wenn sie besonders cool wirken will. Aber mir fällt nur ihr heilendes blaues Auge auf, eine Erinnerung daran, dass sie wirklich tut, was immer sie will. »Und wenn ich achtzehn bin, haue ich eh ab und mache mein eigenes Ding.«

»Wie sieht dein eigenes Ding denn aus?«

»Keine Ahnung. Ich ziehe mit Jessy zusammen, mache 'ne Ausbildung und vergesse meine Eltern.« In ihrem Kopf klingt das bestimmt nach einem wasserdichten Plan, und ich hasse es, dass ausgerechnet ich Löcher reinballern muss.

»Dafür musst du aber erst die Schule fertig machen.« *Die Schule, die sie nur noch sehr unregelmäßig besucht.*

»Wieso? Ich breche ab und jobbe erst mal irgendwo.«

»Dann kannst du dir aber eine vernünftige Ausbildung abschminken.«

Sie nickt nachdenklich, sieht an mir vorbei irgendwo in den Wald hinein und strukturiert ihren Plan wohl neu. »Mir fällt schon was ein.«

Das ist nur ein Flüstern und klingt auch nicht mehr so selbstsicher wie alles andere. Ihre Augen füllen sich wieder mit Tränen und ich lege vorsichtig einen Arm um sie.

»Keine Sorge, wir finden schon eine Lösung für dich.«

Sie lässt ihren Kopf an meine Schulter sinken und schließt die Augen. »Können wir nicht einfach hierbleiben?«

»Wo denn?«

»Im Wald. Der hält dicht, sagt Grete.« Sie klingt müde. Nicht vom Tag und auch nicht vom Paddeln, obwohl das die Teens ganz schön auspowert. Sie klingt müde vom Starksein, vom Weitermachen und vom Durchhalten. »Nur eine Pause.«

Ich nicke.

»Dann machen wir Pause.«

Das reicht ihr, denn sie entspannt sich weiter, und so sitzen wir einfach nur auf einem umgefallenen Baum im Wald und vergessen die anderen, Leo, ihre Eltern und die Probleme daheim.

Wenn auch nur für die Dauer einer kleinen Pause.

Kapitel 54

Leo

Donnerstagnachmittag

»Ich war es nicht.«

Keine Ahnung, wie oft ich das noch wiederholen muss, bevor sie mir glauben oder mich zumindest in Ruhe lassen. Mit verschränkten Armen sitze ich da, starre auf den trockenen Erdboden zu meinen Füßen und werde immer nervöser, obwohl ich nichts zu verheimlichen habe. Aber die zwei Zigaretten, die neben mir auf einem Taschentuch liegen, versuchen immer wieder, meine Aufmerksamkeit zu bekommen. Wenn es nicht so bescheuert klingen würde, könnte man fast meinen, sie sprechen mit mir, flüstern immer wieder meinen Namen.

Leo.

Leo.

Leo.

»Leo!« Erschrocken reiße ich den Blick von den Kippen und schaue zu Ben, der mich ernst ansieht. »Wir wären nicht mal sauer, wir wollen nur verstehen, was du damit vorhattest. Ich meine, das Messer ist so stumpf, dass wir uns fragen, wofür du es gebraucht hast.«

»Ich habe es doch nicht mal genommen.«

Ben atmet etwas genervt aus und fährt sich über das Gesicht. Wieso allerdings er so genervt ist, verstehe ich nicht, denn dieses Gefühl sollte mir gehören dürfen.

»Ihr könnt mich auch bis übermorgen verhören, ich war es nicht. Klar, für euch ist es einfach, mir das in die Schuhe zu schieben, dem dummen Junkie, der austickt und einen Amoklauf nachts im Wald plant, aber: Ich. War. Es. Nicht!«

»Du bleibst also bei deiner Version, dass Jannis dir das Messer in den Rucksack gepackt hat?«

Jannis wäre zumindest die naheliegendste Option, aber die Wahrheit ist, dass ich nicht weiß, wer es war. Und sooft ich meinen Tag durchgehe, ich finde auch keine Erinnerung daran, die bei der Aufklärung helfen könnte. »Ich weiß nur, dass ich es nicht war.« Von Ben sehe ich zu Yvonne – aber auch ihr Gesicht verrät mir nicht, ob sie mir glaubt oder nicht. *Natürlich*, so wie mir daheim niemand glauben will. Wenn man erst mal genug Scheiße gebaut hat, wird man das Image nicht mehr so leicht los. »Okay, ihr wollt mich loswerden. Das wolltet ihr doch die ganze Zeit, und jetzt habt ihr euren angeblichen Beweis dafür, dass ich Mist gebaut habe. Dann schickt mich halt heim, da kann ich zumindest wieder Zigaretten kaufen.« Mit einer wütenden Handbewegung fege ich die Kippen und das Taschentuch vom Baumstamm und sehe ihnen zu, wie sie eine ziemlich beeindruckende Flugbahn hinlegen und dann irgendwo in einem Busch landen.

Leo.

Leo.

Leo.

Schnauze!

»Leo, darum geht es uns nicht.« Ben kommt auf mich zu und geht neben mir in die Hocke, seinen Blick ehrlich und offen auf mich gerichtet. »Aber wenn du es nicht warst, dann war es jemand anderes, und wir müssen einfach sichergehen.«

»Ich bin es gewohnt, dass mir niemand was glaubt. Sonst wäre ich ja wohl nicht hier. Wenn ich meinen Eltern sage, dass ich nichts rauche, durchsuchen sie mein Zimmer so oder so. Weil es total egal ist, was ich sage!«

»Und finden sie was?«

»Manchmal. Aber manchmal auch nicht. Ich wollte ja schon aufhören, aber es ist nicht einfach.« Ich strecke ihm meinen Arm hin, auf dem inzwischen schon eine stattliche Anzahl an Klebe-Tattoos meine Haut ziert. »Aber seit ich diese Kaugummis futtere, habe ich nicht mehr geraucht. Und mein Handy habt ihr ja auch.« Kurz fahre ich mir über meine Haare, die hier langsam, aber sicher länger werden und die ich mir daheim schon längst wieder abrasiert hätte. »Wenn es Jannis nicht war, dann vielleicht Alex.« Ich schlucke. »Oder Grete.« Doch schon als ich ihren Namen ausspreche, möchte ich den Kopf schütteln, weil ich mir nicht vorstellen kann, dass sie so etwas machen würde. »Also wohl eher Alex.«

»Wieso Alex?«

Bens Frage spiegelt echtes Interesse an meinen Gedanken und ich falle darauf rein. »Grete würde so was einfach nicht machen, und Alex ist sauer auf mich, weil ich sie …«, es fällt mir noch immer schwer, es auszusprechen, aber ich will auch nicht kneifen. Weder vor der Scham noch vor der Wahrheit, »… angegriffen habe.«

»Verstehe. Nun, wir sprechen später auch noch mit den

anderen. Jetzt gehen wir erst mal zurück und schauen, was wir heute Abend essen.«

Er steht auf und reicht mir die Hand, die ich aber nur anstarren kann. *Das hier ist ein Trick.* Sie wollen mich irgendwie in Sicherheit wiegen und dann fallen lassen, wenn ich es glaube.

»Und wann muss ich zurück nach Hause?«

»Am Ende. Das können wir dir nicht ersparen.«

»Wie jetzt? Ich kann bleiben?«

»Du sagst, du warst es nicht, und wir glauben dir.«

»Ernsthaft?«

»Klar. Komm schon, du bist unser Pilz-Experte, und wir wollen doch nicht hungrig ins Bett.« Obwohl ich ihm weder das Lächeln noch die Worte wirklich abnehmen kann, greife ich nach seiner Hand und lasse mich auf die Füße ziehen. Er klopft mir auf die Schulter. »Wir mussten nur sichergehen, dass du es nicht warst.« Das klingt so, als hätte er gar nicht wirklich geglaubt, dass ich es einfach so eingesteckt hätte. Und damit hat er jetzt schon mehr Vertrauen in mich und meine Worte bewiesen als meine Eltern in den letzten Monaten.

Und als Tommi.

Der hat mich in dem Moment aufgegeben, als er das Messer in meinem Rucksack gefunden hat. Keine Ahnung, aber sein enttäuschter Blick, der hat irgendwie richtig wehgetan.

Völlig in Gedanken versunken, laufe ich neben Ben und Yvonne zurück in Richtung Camp, wo die anderen auf uns warten. Die Reaktionen, als sie erfahren, dass ich bleiben werde, sind gemischt. Jannis zeigt so was Ähnliches wie ein Lächeln, Alex nickt wissend, als hätte sie so was schon erwartet, und Grete strahlt über das ganze Gesicht und umarmt mich so fest, dass sie mich fast zerdrückt, was sich aber erstaunlich gut anfühlt.

Nur Tommi bleibt unberührt von der Info.

Zumindest eine Person dürfte nicht so happy sein, mich bleiben zu sehen. Nämlich die, die mir das Messer in den Rucksack gepackt hat.

Die Frage bleibt nur, wer von ihnen es war.

Kapitel 55

Grete

Donnerstagnachmittag

Alex, Jannis und Tommi sind angeln gegangen, und obwohl ich eigentlich mitwollte, bleibe ich jetzt gerne zurück und bereite den Salat vor. Wobei es mir weniger um den Salat als um Leo geht.

Yvonne tut zwar so, als würde sie uns nicht genau beobachten, aber ich spüre ihren Blick dennoch immer mal wieder auf uns. Vielleicht flüstere ich genau deswegen.

»Geht es dir gut?«

Leo kratzt sich nachdenklich am Hinterkopf, während ich die Tomaten schneide, weil er ein Messer nicht mal anfassen will. »Denke schon. Ist ganz nett, zu hören, dass man mir zur Abwechslung mal glaubt.« Damit wirft er mir ein kurzes Lächeln zu, das ganz mir gilt, und mein Herz wagt einen kurzen Stepptanz.

»Ich wusste, dass du es nicht genommen hast.«

»Bleibt die Frage, wer es dann in meinen Rucksack gepackt hat.«

Leo klingt trotzig, schnell sehe ich zu Yvonne, die gerade im Topf mit dem Reis rührt. »Glaubst du wirklich, es war Jannis?«

»Oder Alex.«

Alex mit dem Schmetterlings-Tattoo. »Wieso denn Alex?«

»Weil sie mich nicht besonders mag.«

»Na ja …«

»Und sie immer für Ärger sorgt.«

»Ich mag Alex.« Zumindest glaube ich das, weil sie gar nicht so schlimm ist, wie sie tut, und ich bin froh, dass sie da ist.

»Du hast vielleicht keinen besonders guten Geschmack, was Menschen angeht.« Getroffen von seinen Worten, sehe ich zu ihm, aber er grinst nur frech. »Schließlich magst du mich auch. Oder?«

»Sei dir da mal nicht so sicher, Leo.« Aber wenn er mich so ansieht, bin ich mir sogar verdammt sicher, dass ich ihn mag. Und er weiß es, denn sein Grinsen wird noch breiter.

»Okay. Du magst mich also nicht.«

»Kein Stück.«

»Verstehe.«

Mein blödes Herz trommelt bei dieser ausgedachten Wahrheit nur leider so heftig, dass ich mir sicher bin, er kann es hören. Alle können sie vermutlich hören, diese versteckten Morsesignale, die der Welt verraten, dass ich Leo mag.

»Ich unterbreche euer Geflirte nur sehr ungern, aber wenn ihr die Tomaten in der Geschwindigkeit weiterschneidet, essen wir erst morgen.« Yvonnes Stimme unterbricht meine Gedanken, und ihre von einem Lächeln begleiteten Worte setzen zeitgleich mein Gesicht in Flammen.

»Wir flirten doch gar nicht!«

Auch wenn ein Teil von mir hofft, dass wir es eben doch tun, zumal Leo es auch nicht abstreitet und sich nur etwas verlegen am Kinn kratzt. Yvonne deutet auf die Schneidebretter vor uns, und ich greife nach einer besonders fleischigen Tomate, die ich energischer als nötig in zwei Hälften teile.

»Du bist ungefähr so rot wie dieses Exemplar.« Leo deutet auf die Tomatenhälften und ich verpasse ihm einen spielerischen Schlag in die Rippen.

»*Autsch.*«

»Halt die Klappe.«

»Ich sage doch nur die Wahrheit.«

»Ja, ja.«

Er rückt etwas zu mir auf, so weit, dass unsere Schultern sich berühren, wenn auch nur leicht. »Keine Ahnung, ob es dich interessiert, aber ich für meinen Teil mag dich echt, Grete.«

Statt in sein Gesicht sehe ich auf die vielen Klebe-Tattoos auf seinem Arm. Jedes davon steht für eine Zigarette, die er nicht geraucht hat. »Ich dich auch.« Das sage ich so leise, damit er es vielleicht gar nicht hört, doch es führt nur dazu, dass er sich etwas weiter zu mir runterbeugt.

»Wie war das eben?«

»Ich sagte …«, mit all meinem Mut drehe ich mich zu ihm, bemerke zu spät, wie nah unsere Gesichter sich dadurch sind, und zucke dennoch nicht zurück, »… ich mag dich auch.«

In keinem Szenario dieser Welt hätten sich unsere Wege sonst je gekreuzt. Leo und ich leben in unterschiedlichen Leben, aber trotzdem steht er jetzt ganz dicht vor mir und lächelt, schubst unwissentlich die Tür zu einer Herzkammer auf, die ich doch ganz fest verriegelt hatte.

Ausgerechnet Leo.

»Wir haben zwei Fische gefangen!« Alex' Stimme unterbricht den Moment, der mir zur Abwechslung eine angenehme Gänsehaut auf den Körper gezaubert hat.

Wir drehen uns beide so ertappt um, dass wir fast gegeneinanderprallen.

Jannis hält die Fische in der Hand, weit von sich gestreckt, und so was wie Stolz spiegelt sich in seinem Blick.

Alex hingegen sieht gar nicht mehr so begeistert aus, wie sie gerade noch klang. Ihr eiskalter Blick trifft mich wie ein heftiger Schlag in die Magengrube, und ich versuche, mit einem Lächeln zu kontern. Doch sie ignoriert es und sieht stattdessen zu Leo.

»Hat man dir etwa das nächste Messer zugesteckt?«

Leo bleibt von ihrem Kommentar unbeeindruckt, wie auch sein Lächeln. »Ich habe die Tomaten nur gewaschen. Grete kümmert sich um das Zerkleinern.«

Doch so, wie Alex uns jetzt ansieht, glaube ich eher, *sie* kümmert sich gleich um das Zerkleinern.

Kapitel 56

Jannis

Donnerstagabend

Als Ben den Fisch ausnimmt, muss ausgerechnet Alex wegsehen, was ihr mega unangenehm ist, während Leo und ich nur fasziniert zuschauen können. Obwohl Ben uns alles genau erklärt, sind seine Handgriffe so schnell und routiniert, dass ich kaum mitkomme.

»Und dann wascht ihr das alles noch mal aus und *zack*, wandert der Fisch auf den Grill.« Mit dem Tier in der Hand dreht er sich zu uns. »Wer will waschen?«

Leo meldet sich schneller, als ich hätte antworten können, und kriegt den Zuschlag, zumal Alex darauf sowieso keine Lust hätte. Erst als Ben und Leo in Richtung Wasser gehen, dreht sie sich zu mir.

»Steht dein Angebot noch?« Sie sieht mich abwartend an, aber ich verstehe nicht sofort, was ihr unangenehm ist. Das merke ich, weil sie zappeliger ist als sonst. »Das mit dem Schwimmen.«

Sie spricht in Richtung Boden, nicht in meine, aber ich nicke trotzdem. »Hast du denn deine Meinung geändert?«

»Wäre das ein Problem?« Sie erwartet, dass ich sie abfertige, sonst wäre sie nicht so unsicher.

»Nein. Ich habe es ja angeboten.«

Erleichterung huscht über ihr Gesicht, ein Lächeln bleibt hängen und sie nickt. »*Cool.* Cool. Danke. Heute Nacht?«

»Du willst im Dunkeln schwimmen lernen?«

»Ich will nur nicht, dass es alle mitkriegen.« Jetzt schleicht sich wieder dieser typische Alex-Ausdruck in ihren Blick. »Heute Nacht!«

»Alex, ich glaube, das ist keine gute Idee.«

»Jetzt kneifst du. Das ist so typisch. Zuerst große Reden schwingen und dann kneifen. Ihr seid alle solche Schwätzer.«

»Dein wunder Punkt?«

»Arschloch.«

Damit will sie mich stehen lassen, aber so war das alles nicht gemeint, und ich greife nach ihrer Hand, bevor sie wirklich gehen kann. »Okay, okay. Weck mich einfach und wir fangen mit der ersten Stunde an.«

Ein kurzes Nicken ist alles, was ich bekomme, und somit steht unser heimliches Treffen heute Nacht, auch wenn ein merkwürdiges Gefühl in meinem Magen bleibt. Irgendwas an der Kombination *Alex, Wasser, ich und Nacht* löst dezente Magenschmerzen aus, selbst wenn ich weiß, dass theoretisch nichts passieren kann. Aber mit Alex kann eben doch irgendwie alles passieren.

»Willst du den Fisch braten, Jannis?«

Ben und Leo kommen vom Wasser zurück, und ich werfe einen Blick auf den toten, perfekt ausgenommenen Fisch in Bens Hand und die leblosen Augen des Tieres, die starr ins Nirgendwo gerichtet sind. Kurz fühlt es sich an, als würde ich in einen Spiegel schauen. Ausgenommen, ohne Organe und ohne Leben. Genau so fühle ich mich die meiste Zeit. Mein Blick huscht zu Ben, der mich abwartend ansieht. »Ich glaube, das sollte Leo machen. Er ist doch der Küchenchef geworden.«

Bens Augenbrauen ziehen sich zusammen, kein gutes Zeichen, todsicher folgt nun die Frage nach meinem Befinden, und ich mache einen Schritt zurück, stolpere über einen der Holzscheite und gehe zu Boden. Alex lacht im Hintergrund.

»Jannis …«

Ben will mir helfen, aber auch diesmal ist Leo schneller, greift mir unter den Arm und riecht dabei nach Fisch und Blut. »Alles okay?«

Wehgetan habe ich mir nicht, aber ich kann den Blick nicht von dem toten Fisch abwenden. »Danke.«

Hastig mache ich mich los, drehe mich um und will hier nur noch weg. Aber meine Schritte sind unkoordiniert, ich stolpere mehr, als dass ich gehe, und suche einen Ausweg aus dieser Situation und dem Anflug dieses Gefühls.

»Jannis!«

Ben will mich aufhalten, aber ich hebe nur die Hand und hoffe, dass er versteht, dass jetzt kein guter Zeitpunkt ist. Jemand greift nach meiner Schulter und erwischt dabei offensichtlich den Reset-Knopf.

»Komm mit.«

Es ist Tommi, der mich jetzt führt, in den Wald, weg vom Camp, den anderen und dem Fisch. Erst nach einigen Metern wage ich es, mich aus seinem Griff loszumachen. Erst dann, als ich meinem Körper wieder traue.

Meine Atmung ist zu schnell, verlangt mir gerade alles ab, testet meine Kondition. Erschöpft lehne ich mich gegen einen Baum und sehe zu Tommi, der mir gegenübersteht.

»Geht's wieder?«

»Keine Ahnung, was los war.«

»Vermutlich eine Panikattacke.«

»Ich habe keine Angst.«

Tommis Mundwinkel zucken zu einem Halblächeln. »Sah aber ganz so aus.«

»Nein, du verstehst nicht.« Ich mache einen Schritt auf ihn zu. »Ich habe keine Angst. Vor nichts. Ich weiß nicht mal mehr, was das ist.« Zu gerne würde ich es ihm beweisen, aber nichts in diesem Wald bietet sich als Requisit an, und so suche ich eine Erinnerung, die es erklärt. »Einmal bin ich auf eine Autobahnbrücke und dort aufs Geländer geklettert.«

»Wolltest du dich umbringen?«

Fast muss ich lachen, schüttele dann aber doch nur den Kopf. »Nein. Ich wollte nur wissen, ob mir die Höhe, die Autos, der potenzielle Absturz Angst machen würden.«

»Und?«

»Kein bisschen. Nichts davon.« Aber Max schon. Geschrien hat er, geweint auch und mich angefleht, es nicht zu tun. »Dabei wollte ich es nie tun, ich wollte bloß wissen, ob ich noch was fühle.« Tommi sieht mich nur an, stellt keine Fragen und hat keine schlauen Sprüche auf Lager. Also spreche ich weiter. »Aber da war nichts.« Ich deute mit der Hand auf meinen Brustkorb. »Da *ist* nichts.« Bis zum Anblick des toten Fisches. »Deswegen raste ich aus, weil nur noch Wut geblieben ist.«

»Hast du mal mit jemandem darüber gesprochen?«

»Nein. Oder doch. Keine Ahnung. Ich habe *ein Aggressionsproblem* und *bin suizidal gewesen, blabla,* passt in eine Schublade, also ab in die Therapie.«

»Hat nichts gebracht?«

»Voll am Thema vorbei. Keiner hat richtig zugehört, und ich habe irgendwann aufgehört, darüber zu sprechen.«

»Na, das Schweigen hat ja Wunder bewirkt.«

»Ich weiß. Aber wie soll ich erklären, dass ich nichts mehr fühle? Dass mir wirklich alles scheißegal geworden ist?«

Tommi schleudert mir keine dumme Floskel entgegen, sondern steht nur da, als wüsste auch er keine Antwort auf all meine Fragen, und so bescheuert es klingt, das finde ich gut. Erst nach einer Weile, in der ich mich wieder beruhigt und meine Atmung sich normalisiert hat, spricht er wieder.

»Mir hast du es ganz gut erklärt.«

»Echt?«

»Ja. Natürlich habe ich keine Ahnung, wie du dich fühlst oder was du durchmachst, aber ich glaube, dass man darüber sprechen *kann.*«

»Ich aber nicht.« Mein Blick wandert auf den Boden vor mir, wo die Erde dunkelbraun zwischen den vielen kleinen Ästen, Nadeln und Blättern durchschimmert. »Könntest du es vielleicht den anderen erklären?« Bei der Frage mag ich Tommi nicht ansehen, weil er es ablehnen könnte. Immerhin ist das hier nicht sein Problem und ich bin es auch nicht.

»Ich werd es versuchen.«

»Danke.«

»Eine Sache muss ich aber noch wissen.«

Als ich wieder zu ihm sehe, schaut er mich ernst an, und ich ahne, dass Tommi jemand ist, mit dem man es sich besser nicht verscherzen sollte. »Hast du Leo das Messer in den Rucksack gepackt?«

Kapitel 57

Alex

Donnerstagnacht

Es dauert echt ewig, bis Grete eingeschlafen ist, aber sobald ihre Atmung ruhig und gleichmäßig geworden ist, schäle ich mich aus dem Schlafsack und sehe zu ihr rüber. Nur um sicherzugehen, dass sie auch wirklich pennt. Sie schaut so jung und entspannt aus, wie sie da liegt, gar nicht so, als könnte sie Leo küssen wollen. Dabei sah es heute, als wir vom Angeln zurückgekommen sind, genau danach aus. Es könnte mir egal sein, dass sie sich in ihn verknallt hat, aber es gefällt mir nicht.

Sie wird immer mehr Zeit mit ihm verbringen, mit ihm Insider entwickeln und lachen, bis ich nur dumm danebenstehe und nichts mehr verstehe. Dann bleibt mir nur Jannis, der mir zwar das Schwimmen beibringen wird, aber sonst kein Interesse an irgendwas hat.

Mit diesen Gedanken im Handgepäck krabble ich leise aus dem Zelt hinaus in die laue Sommernacht. Einen kurzen Moment bleibe ich einfach so in der Stille stehen und sehe mich um. Außer mir ist niemand wach und das ehemalige Lagerfeuer ist bloß noch ein Haufen orange glühender Holzstücke, die früher oder später zu Asche zerfallen werden.

»Wird aber auch Zeit, ich warte hier schon eine Stunde.« Erschrocken fahre ich herum, erwarte Jannis, der mir meine erste Schwimmstunde erteilen soll, aber da steht Jessy und grinst. »Überrascht, mich zu sehen?« Bin ich, da ich die ganze Zeit über Ausschau nach ihr gehalten hatte, aber jede Spur fehlte.

»Dachte, du bist schon wieder nach Hause.«

»Quatsch. Es gibt ja noch viel zu tun.« Sie deutet auf die anderen Zelte, und ich ahne, was sie vorhat. »Leo und Grete also, *hm*?« Langsam kommt sie auf mich zu, ihre Schritte leise und bedacht. »Hübsches Paar. Zwei Irre zum Preis von einem.«

»Grete ist eigentlich ganz in Ordnung.«

Jessy verdreht nur die Augen. »Du weißt schon, dass sie lügt, sobald sie den Mund aufmacht.«

»Das sind ausgedachte Wahrheiten.«

»*Lügen*. Sie lügt dich an. Und davon hast du genug, dachte ich?«

Das Blöde an besten Freundinnen ist, dass sie eben alles über die jeweils andere wissen. Alles, was ich Jessy jemals im Vertrauen erzählt habe, kann sie nun jederzeit gegen mich verwenden.

»Ich sage ja auch nicht immer die Wahrheit.«

»Und das ist auch gut so! Manche Dinge sind und bleiben ein Geheimnis.« Mit einem Lächeln legt sie mir die Hand auf die Schulter und zieht mich näher zu sich ran. »Wir sollten denen eine Lektion erteilen.«

Ein ungutes Gefühl breitet sich in meinem Magen aus, als sie auf eines der Zelte deutet, und ich ahne, wen sie ins Visier nehmen will.

»Wem denn?«

»Wirst du dann ja sehen.« Sie will uns beide in Bewegung setzen, aber ich weigere mich, was mir einen bösen Blick einträgt. »Ach so, sind die urplötzlich deine Freunde, oder was?«

»Nein. Aber wir können auch nicht immer für Ärger sorgen.«

Jessy wirkt genervt, vielleicht auch weil sie es nicht gewohnt ist, dass ich ihr widerspreche. Niemand widerspricht ihr.

»Okay, ich habe es verstanden, du stehst total auf diesen Tommi.«

Sofort will ich es abstreiten, weil ich es mir ja nicht mal selber eingestehen will, auch wenn mein Herz jedes Mal komplett ausrastet, wenn er in meiner Nähe ist.

»Und eure Kuscheleinheit vorhin im Wald war auch echt süß, aber er steht nicht auf dich.«

Natürlich hat Jessy uns gesehen. Vermutlich beobachtet sie uns schon eine ganze Weile, und mir ist klar, dass es ihr nicht passt. Möglich, dass sie selber auf Tommi steht.

»Alex, du bist doch nicht doof. Die hier tun alle nur so, als wären sie nett zu dir, als wärst du ihnen irgendwie wichtig. Ich meine, das ist Tommis Job. Glaubst du echt, daheim würde er dich auch nur mit dem Arsch ansehen?«

Ein Teil von mir hofft das zumindest. Klar, er ist zu alt, und ich bin bestimmt auch null sein Typ, aber vielleicht könnten wir zumindest Kontakt halten. Vielleicht könnte er mir helfen oder zuhören, wenn meine Eltern mal wieder einen ihrer Aussetzer haben. »Er mag mich.« *Wenn auch nicht so, wie ich ihn mag.*

»Haben die dir hier dein Gehirn amputiert?« Jessy legt mir beide Hände auf die Schultern und sieht mich ernst an. »Wir beide, wir wissen doch, wie das läuft. Vertraust du jemandem, wirst du enttäuscht. Lässt du jemanden nah genug an dich ran, wird dir wehgetan.« Jetzt wird ihr Lächeln weicher. »Ich will dich echt nur beschützen.« Und als müsste sie mich daran erinnern, wer meine beste Freundin ist, hält sie mir ihr Handgelenk hin, wo auf der Innenseite ein Schmetterlings-Tattoo zu sehen ist. »Wir beide gegen den Rest der Welt, schon vergessen?«

Vergessen habe ich es nicht, nur vielleicht kurz daran gezweifelt. Weil ich mich hier wohler fühle, als ich es zugeben mag. Weil ich hier nicht Jessys Alex sein muss. Weil meine Eltern weit weg sind und hier keine Rolle spielen. Weil ich hier Alex sein kann. Weil Grete mich trotzdem mag. Und Tommi nett zu mir ist.

Jessy lehnt ihre Stirn an meine, die Augen geschlossen, und ich tue es ihr gleich.

»Du bist meine beste Freundin, Alex. Ich will dich nicht verlieren.«

Das will ich auch nicht, denn ohne Jessy wäre ich wieder alleine. Da wäre niemand, der mich versteht, niemand, der mir zuhört, niemand, der immer da ist, wenn ich jemanden brauche.

»Alex?«

Als ich die Augen wieder öffne, ist Jessy schon weg, stattdessen steht da Jannis. In einer kurzen Hose mit einem Handtuch über der Schulter. »Ich dachte, du wolltest mich wecken.« Er reibt sich den Schlaf aus den Augen und sieht ziemlich müde zu mir.

Ich kann nur hoffen, dass er die Szene eben nicht gesehen und Jessy auch nicht bemerkt hat. »War gerade auf dem Weg zu dir.«

»Sah eher so aus, als ob du im Stehen eingeschlafen bist.«

»Habe meditiert.«

Wenn ich ihm erzähle, dass Jessy von daheim abgehauen und mir nach Schweden gefolgt ist, wird er es entweder nicht glauben oder sofort den Betreuern erzählen.

Jannis kommt auf mich zu und deutet auf mein Schlafshirt. »So willst du schwimmen lernen?«

»Nee.« Ich trage einen Sport-BH und eine kurze Radlerhose unter dem Shirt, bin also bestens vorbereitet und deute ihm an, er soll vorangehen.

»Du wirst mir doch kein stumpfes Messer in den Rücken rammen, oder?«

Schnell werfe ich von ihm einen Blick zu den Büschen im Wald, hinter denen Jessy verschwunden ist, bevor ich ihn wieder frech angrinse. »Bring mich nicht auf Ideen.«

Als er an mir vorbei in Richtung Ufer geht, taucht Jessys Gesicht zwischen den Sträuchern in der Dunkelheit des Waldes auf, den Zeigefinger an die Lippen gelegt.

Es bleibt unser Geheimnis.

Kapitel 58

Leo

DONNERSTAGNACHT

Jannis denkt sicher, ich checke nicht, dass er sich rausgeschlichen hat. Er war ja auch nicht besonders happy darüber, dass wir uns wieder ein Zelt teilen sollen. Ehrlich gesagt ist mir das inzwischen alles egal, die Nächte gehen eh schnell rum, seitdem ich besser schlafe. Das Einschlafen ist noch immer ein Problem, wenn die Gedanken Flugstunden in meinem Kopf nehmen, aber sobald die auch müde sind, ist der Rest ein Klacks.

Jetzt setze ich mich auf und lausche hinaus in die Nacht auf der anderen Seite der Zeltwand. Wenn ich mich nicht irre, höre ich Getuschel. Ich sollte mich einfach wieder hinlegen, Augen zu und warten, bis der Schlaf mich einholt. Aber da ist diese blöde Neugier, die mir auf die Schulter tippt, und so versuche ich so leise wie möglich zuerst aus dem Schlafsack und dann aus dem Zelt zu kriechen.

Das Camp ist ruhig, und vielleicht habe ich mir die Stimmen auch nur eingebildet, aber dann ist da leises Lachen zu vernehmen, das vom Wasser kommt und so gar nicht zu dieser nächtlichen Stunde passt.

Jannis hat also Spaß, während wir anderen schlafen. Die Frage ist nur: Mit wem?

Auf Zehenspitzen versuche ich, mich Richtung Ufer zu schleichen, Ästen, Stöcken und Steinen auszuweichen, dann gehe ich hinter einem Strauch in Deckung. Der wolkenlose Nachthimmel legt einen ziemlich vollen Mond frei, der so hell strahlt, dass ich keine zusätzliche Lichtquelle brauche, um zu sehen, was sich da vor mir im Wasser abspielt.

Jannis, bis zur Hüfte im Wasser, hält Alex, die ausgestreckt wie ein Surfbrett daliegt und merkwürdige Schwimmbewegungen mit den Armen und Beinen macht, dabei versucht, ihr Kinn über Wasser zu halten, und eher an einen grobmotorischen Frosch erinnert.

Keine Ahnung, was ich erwartet oder sogar erhofft hatte, aber dieses Bild ganz gewiss nicht. Fast muss ich mir ein amüsiertes Grinsen verkneifen.

»Was habe ich verpasst?«

Mein Herz setzt einen Schlag aus, und ich drehe mich so schnell um, dass ich fast das Gleichgewicht verliere, und nur dank Tommis Griff nach meiner Schulter falle ich nicht einfach um.

»Du hast mich zu Tode erschreckt.«

»Dafür siehst du aber noch ziemlich lebendig aus.«

Wir flüstern, und auch Tommi hält sich gebückt hinter den Blättern des Strauchs in Deckung, wirft nur einen kurzen Blick zu Jannis und Alex, die weiterhin versucht, wie ein Frosch die Beine zu bewegen.

»Sie lernt schwimmen. Oder versucht es zumindest.«

»Das kann ich sehen.« Auch Tommi lächelt, aber nicht

gehässig, sondern eher zufrieden, bevor er sich zu mir dreht, sein Blick sich minimal verändert und etwas Misstrauen darin Einzug hält. »Und was machst du dann hier?«

Objektiv betrachtet könnte es tatsächlich so aussehen, als würde ich die beiden ausspionieren oder irgendwas planen.

»Ich bin wach geworden, und Jannis war nicht da, also wollte ich nachschauen, was er so treibt.«

»Weil du glaubst, er würde wieder irgendwas in deinen Rucksack stopfen?«

Die Ironie in Tommis Stimme trifft mich härter, als sie es sollte, und das macht mich zusätzlich wütend. »Weißt du, Tommi, die anderen glauben mir, wenn ich sage, ich habe das Messer nicht genommen.«

»Jannis war es aber auch nicht.« Er ist sich so sicher, dass seine Stimme bombenfest klingt.

»Woher weißt du das?«

»Weil ich ihn gefragt habe.«

»Ach so, ihm glaubst du es einfach so, mir aber nicht?«

»Ganz richtig.«

»Das ist nicht fair.«

»Mag schon sein, aber deine Ausreden klingen exakt wie meine damals.«

Die Wut, die in mir köchelt, kommt mir langsam, aber sicher die Speiseröhre hoch, und ich funkele ihn an.

»Ich bin nicht du, Tommi. Schon mal daran gedacht, dass ich es *gar nicht* genommen haben könnte?«

»Klar. Aber vielleicht hast du ja einfach nur Angst, was passiert, wenn rauskommt, dass du es eben doch genommen hast.«

Es ist diese unendliche Ruhe, mit der Tommi seine Anschuldigungen vorträgt, die schließlich meine köchelnde Wutlava über den Kraterrand speit.

»Halt doch einfach deine Klappe!« Das war zu laut, denn sofort verstummen die Stimmen der beiden anderen, und ich stehe auf, gebe unser Versteck preis und stoße Tommi so heftig vor die Brust, dass er das Gleichgewicht verliert und nach hinten umfällt. Einen kurzen Moment bleibt er einfach überrascht dort liegen, sieht zu mir hoch, wie ich über ihm stehe, bereit nachzulegen, falls ich muss. »Du hast doch keine Ahnung! Du glaubst, weil du mal im Knast warst, hast du all unsere Geschichten schon durchlebt und weißt genau, wie wir uns fühlen! Dabei hast du *null* Ahnung, was in mir vorgeht!«

Taschenlampen gehen in den Zelten an, Jannis kommt auf uns zu, Alex im Schlepptau, doch Tommi steht einfach seelenruhig auf, weil weder ich noch mein wütender Ausbruch ihm imponiert haben, was mich nur noch mehr aufregt.

»Ich habe dieses bekloppte Messer nicht genommen, du blödes Arschloch!« Ben, Yvonne und auch Grete tauchen hinter Tommi auf und ich sehe zu ihnen. »Es ist doch total egal, was ich sage! Jemand wird immer glauben, dass ich lüge. Weil ihr es glauben wollt.« So fest ich kann, presse ich mir die Fäuste in die Augenhöhlen, so lange, bis ich Sterne sehe.

Stille.

Niemand sagt etwas.

»Ihr seid wie meine Eltern. Überall sehen sie Gespenster, vermuten neue Dramen, die ich ausgelöst haben muss. Jedes Wort wird hinterfragt, jede Aussage für eine Lüge gehalten.« Meine Augen brennen, mein Kopf tut weh, und ich lasse die Hände erschöpft sinken, sehe noch immer Sterne, blinzele, als hätte ich in ein zu starkes Blitzlicht geschaut. »Ich kann einfach nicht mehr.«

Die Gestalten vor mir bleiben merkwürdig verschwommen und gesichtslos, ich erahne nur noch, wer wer ist. Bis eine Stimme spricht.

»*Ich* war es. *Ich* habe Leo das Messer in den Rucksack gepackt.«

Jetzt wünschte ich mir, meine Augen würden besser funktionieren, denn ich kann kaum glauben, was ich höre. Oder von wem.

Unscharf und doch deutlich macht sie einen Schritt nach vorne.

»Wegen der Pilze. Damit er sie weiter sammeln kann.«

Es ist Grete.

Kapitel 59

Grete

DONNERSTAGNACHT

»Ich hatte dich ja gewarnt.«

Nachdem die Betreuer alle Gespräche auf morgen früh verschoben und uns zurück ins Bett geschickt haben, sitzt mir Alex, mit noch immer nassen Haaren, im Schneidersitz in unserem Zelt gegenüber. Sie sieht mich mitfühlend an. »Der Typ bringt nichts als Ärger, das habe ich von Anfang an dreißig Meter gegen den Wind gerochen.« Ihre Worte verlieren sich irgendwo auf dem Weg zu mir, so wie alles gerade.

Dieses verdammte Messer wird uns noch zum Verhängnis werden.

Alex hat bisher versucht, die richtigen Worte zu finden, aber ehrlich gesagt weiß ich nicht mal, was die richtigen Worte sein könnten.

»Weißt du, Grete, ich verstehe ja, dass du ihn magst, er ist ja auch ein ganz hübscher Kerl, aber er ist halt auch ein Junkie, und du solltest nicht –«

»Kannst du bitte mal kurz still sein?«

Die Müdigkeit, die wie eine dritte Person mit uns im Zelt sitzt, rückt mir bedrohlich auf den Leib, aber ich will nicht schlafen. Weil dann ein neuer Tag beginnt und ich Konsequenzen tragen muss, die ich mir gerade nicht mal vorstellen mag. Doch diesmal werden meine Lügen und erfundenen Wahrheiten nicht ausreichen, um die Realität zu verdrängen.

»Sorry, ich wollte echt nur helfen.«

Und das ist aus Alex' Mund schon jede Menge, deswegen ringe ich mir ein Lächeln ab und schenke es ihr. »Danke. Ich habe auch helfen wollen, aber das ist gehörig schiefgegangen.« Ich schließe erschöpft die Augen und lasse die letzten Tage noch mal Revue passieren, suche nach dem Moment, in dem alles irgendwie aus den Fugen geraten ist. »Ich mag ihn einfach.«

Alex sagt nichts, und ich sehe wieder zu ihr, wie sie vor mir sitzt, in ein Handtuch gehüllt, und langsam nickt. »Ist mir nicht entgangen.«

»So offensichtlich?«

»Na ja, du lügst für ihn, du klaust Kippen für ihn, du steckst ihm ein Messer zu. Wenn das mal nicht romantisch ist.«

Sie entlockt mir ein Lächeln. Manchmal mache ich alles falsch. Ach, was sage ich, eigentlich immer, obwohl ich es richtig machen *will.* Um mich nicht länger damit beschäftigen zu müssen, mustere ich Alex, deren nassen Haare leise vor sich hin auf das Handtuch tropfen.

»Was hast du eigentlich mit Jannis im Wasser getrieben?«

Sie grinst etwas schief und streicht sich die einzelne Strähne aus dem Gesicht. »Nicht, was du denkst.«

»Woher willst du denn wissen, was ich denke?«

Sie atmet schwer aus und lässt sich auf ihren Schlafsack sinken, verschränkt die Arme hinter dem Kopf und starrt an die Zeltdecke. »Er wollte mir nur schwimmen beibringen.«

Das ist ihr offensichtlich ein bisschen peinlich oder zumindest unangenehm, aber in all diesem Wahnsinn, der sich gerade im Camp abspielt, kommt mir das nicht sonderlich absurd vor.

»Also mögen wir Jannis jetzt wieder?«

Darauf hat sie keine Antwort oder sucht sie an der Zeltdecke, bevor sie zu mir sieht. »Ehrlich gesagt habe ich keine Ahnung mehr. Wem willst du hier noch irgendwas glauben?«

Eine berechtigte Frage, auf die hier nicht mal mehr die Betreuer eine Antwort haben dürften. »Was, glaubst du, wird jetzt mit mir passieren?«

Sie rollt sich auf die Seite und sieht mich eine kleine Weile an, bevor sie antwortet: »Sie werden dich vielleicht heimschicken. Aber wohl erst in der nächsten größeren Stadt, denke ich.«

»Das klingt logisch.«

Tough klingen, mir nicht anmerken lassen, dass ich noch nicht bereit dazu bin, wieder in mein altes Leben ziehen zu müssen.

»Hey, nicht weinen.« Alex berührt sanft mein Knie und schenkt mir ein aufmunterndes Lächeln. »Sieh es positiv, du musst dann meine miese Laune nicht mehr ertragen und kannst den Rest des Sommers bei deinem Vater in Berlin verbringen.«

Berlin. Papa.

»Mein Vater wohnt gar nicht in Berlin.«

Nur eine weitere erfundene Wahrheit, aber Alex ist kein bisschen überrascht, sieht mich nur an, studiert eine Weile mein Gesicht.

»Das habe ich mir schon gedacht.«

Aber sie fragt auch nicht, wo Papa dann wohnt, und dafür

bin ich dankbar, weil ich noch nicht bereit bin, darüber zu sprechen. Damit sie mein Gesicht nicht länger studieren kann, lege auch ich mich hin und schließe die Augen, hoffe so, auch die Tränen zurückhalten zu können.

»Ich wünschte nur, ich hätte meine Kamera noch.«

»Wieso?«

»Weil ich dann ein Foto von uns allen machen könnte. Damit ich was von hier mitnehmen kann.«

Sonst bleiben sie nur eine Erinnerung, von der ich eines Tages nicht mehr wissen werde, ob sie echt oder erfunden ist. Das macht mich gerade schrecklich traurig.

»Ist deine Kamera nicht mehr aufgetaucht?«

Statt zu antworten, schüttele ich nur den Kopf und bin dankbar für die Dunkelheit um mich herum.

»Tut mir leid.«

Alex' Stimme klingt irgendwie weit weg, als wäre ich schon am Einschlafen, und so murmele ich nur irgendwas von wegen: »Ist ja nicht deine Schuld. «

Was auch immer Alex antwortet, ich höre es nicht mehr.

Kapitel 60

Jannis

Freitagmorgen

Der nächste Tag fängt bewölkt an, passend zur Stimmung im Camp, nehme ich an. Sogar das Wasser wirkt heute irgendwie trüb, undurchschaubar, als hätte es über Nacht schlechte Laune bekommen. Ich höre weder Alex' typisches Genörgel noch Gretes ständiges Gequatsche. Leo sitzt stumm am Lagerfeuer, starrt in die kleine Flamme, der wir schon bald den Garaus machen werden. Neben ihm sitzt Tommi, der aber nicht nur Leos, sondern auch mein »Guten Morgen« komplett ignoriert.

Ben und Yvonne stehen etwas abseits und sind in ein Gespräch vertieft. Da muss ich nicht nachdenken, um zu wissen, worüber sie sprechen und um wessen Schicksal es geht.

Alex und Grete finde ich unten am Wasser beim Zähneputzen.

»Morgen.«

»Hi.«

Grete nickt nur, den Mund voller Zahnpasta, die sie in ihren Becher spuckt. Ihre Augen sind rot und geschwollen. Neben ihnen gehe ich bis zu den Knien ins Wasser und wasche mir erst mal den Schlaf aus dem Gesicht, auch wenn die Nacht eigentlich zu kurz war, um von Schlaf zu sprechen.

»Danke noch mal.«

Als ich mich wieder umdrehe, ist Grete schon weg, aber Alex noch da, die Zahnbürste schräg im Mundwinkel. »Hoffe, wir kriegen keinen Ärger dafür.« Sie spricht undeutlich und ich komme etwas näher.

»Ich glaube, vollkommen egal, was wir gestern gemacht haben, Leos und Gretes kleines Drama überschattet alles.«

»Wobei ich ehrlich gesagt nicht verstehe, wieso alle deswegen ausflippen. Das Messer ist so stumpf, damit kannst du maximal eine Packung Butter angreifen. Und selbst die muss dafür erst mal 'ne Stunde in der Sonne gelegen haben.«

»Glaube, es geht eher ums Prinzip.«

An ihr vorbei sehe ich zurück zum Camp, wo Leo das Gespräch mit Grete sucht, die aber sofort im Zelt verschwindet und ihn davor stehen lässt.

»Als ich in so einem Wohnheim war, haben sie ein Taschenmesser bei mir gefunden und eine Szene gemacht.«

Zu genau erinnere ich mich daran, weil sämtliche Betreuer zusammengetrommelt wurden und ich vor allen Bewohnern erklären musste, wieso ich eine Waffe in meinem Besitz habe.

»Wolltest du jemanden angreifen oder so?« Bei Alex weiß man nie so recht, wann sie einen Scherz macht oder es ernst meint, und auch ihr Gesicht verrät mir nicht, womit ich es diesmal zu tun habe. Da ich nicht antworte, nimmt sie die Zahnbürste aus dem Mund und grinst. »Na ja, das werden sie dich doch wohl auch gefragt haben.«

»Es war ein Taschenmesser, keine echte Waffe. Es war an meinem Schlüsselbund. Und nein, ich wollte niemanden angreifen.«

Sie nickt, und ich bemerke, dass ich Alex nicht mehr so wahrnehme wie zu Beginn unserer Reise. Und dennoch war sie meine Hauptverdächtige, was ich ihr auch mitteile: »Ich hätte wetten können, dass du ihm das Messer untergejubelt hast.«

Vermutlich hätte ich das nicht sagen sollen, aber jetzt ist es raus, und die Worte breiten sich zwischen uns aus, werden größer und größer und ihr Echo erfüllt die Luft, bis Alex den Kopf schüttelt.

»Ich mag Leo nicht besonders, aber so was mache ich nicht.«

Sie glaubt wirklich, ich würde ihr das abnehmen. Ein kurzer Blick zurück zum Camp, dann mache ich einen kleinen Schritt auf sie zu. »Und das mit der Kamera?«

Ihre Augen weiten sich, und ich erkenne darin einen Anflug von Panik, als sie checkt, dass ich es weiß. Zu spät fängt sie sich und lacht nervös auf. »Was?«

»Du hast Gretes Kamera versteckt. Am alten Lagerplatz.«

»Du tickst doch nicht mehr ganz richtig, Jannis.«

Wieso ist sie dann so unsicher und kratzt sich am Ellenbogen, um das Zittern ihrer Hände zu vertuschen? »Glaubst du echt, du bist die Einzige, die nachts nicht schlafen kann?«

Sie versteht, dass all ihre Ausreden bei mir nicht ziehen, weil ich die Wahrheit kenne, und ich kann regelrecht sehen, wie sie innerlich an einer neuen Strategie bastelt.

»Rennst du jetzt zu Ben und verpfeifst mich, ja?« Auch wenn sie sich Mühe gibt, ihrer Stimme Gleichgültigkeit zu verleihen, so schwingt doch noch immer diese Unsicherheit mit, die Alex manchmal so viel jünger wirken lässt.

»Nee.«

»Okay, und was möchtest du für dein Schweigen?«

Jetzt bin ich es, der lacht und den Kopf schüttelt. »Nichts. Es ist dein Glück, dass mir das hier alles reichlich egal ist.«

Damit will ich auch schon an ihr vorbeigehen, als Alex nach meiner Schulter greift und mich aufhält. »Wieso ist dir denn alles manchmal so scheißegal? Hast du keinen Bock aufs Leben?«

Langsam drehe ich mich wieder zu ihr um. Bewaffnet mit einer Zahnbürste und ihrem trotzigen Blick steht sie da.

»Glaub mir, wenn es nach mir ginge, würde ich gerne mehr fühlen.« Kurz klopfe ich mir an die Brust, wo sich hinter meinem Rippenkäfig ein schlagendes, wenn auch kein fühlendes Herz befindet. »Aber da ist einfach nichts mehr.«

Zumindest fast nichts mehr. Max, so weit weg er auch sein mag, verpasst mir immer mal wieder einen kurzen Stromstoß – wie ein ferner Defibrillator.

»Gar nichts?«

Alex versteht es nicht, das sehe ich, und ich kann es ihr ja auch nicht erklären, sondern tue das, was ich immer tue, wenn mich jemand fragt: Ich zucke die Schultern. »Nichts.«

»Tut das nicht schrecklich weh?«

»Wie denn? Ich fühle ja nichts mehr.«

Langsam kommt sie näher, vielleicht um mir eine schallende Ohrfeige zu verpassen, nur um zu sehen, ob das stimmt. »Wenn du willst, fühle ich für dich mit.«

»Fühlst du denn so viel, dass du was abgeben kannst?«

»Glaube schon.«

Seit einer ganzen Weile ist das so ziemlich das Erste, was ich ihr glaube, und ich sehe sie abwartend an. »Was hast du denn alles im Sortiment?«

»Du meinst, außer der klassischen Wut?«

Ich nicke.

»Okay, an der Frischetheke finden wir 500 Gramm abgepackte Einsamkeit, 400 Gramm Traurigkeit, 200 Gramm Happiness und locker ein Kilo frische Verzweiflung. Was darf es denn sein?«

»Ich wäre gerne traurig.«

Das überrascht Alex, denn sie schüttelt verständnislos den Kopf. »Ich habe dir gerade Happiness angeboten, 200 Gramm davon.«

»Schon, aber ich wäre gerne mal wieder traurig.« Schnell sehe ich weg, bevor sie anfangen kann zu lachen, was sie aber gar nicht tut, und so spreche ich hastig weiter. »Würde gerne mal wieder weinen.«

»Nur Loser weinen.«

Das will sie unbedingt glauben, dabei weiß sie gar nicht, wie gerne ich mir mal wieder alles von der Seele weinen würde. Weil meine Eltern mich für ein gescheitertes Exemplar halten, weil es damals Max und nicht mich erwischt hat, weil sie ihn mehr lieben als mich, weil ich ihn mehr liebe, als er weiß, und weil ich so müde bin von dieser täglichen Leere.

»Da bin ich mir nicht so sicher.« Als ich den Blick vom See löse und wieder auf sie richte, schüttelt sie noch immer den Kopf.

»Du bist echt schräg, Jannis.«

»Ich weiß.«

Wie aus dem Nichts ist da plötzlich ein Lächeln auf Alex' Lippen. »Ich mag dich.« Sie hakt sich bei mir ein, einfach so, und zieht mich zurück in Richtung Lagerfeuer. »Wer weiß, vielleicht bringe ich dich ja noch zum Weinen.«

Kapitel 61

Alex

Freitagmorgen

Jannis muss ich auf meine Seite kriegen, egal wie. Wenn er das mit der Kamera gesehen hat, dann hätte es auch Tommi oder Yvonne auffallen können. Ich muss vorsichtiger sein.

Wir müssen vorsichtiger sein.

Ben und Yvonne trommeln uns am Lagerfeuer zusammen, und mir fällt auf, dass Leo und Grete sich weder ansehen können noch die Nähe des anderen suchen. Es sollte sich gut anfühlen, weil ich die Vorstellung der beiden als Paar nicht besonders mag. Aber gerade tut es mir leid. Vor allem für Grete, weil sie noch immer so niedergeschlagen aussieht.

»Okay, heute Nacht war ja mal wieder sehr aufregend, und wir haben lange überlegt, wie wir damit umgehen wollen und sollen.« Zu meiner Verwunderung spricht heute Yvonne mit uns und nicht Ben, der sich eher im Hintergrund hält. »Ihr wisst alle, wieso ihr hier seid, das ist eure Chance, die Baustellen in euren Leben etwas aufzuräumen. Wir können euch aber zu nichts zwingen. Wenn ihr euch nicht an die Regeln halten wollt, dann ist das euer Ding.«

Jetzt wäre ein guter Moment, um einen frechen Spruch

abzufeuern, aber Yvonnes Blick erinnert mich an den einer Kunstlehrerin, die zuerst so tut, als wäre sie voll cool und lässig, nur um dann beim ersten Stress sofort streng zu werden. Mit ihr sollte man es sich nicht verscherzen, und für mein Gefühl bleibt ihr Blick etwas zu lange an mir hängen, bevor er zu Grete weiterwandert, die direkt neben mir steht.

Weiß sie etwas? Hat sie Jessy und mich gesehen?

»Am Ende des Trips müsst ihr alle zurück in euer Leben, und wenn ihr nichts von hier mitnehmen wollt, eure Chance ungenutzt lassen, dann ist das eure Entscheidung.« Wieder ruht ihr Blick auf mir. »Wir paddeln also weiter, zusammen.«

Oha. Keine Strafen? Wir müssen nicht mal was abgeben? Nur eine eher milde Standpauke? Da will man ja fast aufatmen.

»Jannis.« Sie spricht mit ihm, sieht aber mich an, und ich kann nur hoffen, dass man mir meine Anspannung nicht anmerkt. »Wir müssen uns unterhalten.«

Oh shit, shit, shit. Ob er schon was wegen der Kamera gesagt hat? Es war Jessys Idee. Es sollte nur ein blöder Streich sein, nichts Wildes. Ich wusste doch nicht, dass Grete so sehr an dem scheiß Teil hängt. Und wenn Jannis mich jetzt verpfeift, dann wird Grete es erfahren, und ich verliere die vielleicht einzige Freundin, die ich noch habe.

Ein Ast knackt, und ich suche den Ursprung des Geräuschs, während Jannis, die Hände in den Hosentaschen vergraben, auf Ben und Yvonne zugeht. Auch Tommi gesellt sich zu ihnen.

Tommi. – Wenn er erfährt, was ich gemacht habe, wird er sicher sauer auf mich sein. Schnell sehe ich wieder zu den dichten Büschen, die unseren Lagerplatz fast komplett umgeben. *Wo ist Jessy, wenn ich sie mal brauche?*

»Ihr andern packt die Zelte und euer Zeug zusammen.«

Meine Hand schießt in die Höhe, als wäre ich in der Schule und müsste mich melden. Yvonne ist von dieser Geste ebenso irritiert, wie ich es bin.

»Ja?«

»Ich bin noch mal schnell für Mädels.«

Bevor sie mir eine Begleitung aufschwatzen kann, eile ich an ihr vorbei direkt in Richtung der Büsche, die den Eingang zum Wald markieren. Meine Schritte machen keine Geräusche, der weiche Erdboden fühlt sich wie Watte unter meinen Schuhen an, und ich laufe einfach immer weiter, hoffe, niemand folgt mir, und bleibe erst stehen, als mir die Puste ausgeht.

»Jessy?« Ich weiß, dass sie hier sein muss. Sie folgt uns immer am Ufer entlang und sie wird hier irgendwo gepennt haben. »*Jessy!* Wir müssen reden.«

Aber egal, wo ich auch hinschaue, da sind nur Bäume, kleine, große, Birken, Fichten und Moos. Es riecht so stark nach Erde, dass ich mir fast wie begraben vorkomme.

»Okay, okay, musst ja nicht so brüllen.« Sofort drehe ich mich zu ihr um. Sie lehnt entspannt am Baum hinter mir und grinst mich an. »Auf die Idee mit dem Messer hätten wir auch kommen können, findest du nicht?«

»Darum geht es nicht. Jannis weiß, dass wir die Kamera versteckt haben!« Ich mache einige Schritte auf sie zu, aber sie schüttelt nur völlig entspannt den Kopf.

»*Du* hast sie versteckt.«

»Was?« *Sie will mich ausgerechnet jetzt hängen lassen?* Wo es nicht nur ihre Idee, sondern auch ihre Tat war.

»Wir haben das zusammen gemacht.«

Jetzt lacht sie leise, was tief und gemein klingt, so als würde sie mich auslachen. »Ich existiere nur in deinem Kopf, Alex. Wie soll ich da irgendwas getan haben?« Ihre Worte treffen mich heftig und unvorbereitet. Langsam torkele ich etwas benommen zurück, aber Jessy grinst unverändert. »Und es wäre besser, wenn das unser kleines Geheimnis bleibt.«

Sie will nur nicht auffliegen. »Das stimmt doch gar nicht.«

Jetzt atmet sie so laut und genervt aus, dass es mich wütend macht. »Glaubst du wirklich, ich könnte einfach so von Stuttgart nach Göteborg fliegen und dich dann in diesem Nirgendwo der Langeweile aufspüren? Komm schon, so naiv bist nicht mal du.«

»Das ist doch …« *Unlogisch.*

Von vorne bis hinten.

Jessy ist gar nicht hier.

»Du bist also noch in Stuttgart?«

»Oh Mann, Alex.« Sie verdreht die Augen und kommt auf mich zu, legt ihre Hände auf meine Schultern, wie sie es immer tut, und sieht mich direkt an. »Ich existiere nicht. Gar nicht. Nicht hier, nicht in Stuttgart.« Sie tippt mir an die Schläfe. »Ich bin nur dadrinnen.«

Das kann nicht sein. Das ist eine Lüge oder ein Streich, den sie mir spielt, um mich zu ärgern. Natürlich ist sie echt.

»Du bist meine beste Freundin.«

Sie lacht leise. »Natürlich bin ich das.«

Ich kann ihre Berührung auf meiner Wange spüren. Das kann ich mir gar nicht einbilden, sie ist hier, sie ist real.

Sie ist meine beste Freundin.

»Alles okay?«

Aber es ist Grete, die mir die Frage stellt und die jetzt ganz real vor mir steht. Von Jessy fehlt jede Spur, sie ist verschwunden, wenn auch nur für den Moment.

»Du siehst aus, als hättest du einen Geist gesehen.« Grete reicht mir ihre Hand, die ich annehmen soll, aber woher soll ich wissen, ob sie wirklich hier ist? »Komm, die anderen haben fast alles gepackt, wir müssen weiter.«

Die anderen. Jannis, Leo und Tommi. Mit denen ich seit Tagen zusammen unterwegs bin, die sich nicht vor meinem Auge auflösen. In einem Anflug von Panik schlinge ich meine Arme um Grete, die offensichtlich von meiner stürmischen Umarmung überrascht ist.

»Oh. Okay. Geht es dir wirklich gut?«

Ich halte sie einfach nur fest, atme ihren Duft nach Grillkohle, Nadelwald und Kräutershampoo tief ein. Sie löst sich nicht auf, legt ihre Arme stattdessen um mich und umarmt mich zurück.

»Du bist noch da.«

Sie nickt langsam an meiner Wange. »Und ich darf es auch bleiben, muss aber ab jetzt täglich Küchendienst machen.«

Das habe ich zwar nicht gemeint, aber ich war noch nie so froh über eine Umarmung.

Kapitel 62

Tommi

Freitagvormittag

Er hat keine Lust, mit mir im Kanu zu sitzen, zeigt mir nicht nur die kalte Schulter, sondern gleich den ganzen Rücken, dreht sich nicht zu mir, beantwortet keine meiner Fragen, und mit jedem Meter, den wir auf dem Wasser zurücklegen, werde ich angespannter.

Ich war mir sicher, dass Leo was mit dem Messer zu tun hatte. So sicher, dass ich ihm nicht geglaubt habe, ihm nicht glauben wollte. Jetzt macht mich meine Sturheit fast wütend, und es gibt nur eine Möglichkeit, Dampf abzulassen.

»Es tut mir leid.« Aber natürlich dreht sich Leo auch jetzt nicht um, zeigt nach wie vor keine Reaktion. »Es war ein Fehler, dir nicht zu glauben.«

Leo bleibt stumm und ich atme genervt aus. Mit den meisten Situationen komme ich hier ganz gut klar, kann sogar mit den Aggressionen der Teilnehmer überraschend gut umgehen, aber dieses Schweigen, das stresst mich.

»Du hast recht, du bist nicht ich, und ich hatte kein Recht, meine scheiß Erfahrungen auf dich zu projizieren. Vermutlich habe ich wirklich versucht, dich vor den Dingen zu bewahren, die ich selbst getan habe und die mir richtig Ärger eingebracht haben.« Zumindest zuckt seine linke Schulter, was ich als Zeichen deute, weiterzusprechen. »Ich wollte sogar, dass ich mich irre, aber …« Es bringt nichts, er wird mir nicht zuhören, meine Entschuldigung nicht annehmen und mich bis zum Ende unserer Reise ignorieren. *Ich habe es vermasselt.*

»Aber?« Seine Stimme klingt selbst bei diesem einen kleinen Wort gelangweilt, doch offensichtlich will er hören, was ich zu sagen habe.

»*Ich* hätte das Messer eingesteckt.«

Das ist die Wahrheit und führt dazu, dass Leo sich tatsächlich zu mir dreht, zumindest so weit, dass sein Blick mich streift.

»*Was?*«

»Ich an deiner Stelle, damals, ich hätte es eingesteckt.«

»Wieso?«

»Weil …« Das sollte ich ihm nicht erzählen, aber die Worte wollen raus, vielleicht weil sie nicht mehr mir gehören. »Weil ich es gehasst habe, wenn jemand mir Dinge verboten oder nicht zugetraut hat. Ich hätte das Messer geklaut, nur um mir zu beweisen, dass ich es kann.«

»Dass niemand dich aufhalten kann.«

»Genau!« Mein Blick wandert über die Wasseroberfläche zum roten Kanu, in dem Grete und Alex sitzen und fleißig paddeln, während sie sich ungezwungen unterhalten.

»Ich habe *schon* daran gedacht, das Messer zu nehmen.« Wieso überrascht mich Leos Beichte nicht, als er das Paddel ins Kanu legt und sich ganz zu mir umdreht. »Aber ich dachte, wenn ich das tue, dann ruiniere ich alles, ihr vertraut mir nicht mehr, ich darf keine Pilze mehr sammeln, kein Feuerholz und alles. Und ich hasse das Gefühl, dass alle denken, ich sei nicht in der Lage, was zu Ende zu bringen. Nicht die Schule, nicht die Ausbildung. Stattdessen habe ich alles für Spiele oder Kippen ausgegeben.« Er fährt sich mit dem Handrücken über die Nase. »Ich habe auch andere Drogen ausprobiert, aber dann war ich nicht mehr so richtig ich. Aber Kippen, das ist auch okay für mich.«

»Ach ja?«

»Klar, ich kann ja jederzeit damit aufhören, *ist easy.*« Jetzt schleicht sich ein schiefes Lächeln auf seine Lippen, und er schüttelt den Kopf. »Dabei kann ich nicht mal aufhören, an die Scheißkippen zu denken!«

»So einfach ist das ja auch nicht.« Ich greife in meine Hosentasche und ziehe ein weiteres Kaugummi hervor, das ich ihm reiche. »Aber du kannst entscheiden, wie es damit weitergeht.«

Er nimmt es an, befreit es aus der Packung und grinst beim Betrachten des Tattoos. »Witzig. Ein Kanu.« Er hält es so, dass ich es sehen kann. »Aber wenn ich wieder daheim bin, ist doch alles wie immer. Dann warten da meine Freunde, die Läden, in denen ich Kippen kaufe, die Schule, die ich hasse …« Er schiebt sich das Kaugummi in den Mund und spricht dann kauend weiter. »Es wird alles wie immer sein.«

»*Du* bist dann aber anders.« Da keiner von uns beiden mehr paddelt, treibt unser Kanu mit etwas Abstand zu den anderen, gibt sich der leichten Strömung des Wassers hin und nimmt kurz mal die Geschwindigkeit aus unserem Tag. »Du kannst dir Hilfe holen, eine vernünftige Kur machen, rauskommen und schauen, ob es dir dann nicht besser geht.«

Leo hört mir zu, taucht dabei das Klebe-Tattoo ins Wasser, bevor er es auf eine freie Stelle an seinem Unterarm drückt. »Und was, wenn ich es nicht packe?«

Ich beuge mich nach vorne und greife nach seinem Arm, sofort schaut er mich überrascht an. Zum ersten Mal am heutigen Tag schaut er mich *wirklich* an.

»Ich sehe hier vierzehn Beweise dafür, dass du es packen kannst. Mit der richtigen Hilfe und den richtigen Leuten um dich herum. Deine Eltern haben dich hierher geschickt, weil sie glauben, dass es ein Anfang sein kann.«

»Sie wollten mich nur loswerden.«

»Dann hätten sie dich auch in ein Heim abschieben können. Aber du bist hier.« Ich tippe auf das Tattoo. »Ich finde, das ist ein guter Anfang.«

Aber Leo ist nicht überzeugt. »Und was, wenn ich dann dringend mal ein Kaugummi brauche?« Statt zu mir sieht er auf das Kanu-Tattoo, das langsam trocken wird.

»Dann rufst du an.«

Er lacht leise auf. »Meinen Kaugummidealer?«

»Jemanden, der zuhört.«

Kapitel 63

Grete

Freitagvormittag

»Er wird sich schon wieder einkriegen.« Alex gibt sich wirklich Mühe, aber ich kann kaum glauben, dass Leo sich beruhigen wird. »Wenn er es nicht tut, ist er ein Idiot.«

»Ich habe doch nur helfen wollen.« Das würde ich Leo so gerne sagen, aber er hört mir nicht zu, sondern geht mir aus dem Weg. Und ich nähere mich einem Gefühl, das ich nie mehr empfinden wollte.

»Leo tickt so. Der will doch nur Aufmerksamkeit.«

Das glaube ich aber nicht. Leo will lieber im Wald sein, will Ruhe und Stille, nicht die Mitte der Welt. Aber das kann ich Alex nicht sagen, weil sie es nicht versteht.

»Ich hatte echt ein schönes Foto von ihm auf der Kamera.«

Alex schweigt und die dadurch entstandene Ruhe lässt die Fragen in meinem Gehirn doppelt und dreifach so laut dröhnen.

»Schaut mal, da vorne am Ufer ist ein Elch!« Yvonne, die im Einzelkanu zwischen uns und den anderen Teamkanus paddelt, deutet aufgeregt ans Ufer, wo ich tatsächlich einen prachtvollen Elch entdecke. Fast majestätisch steht er da, trinkt in aller Ruhe und ist sich seiner neu gewonnenen Fans gar nicht bewusst.

Sofort hören wir auf zu paddeln, werden langsamer, und ich habe den Eindruck, jemand hat die Slowmotion-Taste in meinem Leben gedrückt. Alles wird in Zeitlupe abgespielt, sogar die Bewegungen des Elches, der seinen Kopf mit dem sicherlich schweren Geweih mühelos anhebt, den Blick aus den großen schwarzen Augen über das Wasser bis zu uns wandern lässt und nicht mal im Ansatz erschreckt wirkt. Vielleicht weil ihm das ständig passiert, dass Menschen mit offenen Mündern ihn ansehen, als wäre er ein Fabelwesen aus einer anderen Welt.

»Jetzt ein Foto machen …«

Nur damit ich sicher sein kann, dass ich mir das hier eben nicht schon wieder nur ausgedacht habe.

»Hier.« Alex drückt mir ihre Kamera in die Hand, eine Bewegung, die auch die Aufmerksamkeit des Elches auf sich zieht. Fast könnte ich glauben, er sieht nur mich an.

Nur mich.

Ohne weiter darüber nachzudenken, nehme ich Alex' Kamera, schaue durch den Sucher und richte die Linse auf das Tier. Geduldig wartet es ab, bis ich die richtige Einstellung gefunden habe, dann drücke ich den Auslöser.

Ein *Klick*, ein komisches Surren, und dann verneigt sich der Elch, bevor er verschwindet, als wäre er gar nie wirklich hier gewesen.

Niemand sagt etwas, noch immer sehen wir alle zum Ufer und können unser Glück nicht so recht fassen.

Natürlich ist es Alex, die als Erste spricht. »Das war schräg.«

Aber schräg ist wohl das Motto dieses ganzen Trips, scheint mir.

»Das war cool.« Damit reiche ich ihr die Kamera und lege

ein Lächeln dazu. »Jetzt hast du ein Foto von dem schrägen Elch.«

»Ich schicke dir einen Abzug, wenn wir daheim sind.«

»Ich dachte, du willst mit uns nichts mehr zu tun haben.«

Jetzt habe ich sie erwischt und drehe mich zu ihr. Verschwunden ist das blaue Auge, aber auch die Zornesfalte zwischen Alex' trotzig zusammengezogenen Augenbrauen hat sich geglättet. Wenn sie mich so ansieht wie jetzt, könnte man meinen, es ist eine andere Alex als die vom ersten Tag, die mit schlechter Laune hier aufgetaucht ist.

»Na ja, vielleicht können wir uns ja ab und an mal schreiben.«

»Oder bei Instagram gegenseitig folgen.«

»Mal telefonieren.«

»Uns besuchen.«

Ihr Gesicht hellt sich bei dem Gedanken auf, vertrieben sind die letzten Gewitterwolken aus ihren Augen, und sie nickt. »Gerne, ich wollte schon immer mal nach Berlin.«

»Wieso Berlin?«

»Davon redest du doch ständig.«

Tue ich und das weiß ich. Weil ein Teil von mir das auch wirklich will. Zu Papa ziehen, weg von Mama und Michael, der niemals ein Ersatz sein könnte.

»Ich gehe doch nicht nach Berlin.« Gedankenverloren greife ich nach meiner Halskette, spüre die raue Oberfläche des Anhängers unter meiner Fingerkuppe. Alex sieht mich noch immer an, eine Spur Mitgefühl in ihrem Blick, als sie leise weiterspricht.

»Lass mich raten, dein Vater wird dich nicht abholen, wenn das hier alles vorbei ist, oder?«

Als Kind habe ich echt gedacht, wenn man sich etwas nur

genug wünscht, dann wird es auch eintreffen. Geschenke zu Weihnachten, gute Noten in der Schule oder Freundinnen, die zur Geburtstagsfeier kommen. Manchmal hat es ja auch geklappt, und deswegen wünsche ich mir schon so lange nichts sehnlicher, als dass Papa kommt und mich abholt.

»Nein.«

Alex' triumphierendes Lächeln bleibt aus, sie nickt nur langsam, und etwas an ihrem Gesichtsausdruck verrät mir, dass sie mich besser versteht, als ich glaube. »Ausgedachte Wahrheit?«

»So was in der Art.«

Jetzt erst streckt sie die Hand aus, zuerst denk ich, nach der Kamera, aber sie greift nach meiner Hand und verhakt unsere Finger miteinander, drückt sie kurz, und ich spüre, wie eine erste Träne sich in die Tiefe stürzt. »Weil die Realität beschissen ist?«

»Und wie.«

»Dein Papa ist weg?«

Ich nicke.

»Endgültig weg?«

Wieder nicke ich, weil ich es gar nicht aussprechen muss, sie weiß es sicher auch so. Weil Leute wie ich eine Art dunklen Umhang tragen, der verrät, dass wir jemanden verloren haben, der uns nahestand. Zu früh und zu unerwartet. Ich schlucke, bevor ich von unseren Händen zu Alex schaue.

»Ich war echt lange wütend auf ihn, weil ich es nicht verstanden habe. Und ein Teil von mir checkt es auch heute noch nicht.« Sie weiß nicht, worüber ich spreche, weiß auch nicht, dass ich seit Jahren nicht mehr darüber geredet habe, aber jetzt will es raus, wenn auch nicht in all den schmerzhaften Details.

Denn die habe ich in Ketten gelegt, dafür gesorgt, dass sie dort bleiben, wo sie hingehören. In der Dunkelheit. »Aber trotzdem würde ich gerne noch mal mit ihm sprechen. Weil die Worte so schwer in meiner Brust hängen. Einfach nur reden.« Das würde ich wirklich. Ihn fragen, ob er es mir erklären kann. Mir und meinem Vergangenheits-Ich, das es nämlich nicht versteht und unfassbar wütend auf ihn ist. Und traurig und verängstigt.

Noch immer.

»Und wenn du einfach noch mal mit ihm sprichst?«

Jetzt muss ich lachen, wenn auch leise und hohl. »Er kann ja nicht mehr zuhören.«

»Hast du es denn schon mal probiert?«

Sie versteht nicht, und ich hole tief Luft, spreche es doch aus. »Mein Vater ist tot.«

Alex zuckt bei dem Wort *tot* nicht mal, sie hat davor keine Angst, anders als Mama, bei der ich nicht über das sprechen darf, was passiert ist, und meine Fragen keine Antworten finden. Nein, Alex zuckt nur die Schultern, ihre Hand hält meine noch immer, verhindert durch diese kleine Geste auch, dass ich wegdriften kann, mich von der Dunkelheit verschlucken lasse.

»Heißt ja nicht, dass er nicht zuhören kann.«

»Das ergibt keinen Sinn, Alex.«

Sie zieht eine Augenbraue nach oben, so herausfordernd, wie ich sie kenne.

»Na und? Wenn du was loswerden willst, dann sag es ihm. Könnte gut sein, dass es ankommt.«

»Und wenn nicht?«

»Dann bist du die schweren Worte aus deiner Brust trotzdem losgeworden.«

Kapitel 64

Leo

Freitagmittag

Unter Wasser ist alles friedlich, was vielleicht auch daran liegt, dass man nie zu weit vorausschauen kann. Selbst jetzt, da das Wasser wirklich klar ist, kann ich maximal eine Armlänge weit sehen, und alles wirkt wie weichgezeichnet.

Blöd nur, dass hier irgendwann die Luft knapp wird und ich wieder auftauchen muss. Kaum bin ich zurück an der Oberfläche, höre ich Jannis' Stimme, die Alex Anweisungen gibt, und ich ahne, dass sie ihre Schwimmstunden fortsetzen. Jetzt scheint es ihr zumindest nicht mehr peinlich zu sein, denn Ben steht am Ufer und überwacht die ganze Szene. Tommi und Yvonne sitzen wohl bei den Zelten.

Nur von Grete fehlt jede Spur.

Schnell sehe ich mich um, aber sie scheint verschwunden. Ob sie ein Gespräch mit den Betreuern hat? Machen sie ihr jetzt die Hölle heiß, weil sie mir das Messer untergejubelt hat? Und will ich das überhaupt?

»Hau nicht wieder ab!«

Direkt neben mir taucht Grete wie eine Meerjungfrau aus dem Wasser auf, und ich zucke zusammen, weil ich so völlig in Gedanken war, dass ich ihren Tauchgang nicht bemerkt habe. Ihre blonden Haare fallen ihr nass und wirr in die Stirn, Wassertropfen hängen an ihren langen Wimpern, und sie lächelt schüchtern. Sie ist mir so nah, dass ich die Gänsehaut auf ihren Armen sehen kann – das Wasser ist kühler, als wir zugeben wollen.

»Es tut mir leid, dass ich das Messer in deinen Rucksack gesteckt habe, aber ich wollte dir nur zeigen, dass ich an dich glaube.«

Sie muss gegen die Sonne blinzeln, und ich wünschte, sie würde etwas Abstand halten, denn mein Herz rastet gerade komplett aus, und ich weiß nicht, was es von mir will. Soll ich abhauen, sie zurücklassen oder doch fest umarmen?

»Das war dumm, und ich hätte es gleich sagen sollen, aber ich hatte Angst, dass sie mich dann heimschicken.«

»Oh toll, also wäre es dir lieber gewesen, sie hätten *mich* heimgeschickt?«

So schnell, wie sie den Kopf schüttelt, will ich ihr glauben, aber Menschen sagen selten die Wahrheit, wenn sie ihren Hintern retten wollen. Und genau das will Grete jetzt ja wohl, oder?

Scheißherz, reiß dich zusammen!

»Ich will, dass niemand gehen muss. Manchmal will ich alles richtig machen und mache alles nur noch schlimmer.«

»Korrekt.« Meine Antwort überrascht sie und mich ehrlich gesagt auch.

»Hör mal, Leo, ich mag dich. Ich finde, du solltest Pilze sammeln dürfen. Und ich wäre gerne wieder mit dir in einem Kanu, ich würde gerne mit dir Küchendienst machen, und ich würde am liebsten viel, viel mehr mit dir reden.«

»Aber?«

Denn genau diese Ergänzung fehlt in ihrem Satz, obwohl er so laut durch den Wald dröhnt, dass alle ihn hören können.

»Aber ich mache immer alles falsch.«

»Du hast mir ein Messer untergejubelt.«

Wieder nickt sie. »Ich dachte, es wäre eine wahnsinnig romantische Geste.«

Ich muss lachen, weil das vielleicht das Witzigste ist, was ich seit Jahren gehört habe.

»Ich weiß, rückblickend betrachtet war es doof, aber ich wollte dir nur zeigen, dass ich an dich glaube.« Sie streicht sich die Haare aus der Stirn und zuckt dann die Schultern. »Es tut mir leid, Leo. Ich habe es nicht böse gemeint.«

Ich nicke, und sie wendet sich ab, hat schon wieder Boden unter den Füßen und will zum Ufer. Ich spüre, wie mein Herz erneut rebelliert. Es droht mir mit einem Herzinfarkt, also tue ich, was es von mir fordert, folge Grete und greife rasch nach ihrer Hand.

»Entschuldigung angenommen.« Das bringe ich so schnell über die Lippen, dass ich es selber kaum verstehe, und Grete sieht mich erstaunt an. »Aber lüg mich nie mehr an. Daheim gibt es genug Lügen für ein ganzes Leben, bitte nicht auch hier.«

»Das ist viel verlangt.«

Weil Grete eben alles auf Lügen aufbaut, das haben wir inzwischen wohl alle verstanden. »Schon klar, aber hast du es nicht manchmal satt, ständig zu lügen?« Noch immer halte ich ihre Hand in meiner, sanft und doch fest, damit sie versteht, dass ich auch angesichts der Wahrheit nicht abhauen werde.

»Bei dir warten daheim Lügen, Leo, bei mir die Wahrheit. Und damit kann ich nicht so gut umgehen.«

Ihre Augen glitzern traurig, was so gar nicht zu diesem sonnigen Sommertag und der ausgelassenen Stimmung der anderen passt. Keine Ahnung, ob es Wassertropfen oder Tränen sind, die ich auf ihren Wangen sehe, aber ich ziehe Grete vorsichtig an mich und lege sanft meine Arme um sie.

»Die Wahrheit tut manchmal weh, aber Lügen tun *immer wieder* weh.«

Sie nickt, drückt ihr Gesicht an meine Brust und atmet tief ein. »Okay, solange wir hier sind, gibt es nur noch die Wahrheit.«

Das ist immerhin ein Anfang, und ich beuge mich zu ihr runter, küsse ihre Stirn und schließe die Augen.

Keine Ahnung, was das hier ist, wo es hinführt oder was es bedeutet. Aber ich weiß, dass es sich besser anfühlt als so ziemlich alles, was ich kenne. Zum ersten Mal seit Ewigkeiten habe ich nicht den Eindruck, von einem Moment zum nächsten zu hetzen. Ganz im Gegenteil, ich hätte nichts daran auszusetzen, noch eine kleine Weile in genau diesem Moment verharren zu dürfen.

Mit Grete.

»Ihr seid ja richtig cute zusammen.«

Es ist Alex' Stimme, die mich dazu bringt, die Augen wieder zu öffnen, den Moment doch zu verlassen und ihr einen Blick zuzuwerfen. Doch anders als befürchtet, wartet da kein hämisches Grinsen, kein sarkastischer Kommentar. Nur Alex und Jannis, die ihre Schwimmübungen unterbrochen haben. Alex, die ihre Kamera in der Hand hält und zufrieden lächelt.

»Das wird ein richtig schönes Foto von euch beiden.«

Kapitel 65

Jannis

Freitagmittag

»Wie ein Frosch!«

Sie gibt sich Mühe, aber das nützt nichts, sie hat die Schwimmbewegungen nicht richtig drauf. Vor allem die Beine.

»Du schaust aus wie ein ertrinkender Hund.«

Alex sieht zu mir, will nicht lachen, tut es dann doch und geht kurz unter, nur um sofort wieder aufzutauchen und sich die Haare aus dem Gesicht zu streichen.

»Ich bin eben kein Frosch!«

»Aber du bist auch kein ertrinkender Hund. Schau!«

So langsam wie möglich führe ich die korrekten Schwimmbewegungen aus, während ich in Kreisen um sie herum schwimme.

»Die Beine müssen sich synchron bewegen.«

Sie beobachtet mich, die Arme um sich geschlungen, weil ihr kalt ist. Zwar habe ich schon zwei Mal angeboten, erst morgen weiterzumachen, aber davon will sie nichts wissen.

»Bei dir sieht es eher so aus.« Um ihr zu demonstrieren, was sie falsch macht, strampele ich wild mit den Füßen und spritze sie dabei unfreiwillig nass.

»Du übertreibst maßlos.« Sie stemmt die Hände in die Hüften und sieht mich amüsiert an. »Schon mal daran gedacht, dass du ein lausiger Lehrer bist?«

»Quatsch. Max hat mit meiner Hilfe sogar das *Seepferdchen* geschafft.«

Ihre Augenbrauen ziehen sich wie Gewitterwolken zusammen. »Wer ist Max?«

Fuck.

Ich wollte ihn doch daheim lassen. Er soll fern von mir mit unseren Eltern Urlaub machen können, und jetzt habe ich ihn an diesem sonnigen schwedischen Nachmittag doch hergeholt.

Alex schaltet sofort in den Schnüffelmodus, kommt auf mich zu, und ich spiele ernsthaft mit dem Gedanken, einfach abzutauchen, um dieser Fragerunde auszuweichen. Aber vielleicht gibt sie ja Ruhe, wenn ich ihr die nötigsten Infos hinwerfe. »Mein kleiner Bruder.«

Aber Alex ist und bleibt Alex.

»Habe dich mir ehrlich gesagt nicht als großen Bruder vorgestellt.«

»Und ich mir dich nicht als Nichtschwimmerin auf einem Kanutrip.«

»Zu dem ich gezwungen wurde.«

Darauf legt sie viel Wert. »Wie wir alle, Alex.«

»Aber du scheinst es voll zu genießen.«

Dabei will ich genauso wenig hier sein wie die anderen. Oder?

Als könnte sie meine Gedanken lesen, klärt sie mich auf, benutzt dafür ihre Finger, um all ihre Argumente aufzuzählen. »Erstens machst du alles, was dir aufgetragen wird.«

»Gute Manieren.« Wie sehr meine Eltern jetzt staunen würden.

»Zweitens baust du die Zelte auf, als hättest du nie was anderes gemacht und hast offensichtlich Spaß daran.«

»Jemand muss es ja tun.«

»Drittens bringst du einem ertrinkenden Hund wie mir das Schwimmen bei.«

»Weil es sonst niemand macht.«

»Und viertens ist es dir offensichtlich unangenehm, dass ich bemerkt habe, dass du lieber hier als daheim bist.«

»Quatsch.«

»*Quatsch*, es ist dir nicht unangenehm, oder *Quatsch*, du bist nicht lieber hier als daheim?«

Gute Fragen, und ich weiß nicht, ob ich den Antworten wirklich auf den Grund gehen will.

»Du interpretierst zu viel hinein in all das hier.«

»Vielleicht interpretierst *du* ja *zu wenig* in all das hier alles, Jannis.«

Sofort will ich den Kopf schütteln, weil Alex keine Ahnung hat, wie es in mir aussieht, aber sie spricht so schnell weiter, dass ich keine Zeit habe, um zu reagieren. »Vergiss nicht, dass ich dir ein paar Emotionen leihe.«

Sie kommt durch das Wasser auf mich zu und sieht mir direkt in die Augen. Wieso machen Menschen so was? Ich empfinde das als schrecklich unangenehm und übergriffig, aber ihr zuliebe versuche ich, mir nichts anmerken zu lassen. »Vielleicht fühlst du dich hier ja einfach nur in Ruhe gelassen.«

»Sicher nicht von dir.«

»*Nee*, mein Job ist es ja auch, dir auf den Sack zu gehen.«

»Den erfüllst du zu hundert Prozent.«

Sie grinst stolz, eben weil sie weiß, dass sie mich gar nicht mehr so sehr nervt wie noch zu Beginn unserer Reise.

»Ich wette, du würdest jetzt auch nicht mehr zusehen, wenn ich absaufe.« Abwartend sieht sie mich an, erwartet wohl eine eindeutige Reaktion.

»Wieso glaubst du das?«

»Weil du ein großer Bruder bist.« Sie klingt so, als wäre es das beste Argument, unumstößlich und perfekt, um jede Diskussion darüber zu beenden. »Habe ich recht?«

»Alex, ich finde es ja echt nett, dass du irgendwas in mir sehen willst, aber …« Wie soll ich es formulieren, damit sie es endlich versteht? Damit es überhaupt jemand versteht? Ihr wissendes Grinsen bleibt unverändert, weil sie glaubt, mich durchschaut zu haben. Bis auf die Knochen durchschaut. »Okay, ja, ich finde euch okay, und ich würde vielleicht auch niemanden mehr absaufen lassen.« Es fühlt sich merkwürdig an, diese Lüge auszusprechen. Auch weil sie sich nicht wie eine anfühlt. »Aber das bedeutet nicht, dass ich dir hinterherspringe, wenn du über Bord gehst.«

»Musst du ja auch nicht mehr.« Triumphierend, als hätte sie gerade eine ganze Jury voller Geschworener überzeugt, geht sie langsam um mich rum. »Weil ich jetzt nämlich schwimmen kann.«

Und weil sie das beweisen will, stürzt sie sich ins Wasser, strampelt wild mit den Beinen und zieht mit den Armen hektisch Halbkreise. So habe ich ihr das bestimmt nicht vorgemacht, aber ein kurzes Lachen rutscht mir dann doch raus, als Alex erstaunlich lange über Wasser bleibt.

»Siehst du! Ich kann schwimmen.«

»Und wie heißt diese Technik?«

Erst nachdem sie zurück in meine Richtung geplanscht ist und wieder Boden unter ihren Füßen hat, sieht sie zu mir auf.

»*Der Ertrinkende Hund.*« Sie strahlt. So richtig. Ich beneide sie darum. Um alles. Um ihr Lachen, ihre Gemeinheiten, ihren Humor, ihren Stolz und um den Spaß, den sie hier hat.

»Bist du stolz auf mich?«

Ich will sie nicht enttäuschen, nicht wenn sie mich so hoffnungsvoll ansieht wie sonst nur Max, und deswegen nicke ich. »Total.«

Ganz kurz fühlt es sich sogar so an, als wäre es die Wahrheit.

Kapitel 66

Alex

Freitagmittag

In ein Handtuch gewickelt, sitze ich auf einem Stein in der Nähe des Ufers und beobachte, wie weit das Wasser sich an dieser Stelle bis zur anderen Seite erstreckt, und ich frage mich, wie viele Schwimmstunden ich noch brauchen werde, bis ich dahin schwimmen kann. Vermutlich noch einige.

»Willst du auch was essen?« Tommi, ein belegtes Brot in der Hand, kommt lächelnd auf mich zu. Wenn Tommi lächelt, geht deswegen sicher irgendwo gerade die Sonne auf.

»Was ist denn drauf?«

»Käse und Tomate.«

»Nehme ich.«

Tommi nickt und beißt genüsslich in das Brötchen, ein breites Grinsen auf dem Gesicht. »Dann kannst du dir eines schmieren.«

Natürlich, weil es bei Tommi nie irgendwas umsonst gibt. Aber immerhin kommt er zu mir rüber und nimmt in meiner Nähe Platz, während er weiterkaut.

»Wieso bist du eigentlich so, Tommi?«

»Da brauche ich mehr Informationen. Wie bin ich denn?«

Schön, schlau, undurchschaubar, sexy, lustig und unerreichbar. »Keine Ahnung. Irgendwie komisch.«

Er nickt, vermutlich weil ich nicht die Erste bin, die ihm das mitteilt, zumindest wirkt er nicht besonders überrascht.

»Vielleicht, weil wir alle die Summe unserer Erlebnisse sind.«

»*Wow*, das ist echt deep, Tommi.«

»Nicht wahr?« Er zwinkert mir zu, was mein Lächeln anknipst, sodass ich mich sofort schäme, weil ich ihn so gerne mag. »Und wenn ich komisch bin, dann wohl, weil ich nicht weiß, wie ich sonst sein sollte.« Das wiederum überrascht mich. Er ist älter als wir, er hat schon einiges erlebt, auch heftige Dinge, er muss das doch wissen.

»Das macht ja echt Mut.«

»Wieso denn?«

»Na, wenn nicht mal du es herausbekommen hast, wie soll ich es dann jemals erfahren?«

Mit zusammengezogenen Augenbrauen dreht er sich so zu mir, dass er mich direkt ansehen kann. »Weil du schlauer bist, Alex.«

»Ja, klar, genau. Das wären echte News für mich.«

»Im Ernst. Du hast *hier* die Chance, dich kennenzulernen. Rauszufinden, was du magst, was dich nervt, wohin du mit dir und deinem Leben willst. Ohne dass dir jemand reinquatscht. Nicht deine Mutter, nicht dein Vater. Außerdem hast du ja schon eine grobe Idee, wo du mal hinwillst.« Er tippt sich an die Schläfe. »Das habe ich mir nämlich gemerkt.«

»Ach, echt?«

»Klar. Ausbildung, mit Jessy zusammenziehen, Geld verdienen.«

Das habe ich behauptet, weil es wie eine gute Version der Zukunft klang. Nur bin ich mir nicht mehr sicher, ob das wirklich meine Zukunft ist.

Tommi bemerkt mein Zögern, denn er rückt etwas näher. »Oder etwa nicht?«

»Weiß nicht.«

»Wenn du mal richtig groß träumen dürftest, wie würde dann deine Zukunft aussehen?«

»Leute wie ich, wie wir, wir können das gar nicht. Weil in der Welt kein Platz für unsere Träume ist.«

»Vielleicht irrst du dich. Vielleicht solltest du das Träumen mal wieder trainieren.«

»Ich trainiere schon Schwimmen. Eins nach dem anderen.«

Tommi lächelt etwas schief und nickt mir dann aufmunternd zu. »Los. Träume mal ganz kurz richtig groß.«

Rasch sehe ich mich um, aber Leo, Grete und Jannis liegen etwas entfernt in der Sonne, verdösen den Nachmittag und belauschen sicher nicht unser Gespräch. Aber es sind gar nicht die anderen, um die ich mir Sorgen mache. Etwas weiter in Richtung des Waldes suche ich nach einem mir vertrauten Augenpaar und dem frechen Grinsen, aber ich finde es nicht.

»Ich würde schon gerne die Schule fertig machen. Dumm bin ich nämlich nicht!« Dabei sehe ich Tommi direkt ins Gesicht, will sehen, ob er mir widerspricht, was er aber nicht tut. »Ich würde meiner Mutter sagen, dass es wehtut, wie sie mich ignoriert. Papa würde ich sagen, dass ich seinen Musikgeschmack mag, aber seinen Job hasse.« Tommi lächelt ein bisschen, das gibt meinem Mut einen ordentlichen Schubser, und ich spreche es einfach aus, ohne mich zu fragen, ob Jessy mich auslachen würde. »Und ich würde gerne das *Seepferdchen* machen.« Das sind nicht die ganz großen Pläne für ein Megaleben, aber zum ersten Mal glaube ich, dass ich diese Träume wirklich verwirklichen könnte, wenn ich mich nur genug anstrenge. »Das wäre es erst mal. Mal sehen, was danach kommt.«

Jessys Lachen hallt so laut in meinem Kopf, dass ich mir sicher bin, auch Tommi kann es hören, aber er sieht mich einfach nur an, noch immer lächelnd.

»Das sind ziemlich gute Pläne, Alex. Ich wünschte, ich wäre in deinem Alter schon so weit gewesen.«

Seine Worte übertönen Jessys Lachen. Problemlos.

»Glaubst du, ich kann das *Seepferdchen* schaffen?«

»Ist doch egal, was ich glaube. Glaubst *du* denn, dass du es schaffen kannst?«

»Na ja, noch schwimme ich wie ein ertrinkender Hund.«

»Vom *Ertrinkenden Hund* zum *Seepferdchen* ist es sicher nicht mehr weit. Und noch hast du ja Zeit, um besser zu werden.«

Habe ich. Werde ich. Er traut es mir zu, sogar Jannis traut es mir zu, und wenn ich ehrlich bin, sogar *ich* traue es mir zu. Und doch sind da Zweifel: »Mit siebzehn das *Seepferdchen* machen, das ist schon peinlich.«

Keine Frage, eine Feststellung, etwas, das Jessy sagen würde, ich kann sogar hören, wie es bei ihr klingen würde.

»Aber wäre es dann besser, gar nicht erst schwimmen zu lernen?« Tommi zuckt die Schultern, während er die Frage stellt, und ich schüttele langsam den Kopf. »Na also. Nicht so viel nachdenken, was andere denken könnten.« Wieder zwinkert er mir zu und steht dann auf. Unsere Unterhaltung ist beendet und er wird zu den anderen zurückgehen. Doch noch steht er da, sieht mich an, dann reicht er mir die Hälfte seines Brotes. »Noch Hunger?«

»Und wie!« Ohne nachzudenken, nehme ich es an, bevor er seine Meinung ändern kann, und beiße ein großes Stück ab. Mit vollem Mund spreche ich weiter. »Schwimmen macht echt hungrig.«

»Dann denk daran, dir ein Brot zu schmieren, wenn du das *Seepferdchen* machst.«

Damit will er gehen, aber zwischen Käse und Tomate rutscht mir eine letzte Frage raus. »Ich schaffe das, oder?«

Tommi dreht sich nicht um, als er antwortet. »Es ist egal, was ich denke, schon vergessen?« Jetzt wirft er mir doch einen Schulterblick zu. »Aber ja, ich glaube, du schaffst das.«

Kapitel 67

Grete

Freitagabend

Zumindest warten die Betreuer bis zum Abendlager an diesem Tag, bis sie mich zum Gespräch holen. Ich wusste, dass es kommt, und doch bin ich jetzt nervös.

»Kannst du uns erklären, wieso du das Messer überhaupt genommen hast?«

Ben und Yvonne sitzen ganz entspannt neben mir, sehen mich an und lächeln dabei, als wäre ich fünf und hätte unerlaubt in der Besteckschublade rumgewühlt.

»Das habe ich doch schon gesagt.«

»Nun, wir würden es gerne noch mal hören.«

Was sie wirklich sagen, ist, sie wollen *die Wahrheit* hören. Im Gegensatz zu meinen üblichen Lügen, die sie natürlich längst durchschaut haben. Auch weil sie meine Akte oder wie auch immer die das hier nennen, gelesen haben. Sie wissen alles über meinen Vater, fragen deswegen auch nie danach.

»Leo hat mir leidgetan. Neulich waren wir zusammen Pilzesuchen und Tommi hat ihm das Messer nicht gegeben.«

»Das war eine konkrete Auflage von uns.«

»Ich weiß schon. Aber Leo hat das Gefühl, ihr würdet ihm

nie was zutrauen. Ich wollte, dass er sich echt fühlt, nicht wie ein Projekt, an dem ihr rumbastelt, bis es für euch passt.«

Jetzt schiebt Ben seine Kappe weiter aus der Stirn und wischt sich den Schweiß ab. »Dann hätte Leo mit uns sprechen müssen.«

»Das ist nicht immer so einfach, wisst ihr?«

Aber weil sie immer nur auf der Betreuerseite stehen, haben sie keine Ahnung, wie ätzend es sein kann, immer alles erklären und beantworten zu müssen. Sie wissen nicht, wie oft wir das alle schon gemacht haben. Fast automatisch greife ich nach meiner Kette, suche den kleinen Löwen-Anhänger, aber meine Finger greifen ins Leere.

»Findest du, wir machen es euch schwer, mit uns zu sprechen?«

Die Kette ist nicht da, wo sie sein sollte, und ich fasse in meine Hosentasche, aber auch da ist sie nicht.

»Grete? Wir haben dir eine Frage gestellt.«

Ich versuche, die Panik nicht zu groß werden zu lassen, während meine Gedanken sich in Lichtgeschwindigkeit daranmachen, all meine Handlungen seit dem letzten Stopp noch mal durchzugehen. *Nachdem ich mit den anderen im Wasser war, habe ich mich abgetrocknet und umgezogen. Habe ich da die Kette abgenommen?*

»Findest du, wir sollten mehr auf euch zugehen?«

»Darum geht es doch gar nicht.« Kurz atme ich tief durch und sehe dann von Ben zu Yvonne, die so aussieht, als wäre sie wirklich an meinen Gedanken zu dem Thema interessiert. »Wir alle hier haben daheim, in Therapien oder Sitzungen, schon so viele Gespräche geführt und mussten so viele Fragen beantworten, und nie hat es wirklich was gebracht.« Ben will sofort widersprechen, aber ich lasse ihn diesmal nicht zu Wort kommen. »Sonst wären wir ja wohl kaum hier.« Das nimmt ihm den Wind aus den Segeln, auch wenn er das nicht zugeben will, doch er nickt leicht und lässt mich weitersprechen. »Ich habe es satt, ein Rätsel zu sein, das unbedingt gelöst werden muss. Klar, alle wollen helfen, aber ich verstehe Leo und seinen Frust. Er bekommt das Gefühl vermittelt, dass er etwas nicht gut kann, wenn man ihm das Messer bei der Pilzsuche nicht gibt.«

»Manche Privilegien muss man sich eben verdienen, Grete.«

Jetzt lache ich, und das sogar sehr laut, weil ich Yvonnes Ansatz dämlich finde. Und vielleicht, weil mir bewusst wird, dass ich die Kette tatsächlich verloren habe. »Privilegien. Das ist witzig.«

»Leo hatte die Chance, sich das Messer wieder zu verdienen.«

»Wieso müssen wir uns alles verdienen? Euer Vertrauen, das Messer, unsere persönlichen Dinge, die wir abgeben mussten?« Yvonne und Ben verschwimmen etwas vor meinen Augen, weil die Tränen ganz ungefragt kommen – immer dann, wenn ich sie nicht gebrauchen kann. »Ich habe meinen Vater verloren, und ich bin diejenige, die sich Dinge erst wieder verdienen soll?«

Niemand sagt etwas, aber meine Worte hallen noch immer deutlich in meinem Kopf nach. Dabei habe ich Papa nicht *verloren*. Er hat mich verloren. »Die Welt sollte sich anstrengen, damit ich ihr und den Menschen jemals wieder vertraue. *Sie* müssten sich das erst verdienen!«

Wie laut ich inzwischen rede, merke ich erst, als die drei anderen zu uns rüberschauen, ihre Tätigkeiten und Gespräche unterbrechen. Aber das ist mir egal, denn in meinem Inneren ist ein Ventil geplatzt und der dahinter angestaute Druck entlädt sich nun.

»Wir sind nicht die Bösen in diesem Spiel. Wir haben doch auch keine Lust, hier zu sein und jeden Tag im Nirgendwo aufzuwachen. Wir machen das, damit alle anderen um uns herum zufrieden sind. Aber wer fragt denn mal, wie es uns dabei geht?« Darauf haben sie keine Antwort, auch weil sie nicht so genau wissen, worüber ich gerade spreche. »Glaubt ihr wirklich, es geht mir besser, weil ich hier ein bisschen rumpaddele? Weil dann der Schmerz weniger wird?«

Ben hält meinem Blick unbeirrt stand. »Sag du es mir. Wird dein Schmerz weniger, Grete?«

»Einen Scheiß wird er!« Jetzt schreie ich. *Endlich.* »Er ist jeden scheiß Tag da und wird auch jeden scheiß Tag bleiben! Egal, wie viele Lügen ich erzähle und wie sehr ich hoffe, dass sie wahr werden. Mein Vater hat sich umgebracht, weil er nicht mehr konnte.«

Ich habe es ausgesprochen. Eine Wahrheit, für die es in meinem Leben keinen Platz gab, weil Mama es mir verboten hat. Michael glaubt bis heute, dass Papa bei einem Unfall ums Leben kam. Weil das leichter und angenehmer ist. Für alle, außer für mich.

»Papa hat sich umgebracht. Weil alles zu viel war. Und auch wenn ich das irgendwie verstehe, frage ich mich doch, wie er mir das antun konnte!«

Yvonnes Hand streckt sich nach meinem Arm aus, aber

wenn sie mich berührt, finde ich zurück in diese Realität und werde die Worte dahin zurückverbannen, wo ich sie die letzten Jahre versteckt gehalten habe. Also entziehe ich mich Yvonnes Berührung, stehe auf und sehe wütend in die Runde, dabei ist es mir egal, wen mein Blick trifft.

»Er hat mich im Supermarkt zurückgelassen, absichtlich. Hat wohl gehofft, ich würde dort artig warten.«

Als wäre es gestern, sind die Bilder wieder da. Erst habe ich mir die Zeitschriften angesehen. In einer gab es ein ganzes Set an bunten Haarreifen als Beilage, und ich wollte sie unbedingt haben. Papa wollte an die Fleischtheke und mich dann bei den Zeitschriften abholen, so wie immer.

Aber dieser Donnerstag war nicht so wie immer.

Als er nicht kam, habe ich den ganzen Supermarkt abgesucht, sein Handy angerufen, ihn ausrufen lassen, aber Herr Oliver Kohlmann hat sich nicht an Kasse vier gemeldet, um seine Tochter abzuholen.

Ich war fast elf, und das Konzept von Angst war mir fremd, weil ich nie welche haben musste.

Aber jetzt schon, Angst vor der Wahrheit und den korrekten Erinnerungen an den schlimmsten Tag meines Lebens.

»Ich kannte ja den Weg nach Hause und wollte Mama nicht bei der Arbeit stören, also bin ich irgendwann losgelaufen.«

An jeden Schritt erinnere ich mich. An mein klopfendes Herz, weil ich nicht wusste, wie Papa mich einfach so im Supermarkt vergessen konnte. Schon an der Haustür wusste ich, dass irgendwas nicht in Ordnung war. Keine Ahnung, wieso.

»Es war so still in der Wohnung.« So still wie jetzt, denn außer meiner Atmung höre ich nichts mehr. »Also bin ich von

Zimmer zu Zimmer, habe nach ihm gerufen. Ich wusste ja, dass er da war, weil seine Jacke im Flur hing und ich sein Aftershave riechen konnte.

Old Spice.

Ein Duft, für immer verbunden mit meinem Vater, egal, an wie vielen Menschen ich es noch riechen werde, es gehört zu Papa.

»Die Tür zu seinem Büro war zu. Also habe ich geklopft.« Immer und immer wieder. »Aber er hat nicht aufgemacht.«

Egal, wie oft ich gerufen habe. Irgendwann habe ich bei unserer Nachbarin geklingelt, bei der es immer nach Apfel und Zimt geduftet hat.

»Als die Polizei kam, wusste ich, dass etwas Schlimmes passiert ist. Weil die Feuerwehr und der Notarzt auch dabei waren.«

Und weil der Polizist wollte, dass ich weggehe, während die Feuerwehrfrau dann die Tür aufgebrochen hat.

»Dann habe ich den Hocker gesehen.« Den umgekippten Hocker.

Und die Beine meines Vaters, die über dem Boden schwebten, die Beine mit seinen weißen Turnschuhen und seinen Jeans. Und den umgekippten Hocker.

Wieder greife ich nach der Kette, alles, was mir von ihm geblieben ist, aber da ist nichts.

Der Rest meiner Erinnerung ist total verschwommen, irgendwann war ich in die Nachbarwohnung, bis meine Mutter aufgetaucht ist.

»Ich muss mir also ganz sicher nichts mehr verdienen.«

Arme legen sich um mich, ziehen mich in eine Umarmung,

und mein erster Impuls ist es, Yvonne wegzuschieben, bis ich verstehe, dass es Alex ist, die mich festhält. So fest, dass ich mich nicht in Luft auflösen kann.

»Es tut mir leid.«

Das sagen alle, doch meist ist es auch das Letzte, was sie sagen, eine Art Abschied, bevor sie sich zurückziehen und die Freundschaft eines stummen Todes sterben lassen.

»Ist ja nicht deine Schuld.«

Aber Alex schüttelt den Kopf, als hätte ich sie missverstanden. »Es tut mir leid, dass ich so ätzend zu dir war.«

Und das klingt so gar nicht nach Abschied.

Kapitel 68

Leo

Freitagabend

»Kaugummi?« Tommi reicht mir die bunte Verpackung, an die ich mich inzwischen gewöhnt habe, und ich nehme sie dankend, fast gierig an. Meine Gedanken fahren Karussell, und ich würde alles für eine Kippe geben, aber das Kaugummi tut es gerade auch. So hastig, wie ich es mir in den Mund schiebe, weiß Tommi sicher, wie ich mich fühle.

»Willst du reden?«

Wir alle haben unfreiwillig mitgekriegt, was Grete erzählt hat, und ich wollte sie so gerne umarmen, sie wissen lassen, dass sie nicht alleine ist. Aber Alex war schneller, und jetzt sitzen die beiden bei Ben und Yvonne, und wir anderen sollen das Camp vorbereiten. Wir paddeln heute nicht mehr weiter, sondern werden hier unser Nachtlager aufschlagen.

»Ich wusste das nicht. Mit Grete.«

Tommi nickt bestätigend, auch wenn ich bisher den Eindruck hatte, er und die Betreuer hätten einen kleinen Wissensvorsprung.

»Am ersten Tag war ich mit ihr im Supermarkt.« Die ganze Zeit habe ich nicht mehr daran gedacht, aber jetzt fällt es mir schwer, an irgendwas anderes zu denken. »Wir sollten ja das Zeug kaufen, als Team. Aber ich wollte Kippen klauen und habe sie stehen lassen.« An Tommi vorbei sehe ich zu Grete, die sich gerade in ein Taschentuch schnäuzt. »Da hatte sie wohl so was wie eine Panikattacke, keine Ahnung, sie hat es runtergespielt.« Jetzt verstehe ich, wieso sie damals so ausgetickt ist. »Ich hätte sie nicht alleine gelassen, wenn ich gewusst hätte …« Wenn ich was gewusst hätte? *Dass sie mehr emotionales Gepäck dabeihat, als ich vermutet habe?*

»Das wirst du jetzt nicht hören wollen, Leo, aber das wäre dir scheißegal gewesen, du hättest dir trotzdem die Kippen besorgt.«

Mein Blick schießt von Grete zu Tommi, und ich spüre die Wut in meiner Kehle, bevor ich ihm die Worte ins Gesicht schleudere. »Das stimmt nicht!«

»Doch. Weil Grete dir damals egal war. Alles war dir egal außer deiner Sucht.«

Unbewusst mache ich einen Schritt auf ihn zu, aber Tommi zuckt nicht mal. Weil Tommi noch immer Tommi ist. »Ich würde sie jetzt sicher nicht mehr einfach so alleine lassen!«

»Jetzt nicht mehr.« Er legt mir eine Hand auf die Schulter, was meine Anspannung ein bisschen löst, und ich verstehe, dass er es nicht als Vorwurf gemeint hat. »Jetzt wäre dir Grete wichtiger als irgendwelche Glimmstängel, oder?« Keine Ahnung, wie Tommi aussieht, wenn er auf jemanden stolz ist, aber gerade könnte man meinen, er ist es. Auf mich. »Und wer weiß, vielleicht werden dir ja andere Menschen auch wieder wichtig, wenn du das hier durchziehst.«

Das hier. Damit meint er den Entzug, der noch vor mir liegt.

Ich bin nicht dumm, mir ist klar, dass ich daheim schnell wieder in alte Muster rutschen werde. Kaum habe ich mein Handy zurück, werde ich Spiele checken, Geld verzocken und mir Nikotin reinziehen.

Ich sehe wieder zu Grete. »Weißt du, wieso er sich umgebracht hat?«

Tommi schüttelt den Kopf. »Nein. Ich vermute, das weiß Grete auch nicht.«

»Das muss scheiße sein. Ich meine, sie wird nie eine Antwort bekommen.«

Es macht mich wütend, und so, wie ich das Kaugummi malträtiere, merkt das auch Tommi. »Also noch mal: Willst du reden?«

»Weißt du, ich dachte, Grete wäre so eine Lügenbaronin, die halt Lippenstifte klaut und sich gerne im Mittelpunkt sieht.«

»*Mhm.*«

»So, wie sie wohl dachte, ich sei ein Aggro-Junkie.« Tommi muss nichts sagen, zieht nur eine Augenbraue hoch, und ich hebe sofort die Hände. »Ich arbeite daran, okay? Aber hast du nicht auch für uns alle hier Schubladen parat gehabt?« Er will nicht zugeben, dass auch er so gedacht hat, deshalb deute ich auf Jannis. »Ihn hielt ich für ein komplettes Arschloch, und ehrlich gesagt, bin ich mir immer noch nicht sicher, ob ich damit so falschlag.«

»Er hielt dich sicherlich auch für ein Arschloch.« Tommis Einwurf ist nicht unbegründet und ich zucke die Schultern.

»Damit hat er ja auch recht. Aber er weiß nicht, *wieso* ich ein Arschloch geworden bin.«

»Weißt *du* es denn?«

»Klar. Glaubst du, ich bin dumm?« *Mein wunder Punkt.*

»Habe ich nicht gesagt. Willst du mir denn vielleicht erzählen, wie das angefangen hat?«

Um nicht antworten zu müssen, fummele ich das Klebe-Tattoo aus der Kaugummiverpackung und betrachte die Sonne, die ich mir nachher auf meine Haut kleben werde, während ich über Tommis Frage nachdenke.

»Fing irgendwann in der Schule an.« Jetzt wird er wissen wollen, was passiert ist und wieso ich nicht mit meinen Eltern oder den Lehrern gesprochen habe. Wieso ich nichts erzählt habe, sondern alles vertuscht habe, bis es sich nicht mehr vertuschen ließ, weil ich angefangen hatte, die Schule zu schwänzen. »Ist aber auch egal, oder? Ich will es ja ändern.«

So zumindest der Plan. Aber Tommi ist nicht so leicht zu täuschen, sein erwartungsvoller Blick lastet auf mir wie ein Sack Beton, den man zentriert auf meinem Brustkorb abgeladen hat.

»Will ich wirklich.«

Er nickt.

»Du glaubst mir nicht, oder?«

»Wieso glaubst du eigentlich, dass die ganze Welt gegen dich ist, Leo?«

»Weil es so ist!«

Und wenn er das nicht sehen kann, lebt er auf dem Mond oder dem Mars oder sonst wo, von wo aus man die Wahrheit nicht sehen kann.

»Leo, ein Tipp.«

»Kann es kaum erwarten.«

»Nicht jeder Mensch will dir was Böses.« Er deutet auf sich. »Bin ich nur der Typ, der dir die Kippen vorenthält?«

Sofort will ich nicken, aber das wäre nicht fair. »Nein, du bist auch der Typ, der mir das Messer vorenthalten hat.«

»Touché.« Er grinst und ich muss mitgrinsen.

»Nein, du bist ja ganz in Ordnung. Es ist nur …« Statt zu ihm sehe ich zu Grete, die noch immer dasitzt und leise weint, während Yvonne und Alex bei ihr sind. »Manchmal komme ich mir so unnütz vor. Weil ich mich bei den einfachsten Dingen saublöd anstelle.«

»Wieso denkst du das denn?«

»Weil es stimmt. Ich weiß ja nicht mal, was ich zu Grete sagen kann, damit es ihr besser geht.«

»Versuche es doch mit Zuhören statt mit Reden.« Tommi klopft mir auf die Schulter und lässt mich mit dem Gedanken alleine.

Wenn es doch nur so einfach wäre.

Grete bemerkt meinen Blick und sieht zu mir, aus ihren großen verweinten Augen, und ich will ihr am liebsten etwas zurufen, aber Tommi hat recht. Ich hebe also nur die Hand und winke ihr zu, eine alberne Geste, aber zu meiner Erleichterung erwidert Grete sie müde.

Zuhören. Das kriege ich hin.

Kapitel 69

Jannis

Freitagabend

Die Zelte aufzubauen, lenkt ab. Diesmal lasse ich mir auch extra viel Zeit, sorge dafür, dass es richtig gemacht wird und wir heute Nacht selbst einen kleinen Sturm unbeschadet überstehen würden. Aber so klar, wie der Himmel über uns und die Brise zwischen den Bäumen sind, glaube ich kaum, dass ich mir Sorgen um die Stabilität der Zelte machen sollte.

Aber es lenkt ab und das ist gerade das Wichtigste.

Bis Ben neben mir auftaucht. »Da hast du gute Arbeit geleistet, Jannis.« Er deutet auf Gretes Zelt, das ich besonders gut im Boden verankert habe.

»Danke. Ich hatte das Gefühl, vielleicht ist es besser so.«

Aber ehrlich gesagt, weiß ich gar nicht, was ich gefühlt habe. Außer, dass ihre Geschichte echt heftig ist.

»Wie geht es dir denn?«

Ben hat mich das bisher jeden Tag gefragt, wie auch alle anderen, weil es Teil unseres täglichen Gesprächs ist, aber ich wusste nie, was ich antworten soll.

»Bisschen durcheinander.«

»Verständlich.« Er will, dass ich ihn an meinen Gefühlen

teilhaben lasse, und genau da liegt das Problem. »Ist alles etwas viel.«

»Allerdings.«

Mit dem letzten Hering in der Hand drehe ich mich zu ihm und zucke die Schultern. »Mein Kopf sagt mir, dass das richtig schlimm ist, was Grete erlebt hat. Aber in mir drin spüre ich nichts.«

Wobei, wenn ich zu Grete sehe, die gerade mit Alex zusammen das Lagerfeuer entfacht, zieht sich etwas in meiner Brust ungewohnt zusammen.

»Jeder geht damit anders um. Nicht alle reagieren auf eine solche Sache gleich.«

Das soll mir Mut machen, tut es nur leider nicht, und ich schüttele den Kopf.

»So meine ich es nicht. Ich weiß, dass ich was fühlen sollte, weil das einfach richtig wäre. Aber ich fühle *nichts*. Wie soll das normal sein?«

Ben schüttelt den Kopf, während er mir andeutet, ich soll mit ihm ein bisschen spazieren gehen. Also folge ich ihm, bringe Abstand zwischen die anderen, mich und die Zelte.

»Was richtig oder normal ist, das ist nicht festgelegt. Menschen sind verschieden, nicht genormt. Mach dir da also keinen Kopf.«

»Aber ich ticke nicht so wie die anderen.«

Ben und ich gehen am Ufer spazieren, steigen über Steine, Äste und angespültes Strandgut bis zu einem kleinen Felsen, der wie eine Art Terrasse in der Sonne liegt und zu einem Besuch einlädt.

An der Kante nehmen wir Platz, lassen die Beine über dem

Wasser baumeln und beobachten eine Weile, wie ruhig die Natur hier ihren eigenen Rhythmus hat.

»Tommi hat mir erzählt, worüber ihr gesprochen habt.« Das war klar, wundert und überrascht mich nicht. Fast bin ich ein bisschen froh, dass er es getan hat und ich hoffentlich nicht alles wiederholen muss. »Hast du das auch mal deinen Eltern so gesagt?«

»Nein.«

»Wieso nicht?«

»Weil sie mich dann von einem Experten zum nächsten geschickt hätten. Weil sie glauben würden, ich wäre noch zu retten oder so was.«

»Denkst du das denn nicht?«

»Keine Ahnung, ich bin ja schon immer so. Da ist einfach was kaputt.«

Ben sieht mich nachdenklich an, als wäre ich irgendwas, das er unter einem Mikroskop betrachtet.

»Kann ich dich was fragen, Jannis?«

»Machst du doch schon. Und ich kann ja auch nicht einfach so abhauen, also schieß los.«

»Hast du manchmal das Gefühl, alles eher von außen wahrzunehmen, als wärst du gar nicht wirklich dabei?«

»Jeden Tag.«

Ben nickt merkwürdig wissend, dabei kann er gar nicht wissen, wie es sich anfühlt.

»Ich meine, ich bin schon da. Nur nie so richtig. Alles ist wie hinter einer milchigen Scheibe. Als hätte man mich ausgesperrt.« Er wird mich auslachen, weil es idiotisch klingt und niemand außer mir so was hat. Aber ich spreche einfach weiter.

»Und als das mit Leo und Alex war, da hätte ich etwas unternehmen sollen, aber ich habe nicht gecheckt, dass die Situation echt gefährlich war. Dass Alex hätte draufgehen können.«

Ich deute vor mich auf die Unendlichkeit der Natur, die uns nicht verrät, ob es außer uns da draußen überhaupt noch Menschen gibt, und die uns hier vor allem versteckt hält.

»Ich würde da einfach rüberschwimmen.«

»Das ist viel zu weit, Jannis.«

»Siehst du! Du checkst, dass es gefährlich ist, aber ich …« Da ist er wieder, dieser Blick, weil etwas mit mir definitiv nicht stimmt. »Sage ja, ich bin kaputt.«

»Da würde ich dir widersprechen wollen.«

»Wieso denn? Ich weiß nicht, ob ich traurig oder glücklich bin. Alles fühlt sich gleich an!«

»Und wie?«

»Leer.« Ich will ihn nicht anschreien, tue es aber, weil ich weiß, dass er es nicht verstehen kann. »Deswegen raste ich auch aus. Manchmal würde ich am liebsten irgendwas richtig Dummes machen, damit ich vielleicht endlich was fühle.« Natürlich schleicht sich Sorge in Bens Blick und ich hebe sofort die Hände. »Nein, ich will mich nicht umbringen oder verletzen. So meine ich das nicht.« Jedes Mal, wenn ich versucht habe, zu erklären, was los ist, kam ich an diesen scheiß Punkt, an dem jemand es nicht mehr verstanden hat. »Ist doch auch egal. Wenn das hier nicht funktioniert, werden meine Eltern mich halt abschieben, ich kriege neue Tabletten, und gut ist.« Erschöpft von dem Gespräch strecke ich mich auf dem Felsen aus, spüre seine Wärme an meinem Rücken und schließe die Augen. »Hauptsache, Max geht es gut.«

Denn darum geht es doch. Seit Jahren. Bevor die Bilder und Worte von damals wiederkommen können, kneife ich die Augen noch etwas fester zusammen, versuche, mich auf die Geräuschkulisse um uns rum zu konzentrieren, und blende den Rest aus.

»Geht es Max denn gut?«

Bens Frage könnte auch meine Mutter oder mein Vater stellen und ich nicke knapp. »Inzwischen wieder, ja.«

»Und das freut dich?«

Es ist der Zweifel in seiner Frage, der mich gegen die Sonne blinzeln lässt. »Ich denke schon.«

»Du bist dir also nicht sicher?«

»Ich bin froh, dass er da ist und es ihm gut geht.«

»Aber du spürst keine Freude darüber?«

Will er mich verarschen?

»Das habe ich doch gerade versucht zu erklären. Das bringt doch alles nichts –«

»Jannis, ich glaube, du könntest an einer dissoziativen Störung leiden.« Ben versucht sich an einem leichten Lächeln, aber ich verstehe nichts. Wartet er auf eine Antwort?

Keine Ahnung, wie lange ich ihn anstarre, bevor ich mich räuspere. »Was?«

»Welche Diagnosen hast du denn bisher bekommen?«

»Es hieß immer *Depression* oder *Aggressionsproblem* oder halt wenn sie gar nicht mehr weiterwussten *verhaltensauffällig.*« Zur Sicherheit male ich die Anführungszeichen vor uns in die Luft. »Mit jedem Medikament wurde es irgendwie kurzzeitig besser und dann war alles wieder wie immer.«

»Natürlich ist das nur eine Vermutung, aber dein Verhalten

und das, was du Tommi und mir erzählt hast, könnte darauf hinweisen.«

»*Dissoziative Störung.*« Es klingt so schräg, wie ich mich fühle, aber es klingt zumindest mal nach irgendwas. »Diese Störung, ist die heilbar?«

»Therapierbar.«

Das reicht mir. Das ist besser als ein weiteres Medikament, das mich ruhigstellt und von dem mir schlecht wird, das aber nirgends hinführt.

»Ich bin also gar nicht für immer kaputt.« Das sage ich mehr zu mir selbst, weil es zumindest ein kleiner Silberstreif am Horizont ist. Max kann zu Hause wohnen und normal zur Schule gehen und ich vielleicht auch. »Vielleicht können wir auch alle irgendwann wieder zusammen in den Urlaub.«

Ben versteht nicht, wohin meine Gedanken wandern, und auch wenn ich nicht genau sagen kann, wieso ich ausgerechnet an einen Urlaub denke, muss ich doch lächeln.

»Wie gesagt, das ist jetzt keine Diagnose, nur eine Vermutung.«

»Das ist mehr, als ich erwartet habe.«

Ben lacht.

»Schön zu sehen, dass du unseren Trip nicht für komplett verschwendete Zeit hältst.«

Kapitel 70

Alex

FREITAGABEND

»Natürlich war ich dann in Therapie, nur habe ich damals nicht verstanden, dass es eine Therapie ist. Ich habe mit einer sehr netten Frau gesprochen, und die Tabletten, die ich genommen habe, die packten alles irgendwie in Watte. Meine Gedanken und Gefühle.«

Grete hat einiges erzählt, dabei ganz fest meine Hand gehalten und mir dadurch klargemacht, dass ich nicht weggehen soll. Jetzt erzählt sie mehr Details, die wohl nicht für alle anderen bestimmt waren. »Es ging mir irgendwann auch ein bisschen besser, und weil Mama nicht mehr darüber gesprochen hat, dachte ich, ich dürfte das auch nicht. Weil es ihr zu sehr wehtut. Und mir ja auch.«

Sie fährt sich über das Gesicht, schüttelt den Kopf und atmet schwer aus. Als hätte sie gerade einen zentnerschweren Rucksack abgestreift.

»Kann ich irgendwas tun?«

Sie sieht unendlich müde aus, als hätte die Paddelei der letzten Tage sie jetzt plötzlich umgehauen.

»Können wir einfach so wie davor miteinander sein?«

»Du meinst, ich soll dich also weiterhin mit meinen blöden Sprüchen nerven?«

Das erste echte Lächeln seit ihrem Ausraster. »Genau das.«

»Kriege ich hin.«

Sie nickt dankbar und wirft einen kleinen Ast in das Lagerfeuer vor uns. Normal mit ihr umgehen, das kriege ich hin, wenn ich mir ein bisschen Mühe gebe. Blöd nur, dass meine Gedanken jetzt ausgerechnet zu meinem Vater wandern, der mich vor meinem Abflug nicht mal angerufen hat und auf den ich eigentlich auch noch immer ziemlich sauer bin. Aber ich kann ihn anrufen, ihm sagen, was ich von ihm halte, oder ihn fragen, wieso er so tut, als wäre ich zwar seine Tochter, aber eben nur dann, wenn es ihm in den Kram passt.

»Und eine Sache noch.« Grete sieht mich an, weiß gar nicht, wie fertig sie aussieht, und ich werde es ihr sicher nicht sagen.

»Hm?«

»Können wir trotzdem so tun, als wäre er vielleicht doch einfach nur in Berlin?«

Schnell nicke ich und sie atmet erleichtert aus.

»Ich weiß, dass es schräg ist, so zu tun, als wäre er noch am Leben und real, aber für mich ist es manchmal so leichter.«

Wenn sie wüsste, wie gut ich mich mit Leuten auskenne, die nicht real sind. Aber wenn ich ihr das verrate, wird sie denken, ich sei verrückt, und damit hätte sie nicht mal unrecht.

»Verstehe ich.« Und das zumindest stimmt.

»Es haben echt alle mitgekriegt, oder?«

»Glaube schon.«

»Toll.« Ihre Schultern sacken etwas tiefer und sie stützt ihr Kinn in die Hände.

»Keine Sorge, wenn einer was Blödes sagt, mache ich ihn fertig!«

Grete weiß genau, dass ich das nicht nur so dahersage, und schüttelt den Kopf. »Musst du nicht. Sie können gar nichts sagen, was ich nicht schon gehört habe.«

»So schlimm?«

»Schon. In der Schule. Mein Vater wäre geisteskrank gewesen und das läge bestimmt in den Genen, und ich würde das auch irgendwann tun. Die anderen Eltern hätten ihn immer schon komisch gefunden und so Zeug.«

»Denen hätte ich die Meinung gegeigt!«

»Weißt du, ich denke manchmal, wenn es vielleicht wirklich jemand geahnt hätte …« Die Tränen sind zurück, und ich rücke etwas zu ihr, lege einen Arm um Grete und spüre, wie sie ihren Kopf an meine Schulter lehnt. »Hätte ich es nicht mitbekommen müssen? Wenn ich es gecheckt hätte, dann wäre er vielleicht noch hier.«

»Du warst elf.«

»Trotzdem.«

»Ich weiß nicht, aber vielleicht wollte dein Vater ja nicht, dass man es merkt.«

Grete antwortet nicht, denkt aber eine Weile darüber nach, bevor sie zu Jannis und Leo nickt, die mit Tommi im Wald verschwinden. Sicherlich suchen sie unser Abendessen.

»Glaubst du, die anderen hier werden mich jetzt auch für geisteskrank halten und mir aus dem Weg gehen?«

»Nein.«

»Hoffentlich. Ich möchte nämlich nicht wieder so alleine sein.«

»Oh hey, ich bin ja auch noch hier und gehe auch nicht einfach so weg.« Nur glaubt Grete mir das sicher nicht, woran ich nicht ganz unschuldig bin, also sehe ich sie ernst an. »Das meine ich so. Ich weiß, wie schnell man Freunde verliert und alleine dasteht, glaub mir.«

»Aber du hast Jessy.«

Jetzt könnte ich es ihr einfach sagen. Immerhin kenne ich ihre Geschichte, da wäre es nur fair, wenn ich ihr auch meine Wahrheit erzähle. Vielleicht versteht sie mich und lächelt es weg.

Jessy, die es nicht wirklich gibt, die nur in meinem Kopf real ist, weil ich dann nicht mehr so einsam bin.

»Jessy kann warten.«

»Wird sie nicht sauer sein?«

Und wie! Richtig ausrasten wird sie. Also, würde sie, wenn sie real wäre.

»Ich erkläre es ihr einfach, wenn ich sie wiedersehe.«

»Danke, Alex. Ich dachte echt, ich würde hier nur meine Zeit absitzen und alles hassen.« Grete bringt etwas Abstand zwischen uns und lächelt nun, zwar müde, aber auch ein bisschen erleichtert. »Aber jetzt bin ich froh, dass ich dich hier getroffen habe.«

Oh wow. »Echt?«

Sie nickt, da lauert keine versteckte Falltür, kein gehässiges Leuchten in ihren Augen, weil es nur ein Trick ist, um mich dann richtig tief fallen zu lassen. Grete mit ihren ausgedachten Wahrheiten sagt jetzt die echte Wahrheit.

Nicht weinen, Alex.

Grete, die ich daheim fertiggemacht und ausgelacht hätte. Ausgerechnet Grete.

Schnell will ich etwas erwidern, etwas Lustiges, etwas, das diese ganze Situation doch nur wie einen blöden Scherz klingen lässt, aber stattdessen schlucke ich all die kleinen Gemeinheiten und das stetig wachsende schlechte Gewissen runter.

»Und ich dich.«

Kapitel 71

Tommi

Freitagabend

»Versteht mich nicht falsch, ich liebe es, Pilze zu sammeln, aber ich kann bald keine mehr sehen.«

Leo verzieht alleine beim Gedanken einer erneuten Pilzpfanne das Gesicht, und ich muss mir ein Grinsen verkneifen.

»Ist ja nur die Beilage heute.«

»Ach, erlegen wir einen Elch als Abendessen?«

Leo, der jetzt viel selbstbewusster erscheint als bei unserem ersten Treffen, geht vor uns her, den Blick fest auf den Boden gerichtet, als müsste er doch wieder Pilze aufspüren.

»Nee, aber Ben kümmert sich um den Hauptgang.« Damit deute ich auf die Bäume um uns herum. »Das hier ist nur eine kleine Ablenkung, um euch mal durchatmen zu lassen.« Ich greife in die Hosentasche und ziehe einige Kaugummis raus. »Gebe auch eine Runde aus.«

Bei Leo wundert es mich nicht besonders, dass er sofort nach seiner Ersatzdroge greift, aber als sich auch Jannis eines schnappt und mir ein leises Danke zumurmelt, bin ich kurz irgendwie zufrieden.

»Falls du das Klebe-Tattoo nicht willst, ich sammele die.«

Leo deutet auf seinen Arm, dabei müsste er das gar nicht, denn inzwischen ist es fast unmöglich, die zahlreichen Bildchen auf seiner Haut zu übersehen.

Jannis packt sein Kaugummi aus und betrachtet es einen Moment, bevor er es Leo reicht. »Nur zu, viel Spaß damit.«

»Cool, danke.«

Wir schlendern ohne echtes Ziel durch den Wald, steigen im wahrsten Sinne des Wortes über Stock und Stein und finden einen kleinen, sehr klaren Bach, der sich durch das Moos am Boden schlängelt und von keinem Hindernis aufhalten lässt.

»Wenn das Wasser so klar in einem fließenden Gewässer ist, kann man es übrigens relativ bedenkenlos trinken.« Bevor ich meine Gedanken weiter ausführen kann, geht Leo bereits in die Hocke und gönnt sich eine Handvoll Wasser. »Trotzdem mal schauen, ob nicht ein Elch ins Wasser gekackt hat.«

Jannis steigt über den Bach und sieht sich suchend um, findet aber wohl keine Hinterlassenschaft von irgendwelchen Wildtieren. Ohnehin haben wir bisher relativ wenige Tiere gesehen, was aber durchaus an unserem Lärmpegel liegen dürfte.

»Können wir eigentlich irgendwas tun? Also wegen Grete.« Jannis sieht zu mir, während er die Frage stellt und damit zumindest vermuten lässt, dass Grete ihm nicht völlig egal ist.

»Verhaltet euch so normal wie möglich, seid höflich und nett, das Übliche.«

Jannis nickt und beobachtet eine kleine Weile den Bach und das Wasser, aber ich werde das Gefühl nicht los, dass er noch mehr sagen will. »Manchmal ist das Leben ganz schön beschissen, oder?«

Eine rhetorische Frage, auf die niemand antworten muss,

aber Leo tut es trotzdem. »Und wie. Manchmal hat man den Eindruck, so richtige Scheiße passiert immer den falschen Leuten. So wie Grete.«

»Gibt es denn die richtigen Leute für die richtige Scheiße?«

Eigentlich sage ich das nur so daher und will schon weiter, aber Jannis sieht zu mir. »Ja, mich zum Beispiel.«

Leo lacht leise, hört aber damit auf, als er Jannis' ernsten Blick bemerkt, und uns dämmert, dass Jannis keinen Scherz gemacht hat.

»Wie meinst du das?«

»Als mein Bruder damals krank wurde, da hätte es lieber mich treffen sollen.«

Leo schaut zu mir, als müsste ich zuerst reagieren, weil er eine Art Vorbild braucht, aber ich weiß nichts von einer Krankheit in Jannis' Familie und mache nur einen Schritt auf ihn zu.

»Das meinst du nicht so.«

Fast wünsche ich mir Ben oder Yvonne her, weil ich nicht so recht weiß, wie ich reagieren soll, und Leo offensichtlich auch nicht, denn er sagt nur: »Quatsch. Krankheiten erwischen wahllos Menschen, das ist immer scheiße.«

»Für meine Eltern wäre es leichter gewesen, wenn es mich erwischt hätte.« Als wäre das eine Präsentation, die Jannis schon hundert Mal gehalten hat, spult er diese Information einfach ab und zuckt dann die Schultern.

Leo steht auf, schüttelt energisch den Kopf. »Bullshit. Für *dich* wäre es nicht leichter gewesen.«

»Das spielt keine Rolle.« Ob Jannis merkt, dass sich Tränen in seinen Augen sammeln?

»Wie kommst du denn darauf?« Mit einem kleinen Satz

überquere auch ich den Bach und komme neben Jannis zum Stehen, der mich genau beobachtet.

»Weil sie es gesagt haben.«

»Deine Eltern?« Leo sollte den Mund halten, tut er aber natürlich nicht. »Die sollen die Schnauze halten, so was sagt man doch nicht.«

Ich will ihm recht geben, werfe ihm aber dennoch einen warnenden Blick zu und hoffe, er versteht, dass sein Zuspruch gerade nicht gebraucht wird.

»Und wenn es die Wahrheit ist?«

Jetzt schweigt Leo, und als Jannis den Blick von ihm zu mir wandern lässt, bemerke ich erst, dass auch ich still dastehe und nicht weiß, was ich antworten soll. »Haben sie das denn wirklich zu dir gesagt?«

Er steht stocksteif da, die Hände in den Hosentaschen, den Blick leer und doch so voller Fragen. »Sie wussten nicht, dass ich es höre. Der Brief mit dem Befund kam und meine Mutter hat sehr geweint. Max hat so was nicht verdient, sagte sie.«

»Ja, aber du doch auch nicht.«

Leos Stimme bebt vor all den Emotionen, die bei Jannis fehlen, und ich nicke. »Sie haben es sicher nicht so gemeint, Jannis.«

Wieso hasse ich es, seinen Eltern ein Alibi für diesen Satz zu liefern, den sie hoffentlich wirklich nicht so gemeint, ihn aber dennoch ausgesprochen haben?

»Haben sie schon. Max ist alles, was ich nicht bin. Die Leute mögen ihn sofort, weil er nett und lustig ist.« Ein schwaches Schulterzucken. »Max ist schon toll.«

Leo verschränkt die Arme vor der Brust. »Klingt aber nicht so. Nett und lustig. Toll. Du bist auch nett und lustig.«

Sowohl Jannis als auch ich ziehen zweifelnd eine Augenbraue nach oben und sehen Leo an, der nur abwinkt und weiterspricht. »Was ich meine, ist: Man sagt so was einfach nicht! Keine Ahnung, welche Krankheit dein Bruder hat, aber so was wünscht man niemandem und wälzt es auch nicht aufs andere Kind ab.« Leo redet sich in Rage. »Außerdem bist du schwer in Ordnung. Keiner baut Zelte so schnell auf, wie du es kannst. Und unsere Kanus sind immer top beladen und vertäut.« Jetzt grinst Leo fast ein bisschen. »Und du bringst Alex das Schwimmen bei. Ich jedenfalls bin sehr froh, dass du hier bist.«

Jannis wischt sich über die Wange, als hätte er eben erst bemerkt, dass er weint, und sieht dann irritiert zu Leo, der unverändert grinst.

»Du meinst, auf einem Trip, der mit dem Slogan *Paddeln gegen Wut und Probleme* wirbt?«

Leo nickt, meint das so ernst wie sonst nicht besonders viel.

»Du bist genau da, wo du sein sollst. Bei uns.«

Kapitel 72

Leo

Freitagabend

Das Abendessen verläuft stiller als sonst. Grete sitzt neben mir, was mich mehr freut, als ich zugeben kann. Immer wieder berühren sich unsere Knie, und ich werfe ihr ein Lächeln zu, das sie sehr müde erwidert.

»Schmecken dir die Pilze?«

Niemals hätte ich gedacht, dass ich mich mal über Pilze unterhalte, schon gar nicht mit einem Mädchen, das ich richtig gut finde.

»Ja, aber es sind andere, oder?«

Grete spießt ein Pilzstück mit ihrer Gabel auf und dreht es hin und her.

»Richtig. Das sind Maronen-Röhrlinge.«

»Die sind lecker.«

»Wir wollten euch mal ein bisschen Abwechslung bieten, aber na ja, es sind trotzdem wieder Pilze.«

»Deine Spezialität.«

Ich möchte sie so gerne in den Arm nehmen und irgendwas Schlaues sagen, aber mir fallen nur dämliche Fakten über Pilze ein.

»Diese hier findet man hauptsächlich unter Fichten und Kiefern.« *Hör auf zu reden, Leo, du machst es nur schlimmer.* »Jetzt weiß ich also auch, wie ich Fichten und Kiefern erkenne. Tommi hat uns das alles gezeigt.« *Halt doch die Klappe!*

»Falls man dich also im Wald aussetzt, kommst du ganz gut durch.« Gretes Stimme klingt fast etwas heiser, vielleicht vom vielen Reden. Und vielleicht sollte ich einsehen, dass sie gar nicht mehr reden will.

»Ich bin still. Sorry.«

Doch sie schüttelt den Kopf und nickt in Richtung des Waldes. »Was für Pilze kann man hier noch finden?«

Sie will, dass ich weiterplappere, auch wenn es Unsinn ist. Vielleicht lenkt sie das ab von den Dämonen der Vergangenheit, und vielleicht ist es gerade alles, was ich tun kann.

»Also, laut Tommi kann man hier sauviele Sorten finden. Nicht hier, aber in ganz Schweden gibt es Schwammpilze aller Art.«

»*Schwammpilz?* Das klingt ja nicht gerade lecker.«

»Und wie. Du isst gerade welche.«

Sie wirft einen unsicheren Blick in ihre Schüssel.

»Es gibt auch Rotkappen, Steinpilze, Maronen, Birkenpilze, Butterpilze und Pfifferlinge.«

»*Wow.*«

»Mal sehen, welche wir in den kommenden Tagen noch sammeln werden.«

»Viel Zeit haben wir ja nicht mehr.«

Das klingt traurig und ich verstehe sie. Wenn das hier vorbei ist, müssen wir dahin zurück, wo unsere Probleme mit offenen Armen auf uns warten.

»Na, ein paar Tage bleiben uns ja noch.« Sie nickt, wenn auch etwas abwesend, gruselt sich wohl wie wir alle vor der Abreise, dem Abschied und der Heimkehr. Vorsichtig stupse ich mein Knie gegen ihres und garniere diese Geste mit einem Lächeln. »Hey, sieh es positiv, daheim stehen erst mal keine Pilze mehr auf dem Speiseplan.«

Denn auch wenn ich zugeben muss, dass Pilze großes Potenzial haben, meine neue Leibspeise zu werden, muss ich sie nicht täglich essen. Grete lächelt halbherzig und schiebt ihr Essen etwas lustlos in ihrer Schüssel hin und her.

»Oh ja, so langsam wünsche ich mir mal wieder Pommes oder einen Burger.«

»Wenn wir wieder in Deutschland sind, lade ich dich gerne auf einen Burger ein.«

Wenn Grete lächelt, dann passiert irgendwas mit mir, aber ich weiß nicht, was. Ich weiß nur, dass es sich gut anfühlt, sie lächeln zu sehen.

»Bittest du mich gerade um ein Date?«

Es mag an der Hitze des Lagerfeuers liegen, aber vermutlich doch eher an Grete. Denn mir wird plötzlich sehr warm, mein Gesicht glüht förmlich. »Ziemlich genau das tue ich, schätze ich.«

Grete mustert mich, und ich hoffe, dass sie nicht denkt, ich würde das alles nur tun, weil ihr Vater tot ist.

»Okay.«

Sie schiebt sich die Gabel samt Pilz in den Mund und ich nicke etwas zu begeistert.

»Cool. Cool, cool.«

»Wenn du noch breiter grinst, geben sich deine Mundwinkel am Hinterkopf ein Highfive.«

Alex' Flüstern erreicht mich von der anderen Seite, und ich drehe mich zu ihr, bemerke erst jetzt, dass nicht nur alle zu uns sehen, sondern sicher auch das Gespräch zwischen Grete und mir verfolgt haben.

»Was denn?«

»Ich meine ja nur, dir springen die Herzchen gleich aus den Augen.«

Obwohl Alex grinst, fehlen die versteckten Gemeinheiten, die sonst ihre Sprüche begleiten.

»Quatsch.«

»Soll ich dir einen Spiegel bringen?«

Besser nicht, denn ich kann mir genau vorstellen, was für ein verknalltes Spiegelbild mich da angrinsen würde.

Luft holen.

Räuspern.

Raus damit.

»Ich mag Grete. Hat jemand ein Problem damit?«

Kollektives Kopfschütteln, hier und da ein verstecktes Grinsen, und ich entspanne mich wieder etwas, sehe zu Grete.

»Hast du ein Problem damit?«

Keine Ahnung, wie viele Herzschläge sie zögert, aber als sie den Kopf schüttelt und mit ihrer Gabel ganz frech den letzten Pilz aus meiner Schüssel klaut, holt mein Herz all die Schläge davor, dazwischen und danach auf einmal nach.

»Cool.«

»Sagtest du bereits.«

»Ich weiß.«

Alex stupst mich sanft von der Seite an, ein freches Lächeln auf den Lippen. »Highfive am Hinterkopf, mein Lieber.«

Kapitel 73

Grete

Freitagabend

Sie waren alle nett zu mir, ohne dieses Mitleid, das ich sonst gewohnt bin. Kein Getuschel hinter meinem Rücken, zumindest bisher nicht. Keine Ahnung, was sie wirklich denken, aber bisher fühlt es sich zumindest nicht so an, als wäre ich in ein dunkles Zimmer gestolpert und wüsste nicht, wo der Lichtschalter ist.

Jetzt in den Schlafsack zu kriechen, fühlt sich ein bisschen wie eine Belohnung dafür an, dass ich den Tag überstanden habe. Die Müdigkeit hält mich seit Stunden in einer festen Umarmung, aber erst jetzt lasse ich zu, dass sie gewinnt.

Alex, die im Schlafsack neben mir liegt, hat die Arme hinter dem Kopf verschränkt und die Augen geschlossen, obwohl sie noch nicht schläft und sicher nicht so müde ist wie ich. Sie wird mich nach Leo fragen, das will sie schon seit dem Abendessen, nur werde ich keine befriedigende Antwort für sie haben. Denn seit einer kleinen Weile beschäftige ich mich selber mit der Frage, was das mit Leo ist und wie wir von unserem ersten Treffen, dem Supermarkt-Gate und meiner Beiß-Attacke jetzt bei der Planung für ein Date in Deutschland gelandet sind.

Ich weiß nur, dass ich ihn sehr mag.

»Welche Geschichte hören wir heute?« Alex öffnet die Augen und sieht zu mir, aber ich verstehe nicht so ganz.

»Was?«

»Na ja, eine Gutenachtgeschichte.«

Wie die, die mein Vater mir früher erzählt hat. Ich muss schlucken und zucke die Schultern. »Keine Ahnung. Vielleicht bin ich zu alt dafür geworden.«

Das will Alex mir nicht so leicht durchgehen lassen, ihr Kopfschütteln ist energisch. »Man ist doch nie zu alt für gute Geschichten.«

»Vielleicht ja doch. Vielleicht wird es Zeit, weniger zu erfinden und sich dem zu stellen, was da ist.«

Jetzt rollt sie sich auf die Seite, sieht mich direkt an, und sie muss nicht fragen, ich spreche auch so weiter. »Mein Vater ist nicht mehr da, und ich werde auch keine Erklärung dafür bekommen, wieso. Aber ich bin ja noch da.«

»Was auch sehr gut ist.«

»Vielleicht sollte ich ihn loslassen und mich mit den Menschen beschäftigen, die auch noch da sind.«

»So wie Leo?«

Es fällt mir wirklich schwer, an Leo zu denken und dabei nicht zu lächeln. »So wie Leo.«

Alex nickt wissend und ich deute auf sie. »Und so wie du. Und Jannis. Und meine Mutter, schätze ich.«

»Klingt nach einem soliden Plan.«

Zwar weiß ich nicht, wie gut mir das alles gelingen wird, aber zumindest habe ich mal einen sehr, sehr groben Plan. »Ich bin einfach nur traurig, dass ich die Kette verloren habe.«

Alex zieht fragend die Augenbrauen zusammen.

»Die Kette von meinem Vater. Ich habe sie beim letzten Stopp abgelegt und jetzt finde ich sie nicht mehr.« Ein Kloß bildet sich in meinem Hals, aber ich schlucke ihn entschlossen runter. »Durch sie habe ich ihn immer ein bisschen bei mir und jetzt ist sie weg.«

»Das tut mir leid.«

»Ist ja nicht deine Schuld, ich habe nicht gut genug auf sie aufgepasst.«

»Trotzdem.«

»Viel ist mir nicht geblieben. Nach einer Weile hat meine Mutter angefangen, die Dinge von Papa auszusortieren, die wir nicht mehr gebraucht haben. Sogar das Auto hat sie verkauft, weil es noch immer nach ihm gerochen hat.«

Bei der Erinnerung an seinen Geruch muss ich lächeln und schließe schnell die Augen. Stelle mir vor, er würde mich doch am Ende dieses Trips abholen, mit dem alten Auto und mit einer festen Umarmung.

»Weißt du, Grete, vielleicht musst du ihn gar nicht ganz loslassen. Immerhin ist er dein Vater.«

»Meinst du, ich kann ein bisschen was behalten?«

»Das denke ich schon.«

Die guten Dinge. Seinen Humor, sein Lachen und seine Gutenachtgeschichten.

Als ich die Augen wieder öffne, spüre ich die Tränen deutlich, aber diesmal tun sie nicht weh, weil sie von einer schönen Erinnerung an ihn begleitet werden.

»Soll ich dir eine Geschichte erzählen?«

Alex nickt, versucht zu lächeln, aber so recht will es ihr nicht gelingen. »Sehr gerne. Worum geht es diesmal?«

»Um vier Jugendliche, die einen Kanutrip machen.«

»Oh, eine Gruselgeschichte also.«

Ich muss lachen und rolle mich auf die Seite.

»Nee, nee. Es ist eine Abenteuergeschichte und es geht auch um Freundschaft!«

»Und um Pilze.«

»Auch um die, ja.«

»Lass mich raten, das hübsche Mädchen verliebt sich in den Pilz-Typen.«

»Vielleicht. Aber sie findet eine Freundin in dem frechen, schlauen und tollen Mädchen, mit dem sie sich ein Zelt teilt.«

»Schlau, *hm*?«

Alex ist vieles, aber sie ist selten verlegen. Aber genau das ist sie gerade, das kann ich selbst im Schein der Taschenlampe erkennen. Eine feine Röte überzieht ihre Wangen, und das Lächeln ist scheu, unsicher, ob sie dieses Kompliment verdient hat.

»Sehr schlau sogar.«

»Du hast *attraktiv* vergessen.«

Das ist Alex. Und ich hoffe, sie weiß, wie sehr sie mir daheim in Deutschland fehlen wird.

»Natürlich. Attraktiv ist sie auch.«

»Kann sie in der Story richtig gut schwimmen?«

»Wir wollen doch realistisch bleiben.«

Lachend greift sie nach ihrem Kissen und schleudert es in meine Richtung, wo es in meinem Gesicht landet und mein Lachen fast erstickt, bevor ich es zurückfeuere und Alex es gerade noch so abwehren kann.

In diesem Moment finde ich die Realität besser als jede ausgedachte Wahrheit.

Kapitel 74

Jannis

Freitagnacht

Alles würde ich jetzt für ein Handy mit Internetanschluss geben. Nur um zu googeln, damit ich weiß, ob dieser alberne Anflug von Hoffnung sich lohnt und Ben mit seiner Vermutung richtigliegt.

Zum gefühlt hundertsten Mal drehe ich mich von einer Seite auf die andere, während meine Gedanken sich im Schleudergang befinden.

Dissoziative Störung.

Es ist ein sehr blasser Streif am Horizont, das weiß ich. Daheim wird die Spurensuche weitergehen, aber zumindest hätte ich einen Anhaltspunkt, eine Frage und vielleicht eine Chance.

Max' Gesicht flackert vor meinem inneren Auge auf. Er ist jetzt schon eine ganze Weile gesund, darf sich sogar so nennen, doch jeder Tag mit ihm fühlt sich wie gestohlene Zeit an. Jetzt schläft er hoffentlich, nur um sich morgen wieder an den Pool zu legen und die Sonne zu spüren. Vielleicht ist das die Wiedergutmachung nach den vielen Monaten im Krankenhaus, wo der Sommer nur auf der anderen Seite der Scheibe stattfand.

Vielleicht denkt er ja auch mal an mich, fragt sich, wie ich meine Zeit hier rumkriege und was ich so treibe.

Wenn ich mit einer dissoziativen Störung im Gepäck nach Hause komme und Ben sich nicht geirrt hat, wäre eine Therapie denkbar, und dann wird alles vielleicht wieder normal.

Okay, nicht normal, aber zumindest so, dass wir wie eine Familie zusammenleben können. Und eventuell können meine Eltern mich dann auch irgendwann wieder so ansehen, wie sie es vor all dem Chaos getan haben.

Wieder drehe ich mich auf die andere Seite und höre leises Fluchen. Nicht in meinem Kopf, sondern vor meinem Zelt, irgendwo am Lagerfeuer. Ob Tommi gerade Nachtschicht hat oder Leo Kippen sucht?

Langsam setze ich mich auf und horche in die Stille, nicht sicher, ob ich mir das eben nur eingebildet habe.

»Fuck.«

Das habe ich mir ganz sicher nicht eingebildet und so schäle ich mich so leise wie möglich aus meinem Schlafsack und krieche zum Zelteingang.

Schritte, die nicht ganz so leise über Äste klettern. Ich nutze die Chance, um den Reißverschluss aufzumachen.

Eine Gestalt huscht durch unser Camp, sucht hektisch Sachen zusammen, und mich beschleicht ein ungutes Gefühl. Außer uns ist doch niemand hier, seit Tagen haben wir keine Menschenseele mehr getroffen, die letzte Begegnung mit der Zivilisation fühlt sich wie aus einem anderen Leben an. Ich kann mich nicht mal mehr wirklich daran erinnern.

Die Gestalt macht sich an der Kiste der Betreuer zu schaffen, und ich kneife die Augen zusammen, versuche in der Dunkelheit, besser sehen zu können, aber leider bin ich nicht mit einer integrierten Night-Vision-Funktion ausgestattet.

Sollte ich was sagen? Die anderen wecken und den Dieb stellen?

Unsinn. Ich weiß, wer es ist. Erkenne sie sofort an ihrer Körpergröße und den ungeschickten Bewegungen, immerhin habe ich nicht nur Zeit mit ihr im Kanu verbracht, sondern ihr auch Schwimmen beibringen wollen.

Von meiner Position aus beobachte ich Alex, die in ein flüsterndes Gespräch mit sich selbst vertieft ist. Sobald sie die Kiste geöffnet hat, fischt sie ein paar Dinge raus, von denen ich nur eines der Küchenmesser erkenne, und schließt sie dann wieder.

Wofür braucht sie ein Messer?

Mein Körper spannt sich unangenehm an, als ich sehe, wie sie wieder in Richtung von Gretes Zelt geht. Aber sie kriecht nicht wieder hinein, schnappt sich nur einen Rucksack, den sie dort abgelegt hatte, und schultert ihn.

Ein kurzer Blick zurück, aber mich sieht sie nicht, dann stapft sie in den Wald, verschwindet dort, und ich spüre, wie mein Herz bis zum Hals schlägt, meinen Adamsapfel in einem hektischen Beat immer wieder anstupst.

Alex haut ab.

Ich ziehe mich in mein Zelt zurück, bleibe auf dem Boden unweit des Eingangs sitzen und starre nach draußen.

Nach all dem, was wir zusammen erlebt und durchgemacht haben, haut sie jetzt einfach ab. Das kann sie nicht bringen, wir sind mitten in der Wildnis, kilometerweit weg von irgendwelchen Straßen oder Orten. Wo um alles in der Welt will sie hin?

Pilze und Beeren sammeln? Ein Tier erlegen?

Mein Herz will sich nicht beruhigen, und meine Gedanken schließen sich dem an, drehen sich schneller als ein Fahrgeschäft auf einem Jahrmarkt.

Mir ist fast ein bisschen übel.

Was, wenn Alex etwas passiert?

Ich sollte Ben oder Yvonne wecken. Oder Tommi.

Schnell greife ich nach meinen Turnschuhen, die am Eingang stehen, und schlüpfe barfuß hinein, bevor ich aus dem Zelt krabble und einen Moment einfach nur dastehe.

Es ist still. Zu still, denn niemand hat bemerkt, dass Alex verschwindet. Wenn ich die Betreuer wecke, bricht das Chaos aus, und wir kriegen wieder nur Ärger.

Ich mache einige Schritte in die Richtung, in der Alex verschwunden ist. Weit kann sie noch nicht gekommen sein, und so, wie ich sie kenne, wird sie einen ganzen Trampelpfad hinterlassen. Schnell schnappe ich mir die Taschenlampe, die eigentlich für den Wachdienst am Lagerfeuer gedacht ist, und folge Alex in den Wald.

Wenn ich sie einhole und zurück zum Camp bringe, muss niemand wissen, was passiert ist.

Kapitel 75

Alex

FREITAGNACHT

»Das ist idiotisch.«

Aber ich höre nicht auf Jessy, gehe einfach weiter, den Scheinwerferkegel der Taschenlampe auf den Boden vor mir gerichtet, das Küchenmesser fest in der anderen Hand.

»Ich checke ja, dass du zur Heldin werden willst, aber diese ganze Aktion ist zum Scheitern verurteilt.«

Sie folgt mir so dicht, dass ich fast glaube, ihren Atem in meinem Nacken zu spüren.

»Du musst ja nicht mitkommen.«

»Ja, doch, weil jemand auf dich aufpassen muss.«

Nur mit Mühe verkneife ich mir ein Lachen und gehe stur weiter. Dummerweise folgt Jessy mir.

»Ohne dich wäre ich gar nicht in dieser beschissenen Situation!« Jetzt ist sie es, die lacht, und ich bleibe stehen, drehe mich zu ihr und leuchte ihr mit der Taschenlampe direkt ins Gesicht. »Es war deine Idee, ihre Kamera und die Kette zu verstecken!«

»Es war ja auch eine gute Idee!«

»Es war die Kette ihres Vaters!«

Jessy verdreht die Augen. »Alex, ich bin enttäuscht.«

Das versetzt mir einen kurzen Stich in der Herzregion und ich lasse die Taschenlampe ein bisschen sinken.

»Eine traurige Familienstory und du knickst ein? Echt jetzt? Grete ist spießig, langweilig und öde!«

Mir gefällt nicht, wie sie über Grete spricht, und das weiß sie. Vermutlich tut sie es genau deswegen.

»Grete ist meine Freundin!«

Wieder lacht Jessy und früher hätte ich mitgelacht, aber jetzt kann ich sie nur wütend anstarren.

»Klar, weil ihr euch alberne Märchenstorys zum Einschlafen erzählt? Alex, wach auf, das bist du nicht!« Jessy macht einen Schritt auf mich zu, aber ich weiche zurück, behalte den Abstand zwischen uns und sehe, wie sie die Augenbrauen zusammenzieht. »Willst du daheim wieder alleine rumhängen? Deinen Freundinnen hinterherheulen und dich in deinem Zimmer verstecken?«

Stumm starre ich sie an.

»Bevor du mich getroffen hast, warst du alleine, und du wirst es wieder sein, wenn du mich abschiebst.«

»Ich kann neue Freunde kennenlernen. Echte Freunde.«

Das trifft sie mehr, als sie zugeben will, und wie immer, wenn Jessy beleidigt ist, holt sie zum gnadenlosen Gegenschlag aus. »Wer will denn schon mit dir befreundet sein? Du bist ein Loser ohne mich, Alex. Ein Opfer. Und jemand wie Grete wird dir da auch nicht helfen können.«

Sie weiß nichts über Grete. Sie weiß nichts über die Grete, die ich kennengelernt habe, und sie hat kein Recht, so über sie zu sprechen.

»Die wird sich daheim nicht mehr für dich interessieren.«

»Wird sie wohl!«

»Die will sich höchstens von diesem Junkie flachlegen lassen, aber das war es auch.«

»Sprich nicht so über sie!«

»Sonst was?« Ich halte das Messer etwas höher und funkele sie böse an, aber Jessy kann nur grinsen. »Willst du mich jetzt abstechen, ja?«

Dazu fehlt mir der Mut, und das weiß sie. Außerdem verrät das Zittern meiner Hand überdeutlich, wie viel Angst ich habe. Nicht vor Jessy, aber vor der Dunkelheit des Waldes, vor dieser Nacht und dem Tag danach. Vor allem, was noch kommen mag, und am meisten davor, die Kette nicht wiederzufinden.

»Heulst du jetzt auch noch?« Tränen verraten Schwäche, das hat Jessy immer und immer wieder gepredigt, und ich habe ihr immer und immer wieder geglaubt. »Keine Sorge, Alex, ich kriege dich schon wieder hin.« Sie legt einen Arm um meine Schulter und drückt mich kurz an sich. Ohne Jessy bin ich wirklich alleine. Alleine hier im Wald und erst recht alleine daheim.

»Besser eine ausgedachte beste Freundin als gar keine, oder?« Sie klingt so siegessicher, und kurz ist da wieder dieser Wunsch, zu sein wie Jessy. Sich nicht einschüchtern zu lassen und sich vor nichts und niemandem zu fürchten.

»Aber du bist nicht real.«

»Halt's Maul, Alex.«

»Es ist nur die Wahrheit.«

»Und seit wann interessiert uns die?« Mir gelingt nur ein schwaches Schulterzucken. »Du willst die Wahrheit? Okay.

Deine Eltern kümmern sich einen Scheiß um dich. Deine Schulfreunde finden dich peinlich und dumm. Du hast keine Freunde, und Grete und die anderen werden dich vergessen, sobald dieser alberne Trip vorbei ist!«

»Das stimmt nicht.«

»Ach so.« Jessy macht einen Schritt von mir weg, breitet die Arme aus und sieht sich gespielt suchend um. »Wo sind denn dann all deine Freunde? Es hat ja nicht mal jemand gemerkt, dass du weg bist.« Ihr überhebliches Lächeln strahlt stärker als meine Taschenlampe. Es blendet mich sogar so sehr, dass ich blinzeln muss und die Hand vor die Augen halte.

»Alex, alles okay?«

Sie hat ja recht. Ich weiß, dass sie recht hat und ich ohne sie alleine bin.

Wieder greift sie nach meiner Schulter, nur diesmal viel fester, und ich nicke, will, dass sie einfach aufhört, mich daran zu erinnern, wie wenig ich eigentlich wert bin.

»Was machst du denn hier?« Ich blinzele in das Licht, die Stimme verwirrt mich, ebenso wie der feste Griff an meiner Schulter. »Ich habe gesehen, wie du abgehauen bist.«

Meine Augen gewöhnen sich wieder an die Dunkelheit und ich mache die Figur vor mir immer besser aus. Langsam nimmt er mir das Messer aus der Hand, das ich wohl immer noch vor mich gehalten habe.

»Wo wolltest du denn hin?«

»Jannis?«

Er nickt, einen besorgten Ausdruck auf dem Gesicht, das ganz real vor mir aufgetaucht ist.

Schnell schlinge ich die Arme um ihn, drücke ihn so fest an

mich, dass er sich in Luft auflösen muss, wenn er nicht echt ist. Doch er löst sich nicht auf, ganz im Gegenteil, er legt die Arme ebenfalls um mich und hält mich einfach nur fest.

»Ich habe mir Sorgen gemacht und bin dir hinterhergegangen.«

Er ist mir hinterhergegangen.

Kapitel 76

Jannis

FREITAGNACHT

»Das ist doch sauweit weg!«

Sie nickt, versucht nicht mal, mir zu widersprechen. »Aber wir können das schaffen.«

»Alex, du hast die Kette an irgendeinen Baum gehängt. Hier sehen alle Bäume gleich aus!«

»Aber ich muss es zumindest versuchen.« Sie meint es wirklich ernst, und ich schüttele den Kopf, weil ich nicht glauben kann, was sie vorhat. »Bitte, Jannis.« Alleine wird sie es auf keinen Fall schaffen. Dafür ist es nicht nur zu dunkel, sondern auch viel zu gefährlich, und ich schüttele wieder oder immer noch den Kopf. »Wir müssen uns nur am Ufer halten. Irgendwann kommen wir dann zu dieser komischen Lichtung, die wie aus dem Herrn der Ringe aussieht.«

Ich weiß, welche Stelle sie meint und wann wir dort unser Camp aufgeschlagen hatten.

»Wenn wir erst mal dort sind, finde ich den Baum ganz sicher.«

»Falls wir es bis dorthin schaffen.«

»Werden wir!«

»Wieso bist du dir da so sicher?«

Alex grinst mich an und hakt sich bei mir unter. »Weil wir schon unterwegs sind.«

Tatsächlich gehen wir bereits seit einer kleinen Weile durch den Wald, achten darauf, uns nie zu weit vom Ufer zu entfernen, und ich kann nicht glauben, dass sie es wirklich geschafft hat, mich zu überreden.

»Nur fürs Protokoll, das ist eine ganz saudumme Idee.«

»Keine Sorge, ich habe Wasser und Brötchen dabei. Auch wenn ich nicht mit Begleitung gerechnet hatte.« Aber alles an ihrer Körpersprache und ihrem Lächeln verrät, wie erleichtert sie ist, dass ich jetzt hier bin. »Wir müssen unseren Proviant also rationieren.«

Wenn man ihr zuhört, könnte man meinen, dass es sich hier um eine lustige Nachtwanderung handelt und nicht um den aussichtslosen Versuch, in einem schwedischen Wald ein altes Schmuckstück wieder aufzutreiben.

»Du kannst ihr doch auch einfach eine neue Kette kaufen.«

»Kann ich eben nicht.«

Das klingt endgültig, und ich ertappe mich dabei, dass ich mich zum ersten Mal wirklich mit Alex und ihrer Familie beschäftige.

»Keine Kohle?«

»Nee, das ist nicht das Problem, die würde ich mir irgendwo zusammenschnorren.«

Sie kann mich dabei nicht ansehen, was viele Gründe haben könnte, und ich hake nach. »Soll ich dir was leihen?«

»Ich brauche keinen Kredit, Jannis! Ich brauche jemanden, der mit mir Gretes Kette sucht.«

»Ich bin ja hier. Und genau deswegen habe ich auch verdient zu wissen, wieso du diese Kette –«

»Sie gehörte ihrem Vater, okay?« Es platzt aus ihr heraus, bevor ich meine Frage beenden kann. »Das wusste ich nicht, als ich sie ihr geklaut habe, da wusste ich doch noch gar nicht, wie ihr Vater …« Ihre Schritte werden langsamer, und das nicht wegen des ziemlich tückischen Weges zwischen den Bäumen und Sträuchern. »Hör zu, ich baue manchmal Scheiße. So richtig und mit Anlauf, und meistens habe ich keine Ahnung, wieso ich das überhaupt mache, aber …« Alex sieht sich um, aber außer uns ist hier nichts. Zumindest nichts, was nicht hierhergehört. »Ich wollte sie ärgern.«

Statt zu mir schaut Alex sich noch immer um, als würde sie irgendwas in der Natur erspähen, das mir verborgen bleibt, denn ich sehe nur die Schatten der Nacht, die zu den Bäumen um uns herum gehören.

»Ich wollte ihr den ganzen Scheiß klauen, Stück für Stück. Erst die Kamera, dann die Kette und vielleicht als Nächstes das Kissen oder den Schlafsack oder *whatever.*«

»Aber wieso? Grete hat dir doch nichts getan.«

Grete hat uns allen nichts getan, außer vielleicht ein bisschen mit ihren Geschichten zu nerven.

»Weil ich dachte, sie hat all das, was ich nicht habe.« Endlich reißt sie ihren Blick los und sieht wieder zu mir. »Weil ich dachte, sie hat eine Familie, Eltern die sie mit Liebe und Aufmerksamkeit überschütten, die sich um sie sorgen und darüber Gedanken machen, wie es ihr wohl gerade geht.« Ein Schulterzucken, aber kein Lächeln. »Das war wohl eine Fehleinschätzung.«

»Ziemlich sogar.«

Sie stimmt mir zu und öffnet den Mund, vielleicht um noch mehr zu sagen, bleibt dann aber stumm.

Und so fülle ich die Stille. »Wenn es dich beruhigt, ich dachte auch, sie wäre hier fehl am Platz.«

»Ich war einfach gemein zu ihr.«

»Zu uns allen.«

Das entlockt ihr kurz ein Lächeln, aber es verschwindet so schnell wie ein vorbeifliegender Vogel. »Ich will gar nicht gemein sein.«

»Wieso bist du es dann?«

Alex' Reaktion ist nicht gerade die, mit der ich gerechnet hätte, dabei sollte mich bei ihr eigentlich nichts mehr überraschen. Sie wirft die Arme in die Luft, wodurch das Licht der Taschenlampe kurz einmal durch die Nacht segelt und an eine miese Disco erinnert. »Als ob ich eine Wahl hätte!«

»Hast du. Sei kein Arschloch.«

»Und das aus deinem Munde, Jannis.«

»Ich will ja auch kein Arschloch sein.«

»Was willst du denn sein?«

So vieles und manchmal auch gar nichts. Jedes Mal, wenn ich versuche, das in Worte zu packen, gehen sie mir aus. Als hätte ein ganzes Wörterbuch nicht genug davon, um meine Gedanken vernünftig zu verpacken. »Ich wäre gerne einfach wieder ein großer Bruder und vielleicht sogar wieder ein Sohn.« Das wäre zumindest ein Anfang, aber da ist noch mehr, und es will raus. »Ich wäre auch gerne mal wieder traurig. Oder glücklich. Oder begeistert, oder … irgendwas anderes als das.« Weil Alex nichts sagt, spreche ich weiter, bevor mich der Mut verlässt. »Und ich wäre auch gerne wieder in der Schule. Verrückt, oder? Ich würde gerne wieder Musik hören und irgendwas dabei empfinden. Auf Konzerten oder einfach auf meinen Kopfhörern.« Das klingt alles so dumpf und lächerlich, weil ich genau diese Dinge nicht haben kann. Weil es leichter wäre, wenn ich mir einfach ein paar Turnschuhe wünschen würde. »Ich wäre gerne wieder Jannis Leon Meinhard und nicht das Problemkind, mit dem niemand was anfangen kann.«

Wieso atme ich so schnell und mühsam? Wieso fühlt sich mein Kopf so leicht und mein Herz so schwer an?

Und dann macht Alex auch noch die Taschenlampe aus, woraufhin wir sofort von der Dunkelheit verschluckt werden.

Alex' warme Hand schiebt sich in meine, drückt sie, und ich spüre, wie meine Wangen feucht werden.

»Ich weiß, ich bin nur die nervige Mit-Paddlerin, aber für mich bist du gerade so was wie ein großer Bruder, Jannis Leon Meinhard.«

Kapitel 77

Leo

Samstagmorgen

Sie sind weg.

Einfach so und ohne Abschied. Selbst nachdem ich mir den Schlaf aus den Augen gerieben und Bens Ausführungen angehört habe, checke ich einfach nicht, wie sie das machen konnten.

Grete, die mit offenem Mund neben mir steht, schüttelt den Kopf wie ein missverstandener Wackel-Dackel.

»Wir werden jetzt nicht in Panik ausbrechen, sondern sie suchen. Weit können sie kaum sein.« Vermutlich merkt Ben nicht mal, wie nervös er wirkt, was nicht gerade zu meiner Beruhigung beiträgt.

»Ist so was schon mal passiert?« Denn alle hier sind so überfordert mit der Situation, dass ich mir einfach nicht vorstellen kann, sie hätten schon öfter Teilnehmer verloren.

»Nein.« Yvonne hält meinen Blick, und ich nicke, rechne ihr hoch an, dass sie ehrlich ist. »Aber wir werden sie finden. Tommi und Ben checken, wohin ihre Spuren führen, denn besonders unauffällig waren sie bei ihrer Flucht nicht.«

Das kann sogar ich sehen. Die Schuhabdrücke von Alex'

Turnschuhen zeichnen ihre Route auf dem Boden vor uns ziemlich genau nach, dicht gefolgt von einem zweiten, etwas größeren Schuhabdruck. Sie sind also zusammen abgehauen.

»Vielleicht wollten sie nur irgendwo schwimmen.« Meinen Gedanken spreche ich nur deswegen laut aus, weil ich Gretes Unsicherheit neben mir spüren kann.

»Vermutlich.«

Ben nickt mir dankend zu, weil er wohl selber gerade nach einer möglichst harmlosen Erklärung gesucht hat. Tommi taucht mit einem Rucksack in der Hand auf und schenkt uns ein schwaches Lächeln. »Macht euch keinen Kopf, wir finden sie.«

»Klar.«

Sie müssen sie einfach finden. Es gibt gar keine andere Option.

Dann greift Tommi in seine Hosentasche und zieht eine Handvoll Kaugummis raus, die er aber nicht mir, sondern Grete reicht.

»Wenn er nervös wird, füttere ihn damit, okay?« Gretes Hand zittert ein bisschen, als sie die Kaugummis annimmt und Tommi ihr zuzwinkert. »Alles wird gut.«

Doch selbst als Tommi und Ben schon auf Spurensuche verschwunden sind und wir mit Yvonne im Lager warten sollen, ist Grete noch immer nicht davon überzeugt.

Während Yvonne mit dem Suchtrupp per Handy Kontakt hält, sitzen Grete und ich am Ufer, wo die Kanus noch immer unberührt darauf warten, dass wir unsere Reise fortsetzen. Doch bis wir nicht wieder komplett sind, wird das sicher nicht passieren.

»Ich wette, die machen einen Ausflug und kommen nachher

mit einer wilden Ausrede zurück.« Blöd nur, dass ich meine Version der Geschichte selbst nicht so recht glaube und Grete meine Lüge mit nur einem Blick durchschaut.

»Irgendwas ist passiert. Immer passiert etwas.«

»Mag ja sein, aber das hat nichts mit dir zu tun, okay?«

»Doch, Leo. Jedes Mal, wenn etwas Gutes geschieht, folgt immer etwas Mieses.«

So wie sie mich ansieht, glaubt sie das wirklich, und ich schüttele schnell den Kopf. »So funktioniert das Universum nicht. Dinge passieren, auf die wir null Einfluss haben, und dann suchen wir nach Gründen, wo gar keine sind.« Bevor sie etwas einwerfen kann, fahre ich in meiner Ausführung fort. »Alex und Jannis, weswegen sie auch immer unterwegs sind, haben diese Entscheidung für sich getroffen. Nicht deinet- oder meinetwegen.« Gretes Hände zittern, wie auch ihre Unterlippe, und ich rücke etwas näher an sie heran. »Sie kommen zurück, und dann werden sie uns erklären, wieso sie abgehauen sind.«

»Und wenn sie nicht zurückkommen?«

Eine Option, die ich ausblende, weil ich mich damit nicht beschäftigen will, nicht glauben will, dass Alex und Jannis etwas so Dummes tun würden.

»Dann können wir uns immer noch Gedanken darüber machen, aber jetzt glauben wir mal daran, dass sie wiederkommen. Mit ein paar Pilzen.« Ich halte ihr die Hand hin, die sie nach einem kurzen Zögern annimmt, aber ich schüttele lächelnd den Kopf. »Eigentlich wollte ich ein Kaugummi.«

»Oh.«

Sie fischt eines heraus und reicht es mir, bevor sie sich auch eines gönnt und den Kaugummiklotz aus dem Papier befreit.

»Ich werde nie mehr diese Dinger futtern können, ohne an euch alle zu denken.«

Grete nickt, und wenn ich mich nicht irre, ist da sogar ein kleines Lächeln auf ihrem Gesicht.

»Und ich werde nie wieder irgendwelche Pilze essen können, ohne an euch zu denken.« Sie lehnt sich in meine Richtung. »An dich vor allem.«

Sie betrachtet das Klebe-Tattoo in ihrer Hand, sieht dann zu mir und da ist endlich ein echtes Lächeln. »Sie kommen zurück. Ganz sicher sogar.«

Als würde das Klebe-Tattoo in ihrer Hand die Zukunft voraussagen können, zeigt sie es mir. »Ein Schmetterling.«

Kapitel 78

Tommi

Samstagmorgen

»Zumindest haben sie deutliche Spuren hinterlassen.«

Ben überspielt seine Nervosität, indem er, seit wir das Camp hinter uns gelassen haben, all die Dinge aufzählt, die unsere Suche vereinfachen. Aber mein Kiefer ist so angespannt, dass ich früher oder später einen Krampf bekommen werde.

»Da vorne haben sie den Ast zertreten und sind dann vermutlich wieder näher ans Ufer.« Obwohl ich die Spuren auch alle sehe, muss er sie für mich noch mal erläutern, und mit jedem Wort wächst der Druck in meinem Kopf. »*Ha.* Hier haben wir eine Bananenschale.«

Wütend drehe ich mich zu ihm um. »Das sehe ich!«

Sofort hebt er entschuldigend die Hände und lächelt. »Sorry, ich wollte nur die Stimmung heben.«

»Zwei unserer Teilnehmer sind einfach so verschwunden und du willst *die Stimmung heben?*«

»Tommi –«

»Nee, nix *Tommi.* Wir hätten besser aufpassen müssen. Wer weiß, was ihnen passiert ist. Wer weiß, wieso sie es überhaupt gemacht haben. Wie kannst du da so cool bleiben?«

Ben schiebt sich sein Cap etwas höher in die Stirn und stemmt die Hände in die Hüfte, bevor er sich kurz umsieht. »Ich bin nicht cool. Natürlich mache ich mir Sorgen. Aber es bringt rein gar nichts, wenn ich jetzt auch den Kopf verliere.«

So wie ich.

»Aber wenn du diesen Job so lange machst, lernst du, zu verstehen, dass du die Jugendlichen nicht immer und vor allem beschützen kannst.« Damit setzt er sich wieder in Bewegung und gibt mir zu verstehen, dass ich ihm folgen soll. »Alles, was wir ihnen hier wirklich bieten können, ist eine Auszeit. Eine Chance, sie selbst zu sein, sich aber auch den Dingen zu stellen, vor denen sie daheim davonlaufen.«

»Bis sie auch vor uns wegrennen?«

»Alex und Jannis sind nicht ohne Grund abgehauen.«

»Sondern?«

Er zuckt die Schultern, hat den Blick wieder suchend auf den Boden gerichtet. »Vermutlich suchen sie etwas oder wollen etwas finden. Keine Ahnung. Aber wir haben mit ihnen gesprochen, sie ganz gut im Blick gehabt.«

»Nicht gut genug.«

Wieder bleibt er stehen, und der Ausdruck auf seinem Gesicht verrät, dass meine Worte ihn verletzt haben. »Was erwartest du denn von uns? Sollen wir sie an die Leine nehmen? Sollen wir sie vor Fehlern bewahren, die sie vielleicht aber machen *sollten*?«

»Ja, vielleicht. Oder zumindest für sie da sein, damit sie nicht den Eindruck haben, sich nachts aus dem Zelt stehlen zu müssen.«

Ben schüttelt milde den Kopf, ein Lächeln auf den Lippen,

als er mir die Hand auf die Schulter legt und ich das Gefühl habe, nun selber einer der Jugendlichen zu werden.

»Als dir damals die Betreuer Ratschläge gegeben haben, was hast du da getan?«

Er kennt die Antwort, weil sie so offensichtlich ist. »Das Gegenteil davon.«

»Du hast also nicht auf sie gehört?«

»Nein.« Stattdessen habe ich immer mehr Mist gebaut. Immer und immer wieder. Aber das kann unmöglich die Lösung sein. »Sollen wir also zuschauen, wie sie im Jugendknast landen?«

»Nein. Auf keinen Fall. Aber wir werden niemals alle auf einen guten Weg bringen können. Wir können hoffen, dass sie hier etwas über sich lernen. Im Idealfall über ihr Verhalten daheim nachdenken. Aber wenn sie nachts aus dem Camp abhauen wollen, können wir es kaum verhindern.«

»Und jetzt?«

»Jetzt finden wir sie und lassen sie wissen, dass es immer einen Weg zurück gibt.« Er klopft mir auf die Schulter und geht dann voller Elan weiter. Weil Ben jemand ist, der das hier wirklich gut macht.

Meine Schritte dagegen sind noch etwas unsicher, während ich ihm folge und mich frage, ob ich jemals den nötigen Abstand zwischen die Jugendlichen und mich bringen werde. Denn ich werde das Gefühl nicht los, dass ich mir etwas zu viel Sorgen um Alex und Jannis mache.

Ben war erst Sozialarbeiter, dann nach einem weiteren Studium therapeutischer Betreuer in einem Jugendheim und jetzt macht er das hier. Aber er war nie wie einer der Teens in den

Kanus, weiß anders als ich nicht aus erster Hand, wieso man daheim abhaut, man so schnell wütend oder frustriert wird. Warum wegzulaufen wie eine gute Option erscheinen kann.

Eine ganze Weile laufe ich stumm hinter Ben her, während meine Gedanken uns vorauseilen, auf der Suche nach einem Grund, wieso Alex und Jannis wohl abgehauen sind.

Und der Frage nachgehen, ob sie wohl wissen, dass es einen Weg zurück gibt.

Kapitel 79

Alex

Samstagmorgen

»Vielleicht sollten wir zurück.«

Jannis stützt gefühlt sein ganzes Gewicht auf meine rechte Schulter, aber ich weigere mich, mir einzugestehen, dass wir so nur schleppend vorankommen. »Quatsch, wir sind sicher gleich da.«

»Wir haben uns doch schon vor acht Lichtungen verlaufen.«

»Haben wir nicht! Wir sind auf dem richtigen Weg!« Sind wir nicht, und Jannis hat recht, nur kann ich jetzt nicht aufgeben, weil Grete sonst ihre Kette nie wiederkriegt.

»Können wir zumindest eine kleine Pause machen? Mein Fuß bringt mich echt um.«

»Wenn du auf mich gehört hättest, wäre nichts passiert!«

Aber Jannis musste ja unbedingt die Abkürzung über diesen Felsen nehmen, wo er abgerutscht ist. Und sich bei der Landung den Knöchel verstaucht, wenn nicht sogar gebrochen hat. Jetzt bin ich seine menschliche Krücke und wir kommen nur humpelnd voran.

»Ist jetzt aber passiert.« Er schiebt mich von sich und bleibt stehen, wobei er sich an den nächsten Baum lehnt und mir jetzt erst auffällt, wie verschwitzt er aussieht. »Tut mir leid, wenn ich deine grandiose Rettungsaktion einer Halskette ruiniert habe.« Erschöpft sinkt er in die Hocke und schließt die Augen.

»Schon okay.« Ihm gegenüber lasse auch ich mich auf den Boden sinken und ziehe den Rucksack von den Schultern. »Eine Banane haben wir noch. Willst du sie?«

Er schüttelt den Kopf, aber ich fische sie dennoch aus dem Rucksack und werfe sie zu ihm rüber, wo sie neben seinem Oberschenkel aufschlägt. »Du brauchst Energie.«

»Wofür?«

»Zum Weiterlaufen.«

Aber er schnaubt nur erschöpft. »Du kannst mich auch einfach hier lassen. Merkt doch keiner.«

»Ich wette, Ben, Yvonne und Tommi würden es merken. Und Leo und Grete? Wie soll ich denen denn verklickern, dass ich dich ausgesetzt habe?«

»Meine Familie wäre sicher froh, wenn ich nicht zurückkomme.«

All das sagt er mit geschlossenen Augen. Weil wir Dinge leichter sagen können, wenn es dunkel ist.

»Da wäre ich mir nicht so sicher.« Ich rutsche neben ihn und schnappe mir die Banane, die er ignoriert hat. »Ich wette sogar, dein Bruder würde dich krass vermissen.« Jannis reagiert nicht, und so schäle ich die Frucht für ihn, während ich weiterspreche. »Du bist sein großer Bruder und er wird dir bestimmt von seinem Sommer erzählen wollen. Und du ihm von deinem.«

»Was gibt es da schon zu erzählen?«

»Zum Beispiel, dass du dieser witzigen Alex das Schwimmen beigebracht hast. Und dass du jetzt Kanufahren kannst.« Ich greife nach seiner Hand und schließe seine Finger um die Banane. »Und jetzt iss was, bevor du mir auch noch umkippst.«

Ohne die erwarteten Widerworte beißt er in die Banane und öffnet auch wieder die Augen. Kauend mustert er mich, und ich gönne mir einen Schluck Wasser, bedacht darauf, die Flasche nicht leer zu trinken.

»Wieso bist du so nett zu mir?«

Seine Frage zwingt mich dazu, kurz darüber nachzudenken, warum ich Jannis nicht wirklich einfach hier zurücklasse.

»Weil du mir nachgegangen bist. Weil du bemerkt hast, dass ich verschwinde.« Mit dem Zeigefinger tippe ich gegen seine Brust. »Weil du dir Sorgen um mich gemacht hast.«

Kurz ist da die Angst, er würde es abstreiten oder mich auslachen, aber er lächelt nur müde und beißt das nächste Stück ab.

»Jemand muss es ja tun, du stolperst sonst von einer Katastrophe in die nächste.«

Damit hat er nicht so ganz unrecht und ich scanne schnell die Umgebung. Inzwischen dürften die anderen auch bemerkt haben, dass wir weg sind, was meinen Plan etwas torpediert. In meiner perfekten Vorstellung hätten wir die Kette jetzt schon und wären zumindest wieder auf dem Heimweg. Nur hat uns Jannis' Stunt etwas aus dem Zeitplan gerissen, und wenn ich mir seine blasse, schwitzige Haut ansehe, glaube ich kaum, dass wir es bis zum Versteck der Kette schaffen werden.

»Vielleicht ruhst du dich hier einfach ein bisschen aus, ich hole die Kette und sammele dich auf dem Rückweg wieder ein.«

Doch mein Vorschlag wird nicht ganz so begeistert aufgenommen wie erhofft. Jannis schüttelt den Kopf und setzt sich etwas aufrechter hin. »Ich lasse dich sicher nicht alleine.«

»Aber es ist nicht mehr weit. Und ich komme zurück.«

»Alex, Stichwort *Katastrophe*, was, wenn du hinfällst oder umknickst oder sonst was?«

»Dann beiße ich die Zähne zusammen und krieche zurück.«

Eigentlich wäre es mir lieber, er würde mitkommen, weil ich nicht weiß, wem oder was ich unterwegs begegnen werde. Solange Jannis da ist, wird Jessy sich nicht blicken lassen. Aber er ist zu langsam und hat Schmerzen, es hat keinen Sinn.

»Und die Alternative kommt nicht infrage. Ich *muss* diese Kette wiederfinden.«

Jannis kaut, schluckt und dreht sich dann zu mir, sein Blick ernst und besorgt.

»Wehe, du gehst unterwegs verloren, dann reiße ich dir den Hintern auf.« Er deutet mit dem letzten Stück Banane auf mich. »Und wehe, du kommst nicht zurück, ich habe nämlich keine Ahnung, welche Pilze ich essen kann.«

Einen kurzen Moment wünsche ich mir, er würde mich doch aufhalten, aber dann wird er von meiner Erleichterung verdrängt, und ich stehe auf.

»Ich gehe nicht verloren, ich komme zurück, und dann gehen wir zusammen zu den anderen. Okay?«

Er nickt und ich stehe auf. Von hier ist es nicht mehr weit, da bin ich mir sicher. Bevor ich gehe, reiche ich ihm noch eines der Brote aus dem Rucksack.

»Iss am besten gar keine Pilze, dann kann nichts schiefgehen.« Dann salutiere ich zum Abschied und setze einen Fuß vor den anderen.

Ich finde die Kette, dann finde ich Jannis und dann finden wir die anderen.

Kapitel 80

Grete

SAMSTAGMORGEN

Yvonne hat uns das Geschirr in die Hand gedrückt und mit einem ziemlich gezwungenen Lächeln darum gebeten, die Routine so beizubehalten, als wäre alles wie immer. Jetzt haben wir Wasser und Spülmittel in die große Schüssel gekippt und schrubben die Essensspuren von Alex', Jannis' und dem Rest der Teller, von denen wir gestern gegessen haben.

Leo, der wieder einen Kaugummi kaut, ist mit Feuereifer dabei, während sich meine Gedanken immer wieder unerlaubt entfernen, auf Wanderschaft gehen und sich mit Fragen beschäftigen, auf die ich keine Antworten habe.

»Es wäre nett, wenn du mir ein bisschen hilfst.« Leo nimmt mir den Schwamm aus der Hand, den ich fest umklammert gehalten habe, ohne ihn zum Einsatz zu bringen.

»Sorry.«

Mein entschuldigendes Lächeln erreicht kaum meine Mundwinkel, und ich sehe bei jedem noch so kleinem Geräusch an Leo vorbei zu den Bäumen, wünsche mir Alex und Jannis herbei.

»Sie kommen wieder. Tommi und Ben werden sie sicher finden, und dann kriegen sie 'nen Einlauf, weil sie abgehauen sind.«

Und wenn nicht? Wenn sie nicht wiederkommen?

Aber ich nicke.

»Willst du drüber reden oder lieber nur schweigend deine Hände ins Spülwasser halten?« Leo reicht mir ein Geschirrtuch, und ich bemerke erst jetzt, wie kalt das Wasser inzwischen ist.

»Ich mache mir nur Sorgen.«

»Verstehe ich.«

Aber er sieht nicht so aus. Keine Sorgenfalte zwischen seinen Augenbrauen, kein suchender Blick, er macht einfach ganz normal weiter. So wie meine Mutter damals ganz normal weitergemacht hat. Nicht sofort, aber doch viel zu schnell. Bis dann Michaels Einzug in unsere Wohnung, diese Endgültigkeit, mit der er seine Zahnbürste in unserem Bad deponiert hat, mir gezeigt hat, dass er bleiben wird und Papas Erinnerung verschwunden ist.

Nicht für mich, aber für meine Mutter.

»Machst du das immer so?«

Leo unterbricht seine Arbeit nicht mal, als er mich verwirrt ansieht, weil er natürlich nicht weiß, was ich meine.

»Machst du einfach weiter, wenn das Chaos ausbricht und die nächste Katastrophe in dein Leben einzieht?«

So vorwurfsvoll, wie es mir rausrutscht, meine ich es gar nicht, aber Leo zuckt ohnehin nur die Schultern und reicht mir die nächste Tasse zum Abtrocknen. »Manchmal.«

»Ich verstehe nicht, wie das geht. Schaltest du die Gefühle dann einfach aus?«

Er atmet durch, bevor er das Geschirr für den Moment vergisst und sich zu mir wendet. Im Vergleich zum Anfang des Trips sind seine Augen viel klarer. Jetzt betrachtet er mich wirklich aufmerksam, kein verhuschter Blick weicht mir mehr aus.

»Willst du wissen, wie es in mir drinnen gerade aussieht?«

»Immer.«

»Ich habe Schiss. Ich habe richtig Schiss, dass Alex was Dummes getan hat. Oder dass Jannis abgehauen ist, weil wir ihm vielleicht nicht das Gefühl gegeben haben, er gehört dazu. Und ich habe Schiss, dass ich dich nach all dem hier nicht wiedersehe. Ich weiß nicht, was meine Eltern als Nächstes mit mir vorhaben und ob ich daheim nicht sofort wieder nach dem Handy und den Kippen greife. Was, wenn ich am Schluss doch alle wieder nur enttäusche und sie recht haben, wenn sie glauben, ich bringe nichts zu Ende und kann nichts.« Er deutet auf das trübe Wasser, in dem unser Geschirr schwimmt. »Das hier ist eine Aufgabe, die ich erledigen kann. Von Anfang bis zu Ende. Alles, was danach kommt, kenne ich noch nicht, und ich habe es satt, mir um Dinge Sorgen zu machen, die Wochen oder Monate entfernt liegen. Weil ich dann nie *hier* bin.«

Ein mir verdammt vertrautes Gefühl.

»Und wenn ich vor Panik durchdrehe, kann ich dich nicht beruhigen. Wenn wir beide jetzt komplett austicken, dann herrscht nur noch mehr Chaos.« Er greift nach der nächsten Tasse, um sie mir zu reichen. »Ben und Tommi suchen sie und bringen sie dann zurück. In der Zwischenzeit: Geschirr abwaschen.«

»Das ist deine Taktik?«

»Für den Moment, ja. Was Besseres kann ich dir nicht anbieten.«

Es ist nur die ruhige Oberfläche, die ich sehe. Die stoische

Entschlossenheit, mit der er das Geschirr abwäscht, aber was hinter der Fassade in seinem Kopf passiert, das sehe ich eben nicht.

Hat Mama vielleicht auch nur deswegen so normal wie möglich weitergemacht, um mich zu beruhigen? Nicht noch mehr Chaos zu verursachen, zumindest nicht in meiner Anwesenheit? Zögernd nehme ich die Tasse entgegen und beginne damit, sie mit dem Geschirrhandtuch ordentlich abzutrocknen, bevor ich sie zurück in die Kiste packe.

Ich greife in die Hosentasche und ziehe das Klebe-Tattoo mit dem Schmetterling hervor. »Wie funktionieren die Dinger?«

Denn Leo muss es wissen, immerhin zieren inzwischen viele kleine Tattoos seine Haut. Lächelnd nimmt er mir das Bildchen ab und taucht es in die kleine Schüssel mit dem sauberen Wasser, bevor er meine Hand nimmt.

»Wohin hättest du es gerne?«

Ich drehe meine Hand so, dass er es leicht auf die Innenseite meines Handgelenks kleben kann, was er auch tut, indem er sanft dagegendrückt.

»Bisschen warten, dann abziehen und für die nächsten Tage hast du dann ein Schmetterlings-Tattoo.«

»Ein Freundschafts-Tattoo.«

Er versteht nicht, nickt aber dennoch und zieht vorsichtig die Folie von meiner Haut. Zurück bleibt nur ein blasser Schmetterling, der sekündlich intensiver wird.

»Danke, Leo.«

»Ist nur ein Klebe-Tattoo.«

»Nein. Ich meine: fürs Nicht-Ausrasten.«

»Gern geschehen.«

So spülen wir fast das ganze Geschirr ab, stumm und stoisch. Für diesen kurzen Moment konzentriere ich mich auf nichts anderes, sperre das Sorgenchaos aus und mache eine Sache nach der anderen. Nur für diesen Moment.

»Ich finde übrigens, du kannst jede Menge.«

Leo sieht überrascht zu mir.

»Und du solltest dir nie wieder was anderes einreden lassen.«

Kapitel 81

Alex

Samstagmorgen

Immer am Ufer entlang.

Noch ein paar Meter, dann muss ich da sein.

Immer am Ufer entlang.

Man kann sich gar nicht verlaufen. Inzwischen ist es ja hell.

Kette finden, holen und zurück zu Jannis.

»Du bist doch sogar in der Lage, dich in einer Telefonzelle zu verlaufen.«

Nicht drauf eingehen, weitermachen.

»Hast dich ja ganz schön hinter dem Freak versteckt.«

Weitermachen.

»Bist so ein Opfer geworden, Alex.«

Meine Beine sind schwer, meine Atmung zu schnell, der Hunger meldet sich auch schon deutlich, und meine Kopfschmerzen nerven seit Stunden.

»Ich dachte echt, du wärst cool und tough und so wie ich.«

Nur kurz durchschnaufen, dann weitermachen.

Ich bleibe stehen, schließe die Augen und atme tief ein und wieder aus. Als ich die Augen öffne, ist Jessy noch immer da, ihr überhebliches Lächeln wie immer im Gepäck.

»Kannst du mich nicht einfach in Ruhe lassen?«

»Wieso sollte ich? Du hast mich erfunden.«

»Und ich will, dass du wieder gehst.«

»Vergiss es.« Sie verschränkt die Arme und lehnt sich an den Baum hinter sich. »Mich wirst du nicht mehr los.«

Ein winziger Teil von mir will ja gar nicht, dass sie geht. Weil ich daheim eine Freundin brauche, um nicht schon wieder verloren zu gehen, verloren zu gehen zwischen all den Orten, die eben nicht mein Zuhause sind.

»Du solltest sogar dankbar sein, dass ich nicht einfach so abhaue!«

Eigentlich wollte ich das Gespräch erst daheim führen, nicht hier zwischen Moos, feuchter Erde und zu vielen Bäumen. Seit gestern Abend habe ich mir überlegt, wie ich es sage, wie ich es rüberbringe, und nie waren die Worte stark genug.

»Jessy, ich weiß, dass du irgendwie für mich da warst, als ich alleine war. Das vergesse ich dir nicht. Aber ich brauche dich nicht mehr und wünsche mir, dass du gehst.«

Ihr Lachen ist so laut, dass es ringsum widerhallt und über die Baumwipfel in alle Richtungen davongetragen wird. Sogar Jannis wird sie hören können. Sie hört auch nicht auf zu lachen, schüttelt den Kopf und klopft sich auf den Oberschenkel, weil sie meine Bitte für einen Witz hält.

Weil sie mich für einen Witz hält.

»Alex, eines muss man dir lassen, du hast echt Humor.«

Sie wischt sich die Lachtränen aus dem Gesicht, und ich spüre, wie Hitze in mein Gesicht steigt. Noch nie hat Jessy mich wirklich ernst genommen. Aber das habe ich früher nicht gesehen, so froh war ich, nie mehr alleine zu sein.

Dabei war ich gerade mit ihr so alleine.

»Du bist nicht real.«

Aber damit kann ich sie schon lange nicht mehr schocken, sie zuckt nur die Schultern. »Wieso bin ich dann noch hier?«

Ohne auf ihre Frage zu antworten, setze ich mich wieder in Bewegung, bevor mein Körper streikt, setze einen Fuß vor den anderen, immer am Ufer entlang.

»Grete und die anderen, das sind nicht deine Freunde. Sie können mich nie ersetzen!«

Am liebsten würde ich jetzt eine von Gretes Geschichten hören oder mich mit Leo kabbeln. Selbst Jannis' Schweigen wäre mir gerade lieber.

Oder Tommis Ratschläge.

»Ach ja, dieser Tommi. Für den bist du eh nur ein Kind.«

»Halt den Mund.«

»Im Ernst, der lacht doch insgeheim über dich.«

Das will ich alles gar nicht hören. Aber Jessy hat die unangenehme Angewohnheit, all meine Ängste, Zweifel und Sorgen laut auszusprechen.

»Hör auf, Jessy. Hör einfach auf. Ich brauche dich nicht mehr! Und du tust mir auch nicht gut.«

»Ich mache dich besser.«

Jetzt lache ich, und zwar lauter als erwartet, was Jessy schwer missfällt, denn sofort schlägt ihre Laune um, die Augenbrauen ziehen sich zusammen, ihr Blick wird wütend.

»Du hältst mich davon ab, besser zu werden!« Sie weiß, dass es die Wahrheit ist, und ich habe es satt, ihr die Kontrolle zu überlassen. »Du willst nicht, dass ich andere treffe, sage, was ich denke, und an mir arbeite!«

»Weil wir uns dann verlieren, Alex.«

Das ist es. Das ihre Angst, nicht meine.

»Genau das sollten wir.«

Ohne mich noch mal umzudrehen, gehe ich weiter, stur und unbeirrt, weil ich Gretes Kette wiederfinden muss, weil ich Jannis einsammeln muss und weil ich dann einiges zu erklären habe.

»Das wird Konsequenzen haben.«

Mag schon sein, aber denen stelle ich mich dann eben, ohne irgendwas auf Jessy zu schieben.

Mein Fuß bleibt in einer Wurzel hängen, und ich falle nach vorne, bremse den Sturz mit den Händen und schlage doch heftiger als erwartet auf.

Jessys Lachen dröhnt in meinen Ohren, und ich bin versucht, einfach hier liegen zu bleiben. Nur, bis alles aufhört. Das ständige Starksein, das Meckern, das Karussell in meinem Kopf und das Alleinsein.

»Nicht mal laufen kannst du!« Sie taucht vor mir auf, streckt mir die Hand entgegen und lächelt süß, denn auch das ist Jessy. »Komm schon, wir zwei schaffen das. Gehen wir zurück.«

Wenn ich ihre Hand jetzt annehme, dann gibt es kein Zurück, dann werde ich Jessy für immer in meinem Leben haben.

Wäre das denn so schlimm?

Aufgeben ist leichter, als weiterzumachen.

Etwas hinter Jessy funkelt golden – wie ein Geheimnis in der Sonne. Fast so, als würde es mir eine Nachricht senden.

Unverändert baumelt die Kette mit dem kreisrunden Anhänger am Ast des Baumes, an den ich sie gehängt habe.

Gretes Kette. Die ihres Vaters.

Schnell richte ich mich auf, klopfe die Erde von meinen Knien und spüre das aufgeregte Rauschen, das in Bestzeit durch meine Adern pumpt.

Achtlos schiebe ich Jessy zur Seite und gehe auf den Baum zu, greife nach der Kette und spüre die feinen Glieder zwischen meinen Fingern.

»Ich habe sie gefunden.«

Kapitel 82

Jessy

SAMSTAGMORGEN

Sie wird mich vergessen.

Eintauschen gegen Grete. Gegen Jannis und sogar gegen diesen Spinner namens Leo.

Sie will nach der Kette greifen, die im Sonnenschein glitzert wie der magische Schlüssel zu einer anderen Welt.

Bevor Alex sie zu fassen kriegt, schnappe ich sie mir, reiße sie an mich und funkele meine Freundin auffordernd an.

»Wenn du diese Kette haben willst, wirst du wohl auch mich behalten müssen.« Alex sieht nicht zu mir, hat ihren Fokus auf den kleinen Anhänger in meiner Hand gerichtet. »Willst du das hier alles für so ein Opfer wie Grete riskieren?«

Ich kenne meine Alex, ihre Geheimnisse, ihre Gefühle, ihre Ängste, und ich weiß, sie wird mir folgen. Sich für mich entscheiden, weil ich die letzten Jahre immer für sie da war.

»Will ich.«

Kühl und ohne Angst kommt sie auf mich zu und will mir die Kette abnehmen. Doch ich bin schneller, hole aus und schleudere sie ins Wasser, wo sie einen kurzen Moment oben treibt und dann langsam untergeht.

»Scheiße!« Ohne nachzudenken, rennt Alex los, zieht ihre Schuhe aus und stürzt sich ins Wasser.

»Du kannst nicht schwimmen!«

Ob ich sie warnen oder auslachen will, weiß ich nicht, denn alle Gefühle fahren Achterbahn, und diesmal bin ich es, die ihr folgt.

»Alex, du kannst nicht schwimmen!«

Aber sie hört nicht auf mich, watet weiter, bis das Wasser ihr bis zur Brust reicht. Mich und meine Warnungen ignoriert sie, hält ihren Blick auf eine Stelle der Wasseroberfläche gerichtet, genau da, wo diese blöde Kette untergegangen ist.

»Ruhig atmen, ruhige Bewegungen.« Sie spricht diesmal nicht mit mir, wiederholt die Worte wie ein Mantra und setzt dann zum Eintauchen an.

Sie kann nicht schwimmen. Sie wird untergehen, absaufen und was dann?

Die ersten Bewegungen wirken unkoordiniert, hektisch und so, wie ich sie erwartet habe, aber dann werden sie ruhiger und klarer, und mir dämmert, dass sie mich angelogen hat. Sie kann doch schwimmen, wenn auch nicht besonders gut, aber gut genug, um die Stelle zu erreichen, wo die Kette inzwischen auf dem Grund liegen dürfte.

Ihr Blick streift mich nur kurz, bevor sie Luft holt und dann abtaucht.

Wieso stehe ich noch immer hier am Ufer? Zügig folge ich ihr ins Wasser, schwimme zu ihr raus, wo sie direkt vor mir auftaucht, zu schnell und panisch atmet.

»Alex, was soll das? Du kannst nicht schwimmen, vergiss die Scheißkette!«

Aus Angst, sie könnte mich nicht hören, brülle ich ihr die Worte ins Gesicht, aber Alex geht nicht unter. Ganz im Gegenteil, sie treibt fast schwerelos vor mir im Wasser, ein schwaches Lächeln auf den Lippen.

»Ich kann schwimmen.«

Es klingt so überzeugt, dass ich schnell den Kopf schüttele.

»Nein! Du bist nicht mehr zum Kurs gegangen, weil dein Vater nach der Scheidung keine Zeit mehr hatte, dich hinzubringen.«

»Das war damals.«

Damals. Ein Wort, das mir nicht gefällt.

»Danke für alles, Jessy. Aber ich muss dich loslassen.«

»Wage es ja nicht!«

»Du erinnerst mich immer nur daran, was ich alles nicht kann. Was ich alles nicht bin. Aber ich kann echte Freunde finden.«

»Kannst du nicht!«

Alex lächelt und ich will sie dafür ohrfeigen.

»Habe ich schon.« Sie hebt die Hand, und ich sehe die Kette, die sie fest zwischen ihren Fingern hält. »Mach's gut, Jessy.«

Sie will an mir vorbeischwimmen, aber ich packe ihre Wade, halte sie, so fest ich kann, und versuche, sie mit mir unter Wasser zu ziehen. Alex kämpft, mehr als sonst, mehr als damals, und ich schlinge meine Arme um ihren Hals.

Sie kann mich nicht loswerden.

Mit mehr Wucht, als ich erwartet hätte, verpasst sie mir einen Stoß gegen die Brust, presst den Sauerstoff aus meinen Lungen, und wir tauchen beide zeitgleich wieder auf.

Sie sagt nichts, sieht mich nur traurig an, und ich weiß nicht, ob es Wassertropfen oder Tränen auf ihren Wangen sind. Hastig bringt sie Abstand zwischen uns, als ich wieder nach ihr greifen will, sie aber nicht zu packen bekomme. Sie gleitet mir durch die Finger, egal wie fest ich zugreifen will.

»Du bist nichts ohne mich!«

Das muss sie doch wissen! Sie und ich, das ist etwas Besonderes. Ich will ihr hinterherschwimmen, aber meine Bewegungen sind zu hektisch, ich weiß nicht mehr, was ich tue. Alex schwimmt in Richtung Ufer, langsam und ruhig.

»*Alexandra!!!*« Ich will zu ihr, aber ich komme nicht vom Fleck. »Du miese Schlampe!« Sie erreicht das rettende Ufer, dreht sich erschöpft zu mir, kein Lächeln ist in ihrem Gesicht zu sehen, nichts.

»Weißt du, was, Jessy? *Du* kannst nicht schwimmen.«

Das stimmt nicht, das kann gar nicht sein.

»Woher willst du das wissen?«

»Weil ich dich erfunden habe.«

Wieder gehe ich unter, wieder will ich auftauchen, aber meine Gliedmaßen gehorchen mir nicht mehr, es bleibt dunkel, nass und still.

Kapitel 83

Tommi

SAMSTAGMORGEN

»Alex?« Sie ist klatschnass, ihre Augen sind geschlossen, atmet aber, und ich berühre sanft ihre Wange. »Alex, kannst du mich hören?«

In ihrer Hand hält sie ganz fest eine Goldkette, sodass es mir nicht gelingt, ihre Finger zu lösen. Nur zögernd öffnet sie die Augen, die erschreckend leer wirken und mir trotzdem ein erleichtertes Lächeln entlocken.

»Oh hey, du hast mir einen ganz schönen Schrecken eingejagt.«

Sie sieht nicht so aus, als würde sie mich erkennen, kurz blickt sie sich um, unsicher, wo sie ist. Ihr Blick wandert zum Wasser, aber das fließt ruhig und unbeteiligt einfach nur an uns vorbei.

»Hast du wieder einen Hai gesehen?«

Ein müdes Lächeln verirrt sich auf ihre Lippen, und sie schüttelt den Kopf, lässt sich von mir helfen und setzt sich auf. Erst jetzt scheint sie zu verstehen, wo sie ist und wer ich bin.

»Was machst du hier?«

»Was wohl? Ich mache einen fröhlichen Spaziergang.« Eigentlich sollte ich richtig sauer auf sie sein, aber ehrlich gesagt ist da nur diese wahnsinnige Erleichterung, die fast meinen ganzen Brustkorb ausfüllt. »Wir haben euch gesucht.«

»Wir?«

»Ben ist bei Jannis und verarztet seinen Fuß. Yvonne ist bei Grete und Leo im Lager geblieben. Was habt ihr euch eigentlich dabei gedacht?« Sie schaut mich einfach nur an, Tränen sammeln sich in ihren Augen, und ich bemerke, wie streng ich eben geklungen habe. »Wir sind einfach nur froh, dass es euch gut geht. Dir geht es doch gut?«

Alex, nie verlegen um ein Wort oder einem frechen Spruch, sieht mich schweigend an, die Tränen laufen über, und sie schlingt ihre Arme um mich, hält mich so fest, als wären wir nicht am Ufer, sondern im Wasser und sie kurz vor dem Ertrinken.

»Jessy war hier und wir haben gestritten und jetzt ist sie weg. Für immer, glaube ich.«

Nichts von dem, was sie sagt, ergibt Sinn und ich vermute einen Schock, vielleicht eine Mischung aus fehlendem Schlaf und Hunger, denn ich höre deutlich ihr Magenknurren.

»Okay.« Sie hält mich noch immer fest, und so lege auch ich meine Arme um sie, spüre ihren zitternden Körper unter ihren nassen Klamotten. »Jessy war also hier.«

Sie nickt und bringt genug Abstand zwischen uns, um mich ansehen zu können. »Jessy war meine beste Freundin.« So viel wusste ich schon. »Aber ich habe sie mir nur ausgedacht.«

Falls sie mit einer Reaktion gerechnet hat, muss ich sie enttäuschen, denn auch das wusste ich natürlich. Wir Betreuer haben im Vorfeld viel über die Teilnehmer gesprochen, auch wenn wir nicht immer über alles informiert sind, so müssen wir doch vorbereitet sein.

»Ich war einfach einsam und nie war jemand da.«

»Verstehe.«

»Es gibt dieses Mädchen von der anderen Schule, und das ist cool und alle mögen sie, haben aber auch ein bisschen Angst vor ihr, weil sie sich nichts gefallen lässt. Ich habe rausgekriegt, wie sie heißt, und mir eine eigene Version von ihr geschaffen.« Fast etwas enttäuscht schüttelt sie den Kopf. »Ich wollte einfach nur nicht alleine sein.«

»Das verstehe ich.«

»Aber es ist nicht normal. Ich habe sie erfunden, bis sie sich irgendwann real angefühlt hat.«

»Mehr Menschen, als du denkst, haben imaginäre Freunde.«

Vor allem Kinder.

Alex wischt sich die Tränen von der Wange und schüttelt wieder den Kopf, als könne sie das alles nicht so recht glauben. »Eigentlich wollte ich nur jemanden, der mir zuhört.« Mein Herz zieht sich schmerzhaft zusammen, wenn ich Alex hier so sitzen sehe und ihre Einsamkeit fast körperlich spüren kann. Noch immer. »In der Schule habe ich dann angefangen, von ihr zu erzählen, und plötzlich war ich nicht mehr alleine.« Bei dieser Erinnerung lächelt sie kurz. »Aber ich war noch immer so wütend.«

»Auf Jessy?«

»Auf alle anderen. Auf meine Eltern, weil sie sich nicht mehr für mich verantwortlich gefühlt haben, mich hin- und hergeschoben haben und meine Geschichten nicht hören wollten. Dann hat jemand aus meiner Schule was über Jessy gesagt und bei mir ist eine Sicherung durchgebrannt. Ich habe zugeschlagen. Einfach so.«

Ein mir viel zu bekanntes Gefühl. Früher habe ich aus den dümmsten Gründen zugeschlagen und nicht mal immer gewusst, wieso überhaupt.

»Und dann hatten irgendwann alle Angst vor mir, haben mich gemieden, und ich bin gar nicht mehr zur Schule.«

»Haben das deine Eltern denn nicht gemerkt?«

»Keine Ahnung. Die sind viel zu beschäftigt mit ihrem eigenen Zeug.«

Ben würde mir jetzt raten, ich solle Alex' Story nicht zu nah an mich ranlassen, aber wie soll ich das anstellen, wenn ich die Wut von damals in meinem Rachen fast schmecken kann, weil ich Alex nur zu gut verstehen kann.

»Aber Jessy hat zugehört?«

Sie nickt, wieder wandert ihr Blick zum Wasser.

»Immer. Und wenn ich sauer oder sogar wütend wurde, dann hat sie gesagt, ich soll es rauslassen. Wir haben Dinge kaputt gemacht, Leute geärgert und sind immer auf die Schwächeren los.« Als hätte sie ein Blitz getroffen, blinzelt sie und lässt ihren Blick zu mir wandern. »Nicht wir. *Ich*. Aber es war leichter zu sagen, dass Jessy dabei war und sie es war, die mich angestachelt hat. Dabei war es immer nur meine eigene Wut.«

Wenn man nicht mehr weiß, wohin mit all den Emotionen, tun wir die schlimmsten Dinge, und Alex hat mit Jessy ein Ventil gefunden, wenn auch nicht gerade das beste für ihre Situation.

»Hat Jessy dir gesagt, du sollst aus dem Camp abhauen?«

»Nein. Das war ich ganz alleine.« Sie zeigt mir die Kette, die sie noch immer fest umschlossen hält. »Ich habe Gretes Kette geklaut und hier versteckt. Weil ich …«

Alex will die Worte aussprechen, schafft es aber nicht, und ich lege beruhigend eine Hand auf ihre Schulter. »Alles okay. Wir sprechen später darüber. Ist Jessy denn gerade mit uns zusammen hier?«

Langsam schüttelt sie den Kopf. »Und ich glaube, sie kommt auch nicht wieder.«

Ihre Unterlippe zittert und ich schenke ihr ein kleines Lächeln. »Vielleicht, weil du sie gar nicht mehr brauchst.«

»Weißt du, ich will gar nicht, dass sie wiederkommt. Aber ich werde sie auch vermissen.«

»Das verstehe ich. Das ist ganz normal.«

Meine Freunde waren real, aber dennoch nicht der beste Umgang für mich. So wie ich ein schlechter Einfluss für sie war. Inzwischen haben wir nur sehr selten Kontakt, und obwohl ich weiß, dass es so besser ist, vermisse ich sie manchmal noch immer.

»Sollen wir zu den anderen zurück? Die machen sich nämlich ziemliche Sorgen um dich.« Damit ziehe ich sie auf die Füße, wo sie sehr wackelig zum Stehen kommt, und ich zaubere einen dieser gesunden Energieriegel aus meiner Hosentasche. »Du musst richtig Hunger haben. Das sollte helfen.«

Mit noch immer zitternden Fingern nimmt sie ihn und reißt gleich die Verpackung auf, weicht meinem Blick aber aus, als sie mir eine Frage stellt. »Denkst du jetzt, ich bin komplett verrückt?«

Sie beißt ein großes Stück vom Riegel ab, kaut gierig, und ich mustere sie, wie sie so vor mir steht und nicht mehr viel mit der

Alex gemeinsam hat, die ich an unserem ersten Tag habe kennenlernen dürfen.

»Nein. Ich denke nur, jemand hätte für dich da sein und dir zuhören müssen.«

Da ist es wieder, wenn auch noch nicht ganz, ihr freches Grinsen, das ihr so gut zu Gesicht steht, und ihr Blick findet meinen.

»Zum Glück habe ich ja jetzt euch alle.«

Kapitel 84

Grete

Samstagvormittag

»Es tut mir so leid.«

Blass und zitternd steht Alex vor mir, trägt Tommis T-Shirt, das ihr viel zu groß ist und sie fast verschluckt. Ihre Augen sind gerötet, geschwollen und voller Tränen.

Statt zu antworten, ziehe ich sie in eine feste Umarmung, drücke sie an mich, froh und erleichtert, dass sie wieder da ist. »Mach so was nie, nie, nie wieder!«

Kurz schließe ich die Augen, blende alles aus und spüre dieses fremde Gefühl in meinem Brustkorb. Eines, das so groß und mächtig ist, dass es die jahrelang eingenistete Angst zumindest ein bisschen verdrängt.

Alex und Jannis sind wieder da. Mehr oder weniger unbeschadet, wenn man mal vom Verband an Jannis' Fuß absieht.

»Hau nie wieder ab und schon gar nicht, ohne dich zu verabschieden.«

»Versprochen.«

Jetzt erst lasse ich sie los, und mein sorgenvoller Blick mustert ihr Gesicht, als würde eine böse Überraschung irgendwo doch darauf warten, mich zu überfallen.

»Ich habe deine Kette.«

Ich muss mich verhört haben. Aber in ihrer Hand liegt die Goldkette mit dem Anhänger, die meinem Vater gehört hat. Die ich mir geschnappt habe, bevor Mama sie mit all den anderen Dingen, die ihm gehört haben, einfach so verschenkt hat. »Wo hast du sie gefunden?«

»Das ist eine lange Geschichte, die ich dir gerne in Ruhe und nach einem Brötchen erzählen würde.«

Sie reicht mir die Kette, und ich nehme sie an, felsenfest davon überzeugt, dass sie sich in Luft auflösen wird, wenn ich danach greife. Aber ich spüre die vertrauten feinen Glieder, die raue Oberfläche des runden Anhängers und ein Kurzfilm voller Erinnerungen an die guten Tage mit meinem Vater rauscht durch meinen Schädel. Sein Lachen, seine Umarmungen, sein Duft, seine Stimme, die Musik aus seinem Arbeitszimmer, seine Geschichten.

Manches davon hatte ich fast vergessen, weil niemand mehr darüber gesprochen hat, schon gar nicht mit mir. Wenn ich eine Erinnerung teilen wollte, hat Mama zugemacht, vor Michael sprechen wir eh nicht mehr über Papa, und irgendwann habe ich mich nicht mehr getraut, etwas zu erzählen.

Eine Kette als Verbindung zu ihm, die ist mir geblieben, und jetzt habe ich sie wieder.

»Danke, Alex.«

»Nee, wirklich. Kein Danke. Ich habe richtig Mist gebaut.«

»Ich weiß. Aber wir bauen alle mal Mist. Du bist wieder da, mit Jannis und der Kette.« Sie versteht nicht, wieso es mir so viel bedeutet, aber vielleicht kann ich ihr das irgendwann mal erklären. Nach einem Brötchen oder zwei. »Willst du dich umziehen?«

Denn sie sieht so aus, als müsste sie sich echt dringend aufwärmen. Alex nickt und folgt mir dann in Richtung unseres Zeltes, wo sie nach meiner Hand greift.

»Leihst du mir noch mal deinen Pulli? Der war das letzte Mal echt kuschelig.«

»Klar. Mi Pulli es su Pulli.«

»Danke.«

Dann fällt ihr Blick auf meine Hand, die ich so drehe, dass sie das Klebe-Tattoo sehen kann.

»Ich weiß schon, ich bin nicht Jessy, aber ich dachte –«

Weiter komme ich nicht, weil Alex mich schon wieder in die nächste Umarmung zieht und lange festhält. »Das mit Jessy ist sehr kompliziert, aber ich würde dir das alles gerne erklären und hoffe, du gibst mir dann noch immer eine Chance.«

Sie lässt mich nur zögernd los, hält aber meinen Blick, und ich ahne, dass sie noch etwas sagen will, aber nicht kann. Oder noch nicht kann. Schnell drücke ich ihre Hand. »Nach dem Brötchen höre ich mir deine ganze Geschichte an, okay?«

Sie nickt und klettert ins Zelt, wo sie sich erst mal umzieht. Ich nutze die Chance, um Jannis zu finden, der inzwischen am Lagerfeuer sitzt, den Fuß etwas hochlagert und dem Leo eine Tasse Kaffee und ein belegtes Brötchen reicht.

»Wir haben uns Sorgen um euch gemacht.«

Das sage ich ohne jeden Vorwurf, den er offensichtlich erwartet hat, denn als ich neben ihm in die Hocke gehe und ihn umarme, ist er ziemlich überrascht.

»Wir wollten niemanden erschrecken. Aber Alex hat was gesucht und ich konnte sie ja wohl kaum alleine mitten in der Nacht gehen lassen.«

»Danke, Jannis.«

»Hätte jeder gemacht.«

Als ich mich von ihm löse, lächelt er ein bisschen und gönnt sich erst mal einen Schluck Kaffee.

»Wir haben es aber nicht gemacht, du schon.« Mit meinem ausgestreckten Zeigefinger deute ich auf Jannis, dem die ganze Aufmerksamkeit etwas unangenehm scheint. »Weil dir nämlich *nicht* alles egal ist.«

Einen Moment lang sieht er mich nur an, dann wiegt er nachdenklich den Kopf und stellt die Tasse neben sich ab. »Die Sache ist die …«, er räuspert sich und sieht kurz zu Leo, dann wieder zu mir, »… es ist keine Absicht. Ich will nicht emotionslos sein. Ben glaubt, ich leide vielleicht an einer dissoziativen Störung.«

»Was bedeutet das?«

Leo kommt etwas näher und rutscht neben mich, aber Jannis scheint noch keine Antwort auf die Frage zu haben.

»Keine Ahnung. Aber ich hoffe, ich kriege das raus. Nur für den Fall, dass es so rüberkam, als wärt ihr mir alle total egal und so.« Er versucht sich an einem Lächeln, das ihm erstaunlich gut steht. »Ich finde euch nämlich ziemlich in Ordnung. Schräg, aber in Ordnung.« Sein Lächeln wird noch etwas breiter, als er sich ein bisschen zurücklehnt und die Augen schließt. »Aber heute wird wohl jemand anderes die Kanus packen müssen.«

Leos Hand schießt in die Höhe, obwohl Jannis ihn gerade nicht sehen kann. »Ich kann das übernehmen. Habe dir ja oft genug zugeschaut.«

»Deal.«

So müde, wie Jannis' Antwort klingt, ist klar, dass er ein bisschen Schlaf nachholen muss, und Leo hilft ihm, zu seinem Zelt zu humpeln, wo er verschwindet.

Und plötzlich fühlt sich das Camp komplett ruhig an. Als wäre ein übler Sturm vorbeigezogen, der kurz mal heftig an allem gerüttelt hat. An den losen Erinnerungen, den versteckten Ängsten und zaghaften Freundschaften. Wenn ich mich jetzt hier umsehe, dann ist alles noch da, wo es vorher war, und doch ist alles anders.

Leo will nach meiner Hand greifen, wie ich glaube, bevor ich verstehe, dass er nach der Kette meines Vaters greift.

»Darf ich?« Er darf und betrachtet den kleinen Anhänger. »Ist das ein Löwe?«

Ich nicke, froh, über meinen Vater sprechen zu können, ohne eine verfälschte Version von ihm zeichnen zu müssen.

»Papas Sternzeichen.« Immer habe ich mit der Kette auch die Trauer um ihn verbunden, als hätte sie mich an den schrecklichen Tag damals gekettet. Vielleicht muss das aber gar nicht mehr sein. »Leo Löwe.«

Leo sieht überrascht zu mir, mit einem fragenden Blick.

»So vergesse ich dich nicht so schnell.«

Er öffnet den kleinen Verschluss und legt mir die Kette wieder um den Hals, bevor er mir einen Kuss auf die Wange drückt. »Jetzt vergisst du uns alle nicht mehr so schnell.«

Das stimmt. Man kann miese Erinnerungen nicht einfach mit schönen Momenten überpinseln, aber wenn alles zu schwer und zu dunkel wird, sind es die guten Erinnerungen, die einen daran erinnern, dass es weitergeht.

Diese Momente mit Leo, Jannis und vor allem Alex, die werde ich mitnehmen.

Kapitel 85

Leo

Samstagabend

Es gibt Reis und Pilze. Obwohl wir alle langsam, aber sicher die Nase voll davon haben, meckert heute Abend niemand, während wir um das Lagerfeuer sitzen und uns das Essen schmecken lassen.

Mit Tommis Hilfe habe ich für Jannis eine Art Krücke aus Holz gebaut, die ihm zumindest für die restlichen Tage eine kleine Hilfe sein sollte. Sein Knöchel ist angeschwollen, aber er behauptet, keinen zu schlimmen Schmerz zu spüren. Was bei Jannis nicht viel zu bedeuten hat. Sobald wir wieder in Bengtsfors sind, wird er zum Arzt gebracht, dann wissen wir mehr.

Grete, die dicht neben mir sitzt, unterhält sich mit Alex, und ich beobachte die beiden Mädchen, wie sie über alberne Dinge lachen, und muss schmunzeln. Sie jetzt so vertraut zu sehen, darauf hätte ich zu Beginn dieser Tour sicher kein Geld gewettet.

»Wenn du willst, können wir uns nach dem Abendessen ein bisschen unterhalten.«

Tommi, der auf der anderen Seite neben mir sitzt, wirft mir ein Lächeln zu, und ich weiß, dass er Zigaretten in der Tasche hat. Zigaretten, an die ich gar nicht mehr gedacht habe.

»Muss ich wieder einen Baum umarmen?«

»Wenn dir danach ist.«

Kurz muss ich lachen und schüttele dann den Kopf. »Nicht nötig.« Dann deute ich auf Tommis Hosentasche. »Und ich würde ein Kaugummi vorziehen. Muss meine Tattoo-Sammlung doch komplettieren.«

»Klingt gut. Aber du weißt schon, dass Kaugummis nicht die Lösung sind.«

»Schon klar.« Kurz sehe ich zu Grete, die ganz selbstverständlich ihre Hand auf meinem Oberschenkel liegen hat, aber noch immer in das Gespräch mit Alex vertieft ist. »Ich will, was ich hier gefunden habe, nicht sofort wieder verlieren.«

Im Idealfall will ich es gar nicht mehr verlieren, aber so weit denke ich gerade nicht. Mir reicht es, dass wir gerade alle zusammen sind, ohne den Lärm und Druck von außen. Einfach nur wir und einfach nur hier.

Nicht mal Ben mit seiner albernen Kappe oder Yvonne mit dem Lächeln stören mich im Moment. Im Moment stört mich erstaunlich wenig.

»Ach, Tommi, falls ich am Ende zu viel im Kopf habe, und es vergesse zu sagen.« Ich drehe mich zu Tommi, der den letzten Pilz von seinem Teller isst und mich abwartend ansieht. »Danke.«

Hoffentlich fragt er nicht, wofür ich mich bedanke, weil es zu viele Kleinigkeiten sind, die ich gar nicht alle aufzählen will, weil wir dann die ganze Nacht hier sitzen würden. Aber wenn Tommi sie nicht ohnehin alle kennt, dann weiß ich auch nicht. Zu meiner Erleichterung nickt er nur und ich atme erleichtert auf.

Keine Ahnung, ob ich Ben oder Yvonne eine Chance gegeben habe, doch mit Tommi war es direkt was anderes. Schwer zu erklären, aber bei den richtigen Menschen muss man viele Dinge gar nicht erklären, und Tommi ist so einer.

»Hast du deine Kamera da?« Gretes Frage reißt mich aus meinen Gedanken, und sie deutet auf das Plastikteil, das hinter mir liegt. »Wir haben noch gar kein Gruppenfoto gemacht.«

Ehrlich gesagt habe ich sowieso viel zu wenig Fotos geschossen, irgendwie war ich zu sehr damit beschäftigt, überhaupt wieder den Fokus auf die richtigen Dinge zu richten, bevor ich nach der Kamera hätte greifen können. Und so tue ich es jetzt, reiche ihr die Einwegkamera, aber Tommi ist schneller.

»Ich mache das. Rückt ihr mal schön zusammen.«

Bevor ich widersprechen kann, hat er sie mir schon abgenommen und bedeutet uns, in den Bildausschnitt zu rücken.

Alex rückt zu Grete auf, zieht Jannis zu sich, der zu meiner Überraschung sogar mitmacht, und ich lege meinen Arm um Grete, die sich an meine Schulter lehnt.

Komisch.

Irgendwas stimmt noch nicht ganz.

»Moment!« Ich hebe schnell die Hand. »Tommi muss zu uns aufs Foto.«

Er will schon den Kopf schütteln, als ausgerechnet Alex mir zustimmt.

»Komm schon, Tommi. Du bist ja irgendwie einer von uns. Oder warst es vor Ewigkeiten mal.«

Das kann er nicht abstreiten und das weiß er ganz genau. Vielleicht ist es albern, aber Tommi ist so was wie eine Zukunftshoffnung für mich geworden. Eine Version von mir, die ich werden kann, wenn ich mich zusammenreiße. Erst als Ben Tommi die Kamera aus der Hand nimmt, gibt dieser nach und kommt rüber, wo er hinter uns in die Hocke geht, direkt zwischen Alex und Grete.

»Und jetzt alle mal schön lächeln.«

Ben verschwindet hinter der Retrokamera und wird einen Moment einfangen, den ich mir daheim noch viele Male anschauen werde. Um mich daran zu erinnern, wie wir waren, was wir erlebt haben und auch daran, wer ich sein will.

Und an den Sommer, als wir träumen lernten.

Kapitel 86

Alex

Sechs Monate später

Es regnet, und ich habe die pinkfarbene Mütze tief in die Stirn gezogen, weil der Wind mir ordentlich um die Ohren pustet. Den Blick stur auf den nassen Gehweg gerichtet, gehe ich mit schnellen Schritten in Richtung des Cafés. Natürlich bin ich zu spät dran, aber nachdem ich die Straßenbahn verpasst habe, musste ich warten. Umso mehr sehne ich mich nach dem warmen Inneren und einer Tasse Tee oder Kakao.

Mein Handy klingelt in meiner Jackentasche, und ich muss nicht aufs Display schauen, um zu wissen, wer es ist. Das erkenne ich auch am Klingelton, den ich der Nummer zugewiesen habe. Da ich das Café bereits sehen kann, hat es keinen Sinn, den Anruf anzunehmen, ich beschleunige lieber meine Schritte und versuche, noch einem Typen vor mir auszuweichen, was mir nur dummerweise nicht gelingt, und so pralle ich gegen seine Schulter.

»Sorry!«

Er dreht sich zu mir um, und ich rüste mich für einen genervten Kommentar, als ich ihn erkenne und kurz die Zeit stehen bleibt.

Er sieht noch immer so aus wie im Sommer, die Haare sind vielleicht ein bisschen länger, aber sein Lächeln, die Augen und das markante Kinn verraten ihn dennoch sofort.

»*Tommi?*«

»Hi.«

Wieso er nicht ebenso überrascht ist, mich hier zu sehen, weiß ich nicht, aber er breitet einfach die Arme aus, eine Einladung, die ich verstehe und in die ich sofort eintauche.

»Was machst du denn hier?« Ich stelle die Frage an seine Schulter, während er mich fest an sich drückt.

»Bin wohl so was wie der Überraschungsgast.«

»Was?«

»Ich wurde eingeladen.«

Wir lösen uns voneinander, und ich müsste lügen, wenn ich behaupten würde, seine Umarmungen fühlten sich nicht noch immer so gut an wie damals.

»Von Grete?«

Aber er schüttelt den Kopf, bietet mir seinen Arm zum Einhaken an. »Von Leo.«

Während ich Grete regelmäßig sehe – zumindest via Facetime –, habe ich Leo sicher schon einige Wochen nicht mehr gesprochen.

»Der wird ausrasten, wenn er dich sieht.«

»Ich hoffe, er benimmt sich.«

Tommi schiebt die Tür zum Café auf und lässt mir den Vortritt, somit schlägt mir zuerst die Hitze des Inneren entgegen, und ich nehme rasch die Mütze ab, lege meine zerzausten Haare frei.

»Schöne Farbe.«

Tommi sieht mich jetzt etwas genauer an, und ich spüre, wie meine Wangen warm werden. Irgendwie hat er noch immer diesen Effekt auf mich, auch wenn ich mir das nicht eingestehen will.

»Danke. Dachte, ich versuche mal was Neues.«

»Rot ist auf jeden Fall deine Farbe.«

»Weil es direkt eine Warnung ist?«

»Weil es dir steht.«

Ein Kompliment. Oder so was in der Art. Nur muss ich zum Glück nichts erwidern, weil Grete auf uns zugestürzt kommt und mich in eine wilde Umarmung zieht.

»Da bist du ja endlich!«

Sie umarmt fest, voller Liebe und umgeben von Aprikosen- und Vanilleduft. Wie sehr habe ich diese Mischung seit dem Sommer vermisst! Schnell schlinge auch ich die Arme um sie und halte sie fest, hoffe so, die letzten Monate einfach zu überspringen und genau da anzuknüpfen, wo wir aufgehört haben.

Leo schiebt sich ins Bild, auch seine Haare sind inzwischen um einiges länger, was ihn total verändert.

»*Wow.*«

Er lächelt verlegen und kratzt sich am Kinn.

»Hi, Alex.«

Grete löst die Umarmung und umschlingt Tommi, während ich Leo begrüße.

»Du siehst so gesund aus.« Damit tätschele ich ihm liebevoll die Wange, und er grinst, zupft an einer meiner Haarsträhnen.

»Kann ich nur zurückgeben.«

Ich muss nicht fragen, wie es ihm geht, weil man es ihm ansieht. Die Klarheit seiner Augen, das offene Lächeln, all das steht ihm, und obwohl wir wahrlich nicht den besten Start hatten, freut es mich.

»Schön, dich zu sehen. Du meldest dich ja so gut wie nie.«

Entschuldigend hebt er die Hände. »Ich versuche, nicht mehr so viel am Smartphone zu hängen.«

»Und wie läuft das?«

»Mal besser, mal schlechter. Aber ich komme schon klar.«

Klarkommen. Irgendwie ein Codewort für uns, wenn wir nicht so recht wissen, wie es uns geht. In den letzten Monaten habe ich es nicht nur oft genug gehört, sondern auch selber benutzt, wenn die Frage aufkam, wie es mir geht.

»Jannis kommt etwas später, soll ich ausrichten.«

Grete führt uns an einen Tisch weiter hinten, und ihre Freude, uns alle hier versammelt zu haben, ist fast spürbar in der warmen Luft. Ich rutsche auf die Bank neben sie, Tommi und Leo nehmen uns gegenüber Platz.

»Es ist so schön, euch alle zu sehen. Also, an einem Ort. Das ist …«

Sie sucht das richtige Wort, aber ich weiß genau, was sie meint. Manchmal tut es mir gut, mich daran zu erinnern, dass dieser Sommer echt war und meine Freunde real sind.

»Schön?«

Sie nickt, auch wenn sie offensichtlich ein anderes Wort gesucht hat. »Schön.«

Inzwischen weiß Grete alles über mich und ich über sie. In den oftmals stundenlangen Gesprächen haben wir einander jede noch so peinliche Episode unseres Lebens erzählt, und nicht selten ist sie die erste Person, die ich anrufe, wenn ich etwas erlebt habe.

»Ich habe euch vermisst.« Es rutscht mir raus, dabei wollte ich das eigentlich nicht sofort zugeben, aber niemand lacht, es wird nur genickt.

»Ich euch auch.«

Leo, das weiß ich von Grete, hat einen Entzug gemacht, der nicht gerade einfach war. Die wöchentlichen Besuche bei seinem Betreuer helfen ihm, und wenn alle Stricke reißen, wendet er sich an Tommi.

Tommi.

Ein Teil von mir hatte Angst, dass er uns vergessen würde, weil wir nur eine Gruppe auf einem Trip waren, aber ihn jetzt hier zu sehen, interessiert an unseren Geschichten, das macht mich glücklich. Mehr, als ich zugeben will.

»Hi, Leute!« Jannis taucht an unserem Tisch auf und ich hätte ihn fast nicht erkannt. War er schon immer so groß? Der schwarze Mantel lässt ihn merkwürdig erwachsen aussehen, aber sein Lächeln ist unverändert, nur etwas breiter. »Sorry, alles ein bisschen chaotisch, ich musste unterwegs noch jemanden einsammeln.«

Er macht einen Schritt zur Seite und ein junger Mann tritt neben ihn. Die Ähnlichkeit zwischen ihnen ist nicht von der Hand zu weisen – auch wenn Jannis vielleicht etwas kantiger aussieht, so weiß ich doch sofort, wen er mitgebracht hat.

»Das ist mein Bruder Max.«

»Hi.«

Er winkt offen in die Runde, und sofort wird Platz gemacht, Tommi besorgt noch einen Stuhl, und bevor wir uns versehen, sind wir auch schon mitten in der Begrüßung, in Umarmungen und Nachfragen, wie es allen geht.

Wieder mit ihnen an einem Tisch zu sitzen, fühlt sich merkwürdig und doch so vertraut an. Die Tatsache, dass ich sie so lange nicht gesehen habe, hat rein gar nichts verändert. Schnell lachen wir über gemeinsame Erinnerungen und binden auch Max in die Geschehnisse von damals ein.

Jannis lacht offen, erkundigt sich bei Leo nach seinen Fortschritten, bei Grete nach ihrer Familie, und als er bei mir angekommen ist, spüre ich das aufgeregte Kribbeln, das ich bisher gekonnt ignoriert habe.

»Und wie läuft es bei dir so, Alex?«

Große Erfolge kann ich ihnen nicht bieten. Meine Eltern reden immer noch sehr wenig miteinander, aber zumindest haben sie eingesehen, dass es so nicht weitergehen kann. Aktuell wohne ich bei meiner Mutter, unter dem Dach haben sie mir ein kleines Reich eingerichtet, wo ich zumindest das Gefühl habe, irgendwo zu Hause zu sein. Die Schule besuche ich auch wieder regelmäßig, muss aber das letzte Schuljahr wiederholen, was ziemlich nervt. Meine Therapie läuft gut, ich kann über Jessy sprechen und meinen Frieden mit ihr und mir machen.

Aber all das will ich ihnen gar nicht zuerst berichten. »Ich muss euch was erzählen.«

Sofort richten sich alle Augenpaare auf mich, und ich greife in die Gesäßtasche meiner Jeans. Auf dem Weg hierher habe ich immer wieder überprüft, ob es noch da ist.

Jetzt fische ich das kleine Stoffviereck hervor, das sich so dünn und doch so schwer zwischen meinen Fingern anfühlt.

Langsam schiebe ich es in die Mitte des Tisches, damit es alle, vor allem aber Jannis sehen können.

»Ich habe bestanden.«

Ein kleines orangefarbenes Seepferdchen auf weißem Grund.

»Ich wusste es!«

Jannis rutscht vom Stuhl und zieht mich in eine Umarmung, küsst meine Wange, und ich könnte vor Stolz platzen. »Gratuliere, Alex!«

Ohne ihn hätte ich es vielleicht nie gemacht.

»Ich weiß, du bist schon ein echter großer Bruder, Jannis Leon Meinhard, aber im Sommer warst du auch einer für mich.«

Er löst sich nur langsam von mir, und wenn ich es nicht besser wüsste, würde ich glatt behaupten, Jannis hat Tränen in den Augen.

»Und im Sommer warst du die nervige kleine Schwester, um die ich mir Sorgen gemacht habe.«

Man weiß nie, welche Menschen man trifft, die das eigene Leben so richtig auf den Kopf stellen, aber ich bin mit meiner Auswahl an Menschen ziemlich zufrieden. Und falls ich mir mal nicht sicher bin, habe ich ein Foto von uns als Erinnerung daran, dass wir, sie und ich wirklich real sind.

Mit all unseren Fehlern, Macken und ein bisschen beschädigten Ecken.

TRIGGERHINWEIS

In diesem Buch werden Themen wie Gewalt, Verlust und Suizid angesprochen.

Danksagung

Mein Dank gilt wie bei jedem Buch allen voran meiner Familie. Weil sie mich mit all den Zweifeln und all der Begeisterung für meine Geschichten aushalten und mich jedes Mal ermutigen, nicht aufzugeben.

Marc, weil du immer da bist, auch wenn du in Schweden bist, und weil ich mich dank dir nie alleine fühle.

Monkeys, weil zwischen Sushi, Hochstaplern und DoDeLiDo-Abenden immer genug Zeit für Umarmungen und Lacher bleiben.

Anne, Kelly, Puppe, egal ob im 47. Stock, im Oscars, bei Messe-Pommes oder in Podcast-Sprachnachrichten, wir machen einfach immer weiter.

Meinen Sensitivity Leser*innen Karsten, Pavel, Mona und Luise, eure Erfahrungen, Kommentare und Tipps waren unverzichtbar. Danke für diesen Kanu-Trip.

Danke an alle Verlagsmitarbeiter*innen von cbj/cbt für den

Einsatz bei meinen Romanen, bei der Werbung, dem Cover, den Veranstaltungen und für eure Begeisterung nach all den Jahren!

Der dickste Dank gilt meiner Lektorin Martina Patzer. Ich habe aufgehört zu zählen, wie viele Bücher wir gemeinsam gemacht haben, ich weiß nur, dass ich dir bei Kürzungen und Vorschlägen blind vertraue. Danke für das Mitpaddeln.

Last but never least: Danke an alle Leser*innen, Blogger*innen und Buchhändler*innen die sich mit in jedes noch so wilde Abenteuer werfen. Ohne euch wäre auch dieser Trip in die Wildnis Schwedens öde.
Von Herzen danke!

Adriana Popescu,
in München geboren, arbeitete als Drehbuchautorin fürs Fernsehen, schrieb für verschiedene Zeitschriften und studierte Literaturwissenschaften, bevor sie sich ausschließlich dem Schreiben von Romanen widmete. Mittlerweile harrt eine große Fangemeinde ihren nächsten Veröffentlichungen entgegen, die in mehreren großen Publikumsverlagen erscheinen.

Von Adriana Popescu sind bei cbj erschienen:

Ein Sommer und vier Tage (40337)
Paris, du und ich (40366)
Paris, Clara und ich (21593)
Mein Sommer auf dem Mond (31198)
Schöne Grüße vom Mond (22178)
Morgen irgendwo am Meer (31272)
Ein Lächeln sieht man auch im Dunkeln (31337)
Wie ein Schatten im Sommer (31439)
Unsere Zukunft flirrt am Horizont (31476)
Misfits Academy – Als wir Helden wurden (Band 1; 16684)

Adriana Popescu

Misfits Academy – Als wir Helden wurden

512 Seiten, ISBN 978-3-570-16684-0

Fünf Teenager – fünf Superkräfte – eine mysteriöse magische Academy

Menschen, die mit dem Skill-Gen geboren werden, haben besondere mentale Fähigkeiten. Damit kann man Gutes tun oder eben Mist bauen. Wer auf der Misfits Academy landet, hat definitiv gewaltigen Mist gebaut. So wie Taylor, die sich für coole Insta-Bilder mal kurz nach Dubai teleportiert, oder Eric, der Gefühle steuern kann und sich als Happy-Feelings-Dealer auf dem Schulhof eine goldene Nase verdient hat. Zusammen mit June, Dylan und Fionn sind sie deswegen zur Misfits Academy auf Guernsey geschickt worden. Doch dann ereignen sich an der Schule mysteriöse Vorkommnisse und das junge Team muss sich einer Prüfung auf Leben und Tod stellen ...

20355

www.cbj-verlag.de